KB005397

읽은 척하면 됩니다

읽   은

김 유 리

척   하   면

김 슬 기

됩   니   다

ㄴㄴ > < ㄷㄴ

김 유 리

김슬기

January

January

사람, 장소, 환대

김현경 – 문학과지성사 – 2015년 3월

2017년이 되었다. 미루고 미뤄왔던 한 책을 읽으며 한 해를 시작한다. 2015년 올해의 책에 수없이 많이 꼽혔던 김현경의 책『사람, 장소, 환대』가 첫 주인공. 현대 사회에서 가장 기초적이고도 필수적인 키워드 사람, 장소, 환대라는 세 개념을 다룬 인문학적 에세이다. 특히 환대에 대한 사유는 읽는 내내 우리가 결정해야 했거나 혹은 처했던 상황들을 떠올리게 한다.

이 책의 별미는 부록. '장소에 대한 두 개의 메모'란 이름의 부록은 텍스트로서 얼굴은 다르지만, 뿌리는 같은 '장소/자리의 의미' '여성과 장소/자리'로 나누어 이 책의 시작점을 다시금 상기시킨다.

장소에 대한 투쟁은 존재에 대해 인정을 요구하는 투쟁이기도 하다.

자기 자신이 처한 장소/자리를 더듬어본다. 나라는 사람, 남성 혹은 여성, 딸이거나 아들, 아내이거나 남편, 동료, 한국 혹은 외국인, 황인종…… 나는 사회적 환대 속에 어떻게 들어갔으며, 그곳에서 어떤 장소/자리를 갖게 되었는가. 보잘것없는 어느 장소에 숨어, 어떤 환대를 구성하고자 했으며, 우리 속의 어떤 공리주의적 계산법을 핑계로 연대를 어찌 거부하였나. 그후, 단 하나의 질문이 남았다. 지금의 나는 사람으로 인정받고 있는가.

책읽기는 이런 물음을 마주하기 위한 작업이자 힘이다. 나처럼 좁은 시야를 가지고, 선입견도 강하며, 변화를 무서워하는 사람에게 책은 중요한 다리다. 나는 책을 통해 누군가를, 어떤 상황을, 어떤 권력을 상상한다. 날것으로 받아들일 수 없었던 누군가를, 상황을, 권력을, 소외를 이해한다. 비록 정독이 아닌 오독일지라도.

멀고도 가까운

리베카 솔닛 - 김현우 옮김 - 반비 - 2016년 2월

새해 첫날. 책보다는 떡국과 맛있는 음식 아닌가. 운이 없게도 올해는 그럴 기회도 갖질 못했다. 출근을 했고, 억울한 마음을 달래며 지난해를 돌아보는 시간을 가졌다.

통과의례처럼 2016년 올해의 책을 꼽아봤는데 단번에 떠오를 만큼 기억에 각인된 책은 두 권이었다. 비소설에서는 『멀고도 가까운』, 소설에선 『리틀 라이프』였다. 처절하게 고통에 관해 사유하는 두 권의 책이 가장 좋았던 건 왜일까.

치매에 걸린 어머니를 떠나보내며, 여성이자 딸로서의 자신의 삶을 회고하는 리베카 솔닛의 『멀고도 가까운』은 얇은 책임에도, 끝까지 읽어내는 데 적지 않은 에너지가 필요했다. 내가 이해할 수 없는 여성으로서의 삶, 심지어 글쓰는 삶이 맞닥뜨리는 편견과 고통에 관해, 메리 셸리와 버지니아 울프와 북유럽 미술가와 죽음에서 살아 돌아온 알래스카의 강인한 여성의 이야기를 통해 증언한다. 우리는 나약하고 고독하지만, 자신의 이야기를 만들어낼 수 있다면, 글로 쓸 수 있다면 영웅이 될 수 있다고 말하는 책이기도 했다.

우리의 이야기가 가느다란 실일지언정 세상을 향해 뻗어나가면 어딘가에서 만나게 될 것이라는 말은 가슴을 두근거리게 만들었다. 탁월한 에세이스트 리베카 솔닛의 책 중에서도 그간의 책들과는 사뭇 달랐다. 아마도 자기 자신에 대해서 솔직하게 드러내는 책이어서 일 것이다. 어떤 시나 소설보다도 아름다운 문장으로 가득한 이 책을 만난 이후 나는 논픽션을 대하는 눈높이가 달라지고 말았다.

벌들의 역사

마야 룬데 – 손화수 옮김 – 현대문학 – 2016년 12월

업무상 일주일에 적으면 30권 정도, 많으면 60여 권의 문학 책을 만난다. 많다면 많고, 적다면 적은 수. 한꺼번에 많은 책을 살피다 보니 가장 중요한 건 첫인상이자 제목이다. 예를 들면, 『고래도 함께』(현대문학, 2016)와 같은. 번역된 제목보다 그 위에 있는 원작 제목이 더 마음에 들었다. 'Not forgetting the Whale'. 때때로 제목은 책을 펴기도 전에 독자를 꿈꾸게 한다. 재앙을 이야기하는 소설이지만 우연한 기회로 긴수염고래로 또하나의 삶을 가질 수 있게 된 한 남자의 이야기다. 소재 자체가 환상적이기도 하고 작가의 시선도 유쾌하다.

현대문학에서는 최근 들어 계속 동물 시리즈(동물들이 주요 매개체가 되는)를 출간중이다. 새해 첫날부터 눈에 쏙 들어온 건 『벌들의 역사』였다. 이번 소설은 2015년 노르웨이서점협회 '올해의 작품상'도 받아 작품성과 대중성도 고루 갖춘 책이라는 평. 민주주의는 붕괴되고, 디지털 네트워크는 기능을 상실한 채, 세계 인구는 10억이 된 미래의 세계에서 벌들이 사라지는 사건을 시작으로 600여 쪽의 두꺼운 페이지를 써내려간 소설.

리틀 라이프

한야 야나기하라 · 권진아 옮김 · 시공사 · 2016년 6월

지난해 신의 존재를 처음 알게 된 초심자처럼, 만나는 이들에게 간증했던 책이 있다. 『리틀 라이프』는 피터 후자의 사진 〈Orgasmic Man〉이 쓰인 독특한 표지에 이끌려 집어들었지만, 페이지가 줄어드는 걸 아쉬워하며 아껴 읽었던, 말 그대로 올해의 소설이었다. 몇 번에 걸쳐 거듭거듭 작가가 읽는 이를 좌절시키며 결국은 오열하게 만드는 소설이기도 했다.

주인공 주드는 아름답고 재능 넘치는 변호사지만, 놀라울 만큼 자기혐오에 빠져 있는 인물이다. 그가 하버드 기숙사에서 난생처음으로 갖게 된 세 친구와 함께 우정을 쌓으며 가난하고 힘겨운 20대를 통과하는 이야기는 그 자체로 흥미로웠다. 그런데 웬걸 주드가 왜 그토록 자기혐오에 빠지게 되었는지 과거의 단서를 하나씩 보여주더니, 결국은 고통으로만 가득한 한 남자의 삶을 다 타버린 잿더미처럼 남겨놓고 이야기는 끝나버린다.

상상할 수 없을 만큼 끔찍한 과거로 인해 자신이 가진 어떤 것에도, 심지어 사랑을 하게 되는 일조차 자신에게 어울리지 않는 과분한 일로 여기게 되는 남자라니. 현대 소설에서 어쩌면 금기시되는 감정 과잉과 연민이 가득한 멜로드라마로, 읽는 이에게 감정적 낙차를 경험케 해주는 소설이 여전히 존재할 수 있다는 사실이 놀라웠다. 매끄럽게 세공된 단편에 익숙해 있던 나에게, 1100쪽에 이르는 이 장중한 장편소설과의 만남은 잊지 못할 강렬한 경험이었다.

A가 X에게

존 버거 ─ 김현우 옮김 ─ 열화당 ─ 2009년 8월

아침부터 허망한 부고가 날아왔다. 오늘 존 버거가 향년 90세의 나이로 세상을 떠났다. 화가이며 미술평론가이자 소설가이고 시인이었던 존 버거를 좋아하는 이들 모두가 슬퍼했다. 나 역시 하루종일 그의 부고 기사를 읽으며 보낸 하루였다.

그가 뛰어난 소설가인 것을 알게 된 작품은 『A가 X에게』였다. 소설은 아이다가 이중종신형을 받고 감옥에 갇혀 있는 자신의 연인 사비에르에게 보내는 연서 꾸러미로 이루어져 있다. 중간중간 사비에르가 쓴 것으로 추정되는 텍스트와 메모도 함께 등장한다. 이 둘의 편지들은 이 세계의 무자비함과 불평등, 자본주의와 현 제국주의가 가지고 있는 폭력성을 겨누고 있다. '그들의 시간'을 거부하고, '이미 시작된 어떤 미래 안'에서 사랑을 지키고 있는 아이다의 언어들은 읽는 이에게 용기를 북돋아준다. 모든 걸 막을 수는 없다. 아이다의 말처럼 "어떻게든 돌아가는 길이 있기 마련". 둘의 사랑 방식에서 이 야만의 시대를 견뎌내는 방식들을 배워나간다. 아이다와 사비에르는 결국 만났을까, 행복하게 지낼까. 그들이 행복하기를 빈다.

아직 안 읽은 이들이 있다면 꼭 읽어보기를 바란다. 사랑하는 이와 함께 읽어도 좋고, 사랑하는 '무언가'를 떠올리며 읽어도 좋은 작품이다. 이런 부드럽고 강인한 문장을 구사할 수 있는 이를 잃었으니 우리는 아주 오랫동안 먹먹할 수밖에. 자신이 말하고 글쓰고, 표현했던 모든 것을 행동으로 실현하고자 노력했던 그런 사람. 그의 문장을 읽고 몸 어딘가에 새겨왔던 나는 존 버거를 쉽게 잊을 수 없을 것이다. 부디 좋은 곳에서 편히 쉬길.

#기억한_책

아내의 빈방

존 버거/이브 버거 - 김현우 옮김 - 열화당 - 2014년 7월

눈을 뜨자마자 접한 소식이 존 버거가 세상을 떠났다는 뉴스였다. 비현실적이었다. 불멸의 존재일 것처럼 강인하게 보였던 작가가 거짓말처럼 90세에 세상을 떠났다.

고심 고심하며 골랐던 청첩장의 문구도 『A가 X에게』의 한 구절이었다. 부고 기사를 쓴 뒤, 집에 돌아와 책장에 꽂힌 책들을 물끄러미 바라보다 한 권을 꺼냈다. 지금의 내가 느끼는 심정과 가장 닮아 있을 문장은 아무래도 『아내의 빈방』에서 발견할 수 있을 것 같았다.

존 버거는 2013년 7월 30일, 40년을 함께한 아내 베벌리 밴크로프트 버거를 떠나보냈다. 그녀를 추모하는 글과 그림을 묶은 책이다. "안다는 것에는 많은 단계가 있고, 종종, 가장 깊은 단계의 앎이란 말이나 생각과 꼭 맞지는 않지. 당신은 알고 있었을 거라고 믿어."

존 버거는 평생 안다는 것에 대해, 회의하고 번민했다. 우리가 마주한 예술작품의 본질에 대해, 우리가 보지 않으려 했던 이민 노동자의 삶에 대해, 동물들의 삶에 대해, 풍요로운 도시에서 밀려난 빈자들의 삶에 대해 이면을 들춰내고 자신의 언어로 설명했다. 아내에게 가장 먼저 원고를 보여주고, 그 반응을 기다렸다고 고백하는 버거의 글에서 동반자를 잃은 노작가의 쓸쓸한 모습이 눈앞에 그려졌다.

이렇게 또하나의 사랑하는 작가를 읽었지만, 다행히도 아직 읽지 못한 그의 책이 여러 권 있다. 존 버거는 떠났지만, 나에게는 아직 그와의 만남이 남아 있다. 마지막까지 '쓰는 인간'이었던 그가 몇 번이고 다시 인사말을 건네오겠지.

고양이의 기분을 이해하는 법
고양이와 함께 나이드는 법

핫토리 유키 – 이용택 옮김 – 살림 – 2016년 12월

작년 가을, 집으로 고양이를 데려왔다. 이름은 하루. 나에게 "너 고양이에 관해 잘 알아?"라고 물어보면 그렇다고 자신 있게 대답하긴 어려웠다.

고양이 관련 책을 발견하면, 일단 집어들고 볼 정도로 내 일상에서 하루가 차지하는 비율이 점차 커지기 시작했다. 이 두 권의 책도 그랬다. 일본 수의사이자 고양이 친화 전문 병원 원장인 저자가 친절하게 설명하고 있는 고양이와 함께 사는 법. 고양이에게 왜 양치가 필요한지, 고양이는 어떨 때 소리를 내는지 등이 귀여운 일러스트와 상세히 설명되어 있다. 내게 여전히 하루의 울음소리는 비슷비슷한 것 같기도 하지만…… 아무 생각 없이 그저 하루의 좋은 동반인이 되고 싶어서 『고양이의 기분을 이해하는 법』을 읽었다면, 『고양이와 함께 나이드는 법』은 첫장부터 어려웠다.

> 이 책은 수명이 석 달밖에 남지 않은 고양이에게 해줄 수 있는 '임종기 간병'을 설명합니다.

좀처럼 페이지를 넘길 수가 없었다. 이런 임종기 간병에 관련된 책은 굳이 지금 읽지 않아도 될 것 같았다. 아직, 우리 하루는 건강하니까. 루나(둘째)도 옆에 있어줄 거니까. 고양이의 시간은 인간의 시간보다 다섯 배 빠르다고 한다. 고양이 나이로 열세 살이면 인간의 나이로 70세. 그 나이부터는 꼭 곁에 있어줘야 한다는 구절을 보면서, 나는 내 마흔두 살을 떠올렸다. 그때는 무엇을 하고 있든 하루와 루나 곁에 있어주자. 이상 책으로만 고양이를 이해하고 있는 주인의 다짐.

작가의 수지

모리 히로시 — 이규원 옮김 — 북스피어 — 2017년 1월

작가의 삶이란, 빈곤함과 동의어로 여겨질 때가 많다. 그런데 이 일본 소설가의 건조하게 기록된 금전출납부를 보고 있노라니 어안이 벙벙했다. 데뷔 19년차의 소설가가 출간한 책은 278권, 총 판매 부수는 1400만 부, 벌어들인 돈은 15억 엔. 물론 해외 판권료나 영화 판권료 등의 부가 수익은 제한 숫자다.

이 모든 게 이공계 대학 조교수라는 직업 외에 '철덕'(철도 덕후)의 취미생활을 위해 용돈벌이 삼아 쓰기 시작한 소설로만 이룬 성과다. 세상에는 모든 일이 쉽기만 한 인간이 있긴 있나보다. 게다가 작가의 일이란 어느 정도의 사고력과 발상력만 있으면 되며, 재능의 유무는 거의 무관하다니, 이 무슨 머리를 쥐어뜯고 있을 창작자들이 화병으로 쓰러지게 만드는 소리인지.

오만하게까지 보이지만, 이 책은 나름대로 독보적인 솔직함이 매력이었다. 해설을 쓰면 얼마, 추천사를 쓰면 얼마, 강연회를 하면 얼마, 같은 시시콜콜한 일까지 작가가 벌어들이는 모든 방면의 수입에 관한 솔직한 후기는 나름 후배 작가들에게 도움되는 정보로 보였다. 게다가 "나 100점 받았어"라는 말은 자랑질이 아니지만, 뒤미처 "대단하지?"라고 덧붙이면 자랑질이 된다는 그의 논리에 따르면, 이 책은 자랑질도 아닌 셈이다.

그럼에도 이 책의 마지막 장, 작가를 꿈꾸는 이들에게 건네는 조언은 어떤 직종의 프리랜서라도 곱씹어볼 만했다.

자신의 감을 믿을 것. 늘 자유로울 것. 한때라도 좋으니 자기가 가진 논리를 믿고 '올바름'과 '아름다움'을 향해 전진할 것. 그리고, 좌우지간 자신에게 '근면함'을 강제할 것.

소설의 첫 문장

김정선 – 유유 – 2017년 1월

여러 권의 책을 만나다보면 일단 외모에 혹한다. 피라미드처럼 쌓인 책들 속에서는 책등에 점수를 주는 편. 그다음으로는 표지, 그리고 책을 한 손에 들었을 때, '착' 붙는 느낌이다. 내용까지 좋으면 그 책은 무조건 내 가방에 일주일 이상 머물 수 있게 된다. 그래서 시집을 좋아하는 것도 같다. 시집은 표지도 예쁘고, 가볍고, 한 손에 쏙 들어오니까.

시집을 제외하고, 그 모든 걸 다 만족하는 책 중 하나가 바로『동사의 맛』이었다. 1인 출판사인 유유에서 나온 첫 책. 한때, '어학변태'라는 별명을 가졌던 나는 '글맛'과 '감칠맛' 나는 동사를 이 책에서 무수하게 만났다. 딱딱한 언어학의 틀을 단박에 깨주었다. 책 내용도 내용이지만, 가장 좋았던 건 언어학 책이라고 믿을 수 없는 표지. 에세이라고 해도 믿을 만한 감각적인 디자인이었다.

『동사의 맛』에서는 뛰어난 문장 교열자였던 김정선 저자가 자신의 글쓰기와 감상을 풀어낸『소설의 첫 문장』역시 유유 출판사 디자인답게 예쁘고, 직관적이었다. 눈에 띄는 보라색 직선을 품고 있는 책은 가볍기까지 했다―무거운 책은 집에서밖에 못 읽는다―. 저자의 문장을 닮은 책이었다. 무겁지 않고, 쉽고 재미있는 책. 저자가 좋아하는 소설의 첫 문장을 적어놓았다고 하는데, 언젠가 꺼내보아야지 하며 신간대에 올려두었다.

인에비터블 미래의 정체

케빈 켈리 – 이한음 옮김 – 청림출판 – 2017년 1월

올해의 첫 주 신문에 서평을 쓴 책은 『인에비터블 미래의 정체』였다. 케빈 켈리는 『와이어드』의 초대 편집장이다. 제법 두껍고, 게다가 연 3주에 걸쳐 일자리를 위협하는 인공지능과 로봇, 4차 산업혁명에 관한 책 기사만 써온 터였다. 그럼에도 이 책을 고를 수밖에 없었던 건 어차피 도박에 가까운 미래 예측일지언정, 믿을 만한 전문가의 말을 한 번만 더 들어보자는 심정.

이 책이 예언하는 2045년의 모습은 영화 〈그녀〉처럼 눈을 뜬 모든 순간을 인공지능과 대화하는 세상이다. 빅데이터와 인공지능의 결합으로 인간의 모든 패턴과 행동이 예측되는 미래가 도달한다면 "천사가 과연 인간보다 더 잘 볼 수 있을지 의심스럽다"는 말이 섬뜩해질 무렵, 책을 덮고 일어났다. 인간-로봇 공생의 시대에 인간의 일자리는 오직 로봇을 위해 일자리를 만드는 일만 남을 거라고 하는데, 그럼 우리집 밥은 누가 차리지? 우리 철없는 고양이들 화장실 청소도 누군가가 대신해주는 걸까?

건너오다

김현우 – 문학동네 – 2016년 11월

해외 문학은 번역가가 중요하다. 저자가 아무리 뛰어나고, 소설 내용이 해외에서 인정받은 수작이라고 할지언정 번역이 엉망진창이면 내가 무엇을 읽는 건지 알 수도 없다. 좋아하는 번역가가 에세이를 낸다는 소문을 듣고 내내 기다렸다. 김현우 저자의 『건너오다』. 제프 다이어, 존 버거, 리베카 솔닛 등을 좋아하는 독자들이라면 익숙할 번역가다. 그의 번역서들을 읽으면서 이 문장들을 우리말로 옮긴 사람은 어떤 사람일까 싶었다. 작가의 문장이기도 하지만 번역가의 문장이기도 한 여러 문장들에 밑줄을 그을수록 그의 원래 문장이 궁금해졌다. 이 모든 궁금증을 해결해줄 에세이는 역시나 좋았다. '거짓말을 하지 않고, 핑계 대지 않고, 자랑하지 않으려' 한 글들은 저자가 어떤 사람인지 말해주고 있었다.

> (……) 삶이란, 그런 순간들만 끊임없이 이어지는 것인지도 모르겠다. 경계는 끊임없이 넓어질 것이고, 매번 그 경계를 넘는 일이 쉽지는 않을 테다.

경계를 넘는 사람, 그리고 넘어가는 동안의 현기증을 견디는 사람. 에세이 중간중간 보이지 않는 경계의 너머가 보인다. 베케트의 무덤을 누군가와 약속한 것처럼 두세 번이나 가지만 마지막 파리 방문에는 더이상 들르지 않고 그는 말한다. "이젠 적어도 나와 관련해서는, 확인하고 싶은 '몸' 같은 게 없어지고 말았"다고. 놀라우리만큼 단단한 문장들이었다. 머리로 생각한 문장이 아니라 직접 경험하고 적어낸 그것들의 단단함을 다시금 체험했다. 쉽게 부서지지 않을 것이다.

건너오다

김현우 · 문학동네 · 2016년 11월

사람이 책과 닮을 수 있을까. 우문이다. 사람은 책과 닮을 수밖에 없다. 김현우 번역가의 책을 읽으며 그런 생각을 했다. 문장을 읽으며, 평소 들어온 그의 말과 이야기들이 생각났다. 참 책과 닮은 사람이었구나.

신년을 맞아 읽게 되는 책들이 꼬리에 꼬리를 물고 이어진다. 존 버거를 떠나보낸 지 3일 만에 존 버거 전문 번역가 김현우의 책 『건너오다』 북콘서트 행사를 다녀왔다. 출장산문집이라는 소개말이 달려 있는데 정말로, 길 위에서 쓴 이야기들이 빼곡하다.

방송국 입사 후 첫 출장지로 갔다는 안시 애니메이션 페스티벌. 오랫동안 흠모했고, 심지어 저서를 번역하기까지 한 뒤 존 버거가 살고 있는 곳에서 그리 멀지 않은 곳에 도착한 것이다. 어쩌면 그가 살고 있는 마을을 지날 수도 있겠다는 부푼 마음과 그곳에서 가난함에도 자신의 삶에 만족하는 멋진 노인을 만난 좋은 기억으로 안시라는 곳은 박제되어버린다.

돌이켜보니 나에게도 출장으로 떠난 20여 개의 도시가 있다. 난생처음 간 유럽은 첫 출장을 통해서였다. 소매치기를 당했고, 만나기로 한 통역사와는 길이 엇갈렸고, 길치인 탓에 길을 잃어 숙소를 못 찾아 거리를 헤매기도 했다. 당시엔 울고 싶을 만큼 고생스러웠지만, 돌이켜보니 내게 처음으로 루브르와 오르세, 퐁피두 미술관, 런던 내셔널 갤러리를 방문하도록 해준 잊지 못할 출장이기도 했다. 안시라는 도시가 이 책의 저자에게 이상화된 방문지로 남게 되었듯, 나에게도 파리와 런던(누구라도 이 도시라면 그러하겠지만)은 가슴 벅찬 첫 경험의 도시로 남았다. 이 책은 여행이 가고 싶을 때마다 펼쳐서 아무 장이나 읽게 될 것 같다.

악스트 10호

악스트 편집부 – 은행나무 – 2017년 1월

지난밤 김현우 번역가의 북토크 행사를 다녀왔다. 이후, 뒤풀이를 갔다가 『악스트 10호』에 김현우 번역가가 존 버거에 관한 글을 실었다는 정보를 습득했다. 역시 저자 뒤풀이는 체력이 허락하는 한 가고 볼 일. 더구나 평소 흠모하는 저자들이라면 창피함을 무릅쓰고 한번 가볼 만한 일이다. 이렇게 귀중한 구절 하나 더 얻어가니.

오랜 시간 동안 나로 하여금 글을 쓰게 하는 것은 무언가 말할 필요가 있다는 직감이었다. 말하려고 애쓰지 않으면 완전히 말해지지 않을 위험이 있는 것들. 나는 스스로 중요한, 혹은 전문적인 작가라기보다는 그저 빈곳을 메우는 사람 정도라고 생각하고 있다.
—존 버거, 「자화상」에서

그러고 보니 어제는 남편이 아닌 누군가들과 처음으로 오래 존 버거 이야기를 나눈 날이었다. 김현우 번역가에게 누군가가 던진 '존 버거의 한국 양자가 아니냐'라는 농담에 다들 웃는 날. 지난 화요일 부고 이후에 일어난 일들, 그리고 앞으로 써질 글들을 엿들었다. 모두의 글이 어디선가 써지고 있고, 읽히고 있는 장면을 떠올리는 밤. '그저 빈곳을 메우는 사람들'이 한곳에 모여서 자신의 이야기를 속삭이는 밤.

나의 눈부신 친구
새로운 이름의 이야기

엘레나 페란테 - 김지우 옮김 - 한길사 - 2016년 7월
엘레나 페란테 - 김지우 옮김 - 한길사 - 2016년 12월

엘레나 페란테는 2016년의 발견이었다. 세계에서 가장 유명한 얼굴 없는 작가의 존재를 감쪽같이 모르고 있었다가, 이 작가의 정체가 밝혀졌다는 외신의 흥미로운 기사를 접하고서야 『나의 눈부신 친구』를 읽기로 결심했다.

두 여성만을 주인공으로 삼아 60년에 걸친 우정을 풀어내는 압도적인 디테일의 소설이었다. 이탈리아의 변방인 나폴리 시골 마을에서 가난하게 자란 예쁘고 재능이 많은 레누와 릴라. 릴라는 악마라고 해도 될 만큼 영악하다. 자신이 원하는 모든 것을 가지고, 세상의 모든 남자가 빠져드는 외모까지 지녔다. 어릴 적부터 우상이자, 유일한 친구, 때론 선생님이기까지 한 친구. 하지만 그 친구를 따라잡기 위해 죽도록 공부를 하고 인정받기 위해 자신을 가꾸는 레누. 소녀 시절의 우정을 다룬 1부는 릴라가 마을의 부자 중 하나인 스테파노와의 결혼을 선택하면서 막을 내린다.

2부는 분량이 더 늘어 600쪽을 훌쩍 넘기지만 이야기의 속도감과 매력은 1부의 갑절이었다. 성인이 된 두 사람을 중심으로 벌어지는 아침 드라마를 연상시키는 불륜과 사랑의 도피 행각, 가정 내 폭력, 얽히고설킨 사랑 등은 정말 책장을 손에서 놓을 수 없게 한다. 레누가 첫사랑인 니노를 친구에게 빼앗겨 가슴 아파하는 모습에, 흔들리지 않을 독자가 어디 있을까.

20세기 초반의 근대적 관습과 가부장적 문화에 젖어 있는 시골 마을에서 재능 넘치는 두 소녀가 자신들의 꿈을 위해 모든 것을 내던지고 투쟁하는 그 모습이야말로, 페란테의 '나폴리 4부작'이 가진 매력. 아마도 올해의 독서는 '나폴리 4부작'을 완독하는 것이 되지 않을까.

샴페인 친구

아멜리 노통브 - 이상해 옮김 - 열린책들 - 2016년 12월

작년 봄, 어떤 인터뷰에서 읽었던 아멜리 노통브의 신작 소식. 하반기에 출간될 예정이라더니 미루고 미뤄져 12월 끝에야 나왔다. 제목도 완전 다르게. '샴페인은 진심을 나눌 친구와 꼭 마셔야' 한다더니 진짜 『샴페인 친구』. 나도 나중에 책을 내면 『위스키 친구』 이런 걸로 내야 하나. 진정한 주당은 이렇게 책 제목도 다르다.

자전적 배경도 들어간 이번 소설은 30세의 노통브가 자신의 팬인 페트로니유를 만나 우정을 쌓는 이야기이자 술을 마시는 이야기다. 두 인물의 행동은 기상천외하기도 하지만, 실제로 내가 술에 취해서 하는 행동들과 별다를 바 없었다. 술주정은 기본이고, 여러 사고도 치는데다가 길거리에서 오줌도 싸고, 술에 취한 채로 스키도 탄다. 그러나 가장 중요한 게 다르다. 술을 아무리 많이 마셔도 이 둘은 계속 글을 쓴다. 페트로니유는 원고를 수십 번 거절당해도, 끊임없이 소설을 갈망한다. 그 사이사이 노통브는 두 인물의 감정이 샴페인이 넘실거리는 것처럼 어떻게 변하는지 풍부하게 표현한다.

> 나를 단번에 페트로니유와 그토록 가깝게 만들어놓은 것은 아주 구체적인 그 감각, 어떠한 생물학적 충동, 어떠한 합리적 분석과도 일치하지 않는, 사람들이 더 나은 표현이 없어서 '위험을 추구하는 성향'이라고 부르는 그 도취였다.

그 도취로 그들은 더 나아가고, 미쳐간다. 그러지 않고서는 세상을 취하게 할 만한 글이 나오지 않을 것처럼 노통브의 팬이라면 충분히 즐거울 소설.

고양이의 기분을 이해하는 법

핫토리 유키 - 이용택 옮김 - 살림 - 2016년 12월

　내 인생을 망치러 온 나의 구원자, 나의 고양이들. 지난해의 마지막 날 우리집에 둘째가 들어왔다. 두 마리가 된 고양이는 그야말로 내 일상의 파괴자들. 둘이 투닥거리는 모습만 보고 있어도 배가 부르고, 시간 가는 줄 모르니 귀가 후엔 아무것도 할 수가 없다.

　좋아하게 되니 알고 싶고 공부하게 된다. 핫토리 유키의 이 귀여운 그림책은 초보 집사들에게 맞춤한 책이다. 아내와 나란히 앉아서 한쪽에 한 마리씩 고양이들을 끼고 읽어보려 했으나, 놀아달라는 방해공작이 어찌나 심한지 백기 투항을 하고는 한참을 놀아주고 말았다. 어쨌거나 이 책을 통해 고양이의 꼬리가 말하는 법이나, 아플 때 하는 행동 같은 세세한 것들을 많이 배울 수 있었다. 눈빛, 귀, 수염 등 사소한 움직임이 그렇게 많은 말을 하고 있었다니. 놀라운 깨우침이었다. 노년의 고양이를 대하는 방법을 쓴 『고양이와 함께 나이드는 법』은 처음부터 눈물 펑펑 쏟게 만드는 이야기들이 나오는 이유로, 좀더 읽는 걸 미뤄두기로 했다.

새로운 이름의 이야기

엘레나 페란테 – 김지우 옮김 – 한길사 – 2016년 12월

엘레나 페란테가 왜 세계적으로 조명받는지 알 수 있는 2부. 릴라의 결혼식 장면을 다 읽은 시각은 오후 8시. 남편에게 말했다. "어떡하지, 나 이거 읽느라 집안일을 못 도울 것 같아. 다 해줘."

릴라가 남편 스테파노와 겪는 사건들, 피사로 대학을 간 레누의 성장과 고뇌, 나폴리 친구들의 아픔 등 600여 페이지에 쉴새없이 이야기가 전개된다. 어디로 튈지 모르는 릴라는 감정을 숨기지 않고, 그 순간 자신의 욕망에 온몸을 던진다. 그런 릴라에 비해 레누는 지극히 현실적이다. 자신의 곳곳에서 릴라의 모습을 발견하고, 대학에서 만난 연인 덕분에 인정받는 자신을 너무나 잘 아는 그녀. 자신의 무식이 드러날까봐 전전긍긍하는 모습은 소설에서 여러 차례 등장한다. 그러나 아이러니하게도 이 둘을 엮고 있는 성장통의 키워드는 '두려움'이다. 둘은 성장통의 방향은 다르지만, 모두 '두려움'을 머금고 자라난다. 눈에 보이지 않는 그것을 온몸으로 돌파하는 그녀들에게서 눈을 뗄 수가 없었다.

어느 늦가을 저녁 나는 뚜렷한 계획도 없이 금속 상자를 들고 밖으로 나왔다. 솔페리노 다리에서 걸음을 멈추고 상자를 아르노 강에 던져버렸다. (…) 이제 삶의 무게는 오롯이 자신의 것이었다. 다시 누군가의 딸이 되고 싶지는 않았다.

수많은 편지를 집에 두고 나온 어느 날과 겹쳐 보였다. 이젠 더이상 누군가의 딸로 살 수 없을 것이고, 누군가의 문장을 그대로 번복하는 삶을 살고 싶지 않았을 시절. 내 속엔 그녀들의 두려움과 다를 것 없는 감정이 소용돌이 치고 있었다.

사람, 장소, 환대

김현경 · 문학과지성사 · 2015년 3월

『사람, 장소, 환대』를 다시 펴보았다. 도입부에 소개되는 『그림자를 판 사나이』의 이야기는 언제 읽어도 매력적이다. 김현경이 적은 것처럼 "주인공이 영혼을 잃지 않았다 해도 인간다움을 표현하는 능력을 잃었기 때문에 인간 세상에서 배척당하는 이야기"다. 그는 세상에 이런 이야기가 제법 많이 있음에 주목했다.

그림자가 사라진 인간은 돈으로도, 권력이나 명예로도 인간으로서의 가치를 회복하지 못한다. 그림자를 판 사나이는 그림자를 판 뒤에서 여전히 영혼을 갖고 있지만, 소외된 인간이 되고 만다. 쇠약하고 가난한, 그리고 자기 자신에 대해 적으로 변한 인간. 사람, 장소, 환대라는 어쩌면 하나의 그릇에 담기 어려운 세 가지 개념이 어떻게 서로를 지탱하는지 섬세하게 풀어내는 이 책에서 나는 예민한 사회학자가 어떻게 이야기에서 인간다움의 조건을 발견하게 되는지, 그 발견의 순간이 가장 매혹적으로 다가왔다.

현대 사회에서 우리는 늘 가장자리로 밀려나는 삶을 체험하고 있다. 현대 사회 특유의 습관화된 긴장감은 우리가 매일매일 다른 사람으로부터 받는 대접을 통해서 발생한다. "우리 사람은 되지 못해도 괴물은 되지 말자"던 한마디가 잊히지 않는 홍상수의 유쾌한 영화 〈생활의 발견〉의 교훈이 떠오른다. 이렇게 간혹 삶에 브레이크를 걸어주는 책이 찾아온다.

귤 곰팡이 나이트

신해욱 – 위트앤시니컬 × 아침달 – 2016년 11월

책을 좋아하는 독자라면 다 알다시피 서점마다 리커버라든지 단독 기획 도서를 종종 만들곤 한다. 한 서점에서 독점 판매하기 때문에 나도 가끔 다른 곳을 이용한다. 특히 시집은 시집 전문 서점인 위트앤시니컬에서 사게 된다. 지난 크리스마스에 잠시 들러서 주인장 유희경 시인의 영업에 혹해 가져온 신해욱 시인의 낭독 시집 『귤 곰팡이 나이트』를 읽었다. 특히 표3에 실린 문장이 인상적이었다.

이 책을 짓고 만든 이들은 성차에 의해, 성 정체성에 의해, 나이에 의해, 사회적 지위에 의해, 신체적 조건에 의해 발생하는 명시적·암묵적 위계와 위계에 의한 폭력을 거부합니다.

지난 10월 중순에 터진 그 일들이 얼마나 많은 변화를 일으켜왔는지 알 수 있는 대목이었다. 두려워하지 않고, 혹은 두렵더라도 목소리를 내준 이들을 떠올리는 시집. 그들—우리가 지지하고 연대한다는 것을 한눈에 보여주는 문장이었다.

이 얇은 시집에 실린 15편의 시는 서로 엉킨 채, 귤곰팡이색의 몰라보임에 길들여져 깜깜한 나이트 '개미지옥'을 건너가고 있었다.

#읽는_책

메시

팀 하포드 · 윤영삼 옮김 · 위즈덤하우스 · 2016년 12월

출판 기자는 대신 책을 읽어주는 일을 한다. 영화 기자가 재미없는 영화를 대신 보고 욕을 해준다면, 출판 기자도 대신 재미없는 책을 읽어주는 일을 한다고 할 수 있다. 경제경영서를 많이 읽을 수밖에 없는 일을 하고 있는데, 참 보람 있으면서도 고통스러운 일이다.

팀 하포드라는 스타 저널리스트가 쓴 이 책은 제목처럼 혼돈의 힘Messy이 경영에 어떤 효율을 가져올 수 있는지 수십여 가지 사례를 통해 증명하려 애쓰는 책이다. 곤도 마리에는 정리의 마법이 필요하다고 하는데, 팀 하포드는 그 반대의 주장을 하니, 영 헷갈린다.

요즘 나오는 경영서마다 마치 바이블처럼 등장하는 애플과 아마존의 사례가 또 등장한다. 책상을 사러 갈 시간도 없어 직원 모두가 바닥에 앉아 일했던 초기의 아마존이 결국 그 혼돈 속에서 거대 기업을 일궜다는 옛날 옛적 이야기가 소개된다. 창의적인 협업은 결국 불협화음에서 나오는 법이라는데. 흠. 과연 그럴까. 『보람 따윈 필요 없고 야근수당이나 주세요』를 읽었던 기억이 난다. 경제적 유인, 즉 인센티브가 오히려 더 확실한 혁신의 동력이 아닐까라는 삐딱한 생각을 해보았다.

여름은 오래 그곳에 남아

마쓰이에 마사시 - 김춘미 옮김 - 비채 - 2016년 8월

사람을 만나서 물어보는 흔한 질문 중 하나. "요즘 읽은 책 중 뭐가 좋아요?" 어떤 작가가 좋은지, 어떤 장르가 좋은지 물어보지 않고 무조건 '읽은 책'이라고 묻는다. 한때 외근직이었던 나는 자신이 읽은 책을 추천하는 것에 거리낌없는 한 사람을 만났었다. 마치 내가 길거리의 이름 없는 누구여도 상관없다는 듯이.

『여름은 오래 그곳에 남아』도 추천받은 책 중 하나. 건축을 하나도 몰라도 균형, 열정, 그리고 장인정신이 모두 어우러져 끝내 어떤 한 문장으로도 접어낼 수 없던 소설이었다. 어떤 문장 하나로 이 소설을 요약할 수 있을까. 소설 전체는 얇지만 확실하게 그어진 '하나의 선'이었다.

오늘은 또 무슨 책을 내게 추천하려나. 사람을 만나는 또하나의 재미다. 한 번도 보지 못한 그 사람의 책장을 상상 속으로 휘저어보는 일.

#추천받아_읽었던_책

세상에서 가장 큰 집

구본준 · 한겨레출판 · 2016년 11월

실제로 얼굴 한번 뵌 적 없지만, 오랫동안 알아온 사람 같았다. 2년 전 베니스에서 갑작스레 세상을 떠난 한겨레신문 구본준 건축 전문기자의 글을 긴 시간 동안 읽어왔기 때문일 것이다. 나 또한 많은 이들처럼 처음엔 충격을 받았고, 재능 있는 글쟁이가 요절했다는 사실이 몹시 안타까웠다.

2년 만에 그의 이름이 적힌 책이 새롭게 나온 것이 그래서 더욱 반가웠다. 단지 같은 일을 했던 신문기자라는 점뿐만이 아니라, 문화부에 오래 있었고 책을 내며 자신의 목소리를 내는 모습에 동지애를 느껴온 덕분이기도 했다.

그가 작업하던 유고를 가족들이 용기를 내 매만지고, 자료를 정리해준 덕분에 책이 나올 수 있었다고 한다. 제목처럼 세상에서 가장 큰 집인 한국, 중국, 일본의 궁을 비롯한 이집트, 그리스, 프랑스 등의 건축문화유산에 관한 이야기를 들려준다. 책을 읽는 동안 카메라를 비끄러매고 그가 거닐었을 고궁의 모습이 눈에 생생하게 그려졌다. 종묘 정전의 고요한 적막을 다시 만날 때면 그의 목소리가 들려오겠지. 아직 가보지 못한 자금성, 이세 신궁을 만나게 될 때도 세상을 떠난 선배의 이 마지막 책과 함께였으면 싶다. 예고 없이 세상을 떠났어도, 글을 쓰는 이에게는 이렇게 유산이 남는다. 다행스럽게도.

문학3 1호

문학3 기획위원회 – 창비 – 2017년 1월

창비에서 새로 내놓은 젊은 문학지 『문학3』을 미리 PDF 파일로 받았다. 작년부터 시작된 여러 문학잡지/문예지의 변신을 잇는 도전. 이로써 주요 문학 출판사들의 문예지가 싹 바뀌어버린 셈.

『문학3』은 나, 너, 그리고 우리의 연대 속에 문학이 과연 어떤 위치에 놓여질 수 있는지 고민한다. 그리고 어떻게 하면 하나의 목소리도 놓치지 않고 플랫폼 안에 넣을 수 있을지도. 여러 고민들과 자기 자신들에 대한 자문자답의 시간이 면밀히 보인다.

우리가 읽는 문학 속에 우리의 삶이 없어진 것이 아닌가 하는 의문을 가지고 독자들을 대화의 장으로 이끌어내려 노력했다. 문학 애독자인 학생들의 참여가 그 부분이다. 기존 문단에서 볼 수 없는 신선한 주목이다. 그들은 이번 호에 실린 작품들에 관해서 모여 리뷰하는 「중계」라는 코너에서 성실하게 문학을 읽는다. 넘길수록 대학 시절 작품을 읽고 합평하듯 속으로 동참하며 읽게 된다.

(······) 우리가 할 수 있고 또 하지 못하는 것에 대해서 계속해서 생각하는 일, 그렇게 지금 여기 너머의 삶까지 닿으려는 일. 삶다운 삶까지 이를 수 있는 길을 고심해보는 일.

표지에 어그러진 수록작 「고마워요」(성석제) 위에 흐릿하게 그려진 '3'이란 숫자가 보다 더 선명해지길. 다음 호가 기대된다.

#읽은_책

세계와 바지 / 장애의 화가들

사뮈엘 베케트 ─ 김예령 옮김 ─ 워크룸프레스 ─ 2016년 11월

"갓 완성된 그림이 여기, 하나의 무의미로서 있다." 누군가의 시선을 기다리는 그림의 시선에서 사뮈엘 베케트의 비평은 시작된다. 『고도를 기다리며』에서 보여주었듯이 그는 침묵과 질문의 작가였다. 아브라함과 헤라르뒤스 판 펠더 형제의 회화 두 점에 관한 비평 2편을 모은 이 책에서는 그가 문제작을 쓰기 불과 몇 년 전, 소설과 시와 시각예술 비평을 넘나들던 시기의 흔적을 엿볼 수 있다.

자신의 문학에도 큰 영향을 준 두 화가에 대해 변호하며 그는 예술가에게 "이건 인간적이지 않아"라는 말이 주는 대재앙에 가까운 타격에 대해 말한다. 당대와 불화했을 것이 확실한 이 회화들이 놀라운 고요와 온화의 회화라고 설명하며 작품에서 들려오는 작고 희미한 소리를 들어보라고까지 말한다. 조형예술의 딜레마를 통해 그는 훗날 자신이 맞닥뜨리게 될 문학의 딜레마를 예언한 것 같다. 지난해 '언리미티드 에디션'에서 구해온 이 희귀한 책을 해를 넘기고서야 읽었다.

쇼코의 미소

최은영 – 문학동네 – 2016년 7월

어떤 소설은 '정직'하단 느낌을 준다. 허구를 근본으로 삼는 태생임에도 하나의 '연대기'처럼 다가오곤 한다. 특히 소재 자체도 몽롱하고, 현실과 멀어 보이는데도 그 느낌이 직관적으로 닿을 때. 그 근원은 소설가에게 있다. 『쇼코의 미소』에 수록된 단편 7편 모두 화자, 환경, 공기마저도 선명하고 정직하게 그려진다. 이해할 수도 없고, 해선 안 되는 마음과 불행들의 연속이어도 소설 속 인물들은 하나같이 따뜻하고 진실하다. 심지어 그렇게 보이지 않는 인물조차도. 그건 필시 이 소설집 내내 이어지는 소설가의 따스한 시선 때문이리라.

소설들을 다 읽고 작가의 말에서 '역시'라는 감탄사를 내뱉은 게 얼마 만인지 모른다. 작년 내내 요즘 읽는 소설가 중 누가 괜찮냐고 물으면 최은영이라고 주저없이 대답했고, 오늘도 소설을 추천해달란 말에 이 소설집을 말했다. 그녀가 써내려간 단편들이 내게 준 삶의 섬세한 결들을 어루만지며 헤맸던 시간이 참 좋았다. 그중에서 꼭 한 편을 꼽으라면 「씬짜오, 씬짜오」. 내가 미처 헤아릴 수 없는 어떤 상처를 엿보고 말았다.

왜 우리는 불평등해졌는가

브랑코 밀라노비치 ─ 서정아 옮김 ─ 21세기북스 ─ 2017년 1월

1월의 두번째 서평을 쓰게 된 책도 경제서다. 그것도 세계은행 이코노미스트 출신이 쓴 '본격' 경제서. 부담스러운 마음으로 읽었지만 제법 생각할 거리를 많이 던져준 책이었다.

밀라노비치에 따르면 150년 전 불평등을 유발한 요인이 산업혁명이었던 것처럼, 최근 서구의 불평등이 급증한 원인도 기술혁명으로 인해서다. 지난 세기는 아시아의 경제 성장으로 인해서, 글로벌 불평등이 급감한 시기. 하지만 지리적으로 더 밀접하고 이동수단이 발달한 근래에 유럽이 난민 문제로 들끓고 있는 것 또한 글로벌 불평등이 문제가 돼서라는 진단을 내놓는다. 우리가 좁은 나라 안에서 불평등 문제로 갑론을박하고 있지만, 정작 가장 중요한 문제는 글로벌 불평등이라는 일갈이 매서웠다. 미국인들은 콩고인과 비교할 때 9200퍼센트에 달하는 시민권 프리미엄을 갖는다는 분석에 한국인으로 태어난 것만으로도 누리고 있을 특권에 뜨끔한 마음이 들었다.

기회의 평등은 전 지구적으로 확대되어야 한다는 경제학자의 주장은 대학 시절 존 롤스의 『정의론』을 읽었을 때처럼 반성을 하게 만들었다. 이민자를 막는 장벽을 쌓지 말고 이주민에게 어느 정도 합법적인 차별을 둔 시민권을 주는 식으로 이민의 문호를 넓히자는 말을 그는 꺼낸다. 피도 눈물도 없을 것 같은 경제학자들이야말로, 어쩌면 우리가 살고 있는 고장난 세계를 근본적으로 뜯어고칠 수 있는 살아 있는 학문을 하는 이들일지도 모르겠다.

요네하라 마리 특별 문고 시리즈 세트

요네하라 마리 − 이현진 외 옮김 − 마음산책 − 2017년 1월

한국에는 문고판이 드물다. 아무래도 책 표지를 중요하게 여기는 한국 독자들의 성향도 있겠지만, 문고판을 사서 지하철을 오가며 읽으려는 열정도 없어진 지 오래인 게 아닌가 싶기도 하다.

그러나 독자들이 '예쁜' 걸 원하자 소장 가치를 높여서 만든 문고판이 나왔다. 요네하라 마리의 특별 문고판이 눈에 확 들어온 건 손에 쏙 들어오는 디자인 때문이었다. 파스텔톤 노랑, 분홍, 초록, 파랑, 주홍을 입은 선별된 5권 모두 요네하라 마리의 대표작.『프라하의 소녀시대』『마녀 한 다스』『미식견문록』『교양 노트』『속담 인류학』. 다 읽었던 책들이지만 통일성 있는 디자인으로 가볍게 나오니 더 반가울 따름.

요네하라 마리를 처음 알게 된 건 2010년에 나온『교양 노트』. 왜 이제서야 요네하라 마리를 알게 되었나, 게으른 나의 독서에 원망하게 된 명랑하고 짧은 인문 에세이다. 낯선 판형, 새로운 표지지만 5권의 책 중『교양 노트』로 곧장 손이 갔다.

> 평범한 눈에는 보이지 않는 것이여, 그런 까닭에 마치 존재하지 않는 것처럼 여겨지는 것이여! 나를 통하여 내 영혼의 깊은 곳의 가장 맑은 어둠을 등에 지고, 한껏 빛을 내뿜으며 만인의 눈에 보이는 것이 되어라.

올가 베르골츠의 자전적 에세이「낮별」에 실린 저 구절을 다시 만나니 기쁘다. 오랫동안 만나지 못한 친구를 마주한 기분이다. 이 기회로 많은 이들이 요네하라 마리를 새로 만났으면. 보이지 않는 것들이 뿜는 그 빛을 발견하는 기쁨이 잊히지 않기를.

H2 오리지널 박스판

아다치 미츠루 – 대원씨아이 – 2016년 10월

지난해 고마운 선물이 찾아왔다. 인생의 만화 중 하나인 『H2』의 오리지널 박스 세트라는 추억을 자극하는 또하나의 판본이 나와서, 차곡차곡 사 모으고 있다.

누군가에게 인생의 책이 되는 계기는 특별히 훌륭한 작품이라는 이유 때문만은 아닐 것이다. 오히려 어떤 특별한 시기에 대한 추억을 담고 있어서가 아닐까. 『H2』는 돌아보니, 읽을 때마다 전혀 다른 지점에 공감했던 작품이었다. 처음 읽었을 때는 야구 소년의 열정에 반했었고, 엇갈리는 첫사랑에 공감했던 적도 있었다.

서른이 넘어서 영원한 소년만화라는 아다치 미츠루를 다시 읽어보니, 중년의 작가가 자신의 작품들이 흔들리지 않고 지켜왔던 풋풋한 원칙을 지키며 작품을 쓰는 모습이 다시금 대단해 보인다. 오매불망 올 상반기중에 오리지널 박스 세트가 완결되기만을 기다리고 있다. 결말을 알고 있어도 읽을 때마다 새롭고 읽을 때마다 눈물을 닦게 되는 내 인생의 만화. 단지 만화를 무척 좋아했던 학창 시절의 향수 때문이 아닐까 싶기도 하지만.

2017 제41회 이상문학상 작품집

구효서 외 - 문학사상사 - 2017년 1월

올해 이상문학상은 구효서 소설가의 「풍경소리」가 대상을 받았다. 내가 문학상 작품집을 사는 건 수상 작가의 자선 대표작 때문이다. 수상작이야 좋은 작품으로 뽑혔을 것이고, 훌륭할 것이다. 하지만 작가가 스스로 생각하는 대표작을 볼 수 있는 기회는 흔치 않다. 나는 「풍경소리」보다 구효서 소설가의 자선 대표작인 「모란꽃」을 제일 먼저 읽었다.

소설은 펄 벅의 소설 중 하나로 추정되는 책, 『모란꽃』의 정체를 주인공이 궁금해하면서 진행된다(펄 벅의 소설 중 동명의 소설은 없다. 추측하건대 『피오니』(작약)인 듯). 형제 중에서도 가장 똑똑했던 주인공은 말보다 글을 쓰는 것을 편하게 여긴다. 그런 주인공이 찾는 『모란꽃』은 각 형제들마다 다 다르게 기억한다. 고향집도 마찬가지다. 형제들마다 기억하는 형태가 다 다르다. 하지만 그 모두가 고향집이고, 여러 판본, 여러 쇄, 여러 출판사에서 출간되어 나왔던 그 모두가 사라져버린 『모란꽃』이다. 식구들이 모두 치우기 싫어했던 토주도 그 안에 아무것도 없는 널빤지였을 뿐이다.

이 가치 없고, 쓸모없는 이야기를 주인공은 또 글로 쓰려 한다. 속절없는 행위에 이유나 목적 따윈 없다. 소설가에게 소설이란 그런 존재일 것이다. 버릇처럼 숨처럼 이어져온 것. 우리는 그 버릇을, 숨을 탐닉하면서 읽을 것이다. 버릇도 무릇 40년간 그래왔으면 보통 버릇인가. 나 같은 범인은 짐작할 수조차 없는 담담한 고백의 소설. 이 고백의 진동은 꽤 오래 퍼져나갈 듯하다.

버릇처럼 숨처럼 그래온 것뿐이니까. 사십 년간 하염없이 이어져오기만 한 거였으니까. 그리고 이어져갈 거니까.

어쿠스틱 라이프 10

난다 – 애니북스 – 2016년 6월

마감은 왜 이렇게 빚쟁이처럼 다가오는 것인지. 나처럼 마감에 시달리고 있는 만화가의 일상을 들여다보며 큭큭거리며 웃을 수 있게 해주는 게 『어쿠스틱 라이프』다. 작가님에게 받은 사인을 보물처럼 품고 있는 아내의 영향도 이 책과의 만남에 영향이 없지는 않았다.

아내와 남편, 아이로 구성된 가족. 만화를 통해서라도 간접체험을 해본다. 후반부터 보기 시작해서인지 내가 이 책을 접했을 때는 이미 갓난아기인 쌀이가 대활약을 하기 시작한 시기이기도 했다.

이들의 다이내믹하면서도 알콩달콩한 라이프를 보고 있으면, 타인과 만나 가족을 이루고 살아가는 일이, 그리고 일상에 균열이 생기지 않고 흔들림 없이 하루하루를 보낸다는 것이 쉽지 않다는 것을 느끼게 된다. 그리고 그 안에 얼마나 많은 배려와 또 그 이상의 애정이 있어야 하는지도. 자신의 취향과 취미생활을 유지하기 위해서 투쟁하고 투닥거리는 모습을 보고 있으면, 조용히 응원하게 된다. 아무래도 남편 쪽을.

너무 시끄러운 고독

보후밀 흐라발 - 이창실 옮김 - 문학동네 - 2016년 7월

출간 당시에는 주목을 받지 못하다가 이후 입소문이 나면서 잘 팔리는 책들이 있다. 예컨대『너무 시끄러운 고독』처럼. 2016년 6월 출간 당시에는 판매가 미진했다. 나도 보후밀 흐라발이 아니었다면 굳이 찾아 읽지 않았을지도 모른다. 그의 작품을 연모하던 나에게는 기쁜 출간 소식이었다. 130쪽 정도 되는 중편 길이의 이 소설은 애서가라면 누구나 공감할 만한 포인트가 많았다. 더구나 첫 구절부터 내 마음을 빼앗아갔으니. 그 구절은 다음과 같다.

삼십오 년째 나는 폐지 더미 속에서 일하고 있다. 이 일이야말로 나의 온전한 러브스토리다.

폐지 압축공인 한탸는 지하실에서 일한다. 천장에서는 엄청난 양의 폐지가 매일 쏟아진다. 그 더미들 속에서 한탸는『도덕경』『우신예찬』『도덕 형이상학』등과 같은 책들을 꾸러미로 만들기도 하고, 폐지들 속에 골라 넣기도 하면서 남부럽지 않은 영원과 무한 속에서 살아간다. 그에게는 옛 여자친구인 만차, 어린 집시 여자, 외삼촌 등과 같은 사람들도 있지만, 온전히 그를 구원해주는 메시야는 독서뿐이다. 그러나 부브니의 새 기계를 만나면서 더이상 자신이 가장 중요하게 여겨왔던 이 일이 부질없어짐을 깨닫게 될 때까지, 그의 독백을 보며 매혹될 수밖에 없었다. 이와 같은 시끄러운 고독이라면 얼마든지 받아들이고 싶다. 모두가 하찮게 생각하는 업무에서 숭고한 의미들을 찾아내는 그를 보며 누가 그 고독을 거부할까.

탁월한 사유의 시선

최진석 – 21세기북스 – 2016년 1월

최근 2년간 언론의 떠들썩한 주목을 받아온 건명원을 방문했다. 초대 원장인 최진석 서강대 철학과 교수를 인터뷰하기 위해서였다. 철학에 관한 책을 내었는데『탁월한 사유의 시선』이라는 제목이 달렸다. 곰곰이 생각하게 만드는 제목이다. 썩 팔릴 만한 제목은 아닌 것 같다고 한마디 했더니 얼굴빛이 어두워졌다.

철학의 쓸모라니, 얼마나 시대착오적인가. 고리타분한 동양철학자의 책인 줄 알았는데 예상외로 애국심이 투철한 저자의 나라 걱정이 가득한 책이었다. 일본과 중국이 서양의 철학과 지식을 받아들인 방식이 어떻게 두 나라의 역사를 바꾸었는지에 관한 이야기가 처음부터 언급된다. 한국에게 필요한 것은, 그에 따르면 선도력이라고. 자신들의 힘으로 생각하는 법, 사고하는 법을 만들어보지 못한 나라에게는 넘을 수 없는 벽이 있다는 진단이었다. 여러모로 공감할 만한 흥미로운 일침이 많았다.

동양철학자를 저자로 접한 게 무척 오랜만의 일이었는데 중국의 문화대혁명조차도 중국이 두 걸음 전진하기 위한 일보 후퇴였다는 분석을 듣고서는 고개를 절레절레 흔들었다. 중국은 어찌됐든 자신들만의 철학과 국가 운영방식을 만들어가고 있다는 진단을 하기도 했다. 전혀 동의할 수 없는 말씀이옵니다만…… 다른 생각을 만날 수 있는 것 또한 독서가 주는 즐거움이겠거니 생각했다.

집과 투명

장웨란 외 – 김태성 외 옮김 – 예담 – 2017년 1월

대학에 들어와 소설을 공부할 때, 가장 놀랐던 점은 중국 근현대 소설의 우수함이었다. 그뒤로 위화, 옌롄커 등을 읽게 되었다. 압도적인 서사의 힘을 따라가다보면 어느새 결말까지 가 있었다. 대륙이 가지고 있는 거시적 관점과 그 속의 끊임없는 불화가 매력적이었고, 작가들의 멈추지 않을 기세가 작품 곳곳에서 느껴지곤 했다.

올해 초 처음 만난 『집과 투명』은 중국 젊은 작가 8인의 대표 단편선이다. 매 호 100만 부 이상 팔리는 '인민문학'의 기획선으로 번역된 작품 중에서도 가장 빠르게 받아볼 수 있는 중국 현대 소설의 지금이다. 그들에게 주어진 주제는 '집'이다. 한국에서도 소설 속에서 '집'은 끊임없이 등장하는 공간이자 매개체이다. 그 공간을 현대 중국 작가들이 어떻게 투영하고, 서사적 공간 혹은 상상력의 도구로 사용하는지 엿볼 수 있는 기회였다. 특히 1970-80년대 작가들의 작품이 수록되어, 지금 우리나라에서 주목받고 있는 젊은 작가들과 비교해보면서 읽으니 더욱 흥미롭다. 8편의 작품을 모두 읽기 힘들다면 장웨란의 「집」, 황베이쟈의 「완가친우단」 그리고 추이만리의 「관아이의 바위」는 꼭 읽어보시길.

집과 투명

장웨란 외 - 김태성 외 옮김 - 예담 - 2017년 1월

중국 현대 소설에 대해 잘 알지 못한다. 이 책은 단편집이라는 점이 더 끌렸다. 『집과 투명』이라는 독특한 제목도.

장웨란의 「집」을 읽으며 그 세련된 묘사에 놀랐다. 편안하고 안정적인 삶을 살던 아내 치우뤄가 집을 떠나고, 남겨진 고양이의 밥을 주는 가정부의 독백이 흘러나오는 소설. 치우뤄는 남편의 직장 상사의 고급 저택에 위화감을 느끼고, 샤오쥐는 치우뤄의 집에서 부러움을 느낀다.

샤오쥐의 남편은 농민공으로 머나먼 쓰촨에서 잡역부로 일을 하고 있다. 베이징의 좁은 방에서 혼밥을 먹으며 한국 드라마를 보는 삶에도 샤오쥐는 만족을 느꼈다. 다만 무능한 남자를 떠나고 싶다는 원망이 들 뿐이었다. 어느 날 놀랍게도 동시에 부부가 집을 나가 버린다. 고양이에게 밥을 준다는 핑계로 샤오쥐는 그 집을 지키게 된다. 자유를 느끼던 샤오쥐는 남편에게 이혼하자고 통보를 보낸 직후, 쓰촨에서 대지진이 일어났다는 뉴스를 접하게 된다. 신의 장난이란. 감탄사가 절로 나왔다.

중국의 30-40대 작가 8명이 '집'을 소재로 쓴 테마 소설집인데, 그들의 체급은 이미 전 세계로 번역되어 국제문학상을 타거나 자국에서 밀리언셀러 작가가 된 이들이기도 했다. 한국의 작가들과 어느새 이런 까마득한 거리감이 생겼구나 싶다. 윤택하고 안정적인 삶과 가난하고 힘겨운 삶의 아찔한 낙차가 거리낌없이 묘사되고, 굴곡 많은 현대사는 소설 속에 복합적인 풍경과 인물의 내적인 갈등으로 드러난다. 오늘날 중국의 풍경을 엿보기도 좋은 이야기들이었다. 중국의 1970-80년대생 작가들을 더 자주 만나고 싶어졌다.

다시, 피아노

앨런 러스브리저 – 이석호 옮김 – 포노 – 2016년 12월

새해에 읽으면 좋은 책을 한 권 추천해달란 부탁이 1월 내내 있다. 나는 2016년 말에 읽은 『다시, 피아노』를 불쑥 권했다. 읽고 나서 나도 다시 피아노를 쳐야겠다고 다짐했었으니까.

저자 앨런은 게리라는 아마추어 연주자의 쇼팽 〈발라드 1번 G단조〉를 듣고 충격에 빠진다(마치 내가 앨런의 이 책을 보면서 충격에 빠지듯!). 자신보다 더 못 칠 것이라 예상했던 그가 그 어떤 프로보다 훌륭하게 곡을 소화해낸 것. 그뒤로 앨런은 1년 동안 연습해서 〈발라드 1번 G단조〉를 연주해내겠다고 다짐한다.

2010년 8월 6일 금요일부터 시작한 앨런 자신의 일상과 2010-2011년 한 해 동안 일어나는 여러 국제 이슈들 속에서 계속되는 〈발라드 1번 G단조〉 도전, 그리고 가디언 편집국장이기에 만날 수 있는 음악가, 여러 피아노 전문가들의 조언이 위트 있고, 피아노 건반 치듯 경쾌하게 놓여져 있다. 이 글을 읽고 가볍고 경쾌한 발걸음이 떠오른 건 그가 이미 완벽을 포기해서였다.

> 어차피 완벽한 연주란 불가능하다. 나는 그저 음악을 통해 이야기를 하고 싶을 뿐이다.

무엇보다 쇼팽에 관한 재해석과 논의들을 클래식을 모르는 나 같은 '클알못'에게도 쉽고 감동적으로 설명해준다는 것. 읽고 도전해보자. 성실한 준비, 약간의 용기와 음악에 대한 사랑만 있으면 그것으로 충분하다.

외로운 도시

올리비아 랭 · 김병화 옮김 · 어크로스 · 2017년 1월

#감탄하며_읽은_책

"고독이라는 도시에서 길을 잃었을 때 나에게 구원의 손길을 내민 것은 타인이 아닌 예술이었다." 이 한 줄 카피만으로 책을 집어들게 되었다. 1년의 20분의 1밖에 통과하지 않았지만, 올해 만난 가장 아름다운 에세이.

에드워드 호퍼의 〈나이트호크〉를 보며 표정 없는 도시 남녀의 모습에서 외로움을 느끼기란 쉽지 않은 일이다. 올리비아 랭 또한 그랬다. 그는 다이빙하듯 사랑에 빠져 런던에서 뉴욕으로 떠나왔지만, 애인을 잃고 연고도 없는 떠돌이가 됐다. 사랑이 사라진 뒤 매달릴 수 있는 건 뉴욕이라는 도시뿐이었다. 고독에 몸부림치며, 구원의 손길을 발견한 건 앤디 워홀, 에드워드 호퍼, 클라우스 노미 같은 예술가들이 고독 속에서 잉태한 예술이었다. 그리고 이 만남은 그를 구원했다.

호퍼가 남긴 말과 인터뷰를 톺아보면, 그의 삶이 얼마나 지독한 고독으로 가득했는지, 그것이 그의 그림 속으로 어떻게 스며들었는지 알게 된다. 많은 예술가의 삶이 그러했다. 이 책에는 잘 알지 못하던 예술가의 이야기도 여럿 소개된다. 데이비드 워나로이츠의 삶은 특히나 가슴 아팠다. 학대와 결핍으로 가득한 성장기, 그리고 그런 고난과 고독 속에서 만들어낸 독창적인 예술. 마치 『리틀 라이프』의 주인공 주드의 모습을 보는 것 같았다. 미국의 서평지에서는 심지어 리베카 솔닛의 글쓰기와 비견하는 평이 실리기도 했다. 내가 느낀 첫인상도 다르지 않았다.

녹색 광선

쥘 베른 - 박아르마 옮김 - frame/page - 2017년 5월

『녹색 광선』은 쥘 베른의 주특기인 모험을 소재로 한, 진정한 사랑을 꿈꾸는 헬레나 캠벨이라는 아가씨가 주인공인 소설이다. 조카딸인 그녀를 귀중한 보석처럼 키워온 샘과 시브 삼촌의 동상이몽을 시작으로 모험은 시작된다. 얼굴도, 성격도 잘 모르는 한 괴짜와 결혼을 하라는 삼촌들의 권유에 헬레나는 결혼을 절대 하지 않겠다고 대답한다. '녹색 광선'을 보기 전까지 말이다.

녹색 광선은 사랑의 감정 속에서 더이상 속지 않게 해주는 효력을 가지고 있다. 사랑하는 사람에게 속고 싶지 않고, 맹목적인 사랑에 빠진 자신조차도 의심하는 것. 사랑에 있어 가장 어렵고 힘든 부분이 아닌가. 그 부분을 꿰뚫어보기만 한다면 진정한 사랑을 알아보리라.

클라이드강을 타고 본격적으로 모험을 떠난 캠벨 무리는 표류된 젊은이와 한 노인을 구출하는 데 도움을 준다. 캠벨은 어려운 상황에서도 침착하게 자신의 늙은 동료를 챙기는 젊은이의 모습을 지켜본다. 찰나에 사랑이 시작된다. 오번에서 만난 아리스토불러스 어시클로스를 뒤로하고 캠벨은 젊은이 올리비에에게 마음이 끌린다. 그들은 같이 녹색 광선을 찾으러 간다. 여러 우여곡절이 이어지고, 캠벨과 올리비에는 서로에 관한 호감을 쌓아올린다. 그리고 그들은 진짜 녹색 광선을 마주하게 된다. 모든 것을 과학적, 학문적으로 해결하고 보려 하는 어시클로스와 정의감 넘치며 자신의 감정에 솔직한 예술가 타입의 올리비에를 비교하면서 읽는 것도 또하나의 즐거움이다.

#읽은_책

사람으로 산다는 것

헤닝 만켈 · 이수연 옮김 · 뮤진트리 · 2017년 1월

가본 적도 없는 낯선 나라에 대해서 궁금해지는 일이 종종 생긴다. 대부분 그 나라의 작가와 만남으로 인해서였다. 스웨덴은 나에게 헤닝 만켈의 나라였다. 이 책은 2014년 암 진단을 받은 후 헤닝 만켈이 투병중에 집필한 마지막 에세이. 2015년 그가 세상을 떠난 뒤에 뒤늦게 소개된 몇 권의 책을 만났지만, 이 책만큼 헤닝 만켈이란 작가를 솔직하게 보여주는 책은 없었다.

발란더 형사 시리즈로 피와 폭력의 세계를 집요하게 탐구했던 작가지만, 그는 반핵 운동에 앞장서고, 불평등과 부조리를 고발하며 살아온 작가였음이 이 책을 통해 여실히 드러난다. 그리고 그가 사회를 변화시키기 위해 선택한 도구가 바로 글쓰기였다는 사실도 말이다.

정말로 중요한 모든 이야기들은 각성을 다루고 있다는 생각이 들었다. 개인의 각성이든 아니면 전체 사회의 각성이든, 혁명에 의한 각성이든 아니면 자연재해에 의한 각성이든 간에. 글을 쓴다는 일은 내가 가진 손전등으로 어두운 구석들을 비추고 전력을 다해 다른 이들이 숨기려는 것을 밝히는 일이어야 한다고 나는 생각했다.

눈먼 부엉이

사데크 헤다야트 - 배수아 옮김 - 문학과지성사 - 2013년 5월

모든 소설이 쉽다면 재미가 없다. 전통적인 서사에, 감동적인 글귀가 간간이 보이는 따스한 소설도 좋지만, 꿈과 현실을 지그재그로 걸으며 좀체 알 수 없는 소설도 좋다.『눈먼 부엉이』는 읽는 내내 취하게 하는 소설이었다. 이미지가 여럿 중복되면서 진행되기에 소설을 '읽는다'라기보다는 소설을 '본다'에 가까운 구조다.

 "삶에는 마치 나병처럼 고독 속에서 서서히 영혼을 잠식하는 상처가 있다."『눈먼 부엉이』의 첫 구절은 작가 사데크 헤다야트의 삶을 요약한다. 짧은 여생 동안 끝없는 좌절을 겪어야 했던 그는 자신의 조국에서 철저하게 무시당한 채 살았다. 그의 페르소나로 보이는『눈먼 부엉이』의 화자 역시 코브라의 독이 든 포도주가 유일한 소유물인 가난한 예술가이다. 아무에게도 인정받지 못하고, 자기 자신조차 "초라하고 재능 없는 필통 화가"라 자조적으로 칭하는 사람. 항상 아편과 포도주만이 그를 환각 속으로 인도한다. 그것만이 구원인 것처럼.

그러던 그가 "망각의 세계를 그대로 관통"하면서 자신의 "가깝고도 익숙한 낡은 세계"를 떠올리게 된다. 이때부터 더이상의 서사는 불필요할 정도로 몽환적인 내면의 풍경을 그린다. 주인공의 의식과 실재가 두서없이 나열된다. 고백하듯 시간의 흐름과는 아무 관련이 없어 보인다. 단지 모든 것이 고통일 뿐.

읽을 때마다 놓쳤던 부분을 발견하게 되는 소설이기도 하다. 해석이 무의미한 이 이야기는 내 등뒤를 자꾸만 돌아보게 하는 힘이 있다.

일본 1인 출판사가 일하는 방식

니시야마 마사코 - 김연한 옮김 - 유유 - 2017년 1월

독립서점, 1인 출판사에 관한 책들이 트렌드라고 해도 될 만큼 쏟아지고 있다. 그중 이 책에 눈길이 간 건 일본이라는 나라에서의 출판업은 어떨까라는 궁금증 때문이었다. 1인 출판사를 차린 이들의 면면은 한국과 유사한 패턴이 많았다. 안정적인 샐러리맨 혹은 출판계 종사자였지만 회사를 떠나 자신만의 일을 해보겠다는 의지로 도전했다 우여곡절을 겪는 패턴이랄까.

TBS 베테랑 기자 출신인 야스나가 노리코는 육아와 일을 병행하기 위해 1인 출판사에 도전했다. '성인 대상 그림책'이라는 틈새시장을 노렸고, 카스텔라 법칙이라는 것을 믿었다. '카스텔라를 좋아한다고 계속 말하면, 남한테 받거나 저절로 얻게 된다'는 자기 최면 요법을 믿었던 것이다. 취재기자로 일하면서 낯선 사람을 찾아가는 것이 익숙했고, 빠른 결단력의 덕을 초반부터 볼 수 있었다. 그런 그에게도 역시 고민은 경비를 빼면 이익이 나지 않는 출판업의 구조였다. 일본도 어쩔 수 없구나, 싶었던 대목. "작으니까 할 수 있는 일과 할 수 없는 일은 양쪽 모두 많다"는 그의 말이 1인 출판사를 설명하는 가장 정확한 말이 아닐까 싶었다.

'도요사'라는 출판사를 꾸린 도요사 이쓰시의 경우, 외로움을 토로하기도 한다. 조직이 싫어 독립을 선택하는 이들에게도 역시 어려움은 매양 비슷한 모습이구나 싶었다.

혼자 하면 일하는 기쁨이 작습니다. 다른 이와 함께 점심 먹는 것도 일주일에 한 번 있을까 말까예요. 지금은 월급 줄 형편이 아니라서 현실적으로 힘들지만, 언젠가 조건이 되면 다른 이와 함께 일할 생각도 있습니다. 그러면 지금보다 더 '유쾌'하게 일할 수 있지 않을까요.

유럽의 그림책 작가들에게 묻다

최혜진 - 은행나무 - 2016년 10월

어릴 적에 그림책을 읽었던 기억이 별로 없다. 이상하게 그림책보다 글자가 많은 위인전이나 백과사전을 주로 읽었다. 그림책을 사줄 형편이 못 되었는지, 아버지의 취향이 영향을 끼쳤는지 알 수 없다. 다만 서른 살이 다 되어서도 그림책에 관한 환상이 있는 걸 보면, 그림책을 많이 못 접했던 게 못내 아쉬운 모양이다.

『유럽의 그림책 작가들에게 묻다』는 그런 내 욕구를 해소해주었다. 프랑스나 벨기에, 이탈리아 등에서의 그림책 작가들은 성인 단행본 작가 못지않게 언론과 출판계에서 많은 주목과 인기를 끌고 있다고 한다. 책에는 10명의 그림책 작가들의 인터뷰가 나온다. 그들은 말한다. "창의력은 노력의 다른 이름이다." "부모님에게 물려받은 것 없이도 훌륭한 예술가가 될 수 있다." 그리고 무엇보다 중요한 건 "아이에게 자유를 줘라". 작가들은 영감의 원천으로 모두 독서와 여행, 놀이를 추천하고 있었다. 여행이야 돈이 없으면 힘들다 치고, 놀이는 어른이 하기에 좀 그렇다고 하자. 어른이 할 수 있는 유일한 방법은 독서. 뱅자맹 쇼는 "책을 한 쪽이라도 안 읽고 보내는 날이 거의 없"다고 말한다. 지금 한국에서는 그런 어른이 몇이나 있을까?

조카들에게 우리나라에서 인기가 많은 앤서니 브라운만 늘 선물했던 과거의 나를 반성하며 작가들의 그림책을 검색해본다. 그림책이 많다는 건 그만큼 다양한 시선을 존중한다는 것. 유명 작가만 선물해줄 게 아니라 그때그때 아이에게 주고 싶은 책을 선물해주어야겠다.

리처드 도킨스 자서전

리처드 도킨스 - 김명남 옮김 - 김영사 - 2016년 12월

토요일에 투덜거리며 일을 하러 나왔다. 리처드 도킨스가 한국에 처음으로 왔는데, 그 첫 행사가 대중 강연인 덕분이었다. 강의를 들으러 온 300여 명의 학생들의 모습이 인상적이었다. 그나저나 나는 『이기적 유전자』를 고등학교 때 읽진 않았는데, 요즘 아이들은 조숙하군.

리처드 도킨스의 자서전이 특히 재미있는 건 그의 시니컬한 유머가 극대화된 덕분이다. 식민지 공무원으로 야생동물 속에 묻혀 살았던 가족과 친척들 덕분에 동물학에 자연스럽게 끌리게 된 그의 성장 환경과 아프리카에서의 유년기 이야기는 특별히 인상적이었다.

자서전이 생전에 세계적 베스트셀러가 될 수 있는 인물을 실제로 만나보는 경험도 드문 일이다. 강연을 통해 접한 목소리, 자신의 학문을 향한 자신감, 그리고 어린 세대에게 자신의 신념(무신론과 과학적 이성에 대한 믿음)을 전파하려 애쓰는 모습 등이 책으로 만난 그의 모습에 겹쳐지며, 한 권의 책을 온전히 만난 것 같은 경험을 할 수 있었다.

#강연에_들르고_간_책

외로운 도시

올리비아 랭 – 김병화 옮김 – 어크로스 – 2017년 01월

밀린 원고를 쓰기 위해 동네 카페로 나왔다. 남편이 읽고 극찬한
『외로운 도시』를 끼고 나왔건만, 표지와 몇 장을 넘겨보고 다시 덮
었다. 어서 원고를 써야 한다. 더 읽었다가 글씨 한 자도 못 쓰고 말
것이다. 고독에 관해 이야기를 시작하려는 저자의 목소리를 좀처
럼 모른 체하기 쉽지 않다. 그래도 내일 읽자.

#카페에_가져온_책

다치바나 다카시의 서재

다치바나 다카시 · 박성관 옮김 · 문학동네 · 2017년 1월

많은 작가가 명멸해온 '나 혼자서 좋아해온 작가들의 리스트'에서 가장 굳건하게 자리를 지키는 건 다치바나 다카시다. 20대 중반에 처음 접한 뒤 그의 모든 책을 읽었고, 덕분에 어쩌다가 기자까지 되어버렸다. 그에게 받은 영향력이 어느 정도였냐면, 『나는 이런 책을 읽어왔다』에서 20대가 된 이후에는 픽션을 읽지 않는다고 했던 그의 말 한마디에 정말로 4학년 이후에는 거의 픽션을 읽지 않았다.

고양이 빌딩의 안으로 들어가보는 책이다. 과거 그가 건물을 지어 4만여 권의 장서를 들이고, 책을 정리하는 비서를 일본 전역에서 공개 채용했던 일화까지만 기억하고 있었는데, 어느덧 장서는 20만 권이 넘어버렸다고 한다. 80세를 넘긴 꼬장꼬장한 이 노인이 최근엔 종이책보다 인터넷으로 찾은 문서들이 더 최신의 정보를 많이 담고 있어 중요하다는 말을 하는 것도 신선했다. 와이다 준이치가 책과 서가를 낱낱이 찍은 무려 176쪽의 컬러 사진이 볼거리다.

5층 규모의 고양이 빌딩에서 그가 가장 먼저 소개하는 코너는 지상 1층에 쌓여 있는 '죽음'을 주제로 한 책 이야기다. 마지막에는 릿쿄대학에 있는 연구실에 쌓인 기독교사 서적 이야기로 끝을 맺지만, 그의 관심사가 만년으로 향할수록 죽음과 관련한 책으로 수렴하고 있다는 것이 안타까웠다. 가장 최근에 낸 책도 『죽음은 두렵지 않다』였다. 머릿속에 바벨의 도서관을 들여놓은 이에게도 마지막 관심사는 결국 삶과 죽음으로 가닿을 수밖에 없나보다. "서가를 보면 자신이 무엇으로 이루어져 있는지가 보인다"는 고백을 하기에 이 남자보다 적합한 이로 누가 있으랴. 그의 책을 아직은 더 만나고 싶다.

외로운 도시

올리비아 랭 - 김병화 옮김 - 어크로스 - 2017년 01월

서울에서 10년을 살았다. 내가 거쳐온 여러 기복이 이 도시에서 일어났고, 앞으로도 이곳에서 일어날 가능성이 크다. 그러나 고향을 떠나온 이곳과의 첫 만남은 낯설었다. 나는 서울역에서 지하철을 잘못 갈아타거나 종종 길을 잃곤 했다. 집에 오는 길에는 늘 외로웠다. 고독, 외로움, 그리고 두려움.

『외로운 도시』는 예술을 통한 그 외로움과 고독에 관한 탐사기다. 저자 올리비아 랭에게 고독은 그저 지나가야 할 감정이 아니라 '아주 특별한 장소'로 정의된다. 고독이란 곳에서 우리가 익히 알고 있는 에드워드 호퍼, 앤디 워홀부터 데이비드 워나로위츠, 조 레너드 등 예술가들이 어떤 작품을 만들어가는지를 탐색한다.

고독을 통해 예술가를 보는 작업은 예술의 비상한 기능을 터득하게끔 한다. 예술은 개개인의 사이에 다리를 놓는다. 이 연결은 고독과 갈망이 실패가 아닌 나 자신이 살아 있음을 의미한다. 그러니 올리비아 랭은 서로 연대하고, 깨어 있고, 열려 있을 것을 당부한다. 이 당부까지 닿기 위해서는 무척 아프고 힘든 그들의 고독을 지켜보아야 하지만, 그래도 그들과 나의 고독이란 공간 사이를 겹치게 하는 '풀'이란 힘을 느끼게 할 것이다.

외로운 도시에서 경이적인 것이 수도 없이 탄생했다. 고독 속에서 만들어졌지만, 고독을 다시 구원하는 것들이.

귤 곰팡이 나이트

신해욱 – 위트앤시니컬 × 아침달 – 2016년 11월

올해의 첫 시집이다. 15편만 실린 단출한 시집.「완벽한 마모의 돌 찾기 대회」「남궁옥분 상태」「행맨」「박색 키르케」…… 제목만으로는 도무지 무슨 이야기일까 짐작할 수 없는 시들이 이어진다. 햄릿과 성경과 과학자와 혈액형도 등장한다. 그런데 천천히 들여다보면 하나하나 품고 있는 이야기가 불경스럽고 전복적이지만, 솔직하고 재미있다.

시인이 가져야 하는 시선의 경계는 어디까지 닿아야 하고, 시인이 가질 수 있는 목소리는 어떻게 변형될 수 있는지 알려주는 것 같았던 낭독시집이다. 시인은 마지막까지 남아 있는 자여야 한다고 말하고 있는 것 같았다. 어디에? 안타깝고 슬픈 일이 벌어지고 있지만, 아무것도 할 수 없는 지금 이곳에. 어쩌면 한 해 동안 우리가 겪은 일을 대변해주는 것 같은 목소리였다.

악마들이 비운 지옥을 점령하도록 무슨 수로 인솔할 수 있습니까.
—「클론」

면역에 관하여

율라 비스 – 김명남 옮김 – 열린책들 – 2016년 11월

내 왼쪽 어깨와 팔 사이에는 묘한 자국이 있다. 내 어머니, 내 외할머니도 이 자국을 가졌으리라. 이것은 모두가 지정된 보건소에서 맞은 백신의 흔적이다. 이것이 '집단 면역'이었다.

율라 비스의 아름다운 이 책, 『면역에 관하여』는 공동의 기억을 가지고 있는 우리들에게 백신 그 이상을 바라보게 한다. 그녀는 2009년에 아들을 낳은 경험을 바탕으로 백신을 가운데에 놓고 그것을 향한 두려움에 관해 설득력 있게 전달한다. 그녀가 제시한 이야기와 신화, 저작들 속에서 우리는 은유로서의 면역을 발견한다. 아킬레우스의 발목과 같이 우리는 완전한 불멸을 가질 수 없다.

신기하게도 이 '발목' 때문에 우리는 끊임없이 백신에 관해 두려움을 가지고, 불완전한 정보로 이루어진 백신의 유령에 집착하게 된다. 율라 비스의 사적 경험은 이 지점에서 빛을 발한다. 백신을 맞히는 것에 끝나지 않고, 그에 따르는 공포와 두려움을 면역의 바깥에서 관찰해낸다. 아이의 병이 엄마에게 끼치는 영향, 반대로 엄마의 병이 아이에게 끼치는 영향, 그리고 소비자로서의 선택이 공동체에게 끼칠 영향 등을 자연스럽게 풀어낸다. 아이러니하게도 우리는 취약하기 때문에, 자신만의 질병을 가질 수도 없다. 나의 질병은 또다른 취약한 몸에게 퍼진다. 면역은 자기만의 공간이 아니다. 아킬레스건을 가진 공동체의 문제이고, 그것은 '공유된 공간'이자 '함께 가꾸는 정원'이다.

염소가 된 인간

토머스 트웨이츠 ─ 황성원 옮김 ─ 책세상 ─ 2017년 1월

"인간으로 사는 건 너무 피곤해. 염소가 될래요!" 이게 무슨 염소가 풀 뜯어먹는 소린가. 정말 표지만 보고도 빵 터졌다. 어느 날 동물이 되어보기로 결심한 남자가 있다. 코끼리가 되는 것은 실현 불가능함을 깨닫고 그는 염소가 되기로 결심한다. 이 황당한 계획에 런던의 한 생명과학연구소가 후원을 한다. 신경과학자, 동물행동학자, 수의사, 의수족 제작자, 목장주까지 만난 끝에 그는 염소의 발 모양을 한 의수족을 두 손에 장착했다. 그리고 달려갔다. 알프스의 염소떼 곁으로.

이 정신 나간 사람이 누굴까 싶었는데, '토스터 프로젝트'의 그 토머스 트웨이츠였다. 영국 왕립예술대학 졸업 전시회에서 토스터를 원재료부터 채취해 모든 부품을 다 수작업으로 만들어내 맨손으로 제작하여 전시한 프로젝트 말이다. 도시를 떠나고 싶은 사람이라면, 이 정신 나간 남자의 책을 읽고도 일말의 동경심이 생길지도 모르겠다. 물론 이 책을 끝까지 읽고 그 고생담을 접한다면 마음이 바뀌겠지만. 그는 염소를 이해하기 위해 직접 해부를 해보기도 했고, 산으로 들어가서는 정말로 풀도 뜯어먹었다. 책에는 사진이 제법 많이 실려 있는데, 네발로 걷고 있는 그의 모습 중 하나에선 눈물이 보였다. 분명 울고 있었다. 그나저나 고생 끝에 낙인지, 이 남자에게는 전 세계 염소 목장의 초청이 쇄도하고 있다고.

더 멀리 10호

독립 문예 잡지 - 2016년 11월

독립서점 주인장분께 부탁해서 어렵사리 구한『더 멀리 10호』를 받아왔다. 영하 10도까지 내려간 추운 날이었다. 연두색을 띤 시집을 너무 뒤늦게 사서, 누구에게 들킬세라 가방에 꽁꽁 숨겨 왔다. 사야지, 사야지 하고 게으름을 피우다 결국 못 사게 되는 책들이 있다. 차라리 못 사면 다행인데, 나는 꼭 '품절' '더이상 구할 수 없음'이라는 문장을 발견하면 그때부터 여럿을 귀찮게 한다.

가을이 끝나가고 겨울이 시작하는 즈음에 나왔던『너 멀리 10호』는 시인과 소설가, 그리고 여러 '친구들'이 '자유롭고 느슨'하게 내뱉듯이 쓴 자신의 이야기-작품으로 구성되어 있다.

석지연 시인의「남궁인의 손」을 시작으로 시가 이어진다. 시인들이 편집을 해서 그런지 수록된 시들이 모두 괜찮았다. 독자 투고 시들도 빼어났다. '편집자'를 주제로 쓴「구름」꼭지와, '그 음악을 제발 틀지 마세요(DJ)'라는 주제였던「가까운 순간」은 특별히 더 좋았다. 황현진의「사인은 심장마비」에서는 익히 아는 히치콕과 그의 유명 스태프들을 글로 가져온다. 그중 편집 담당 '조지'의 시각으로 그들의 팀을 바라본다. 편집 작업으로 자신의 일상조차 편집해버리고 마는 찰나가 흥미롭다. 자신이 좋아하는 SF 작가의 단편집을 소개하는 정세랑 작가의 명랑한 글을 보며 추후에 읽을 책 리스트에 한 권을 더했다. 정도경 작가의『씨앗』이라는 작품집.

역시 늦게라도, 염치없이 부탁을 해서라도 이 독립잡지를 구하길 잘했다 싶다.

#뒤늦게_구한_책

커트

이유 · 문학과지성사 · 2017년 1월

『소각의 여왕』을 추천하는 이들이 많았다. 아직 읽지 못한 그 첫 장편으로부터 오래지 않아 묶여 나온 소설집이다. 이유는 중년에 늦깎이 등단을 했고, 수학 전공자다. 내가 혹하는 신인 작가의 조건을 두루 갖춘 그의 작품을 처음으로 읽었다. 첫 단편 「낯선 아내」는 올리버 색스의 『아내를 모자로 착각한 남자』의 소설 버전 같았다. 아내조차 알아보지 못하게 된 안면인식장애를 가진 남자가 범죄를 쫓는 형사 일을 한다는 블랙코미디라니.

「지구에서 가장 추운 도시」는 영하 10도까지 떨어진 날 읽기 더 없이 적당한 소설이었다. 움직일 때마다 커터칼이 양쪽 뺨을 긁어대는 느낌이 들고, 한겨울에 사라진 동네 친구가 눈이 녹는 계절에 돌아오기도 하는 도시에 상을 수상하기 위해 도착한 건축가의 이야기다. 강가에 세워질 전망대를 설계해 상을 탄 덕분에 이 추운 도시에 도착한 그는 혼자서 강에 가보려다, (당연하게도) 차가 멈추어버리고, 혼자서 걷다가 추위의 습격을 당해 쓰러지고 만다. 죽어가던 그를 발견한 원주민과의 대화가 뚜렷한 잔상을 만들어냈다. "대체 날 어떻게 찾아낸 겁니까?" "당신이 거기 있었잖아요."

꿈과 현실이 뒤섞이는 이야기들이 많았다. 이야기를 따라가다 길을 잃기 쉽지만 그 헤매는 과정이 재미있었다. 작가는 눈 하나 깜빡하지 않고 인물의 사지를 절단하는 이야기의 창조자이기도 했다. 무엇보다도 시침을 뚝 떼고 던지는 유머가 좋았다. 『소각의 여왕』이 보고 싶어졌다. 오랫동안 성실하게 쓰고, 자신의 세계를 만들어 갈 재능 있는 작가의 탄생을 목도한 느낌.

H2 오리지널 박스판

아다치 미츠루 - 대원씨아이 - 2016년 10월

언제부터 대한민국이 야구 시즌만 되면 이토록 열광이었는지 기억이 나지 않는다. 이미 내가 대학 입학했을 무렵, 야구장 데이트, 야구장 정모, 야구장 치맥 등등의 인기가 높았다. 표를 구하지 못해, 현장에서 가장 좋은 자리를 구하기 위해 3-4시간 전에 미리 줄을 서 있던 열정을 보여온 지가 이미 8년째다. 처음에는 부모님을 따라서, 머리가 다 크고는 데이트를 하려고, 지금은 무엇보다 내 자신의 오락을 위해서 야구를 본다.

야구를 좋아했지만, 소년 야구 만화는 보지 않았다가 굴복하듯이 구매하고만 『H2』. 친구들이 대학 시절 내내 『H2』를 노래하듯 말할 때는 꿈쩍도 안 했다가 현실 야구 멘탈이 무너지기 시작하면서, 치료약처럼 『H2』를 읽는다. 아무에게도 상처 입히지 않고, 자신이 좋아하는 야구를 열정적으로 즐기고 있는 히로를 보면서 대리만족을 느낀다. 승부를 위해 필사적이지 않다. 그저 야구를 하기만 하면 된다. 갑자원도 중요하고, 라이벌 히데오를 이기는 것도 중요하지만, 자신에게 가장 중요한 것은 야구를 '한다'는 것이라는 걸 보여주는 히로를 계속 응원하고 싶다. 히로의 꿈, 그리고 청춘을 위한 만화. 주인공이 읽는 이의 이름으로 바뀌어버리는 그런 만화다.

#읽은_책

혜성의 냄새

문혜진 ─ 민음사 ─ 2017년 1월

　비단무늬그물뱀, 외뿔고래, 큰 고니와 흡혈박쥐, 철가면을 쓴 해마, 너구리 한 마리…… 동물이 많이 등장하는 시집이다. 즐거운 마음으로 읽지 않을 수가 없다.

　　얼음보다 낮은 체온으로
　　수압을 견디는
　　투명한 피와 하얀 아가미의 외뿔고래
　　다시, 유두 끝에 이끼 빛 물이 돈다
　　─「외뿔고래」

　동물을 묘사하는 시를 외면할 수 없는 건, 내가 못난 인간이어서일 것이다. 시인이 열한 살 때 지나간 핼리 혜성의 다음 접근 시기는 2062년 여름. 그날을 떠올리며 불타는 혜성의 냄새를 상상하는 시인의 목소리를 상상해보며, 나는 이 푸른 늑대 울음소리와 니르바나의 음악 소리가 들려오는 시집을 느긋한 마음으로 읽어나갔다.

다치바나 다카시의 서재

다치바나 다카시 – 박성관 옮김 – 문학동네 – 2017년 1월

일본에서 지성인, 지의 거인 하면 떠오르는 사람 중 하나인 다치바나 다카시. 저널리스트이자 데이터맨들을 고용해서 기사를 작성하는 앵커맨인 그답게 '고양이 빌딩'을 만들고 그곳에 자신이 샀던 도서 20만여 권을 보관하고 있다. 내 서재의 책들도 정리 못하는 주제지만, 순전히 『다치바나 다카시의 서재』의 사진 때문에 이 책을 구했다.

고양이 빌딩 1층부터 지하 2층까지도 모자라 계단까지 쌓여 있는 책들을 비롯해서 산초메 서고 릿쿄대학 연구실까지 다치바나 다카시가 마치 자신의 박물관을 큐레이팅했던 사람처럼 각 구획과 책들의 분류를 설명한다.

제가 하는 작업에 따라 그때그때 책의 장소도 변하죠.

'죽음이란 무엇인가'를 주제로 정리해둔 1층 안쪽 서가를 시작으로 생명에 관한 책을 모아놓은 옆 칸, 맞은편엔 빨간책까지. 책들이 놓인 위치가 영 생뚱맞진 않다. 책들마다 사연이 있고, 그 사연을 듣고 있노라면 그의 역사를 엿보는 듯하다. 취재는 자료 모으기부터라는 그의 직업 정신답게 과학/인문/사회를 넘나드는 서적들을 만날 수 있다. 아쉽게도 우리나라에 출간되지 않은 책들도 많다. 하지만 재미있게 계속 읽히는 까닭은 그의 서재가 마치 이전 그의 저작들의 청사진처럼 다가오기 때문이다.

사진과 일일이 비교해가면서 본문을 읽는 것 또한 색다른 경험. 하지만 두 번 다시 이런 책을 읽진 말아야겠다. 읽을수록 너무 읽어야 할 책들이 많아지는 기분이랄까.

서재 결혼 시키기

앤 패디먼 – 정영목 옮김 – 지호 – 2002년 10월

아내와 독서 일기를 나란히 쓰면서, 가장 먼저 떠올린 책이 『서재 결혼 시키기』였다. 앤 패디먼은 누구에게도 지지 않을 애서가다. 서로 안 지 10년, 함께 산 지 6년, 결혼한 지 5년 만에 서가를 합치기로 결심했을 정도다.

남편은 병합파였고, 그는 세분파였다. 국적과 주제에 따라 분류하는 정교한 앤 패디먼의 방식과 달리 남편은 민주적이고 포괄적으로 서재를 구성했다. 재앙처럼 어수선한 방식으로. 결혼이 그러하듯, 둘은 결국 타협을 할 수밖에 없었다. 싸움이 일어나고 만 건, 셰익스피어를 정리하면서다. 남편은 연대순으로 정리하지 않는다는 잔소리에 소리를 지르고 말았다.

어쨌건 일주일에 걸친 전쟁 같은 서가 정리를 마친 끝에 이 집에 평화는 찾아왔다. "이렇게 나의 책과 그의 책은 우리 책이 되었다. 우리는 진정으로 결혼을 한 것이다."

이 책을 보면서 가장 궁금했던 건, 겹치는 책의 처분법이었다. 두 사람은 하드커버가 페이퍼백에 우선하며, 책 여백에 메모가 있는 책을 남겨두는 타협을 했다. 나는 책에 메모를 하는 성격이 아니라 절대적으로 불리한 조건이었다. 결국 우리집 서가에는 우리만의 법칙이 필요하다는 교훈만을 얻었다.

책에서 유난히 애틋하게 묘사되는 부분이 있다. 두 사람이 서로에게 선물한 첫 책을 추억하는 장이다. 나에게도 선명한 기억으로 남아 있다. 내가 처음으로 선물한 책, 그리고 내가 처음으로 선물받은 책. 책이 묶어준 인연으로 인생의 동반자를 만나고 다시 서가를 합치는 고민을 하고 있다는 사실이 새삼 놀라운 일이다. 소중한 인연을 만들어준 책들을 좀더 볕이 잘 드는 자리로 옮겨놓아야겠다.

슬픈 감자 200그램
박상순 – 난다 – 2017년 1월

민족 대명절인 설. 남편을 따라 그의 고향에 간다. 그러니까 나한테는 시댁이다. 차만 타면 잠을 자는 기면증을 겪고 있는 나에게 '설에 읽을 책'은 타이틀마저도 무색하다. 한때 '명절에 읽을 책' 리스트를 정리해서 매체에 전달했던 내가 할말은 아니지만, 고향 가는 길에는 책을 일단 가져가는 시도를 했다는 것만 해도 애독가로 인정한다. 외부에 추천하는 책 말고, 명절에 읽을 나만의 책의 조건은 다음과 같다.

1. 가벼울 것.
2. 장수가 적을 것.
3. 우울하지 않을 것.

올해 설은 그 모든 것에 해당한다고 여겼던 시집 『슬픈 감자 200그램』. 일단 가방에 넣어간다. 읽을 수 있을지, 못 읽고 그대로 가져올지는 장담할 수 없다.

슬픈 감자 200그램

박상순 · 난다 · 2017년 1월

가족과의 시간, 그리고 긴긴 귀성길. 명절 연휴를 맞아 일부러 시집을 여행길에 동행시켰다. 박상순의 시집을 처음 만났다. 10년 만에 묶은 시집이라는데, 충분히 그 오랜 시간이 느껴졌다. 시가 다루는 단어와 어투에서도 변화의 질감이 느껴져, 페이지와 페이지의 간격이 아득하게 느껴질 때가 있었다. 나이가 느껴지지 않게 발랄하고 경쾌한 리듬감이 느껴지는 시들이 유난히 많았는데, 그게 가장 큰 매력이다. '했음'이란 단어로도 시를 쓸 수 있을 줄이야.

분홍 신, 남빛 치마 잊히지 않는, 계단을 내려오던 내 봄날.
앗, 봄날, 아, 봄날, 그날 오후 내 봄날이, 봄날, 봄날, 봄날.
여기도 봄날, 여기도 봄날. 봄날을 속삭였음. 세월은 갔음.
—「내 봄날은 고독하겠음」 중에서

모든 것은 빛난다

휴버트 드레이퍼스/숀 켈리 - 김동규 옮김 - 사월의책 - 2013년 6월

한 달 전, 2016년 12월 29일이었다. 한 작가의 행사가 열려 내심 '연말이라 사람이 안 오면 어쩌지'라는 걱정을 가지고 다녀왔다. 한 번도 만난 적도, 먼발치에서 본 적도 없는 작가였다. 다만 주변 친구들에게 내가 좋아하는 그녀의 작품을 여러 권 선물해준 적이 있었다. 행사는 우려와 달리 많은 인파로 가득차면서 시작되었다. 조그만 체구에 수줍음이 많아 보이는 작가는 마이크를 잡자 능숙하게 이야기를 꺼냈다. 생각보다 더 좋은 목소리와 나긋함, 그리고 단호함을 가진 말투였다. 그는 소설을 왜 쓰는가에 관한 근본적인 작가의식을 말하다 어떤 책이 큰 도움이 되었다고 말했다. 다행인지 불행인지 내가 읽지 않은 책이었다. 『모든 것은 빛난다』.

> 모든 것들이 빛나는 건 아니라네. 하지만 더 없이 빛나는 것들은 존재
> 하는 것이지.
> ─「에필로그」 중에서

세상이 엉망이라고 말하는 건 쉽다고, 그런데 그 속에서 빛나는 걸 발견해내기 위해서는 훨씬 더 많은 노력과 단련이 필요하다고 작가는 말했다. 이 책이 말해주는 것들 중 가장 중요한 주제가 '단련'이라고. 허무의 늪에 빠지고, 상실감에 젖어버린 우리가 어떻게 삶의 의미를 찾을 수 있을까 고민할 때, 그 단련이 가장 큰 도움이 될 것이라고. 빛나는 것의 존재를 보기 위해서.

작가의 말에 혹해 나는 『모든 것은 빛난다』를 2017년 안에 꼭 읽겠노라 하며 사두었다. 작가와의 만남을 가는 이유 중 하나, 책 영업이다.

아라

정세랑 - 쪽프레스 - 2016년

'쪽프레스'라는 독립출판이 펴낸 다섯 쪽짜리 소설이다. 이것도 지난해 '언리미티드 에디션'에서 득템했다. 3장의 종이에 앞뒤로 소설을 인쇄하고 마지막 페이지에는 작가의 약력을 적었다. 파란색 명함 크기의 종이에 작품과 작가의 이름이 적힌, 귀엽고 소장하고 싶은 책이다. 젊은 작가들이 실험에 동참한 다섯 쪽 소설을 보며, 또 하나의 고정관념이 깨졌다. 소설은 이렇게도 쓸 수 있다는 것.

횡성에서 겨울이면 스키 강사를 하고, 여름에는 카트 대여와 한우 서빙을 하는 아라. 아라가 주인공이다. 스키를 너무 잘 타서, 진을 입고 타도 넘어지지 않는 아라를 대학생들은 이렇게 말하곤 했다. "너는 여기 있기에 너무……" 그 형용사의 빈자리를 좋아하는 아라. 함께 자란 아이가 비트 밭에서 목을 조른 적이 있는 아라는 뾰족한 쇠막대를 들고 다니기로 했다. 사람들이 못생긴 걸 잔뜩 만들어놓고 가버릴, 평창 동계 올림픽의 도시에서 아라는 그렇게 살고 있다. 아르바이트를 하면서. 단숨에 읽을 수 있는 소설임에도, 마냥 가볍지만은 않았다. 겨울만큼이나 여름이 긴 평창의 풍경에 낯설고 이질적인 이미지 하나를 더해준 소설.

밤에는 눈을 감지 않고

황인찬 - 쪽프레스 - 2016년

연휴가 끝나간다. 이 와중에 무슨 책을 읽을 수 있을까. 내일부터는 다시 출근인데! 이런 날을 위해 아껴놓고 있었던 책이 있었다. 책이라고 부르기엔 너무 특이해서 '쪽'이라고 부르던 책. 작년 언리미티드 에디션에서 핫 부스였던 쪽프레스의 책. 알고 있는 저자들의 쪽을 챙겨 사왔다. 그중에는 황인찬 시인의 다섯 쪽이 있었다.

한 장이지만 다섯 쪽으로 접힌 책을 만지는 기분은 참 이상했다. 처음 경험하는 형태였다. 그리고 시인의 시나 시에 관련된 글이 아닌 에세이도 이번이 처음이었다. 다섯 쪽에 실린 건 시인이 습작생이었던 시절 머물렀던 방에서 한밤중 일어났던 일의 이야기였다. 밤에만 시를 썼던 그가 혼자였을 때, 믿을 수 없는 일이 일어난다. 누군가가 그의 이름을 불렀으나, 그 사람은 전 애인도 아니었고, 친구들의 음성도 아니었다. 그리고 새벽 2-3시쯤 문을 두드리는 소리가 들렸다. 그 소리를 듣자마자 시인은 방을 나와 서울로 혼자 떠난다.

밤은 그에게 무언가를 상실하고, 그리고 벗어나야 할 시기였을 것이다. 창조력을 주면서도 외부와 차단되어 자신만의 세계에 갇히게 하는 밤. 밤의 시간을 떠나 동이 틀 무렵에서야 다시 집으로 돌아간다. 슬프거나 기쁘거나 하지 않았지만, 그날 밤 분명 누군가가 그의 이름을 부르고, 문을 두들겼다. 누구인지 모르지만. 시를 홀로 쓰고, 읽고, 괴로워하는 그를 부르는 누군가가 있었다. 그리고 그 음성과 노크는 그를 결국 바깥으로 나오게 했을 것이다. 어쩌면 그는 습작생이었던 시인이 그토록 기다렸을 시詩였을지도 모른다.

귀여운 요괴 도감

돌곶이요괴협회 – 초우상회 – 2016년 11월

이동이 많았던 탓에 연휴 내내 게임 '포켓몬 Go'를 실컷 했다. 집으로 돌아오니 보이는 책도 요 녀석이었다. "귀여움은 힘이 세다." 이 책의 서문에 적힌 말이다. 저자는 무서움에 맞서기 위해 귀여운 요괴를 끌어모을 필요가 있다고 말한다.

한국 요괴로는 역시 가장 유명한 것이 도깨비다. 씨름과 노래 부르기를 좋아하고, 메밀, 술, 고기를 좋아한다고 한다. 뿔 달린 악마의 얼굴이 아니라 잘생겼지만 뒤돌아서면 잊게 되는 얼굴이라고 하니, 드라마 〈도깨비〉도 고증을 하긴 했나보다. 무엇보다 빚지는 걸 싫어해 돈을 빌려주면 매일 찾아와 돈을 갚는다고 하니, 이처럼 반듯한 성격일 수가 없다.

일본에는 요상한 요괴들이 많기도 하다. 강아지와 토끼를 섞은 듯한 생김새에 비 오는 날이면 나타나 사람들 바짓가랑이에 몸을 부비는 애교 덩어리 요괴 스네코스리가 있는가 하면, 음주와 도둑질에 능한 너구리 요괴 타누키도 있고, 효자손처럼 가려운 곳을 대신 긁어주는 뇨이지자이라는 요괴도 있다. 귀여운 요괴들이 많기도 하다. 과연 귀여움은 힘이 세다.

커트

이유 – 문학과지성사 – 2017년 1월

한 여자에겐 가위가 있다. 가위는 아이를 학대하는 엄마, 성폭력을 가하려던 아저씨와 사수의 머리통을 '커트'해버리는 힘을 가졌다. 꿈속에서나 있을 만한 이미지들이 계속되는 한 미용실에서 그 여자는 자신의 아이에게 머리통을 '커트'당한다.

이유의 소설은 악몽을 닮았다. 꿈은 작가에게 있어 중요한 서사 방식이다. 그런 꿈이 현실이 되기도 하고, 현실이 꿈이 되기도 하는 소설은 "이건 진짜 현실이지만, 꿈이라고 열심히 생각하면 정말 꿈이 되"기도 하지만, 꿈이라고 안일하게 생각하는 순간, 깨어나 현실로 복귀한다. 그리고 다시 악몽을 꾼다. 악몽으로부터 빠져나오지 못하는 인물들은 모두가 필사적이다.

자신이 처한 현실이 버거워 클론을 만든 「빨간 눈」에서는 결국 자기 자신보다 그 클론인 '너'가 더 세상을 잘 이겨내고 있고, 놓쳤던 관계를 부활하게도 한다. 어느새 세상에서는 클론인 '너'가 인정받고, '나'는 루저일 뿐이다. 결국 '나'는 '너'와 자신의 위치를 맞바꾸고, '나'를 버린다. 안면인식장애를 겪는 「낯선 아내」 역시 진짜가 아닌 허상이 주를 이룬다. '나'는 '아내일지도 모르는' 사람에게 '아내'라고 부르며, 동료를 냄새와 형태로 기억한다. 인간이 스스로를 입증하지 못하고 오직 가방 안에 있는 물건들로 설명되는 「가방의 목적」에서도 실재는 힘이 없다.

이유의 소설처럼 우리는 끝없는 악몽 속에서 탈출하려 노력하고, 나와 타자를 바꾸기도 한다. 그럼에도 우리는 악몽 안에 존재하고, 꿈을 거부하거나 잘라내며 또다른 서사를 만들어낸다. 그것이 해피엔딩인지 새드엔딩인지는 알 도리가 없다. 그저 지금의 악몽에서 빠져나왔을 뿐이다.

동전 하나로도 행복했던 구멍가게의 날들

이미경 · 남해의봄날 · 2017년 2월

표지를 보자마자 감탄이 나왔다. 사진인가? 아니었다. 세밀화였다. 이미경 작가는 20여 년 동안 전국 곳곳을 다니며 사라져가는 구멍가게를 펜화로 그렸다. 요즘 세상에서 좀처럼 접하기 어려움과 수고스러움이 가득 묻어나는 책이었다.

남녀노소, 동네 사람, 외지인까지 무수한 사람이 오가고 이야기가 피어나는 곳. 저자에게 구멍가게는 그런 곳이었다. 그림을 물끄러미 바라보고 있으려니, 시골에서 자란 이들에게 서울의 구멍가게는 별천지일 수도 있겠다 싶다. 달달한 불량식품과 간식이 가득하고 구멍가게 어귀에선 다방구, 무궁화꽃이 피었습니다를 했을 테니까.

바다슈퍼와 금성상회와 약수상회와 섬말상회와 마음슈퍼 등의 그림이 빼곡하다. 그 그림 속에 묻어둔 추억도 조각조각 꺼내놓는데 사라져가는 것을 향한 안타까움이 가득하다. 한자리를 지키고 있는 존재에게 배운 것들을 배울 수 있는 책. 다시 한번 감탄한다. 쓸쓸한 풍경을 담은 그림인데, 이렇게 따스할 수가 없다.

February

February

우리는 좀더 어두워지기로 했네

이설야 – 창비 – 2016년 12월

시를 읽어야 하는 이유를 대는 일은 그리 어렵지 않다. 시는 바깥을 보게 하는 울음이자 고백이다. 특히 시인들의 첫 시집은 고백에 더 가깝다. 그러나 이설야의 이번 첫 시집『우리는 좀더 어두워지기로 했네』는 울음에 더 근접하다. 「동일방직에 다니던 그애는」 「눈 내리는, 양키시장」 「일번지다방」 「해성보육원」 「수문통 언니들」 등에서 등장하는 장소들은 우리 기억 속에서 희미해졌지만, 분명히 있었던 곳들이다. 인천 어딘가에 있던 곳들은 인천만의 이야기는 아니다. 우리들의 주변 어딘가에 늘 있었던 어두운 곳들이었을 터. 다시금 시로 명명되어 그 버려진 장소들이 우리에게 떠오른다. '더러워'져야지만, '좀더 어두워'져야지만 볼 수 있는 그 장소들에서 우리가 미처 구원해내지 못한 인물들이 서성이고 있다.

최근 읽어왔던 세련된 시들 사이에서 이 시집을 읽고 있노라니 어색하기도 하고, 입안이 텁텁하기도 했다. '화평동'이니 '공장 언니' '미싱사' 등의 시어들은 1970년대에 유행하던, 빛바랜 그것들과 같았으니까. 하지만 그 시어들과 연이어 「위험한 천국」 「사월」 등과 만나면서 지금 이 시대로 맞닿는다. '지난 비극이 지금까지 현재진행형'임을 '눈을 질끈 감'았을 때야 보인다.

우리는 좀더 어두워지겠지만, 흰빛들을 끌어모을 것이다.
—'시인의 말' 중에서

#읽는_책

동물을 사랑하면 철학자가 된다

이원영 – 문학과지성사 – 2017년 1월

이원영은 철학책을 보며 젊은 시절을 보내다가 개 한 마리를 만났고, 우여곡절 끝에 지금은 수의사가 됐다. 저자의 약력만으로도 믿음이 갔다. 여백이와 함께 살고 있는 그림 작가 봉현의 삽화도 중간 중간 삽입되어 있다. 거기다 고양이/개의 시기별, 상황별 수의사로서의 조언이 듬뿍 실려 있어 실용적이기까지 한 책이다.

하지만 그것만으로 이 책의 매력을 설명할 순 없다. 두껍지 않은 책이지만 오랜 시간 병을 치료해온 수의사로서, 동시에 반려동물과 함께해온 이로서의 긴 성찰의 시간이 책에 녹아 있었다. 그에 따르면 우리는 동물과 함께하는 삶만으로 다른 삶을 살 수 있다. "종의 차이에도 불구하고 함께하게 되면 서로에게 서서히 스며들어, 큰 부담감 없이 서로가 조금씩 변해간다"는 것이다. 나와 아내에게는 결혼보다도 더 큰 삶의 변화가 두 마리 고양이를 식구를 들이면서 일어났다. 그들의 작은 소리에도 반응하고, 우리 삶의 방식과 속도조차 그들에게 맞추려 노력하고 있을 정도다.

우리 삶이 어딘가에 던져진 채 시작된 것과 마찬가지로, 나의 개와 고양이도 나에게 던져진 채 그들의 삶이 본격적으로 시작된다. 그들은 이제 내 삶의 동반자이며, 나는 그들에게 하나의 우주다.

저자의 이 말에는 녹다운이 되고 말았다. 동물을 사랑하면 누구나 행복한 철학자가 된다는 말에 동의하지 않을 수가 없다.

베트남 전쟁의 유령들

권헌익 – 박충환 외 옮김 – 산지니 – 2016년 5월

베트남 전쟁에 관심을 가지게 된 건 2014년 때부터였다. 그해 미디어시티 서울 〈귀신 간첩 할머니〉전 1층에 전시된 베트남 프로펠러 그룹의 〈쿠치의 게릴라들〉 비디오 영상을 본 후였다. 호치민 외곽에 위치한 쿠치 터널은 프랑스 식민 지배를 받던 당시 대항 활동을 위해 부대와 마을을 연결한 곳이다. 베트남 전쟁 시절엔 베트콩의 근거지로 주요 게릴라진의 무대이기도 하다. 비디오 영상은 그곳에서 관광객들이 돈을 주고 실탄을 실제로 사격하는 장면을 담았다. 관광객들이 총을 쏘면 카메라의 시선은 총구를 향한다. 관광객들은 웃지만, 그곳은 수많은 '유령'을 만들었던 곳이었다. 나는 그곳에 있는 수많은 귀신을 향해 총을 겨누고 웃고 떠드는 관광객들을 상상했다. 전혀 웃기지 않았다.

그뒤로 이 책을 소개받아 약 3개월에 걸쳐 읽었다. 베트남 미술 중에 '영적인 것'을 많이 다루는 지점을 이해하는 데 큰 도움이 되었다. 저자는 베트남인들은 1960년대에 발발했던 베트남 전쟁을 '미국 전쟁'이라고 부른다고 말한다. 시작부터 그들의 시선에서 전쟁을 본다. 커뮤니티에서 일어나는 유령 출현을 일종의 문화현상으로 다룬다. 개인적인 경험이며, 우매하다고 치부되는 문제에 관해 저자는 사회 전체가 겪고 있는 이 유령들을 학술적으로 도려내고 도이 머이 프로그램, MIA 외교적 문제 등 다양한 층위에서 살펴본다.

읽으며 나는 우리 시대의 유령을 떠올렸다. 그들에게 진정한 환대와 정중한 의례가 행해지고 있는지. 갈 길이 참 멀다.

미각의 비밀

존 매쿼이드 – 이충호 옮김 – 문학동네 – 2017년 2월

최대한 다양한 장르와 작가의 책을 소개하려는 출판 기자로서의 사명감에 입각해 이번 주에는 미각에 관한 책을 선택해봤다. 요리도 미식도 아닌, 미각이다. 100만 년 전 인류 최초의 식사로부터 오늘날 분자 요리가 만들어지는 뉴욕의 레스토랑과 개미로 요리를 만드는 덴마크의 르네 레드제피에 관한 이야기까지 시간 여행을 펼쳐 보인다.

게다가 이 책은 제법 대담한 주장을 한다. 인간의 '맛'을 향한 집착과 노력이 진화를 위한 추진력을 만들어냈으며, 인간 문화와 사회를 새로운 방향으로 발전시키는 추진력을 제공했다는 것.

예를 들어 짠맛만 감지하는 돌고래, 단맛에 둔감한 고양잇과 등에 비해 인간은 5가지 맛을 예민하게 감지한다. 이중에서도 쓴맛을 인류는 예민하게 감지하는데, 인류가 정착한 이래 쓴맛에 민감한 사람들이 독소를 탐지해 집단이 살아남는 데 큰 역할을 해왔다. 인류의 4분의 1은 쓴맛을 못 느끼는 미맹이다. 이들은 새로운 먹거리를 더 많이 맛봄으로 음식의 영역을 넓히는 일을 했다는 것이다.

오늘날 요리가 음악, 책, 영화보다 복잡하고 야심만만한 예술의 경지에 도달했음은 분명한 사실이다. 책을 읽으면 2000년 동안 빛 한줄기 들지 않고 어둡기만 했던 맛에 관한 연구와 분석은 불과 지난 수십 년 동안 과학의 도움을 통해 비약적으로 발전했음을 알게 된다. 종이, 바퀴, 지도는 물론, 심지어는 잠이나 성에 관한 문화사까지 온갖 역사를 다룬 인문서가 나오고 있지만 음식이 아닌 혀끝을 다룬 책은 처음이다. 읽고 있으니 배가 고파진다.

여우책

구자선 – VCR – 2015년 11월

서른 살 가까운 나이에도 여전히 책을 충동구매한다. 그중 가장 많은 비중을 차지하고 있는 건 그림책. 무슨 그림책을 자꾸 사냐고 물으면, "글자 없는 책이라도 사면서 마음 좀 달래자!"라고 성질내고야 만다. 지은이 구자선의 그림을 SNS에서 몰래 훔쳐보면서 '아, 따뜻해'를 연발했던 나는 결국 남편을 졸라 『여우책』을 샀다.

열 마디 말이나 한 문단의 글보다 하나의 그림이 사람의 마음에 깊게 새겨질 때가 있다. 아니, 많이 있다. 시각에 약한 나는 아직도 그림을 선망하면서 책을 읽고, 설명하는 글을 쓴다. 그렇게 그림을 향한 마음을 달랜다. 『여우책』을 보며 당장 앞에 없는 어떤 사랑을 떠올린다. 항상 내 편이라고 말해주는, 날씨가 좋아도 비가 와도 함께 있어주는 그런 사랑. 내가 받았고, 누군가에게 주었을 그런 사랑을 따스한 여우들의 눈빛과 털 색에서 고스란히 느낀다. 지금도 내가 그림동화책을 사는 까닭은 여기에 있다. 언어가 가져다주지 않는 색, 선, 그리고 무언. 그런 의미에서 작가님은 어서 다른 그림책도 만들어주세요.

공터에서

김훈 — 해냄 — 2017년 2월

김훈의 소설을 처음 만났을 때를 기억한다. 완전히 다른 질감의 소설이었다. 논픽션에 심취했던 시기였기에, 이토록 날것 그대로 작가의 목소리를 드러내는 소설이 주는 생경함이 놀라웠고, 그의 모든 책을 찾아 읽고 싶을 만큼 흡인력이 있었다. 한국어로 글을 읽는 즐거움을 알려줬달까.

오랜 시간이 지났고, 이제는 그의 소설이 반복해서 보여주는 한계점도 느끼고 있다. 그럼에도 나와 같은 업에서 30년 이상을 버틴 작가의 문장이 소설 속에서 만들어내는 리듬감을 만나는 재미는 여전하다. 이번에는 부친의 삶에 자신의 삶을 포개어놓은 듯한 자전적 소설이다. 말처럼 광야를 달리고 싶었지만, 단지 가족에게서 도망가 길 위에서 삶을 소진해버린 마동수의 삶이 김광주의 삶과 닮았으리라고 가정해본다. 시대의 관찰자였지만, 시대와 불화했던 그의 기질은 부친에게 물려받은 것 같기도 하다.

비루하고 비천한 삶이 처음부터 끝까지 이어진다. 일제강점기엔 죄 없이 경찰서에서 매를 맞고 돌아온 형의 수발을 하는 삶. 전쟁에선 포로가 될 처지에 놓인 동료의 목숨을 직접 끊어주고 고국으로 돌아오지 못하고 불법적인 무역업으로 배를 불리는 삶. 온갖 모멸감을 견디며 오토바이로 화물을 배달하는 삶. 세 부자의 삶은 다른 듯 닮아 있다. 김훈의 소설을 읽으면 이 땅에서 태어난 것이 마치 천형처럼 느껴진다.

당신 인생의 이야기

테드 창 - 김상훈 옮김 - 엘리 - 2016년 10월

「네 인생의 이야기」가 2017년 2월에 영화 〈컨택트〉로 한국에 개봉되었다. 테드 창의 20년이 지난 이야기와 그의 과학·언어학적 지식이 지금의 대중들에게 잘 전달될 수 있을지 의문이었다. 2009년의 한 국내 매체 인터뷰에서도 그는 아래처럼 말한 적이 있었다.

> 많은 SF가 대중적이긴 하지만, 대중성이 SF의 가장 중요한 특징은 아니다. 대중적인 소설은 쉽게 읽히지만 독자에게 도전하지는 않는다. 난 내 독자가 지적으로 자극받기를 원한다.

처음 「네 인생의 이야기」를 읽었을 때, 쉽게 이해할 수 없었다. 언어학자 루이즈와 물리학자 게리, 그리고 외계인 헵타포드의 만남은 문과에서 겨우 학사를 끝낸 내가 이해하기엔 벅찬 배경지식을 요구했다.

하지만 소설을 끝까지 읽어낼 수 있었던 건 루이즈와 게리가 헵타포드와 씨름을 하는 장면 뒤 겹쳐서 펼쳐지는 '너의 이야기' 덕분이었다. 어린 나이에 갑자기 죽음을 맞이한 너, 졸업을 하는 너, 열세 살이 되어 엄마를 싫어하는 너, 처음 걷기 연습을 하는 너, 아기 냄새가 나던 너…… 그 모든 너를 알게 된 루이즈의 독백은 참으로 아름답다. 그녀는 '환희의 극치'에는 '고통의 극치'가 있다는 것을 안다. 자신의 목적과 수행 결과를 다 알면서도 루이즈는 대답한다. '너'를 만나기 위해, 그리고 '너'를 잃을 수밖에 없음에도. 우리가 선택의 모든 희비를 맞닿게 하기 위해 테드 창은 우주의 원리를 가지고 이야기한다. 거부할 수 없는 헵타포드B의 언어로.

당신 인생의 이야기

테드 창 ─ 김상훈 옮김 ─ 엘리 ─ 2016년 10월

아름다운 영화를 보고 왔다. 〈컨택트〉라는 도무지 용납할 수 없는 이름을 달고 개봉했지만, 이 영화는 테드 창의 소설을 다시 펴보게 만들 만큼 시각적인 충만감을 줬다. 「네 인생의 이야기」는 80쪽 남짓한 중편이지만, 지적이고 우아한 과학소설이었다.

소설에선 사람 키보다 작은 120개의 체경looking glass으로 묘사되는 외계와의 접촉 물체를 영화에선 12개의 거대한 구형 비행물체로 구현하고, 중국 등 호전적인 지구인이 등장해 드라마를 극적으로 각색한 점은 불만이었다. 하지만 소설의 세계관을 영화가 구현해내는 것에 놀랐다. 테드 창은 매우 지적인 방식으로 외계와의 조우를 묘사한다. 그들은 침략자가 아니며, 교역을 목적으로 지구에 온 것도 아니다. 단지 대화하기 위해 지구에 방문했다. 그들의 언어를 통해 루이즈 박사는 새로운 방식으로 세계를 인식할 수 있게 된다.

소설에서 외계의 언어와 지구의 언어가 만나, 조금씩 서로의 언어(생각)를 동화시켜가는 과정에 관한 묘사가 특히 좋았다. 헵타포드라 불리는 외계인이 선물로 준 그들의 언어를 통해 미래를 알 수 있게 되었음에도, 흔들리지 않고 자신에게 정해진 시간을 맞이하기로 결심하는 루이즈의 고결한 선택은 말할 것도 없고.

뫼비우스의 띠처럼 순환하는 이 이야기는 마법 같은 엔딩으로 닫힌다. 루이즈의 "나는 처음부터 나의 목적지가 어디인지를 알고 있었고, 그것에 상응하는 경로를 골랐어"라는 말은 "너에게 어떤 일이 일어날지 안다고 해도, 나를 너를 만나러 갈게"라는 말과 동일하다. 누군가에겐 사랑의 중력이 운명보다 강한 법이다. 처음 읽었던 순간의 전율을 잊을 수 없는 소설이 있다. 나에겐 테드 창이 그러했다.

아픔의 기록

존 버거 – 장경렬 옮김 – 열화당 – 2008년 8월

겨울 바다를 보기 위해 속초행 고속버스를 탔다. 점심이 얼마 남지 않은 시간에 출발한 고속버스는 2시간 10여 분 만에 속초에 도착했다. 도착해서는 많이 걸었다. 그리고 본래 가야 할 곳을 가는 것처럼 지역 서점에 들렀다. 뉴스에서만 보던 속초 동아서점이었다.

서점에 들어서면 카테고리가 나뉜 구분부터 살펴보게 된다. 문학은 어디에 놓여 있는지, 인문과 종교는 붙어 있는지 아니면 좀 떨어져 있는지 등등. 동아서점에 들어서자마자 보이는 건 잡지 코너였다. 그리고 그뒤로는 시집들이 보였다. 좀더 가까이 다가가서 보니 코너에는 손글씨로 종이가 붙어 있는 부분이 있었다. '미디어 추천 도서', '동네 서점 이야기' 등과 같은. 최근 미디어에서 다뤄진 '문고의 시대'라는 기획 코너 쪽에서 책들을 보다가 뒤쪽으로 넘어갔다. 에세이 코너였다. 그 밑에는 "전방위적 예술가 존 버거 삼가 고인의 명복을 빕니다"라고 써 있었다. 집에 있는 책들이 대부분이었지만, 살 생각을 미처 못했던 2권을 발견했다. 그중 읽고 싶었던 『아픔의 기록』을 책들 사이에서 꺼냈다. 존 버거의 소설과 짤막한 에세이는 많이 읽었지만, 열두 살부터 시를 썼다는 그의 시는 읽은 적이 없었다. 속초에서 만난 시인 존 버거를 가방에 넣고 서점을 나왔다. 오늘은 그가 세상을 떠난 지 어느덧 한 달하고도 2일이 된 날이었다.

속초에서의 겨울

엘리자 수아 뒤사팽 · 이상해 옮김 · 북레시피 · 2016년 11월

짧은 속초 여행에서 동아서점을 들렀다. 인적이 드문 동네에서 어두운 거리를 책으로 밝히는 서점을 만나는 일은 제법 반가웠다. 지방 소도시의 서점이었지만 주인이 애정을 가지고 골라서 선보이는 소설과 시와 산문 코너들이 돋보이는 곳이었다. 이를테면, 최근 타계한 존 버거를 기리는 서가라든지, 걷기 여행에 관한 책을 모아 놓은 서가 같은 것.

재미있는 건 베스트셀러 목록이었다. 전국 어느 서점이나 1위를 독차지하고 있을 『설민석의 조선왕조실록』의 뒤를 이은 2위에 프랑스 소설가 엘리자 수아 뒤사팽의 『속초에서의 겨울』이 올라 있었다. 스물다섯의 젊은 소설가가 어머니의 나라인 속초에서 한철을 보낸 후 쓴 소설인데, 이곳에서의 지독할 만큼 추운 겨울에 대한 묘사가 소설의 지배적인 인상을 만들어내는 이야기다. 혼혈의 젊은 여인과 프랑스에서 이 먼 나라까지 여행 온 만화가의 만남을 그린 짧지만 인상적인 데뷔작이랄까. 최근 작가가 마침 한국에 방문해 이곳 동아서점에서 독자와의 만남을 가졌다고 한다. 과연 이 서점의 독자들이 사랑할 만한 사연이다.

릿터 4호

릿터 편집부 – 민음사 – 2017년 2월

『릿터 4호』에서는 '부동산 크리스피'를 주제로 다룬다. 이주란, 조남주, 정아은, 황현진 작가가 플래시 픽션으로 부동산을 둘러싼 인물들과 지금 우리가 처한 현실이 잘 나타나는 장면을 묘사해낸다. 정아은 작가의 「통과의례」에서는 부동산 열기를 끌어올리는 '교육열'까지 짧은 순간 표현한다. 그렇다면 왜 이런 장면들이 사회 곳곳에서 도출되는 것인가. 「욕망의 롤러코스터 1997-2017: 수도권 아파트 흥망성쇠 20년」을 통해서는 20년간 무너지지 않고 오히려 공고해지는 부동산 제패의 역사를 읽고, 「젠트리피케이션 논의의 한계를 너머」를 통해서는 미처 우리가 보호하거나 보지 못한 '배제되었던 존재들'을 돌아본다. 결국 배제되는 존재를 낳는 재건축이라는 기상천외하고도 이상한 열쇠를 되돌아보게 하는 「'아파트 키드' 청년들, 재건축에서 살아남으려면」까지 읽고 나면 우리에게 진정 돌파구가 있을까를 재차 되묻게 된다.

'더 좋은 곳에서, 더 나은 곳에서' 캐치프레이즈와 같은 욕망을 숨기지 않고 살아가는 우리들의 모습을 정면에서 문학이 다루게 하고 보여주는 이 문예지를 어쩌면 좋으랴. 다음 커버스토리를 또 기대할 수밖에.

그리고 사진처럼 덧없는 우리들의 얼굴, 내 가슴

존 버거 · 김우룡 옮김 · 열화당 · 2004년 4월

동아서점에서 산 책을 바다가 보이는 카페에서 읽었다. 겨울 바다에는 칼바람이 불고 있었지만, 책이 넉넉하게 꽂혀 있는 카페는 아늑했다.

이 책에는 존 버거의 짧은 산문과 함께 그의 시들이 실렸다. '어느 이야기의 한때'라는 챕터가 있다. "우리는 둘 다 작가다. 반듯이 드러누워 밤하늘을 바라본다." 이 문장이 두 번 반복되며 그 사이에 회화와 예술과 과수원의 낙엽을 태우는 이야기를 채워넣는다. 그리고 문득 그는 말을 꺼낸다. 수천의 사람이 소식도 없이 죽고 있음을. 1980년대 초반 터키에서 일어난 노동자들에 대한 탄압을 그는 고발했다. 아름다운 문장을 통해서도, 이 시대의 폭력을 고발할 수 있음을 나는 존 버거를 통해 배웠다. 아껴 읽고 싶은 책이다. 게다가 나는 이 책에서 본 것보다 시에 대해서 더 종교적인 정의를 내린 것을 본 적이 없다.

시는 소설보다는 기도 쪽에 더 가깝다. 하지만 시에는 그 언어 이면에, 기구의 대상이 되는 어떤 존재도 없다. 언어 그 자체가 듣고 받아들여야만 한다. 종교적 시인에게 말은 신의 첫째 속성이었다. 모든 시에서, 낱말들은 소통의 수단이기 이전에 하나의 현존이다.

혼자를 기르는 법 1

김정연 – 창비 – 2017년 2월

한 포털 사이트에 연재된 웹툰의 한 장면을 보고 오래 눈물을 참았던 적이 있다. 별 수식도 없던 장면이었다. 그 속엔 아무 계획 없이 짐을 싸들고 고향을 떠나오는 주인공이 있었다. 고졸에, 수중에 아무것도 든 것이 없고, 일자리도 없는 시다. "내가 나로 사는 것이 왜 누군가에겐 상처일까요?"라는 구절과 무덤덤한 그의 표정이 오래 잊히지 않았다.

> 밖에선/ 그토록 빛나고 아름다운 것/ 집에만 가져가면/ 꽃들이/ 화분이/ 다 죽었다
> ─진은영,「가족」

내게 있어 가장 가깝고도, 어렵고, 힘든 관계는 가족이다. 그 관계 아래에서 폭력도, 강요도 어떤 사회적 이해 속에서 수용된다. 철저히 혼자이고 싶었던 날들이 있었다. 부모는 절대 이해하지 못할 이야기, 어떤 부분을 절대 용서할 수 없다는 고해성사, 동생에겐 들키고 싶지 않은 치졸한 욕심들로 휩싸여 이불 속에 꽁꽁 숨죽여 울기도 했다. 그런 과거의 내가 조금이나마 이해받을 수 있는 시다의 '혼자'들을 만났다. 햄스터 윤발이를 키우며 간식을 나눠 먹는 혼자, 연인과 헤어지기 전 피어싱을 뚫는 혼자. 치사량까진 아닌 밤을 견디는 혼자…… 그것들을 보고 난 뒤, 나는 혼자를 길러보기로 했다.

부모님 집을 떠나기 전, 나는 잠을 쉽사리 이루지 못했다. 그날 난생처음 수면유도제를 먹었다.『혼자를 기르는 법 1』을 다 읽은 오늘도 그럴 예정이다. 나의 '혼자'는 얼만큼이나 자랐을까.

1913년 세기의 여름

플로리안 일리스 - 한경희 옮김 - 문학동네 - 2013년 10월

겨울 휴가를 맞아 사냥하는 늑대처럼 눈을 크게 뜨고 주위를 둘러보다 우연히 표지가 눈에 들어온 덕분에 완독하게 됐다. 예상과 다른 책이었다. 1913년이라는 해에 일어난 역사적 사건과 그 속의 인물을 씨줄과 날줄로 엮어서 책을 만들어냈는데, 소설보다도 더 극적이다. 작가의 노고가 역력히 느껴져 혀를 내두르게 하는 논픽션.

1월만 예로 들어볼까. 히틀러와 스탈린이 쇤부른 궁에서 산책을 하다 우연히 마주쳤고, 토마스 만이 커밍아웃을 할 뻔했다. 카프카는 사랑 때문에 미칠 뻔했고, 킬히너는 포츠담 광장의 고급 창녀들 그림을 그린다.

전쟁을 향해 달려가는 유럽의 문명이 곳곳에서 상징적인 사건을 만들어내는 지점을 절묘하게 포착하는데, 그야말로 영웅들의 시대다. 1913년이란 하늘의 별처럼 점점이 뿌려진 이들이 만들어내는 사건은 물론, 예술들이 훗날 1세기 이상을 지배할 지구의 질서를 바꾸는 순간들이었던 것이다.

숱한 거물들이 등장하는데, 그중에서도 가장 마음에 들었던 사연은 빈의 가장 유명한 커플 오스카 코코슈카와 알마 말러의 불꽃같은 사랑이었다. 알마와 코코슈카가 폭풍우가 휘몰아치는 바닷속에 있는 그림, 〈바람의 신부〉가 어떤 많은 스캔들과 어려움을 극복하고, 1913년 세기의 여름을 보낸 끝에 완성되는지, 그 우여곡절은 왠지 읽는 이조차 응원하고 싶게끔 만들었다. 또하나의 응원을 보내고 싶었던 이가 있었다. 갓 『출항』을 출간한 버지니아 울프다. 비록 책이 출간된 후 15년 동안 479부밖에 팔리지 않았지만, 아주 힘든 여행이었던 이 책에는 댈러웨이 부인이 등장한다.

동물을 사랑하면 철학자가 된다

이원영 – 문학과지성사 – 2017년 1월

한 친구의 오래된 가족인 개가 올해로 열일곱 살이 되었다. 요즘 어디가 아프다더니 쉽게 낫지 않아서 통원치료중이란다. 친구가 치료 이야기를 하면서 쓸쓸하게 말을 덧붙였다. "이제 슬슬 준비를 해야 하는 거겠지."

처음 반려동물을 키울 때, 이 아이의 죽음을 고려하는 사람은 없을 것이다. 나 또한 그랬다. 조그맣고 어린 생명의 시간이 인간의 시간보다 더 빠르고, 더 순식간이라는 것을 알아채는 데는 아이와 살고 난 뒤, 2달이란 시간이 더 걸렸다. 이 아이의 1년이 인간에게는 5-7년임을 체험하게 된 것.

이원영 수의사의 말마따나 그들은 이미 우리의 삶에서 "덜어낼 수 없는 소중한 부분이 되었다". 그간 읽었던 반려동물 관련 도서들은 나에게 모르는 정보를 가르쳐주는 선생님이었다면, 『동물을 사랑하면 철학자가 된다』는 그들과 어떻게 지내야 하는지 혹은 동물이 우리에게 주는 첨예한 문제 상황과 의미를 논의한다. 애완동물이란 단어에서 반려동물을 사용하게 되는 것부터 그들에게 이름을 지어주는 행위가 관계 맺기의 일종인 것, 반려동물과 나 사이에는 어떤 거리가 적절한지를 핑퐁처럼 주고받는다. 우리가 꼭 알아야 할 이별의 단계까지 달하면 이미 눈물이 펑펑 난다. 하지만 꼭 알아두어야 할 일이기에 견뎌내며 읽는다. 이별은 결국 찾아오고 말 것이기에.

우리는 우리도 모르는 사이 너무 많은 것을 서로의 반려동물에게서 빚지고 살았다. 그들을 키우기 전에는 미처 몰랐을 많은 삶의 부분들을 살펴가며, 더듬더듬 이 세상을 알아갔다. 그렇게 저마다 우리는 동물을 키우는 철학자가 되어가고 있다.

야망의 시대

에번 오스노스 · 고기탁 옮김 · 열린책들 · 2015년 7월

겨울 휴가를 맞아 읽은 두번째 책. 역시나 두께에 겁먹고 모셔두기만 했던 책이다. 『뉴요커』의 중국 특파원을 오래 지낸 저자가 쓴 논픽션인데, 사건 중심이 아닌 사람 중심으로 중국의 현대사를 설명하려고 시도한다. 말하자면 개개인의 드라마틱한 삶을 모자이크처럼 이어 붙여 중국이라는 큰 그림을 그려내는 셈인데, 어쩌면 기자만이 쓸 수 있는 책이라는 생각이 들었다.

프롤로그에 등장하는 인물이 있다. 타이완대 출신 전도유망한 군인이었으나 전향해 중국 최고의 경제 이론가로 거듭난 린이푸 전 세계은행 부총재다. 1979년 5월 16일 밤, 중국 연안에 인접한 섬에서 스물여섯 살의 육군 대위 린정이는 칠흑 같은 밤에 바다를 수영으로 건너 망명을 했다. 중국의 경제력과 국력이 지금과 비교도 안 될 만큼 열악하던 시절, 그는 대국으로 비상한 중국의 미래를 어렴풋이 읽어낸 것이다. 그는 이름을 불굴의 남자를 뜻하는 린이푸로 바꾸고 결국 중국 최고의 경제학자가 된다.

청소부부터 도박의 신, 예술가, 반체제 인사까지 온갖 인물을 통해 21세기 중국의 초상을 그리는 이 책에서 가장 인상적인 인물은 공하이난이었다. 후난 성 오지 마을에서 태어났지만, 그녀는 교통사고를 당해 걸을 수 없을 정도로 망가진 몸과 가난한 환경에도 불굴의 의지로 공부에 대한 열정을 불태운다. 노동자로 살면서 주경야독으로 베이징대에 입학하고 온라인 데이트 사이트 자위안을 만들어 막대한 부를 쥔 청년 CEO가 된다. 우리나라에선 수십 년 전에야 볼 수 있었던 그런 성공담. 야망이 펄펄 끓는 중국 대륙의 오늘을 다큐멘터리 영화보다 더 생생하게 목격한 느낌이었다. 읽으면서 얼얼한 충격을 받았다.

프렌즈 독일

유상현 - 중앙북스 - 2016년 7월

여름휴가를 짜기 위해 가장 먼저 하는 일은? 해외로 떠나는 사람들이라면 모두 비행기 티켓 구매일 것이다. 그럼 다음에 하는 건? 숙박 예약? 혹은 환전? 나의 경우에는 '여행 가이드북 구매'다. 이번 여름휴가는 남편의 소원대로 카셀과 뮌스터로 간다. 카셀 도큐멘타는 5년에 한 번 열리는 행사로 현대 미술의 최전선이라고 불러도 될 정도로 앞서 있는 작품들을 볼 수 있고, 뮌스터는 조각 및 공공예술을 도시 전체에 설치해놓는 행사가 10년에 한 번씩 열린다. 이 두 행사가 겹치는 해가 바로 2017년 올해다.

프랑크푸르트로 향하는 티켓을 끊고, 나는 남편이 말렸음에도 불구하고 가이드북을 샀다. 나만의 의식이다. 가서 필요할지 안 할지, 여행지에서 무겁다고 버리고 오는 여행 가이드북을 사기.

#여행가기_위해_산_책

혼자를 기르는 법 1

김정연 – 창비 – 2017년 2월

"나는 오늘도 중장비보다 오래 일했다"고 푸념하는 만화 속 주인 공 이시다의 컷을 짤방으로 먼저 접했던 만화다. 주변에 워낙 칭찬 이 자자해서 집어들었는데, 정말 울다가 웃다가 책장이 줄어드는 걸 아쉬워하며 완독했다.

독특한 정신세계를 가진 이시다의 일상은 작은 회사의 막내 디 자이너로 야근에 시달리는 업무 시간과 일과를 마친 뒤 작은 단칸 방으로 돌아와 혼자가 되는 시간으로 나뉜다. 그 작은 방에서 이시 다를 위로해주는 건 친구에게서 엉겁결에 받아온 햄스터 한 마리 와 빈 수족관뿐. 투박한 그림에 개그 감성 충만한 대사가 더해진 만 화지만, 작가가 자신의 삶을 자양분 삼았을 이시다의 하루하루는 쉽게 웃어넘길 만한 이야기가 아니었다. 그것이 오늘날 20대의 표 준적인 (다시 말해 아주 힘겨운) 모습일 수밖에 없을 테니.

우리의 삶이 얼마나 빛이 나지 않는 사소한 조각들로 이루어져 있으며, 이 삶 또한 얼마나 쉽게 흔들릴 수 있는지 이 만화는 알려 준다. 마지막 대사가 아팠다.

오늘도 모두가 치사량까진 아닌 밤을 넘기고 있습니다. 견딜 만큼은 불행해도 괜찮나봐.

아주 오래된 서점

가쿠타 미쓰요/오카자키 다케시 – 이지수 옮김 – 문학동네 – 2017년 2월

서점이나 헌책방을 이야기하는 책은 많지만,『아주 오래된 서점』은 특별하다. 도쿄의 헌책방, 그리고 그 안에 살고 있는 책들의 시간을 묘사한다. 소설가 가쿠타 미쓰요와 서평가 오카자키 다케시가 사제 관계를 맺고 진행되는 방식. 헌책방, 그리고 그곳에 숨어 있는 보물들에 관해 주거니 받거니 시공간을 넘나들며 즐겁게 수다를 떤다. 가쿠타 미쓰요는 스승 오카자키 다케시의 지령에 따라 헌책방의 거리인 진보초로 시작해, 우리나라 사람에게는 패션 트렌드나 편집숍으로 유명한 다이칸야마와 시부야, 그리고 명품 거리 긴자, 아기자기한 오모테산도로 등에 이리저리 흩어져 있는 헌책방들을 찾아간다.

1년 동안 헌책방만을 위해 도장깨기처럼 수행하듯 떠돌아다녔던 가쿠타 미쓰요가 헌책방에서 처음으로 진정한 득템을 하게 된 건 본인이 다녔던 와세다대학 앞 '고서 겐세이'에서다. 가이코 다케시의『베트남 전기』사인본을 '당장 뽑아서 부둥켜안'는 그녀를 상상하며 웃었다. 헌책방에서 자신이 좋아했던 문장가들을 다시 마주하게 되는 것, 거기에 사인본이라니! 흥분을 쉽사리 가라앉힐 수 없을 터.

아직도 진보초 거리에서는 여러 헌책방 주인들이 경매회장에 몰려들어 책들을 수집하고 있단다. 수집가들의 주고받는 대화 속에서 헌책은 단순한 물건으로 다뤄지지 않는다. 그래서일까. 어쩐지 나는 내 책장에 꽂힌 책들을 쉽사리 팔 수가 없다. 이건 그저 한 권의 책이 아니라 나의 순간과 그때의 생각을 담은 앨범이니까.

망상, 어

김솔 · 문학동네 · 2017년 1월

요즘 들어 자주 보이는 소설적 시도가 엽편소설이다. 굴삭기 엔지니어라는 이력이 소설보다 더 강한 인상으로 남아 있는 김솔의 엽편소설을 읽었다. 짤막한 이야기가 40편이나 실려 있다보니 좋은 점은 아무 페이지나 펴서 읽어도 부담이 없다는 점.

새벽 출근 전 소설을 쓴다는 작가답게 이야기의 소재가 종횡무진하고, 형식에도 얽매이지 않는다. 새벽과 어울리는 뉴스에서 모티브를 얻은 소설도 많다.

최소한의 소지품만을 가지고 떠날 기차를 기다리는 가족의 이야기는 「부탁」이라는 단편에 실렸다. 이들은 가슴에 노란별을 단 채 폴란드 국경으로 향한다. 누군가가 감시하고 있을까 두려워 떠나가는 길. "신의 가호가 함께하길." 그렇게 인사를 나누고 서럽게 울기도 하고, 나중에 딸을 만나게 된다면 제발 전해달라고 컵을 하나 맡긴다. 아우슈비츠에서 70년 만에 발견된 금반지의 사연을 담은 뉴스에서 태동한 소설이다. 소설가는 이렇게 사소한 뉴스에도 이야기의 숨결과 온기를 불어넣을 수 있는 이들이다. 개성 넘치는 이야기들을 획획 넘기면서, 다시 한번 감탄했다.

흩어지는 마음에게, 안녕

안희연 – 서랍의날씨 – 2017년 2월

시집에서 시인의 언어를 보면 황홀하다. 한 언어가 이렇게 적재적소에 놓이면 아름다울 수 있구나. 감탄하면서 시집을 본다. 시인들이 쓰는 에세이는 더욱 매력적이다. 오히려 에세이에서 더 빛난다고 해야 하나. 2016년 신동엽문학상을 수상한 안희연 시인이 파리와 스페인, 포르투갈, 인도 등으로 떠난 이야기를 적어냈다. 늦봄과 여름에 '어떤 휴양'을 꿈꾸면서 읽으면 딱 좋을 『흩어지는 마음에게, 안녕』. 안희연 시인의 시를 좋아하는 이들은 물론 여행 에세이를 좋아하는 독자라면 꼭 읽어볼 것. 안희연 시인 팬이라면 그녀의 또다른 이름 '강가'가 폭 마음에 와 닿지 않을까.

무엇보다 여름을 앞두고 한 계절을 더 지나가 겨울에서야 묻는, 어쩔 수 없는 마음을 엿보는 일은 언제나 공감 간다. 어떤 청춘의 늦여름은 누구나에게 이리 기록되었을 테니까.

(……) 각자의 여름은 다르게 적힐 것이다. 누군가에게는 긴 여행 끝에 돌아온 그리운 집이었을 테고, 다른 누군가에게는 무더위나 태풍보다 강렬한 이별의 혹한이기도 했을 것이다. 저물어가는 여름밤, 노천 콘서트장에 앉아 무심한 듯 묻는다. 너의 여름은 어떠니.

내가 살고 싶은 작은 집

임형남/노은주 – 위즈덤하우스 – 2017년 1월

집에 관한 책을 좋아한다. 서울에서 혼자 살며 해마다 거처를 옮겼고 늘 정착을 꿈꿨다. 건축을 다룬 책을 즐겨 읽으며 상상 속에서나마 옥탑방을 벗어나보곤 했다.

그런데도 간신히 내가 살 집이 생기고 나니 다시 새로운 주거 공간을 꿈꾸게 된다. 너 나 할 것 없이 똑같은 아파트라는 공간에서 벗어나고 싶고, 무엇보다 내가 '정의'한 공간을 갖고 싶다는 바람 때문이다. 물론 내가 좋아하는 책을 둘 공간, 우리 고양이들이 뛰어놀 수 있는 공간도 넉넉했으면 좋겠고.

부부 건축가가 쓴 이 책은 그냥 '작은 집'도 아닌 '협소 주택'들을 방문한 이야기를 담았다. 예를 들면 행크 부티타는 건축학과 졸업 작품으로 폐기 예정인 스쿨버스를 3000달러에 구입해 7평의 움직이는 집으로 만들었다. 부부 건축가가 직접 지은 집들 중에는 신혼부부를 위한 집도, 대가족을 위한 집도 있었다. 책이 있거나, 빛이 있는 집도 있었다. 공통점은 저마다 사연을 품은 집이라는 것. 땅이 좁은 대신, 공간을 잘 활용해야 했기에 이들 집은 개성이 넘쳤다. 책에 담긴 사진들을 넘겨보며, 언젠가 갖고 싶은 집, 아니 짓고 싶은 집을 다시 한번 그려봤다.

스페이스 오디세이 완전판 세트

아서 C. 클라크 – 김승욱 외 옮김 – 황금가지 – 2017년 2월

SF 소설을 많이 읽는 편은 아니지만, SF 고전의 경우 꼭 챙겨 보려고 하는 편이다. 많은 작가의 상상력의 근원이 되기도 하고, 요즘 들어서는 장르의 구분이 갈수록 모호해져가고 있다. 상상력을 이해하려면 그 시초를 알아두는 독서는 중요하다. SF 작가 중에서는 빼놓고 이야기될 수 없는 아서 C. 클라크. 그의 탄생 100주년 기념으로 『스페이스 오디세이』 완전판이 국내에 첫 출간되었다. 많은 SF 팬이 고대하고 있던 완전판이라니! 진화된 인류뿐만 아니라 인공지능, 우주에 관해 놀라운 이야기를 써낸 이 소설은 디스토피아에 더 가깝다. 그래서 더 매력적이다. 엄청난 분량을 철저한 고증과 풍부한 상상력으로 써내려간 이 위대한 작가를 다시 만나는 길을 꼭 고르라면 단연 『스페이스 오디세이』 완전판이다.

#사고_싶은_책

고독한 대화

함기석 · 난다 · 2017년 1월

이런 책이라면 완독을 하려 끙끙댈 필요가 없겠구나 싶었다. 어느 쪽을 펼쳐도 하나의 독립된 목소리를 만날 수 있었다. 사물과 언어에 대해, 기억과 망각에 대해, 침묵과 발설에 대해 번민하고, 힘겹게 토해내는 목소리들. 한 페이지 남짓한 모든 글은 시였고, 시에 관한 질문이기도 했다. 무엇보다 모든 일기가 그러하듯, 밤에 쓰인 글이었다. 이따금씩 생각이 날 때면 펼쳐보기로 했다.

가면의 시인이 점점 늘고 있다는 점은 우울하다. 나는 그들을 존경하고 사랑하면서도 혐오한다. 내가 혐오하는 시인들 중에는 나 자신도 포함되어 있다. 내가 비판하는 세계 속에 내가 속해 있다는 슬픔 때문에 나는 비판의 칼날을 더욱 예리하게 벼려야 한다. 우울한 밤이다. 글쓰기는 언제나 공포다.
—「우울한 밤」 중에서

혼자일 것 행복할 것

홍인혜 - 달 - 2016년 11월

나와 나이가 겹치는 세대들이라면 여고생 때 다들 한 번씩 공감했을 카툰을 그렸던 작가 루나파크. 『혼자일 것 행복할 것』은 집에서 독립을 한 루나파크 작가가 5년간 독립 생활을 하면서 기록해나간 에세이다. 집이라는 공간은 우리를 말하는 첫번째 지점. 어떤 음식을 먹고, 어떤 샤워 용품을 쓰며, 어떤 색 커튼을 달았는지 등등이 우리의 취향을 대변한다. 혼자 산다는 것에 막연한 두려움이 있는 첫 독립투쟁군(!)들이라면 깊은 공감을 하면서 볼 수 있는 책. 신기하게도 내 또래 주위 여자 사람들은 이 책을 읽고 '나도 그래', '나랑 똑같애'라는 이야기를 많이들 했다. 아무래도 같은 시대에 비슷한 취향들을 가지고 있는 사람들이 한 작가를 오랫동안 좋아해서 일까.

우리 나이 또래가 아니더라도 한번 음식이 들어가면 나오지 않는 냉동실, 집안일의 고통, 쓰레기를 줄이는 방법에 몰두하는 일, 완전 소비의 기쁨 등은 모두에게 해당되는 일상. 작가님의 독립 생활기에 구구절절 공감하다보면, 당장 독립을 하고 싶어질 것이다.

#공감하는_책

아주 오래된 서점

가쿠타 미쓰요/오카자키 다케시 · 이지수 옮김 · 문학동네 · 2017년 2월

『종이달』의 가쿠타 미쓰요와 『장서의 괴로움』의 오카자키 다케시가 함께 헌책방을 순례했다고? 뜬금없는 조합이라 여겼는데, 정작 둘의 대화를 들어보니 이처럼 죽이 잘 맞는 조합도 없었다.

1년간 오카자키 사부와의 '헌책 도장깨기'를 마친 뒤 가쿠타 미쓰요는 헌책방을 다시 정의하게 된다.

그곳에는 전쟁을 사이에 둔 종이의 역사가 있고, 출판사와 작가의 시행착오가 있으며, 인쇄술의 변화가 있고, 사람들의 생활이 있으며, 조상의 지혜와 장난기가 있고, 시대의 색과 거기서 불거져 나온 선이 있으며, 그리하여 끝없는 낭만이 있다.

진보초, 와세다 헌책 거리, 니시오기쿠보니 하는 별천지 같은 책방 순례 이야기를 홀린 듯 듣고 나니 먼지 쌓인 헌책들을 대하는 자세도 배울 수 있었다. "타인의 책을 만지는 것이니만큼 최소한의 예의는 필요하다"는 것. 그리고 그 책을 만날 다음 기회를 노리는 것은 "다음 고기는 몇 시쯤 잡히나요?"라고 낚시꾼에게 묻는 것과 마찬가지라는 것.

Love Adagio

박상순 - 민음사 - 2004년 9월

가끔 시집을 '사냥'하는 기분으로 서점에 들른다. 목적성이 있으면 인터넷에서 금방 검색해서 살 수 있지만, 시집을 사고 싶다라는 생각을 품을 때 검색은 무의미해진다. 서점 주인이 추천해주면 고맙겠지만, 그런 곳도 흔치 않다. 결국 나는 가지런히 출판사별, 혹은 작가별로 놓인 서고를 한참 째려보다가 시집을 사냥하듯 확 빼낸다. 박상순 시인의 새로 나온 시집 『슬픈 감자 200그램』을 읽고 시인의 다른 시집을 더 찾아봤다. 정확히 13년 전에 냈던 『Love Adagio』는 그렇게 해서 뒤늦게야 읽을 수 있었다.

시인의 말처럼 첫 시 「빨리 걷다」 외에는 가나다순으로 시가 배열되었다. 시집에서 언어들은 도발적이다. 금빛이 튀어오르고, 할머니의 물고기가 떠다니며, 토마토가 굴러다닌다. 암호처럼 어지럽게 배열되어 해석을 거부하는 듯 '맨발로 서 있다'. 시인은 능숙하게 표제작 「Love Adagio」에서처럼 미완성된 존재들이 매우 느리고 천천히 '마르는 소리'를 언어라는 흰 화복에다가 시공간과 이미지, 언어의 무의미한 반복으로 표현해내고 있다. '가나다순'처럼 무의미한 시적 언어의 배열에서 헤매다보면 공허해져버린다. 결국, 사랑의 끝에서 느껴지는 감정 역시 허무 아니던가.

덧. 『마라나, 포르노 만화의 여주인공』을 가지고 있는 분 중 혹시 안 읽으실 거라면 저에게 팔아주세요.

스페이스 오디세이 _{완전판 세트}

아서 C. 클라크 · 김승욱 외 옮김 · 황금가지 · 2017년 2월

스탠리 큐브릭의 영화 〈2001 스페이스 오디세이〉는 정말 힘겹게 본 영화였다. 그의 모든 영화에 역사적인 걸작이라는 수식어가 붙지만, 이 대사도 적고 장면 전환도 느린 영화를 끝까지 보기란 안드레이 타르코프스키의 영화를 보는 것만큼이나 힘든 일이었다.

그래서 오랜 시간이 지난 지금은 이 영화가 던진 철학적인 질문만이 머릿속에 남아 있다. 인류에게 지혜를 전한 외계인의 가능성, 화성 혹은 그 너머의 별을 향한 유인 우주비행, 인공지능의 위협까지. 이런 놀라운 아이디어만으로 원작자와 감독은 천재구나 감탄했었다.

아서 C. 클라크의 원작이 예쁜 박스 세트로 다시 출간됐고(탄생 100주년에 맞춰), 이번에도 완독을 하진 못하겠군, 자조하며 책장을 넘겨보았다. 1960년대 감독과 작가는 동일한 콘셉트를 공유한 채 각자의 방식으로 작품을 만들었다고 한다. 우주의 미아가 되는가 싶더니 다른 차원의 시공간으로 빨려들어가며 마무리되던 영화의 결말과 마찬가지로, 원작 소설에서도 난해한 결말이 펼쳐지더라. 그 덕분에 더 겁을 먹어버렸다. 책을 완독하는 건 다음 기회로 미루기로 했다. SF 소설을 무척 좋아하지만, 나는 소위 3대 거장으로 불리는 이들의 책을 감탄하며 읽을 만큼 소양이 깊지 못한 독자다. 언젠가는 읽을 수 있으리란 기대만 품고서 책장에 꽂아둔다.

관계의 조각들

마리옹 파욜 – 이세진 옮김 – 북스토리 – 2017년 2월

B5용지 크기로 글자는 없이 그림으로만 이루어져 있는 『관계의 조각들』. 겉표지부터 신경썼다는데, 일단 가격이 비싸다. 정가 2만 8천 원. 애서가라 해도 쉽사리 살 수 없는 가격. 하지만 이 책의 저자 마리옹 파욜은 1988년생으로 현재 프랑스에서 활동하고 있는 가장 핫한 일러스트레이터. 그림을 펼쳐보면 결국 살 수밖에 없다. 저자는 뉴욕타임스, 텔레라마 등 여러 언론매체에서 찾는, 인기가 높은 작가다. 가끔 인터넷 뉴욕타임스 기사에서 봤던 삽화 작가가 이렇게 그림 에세이도 내다니!

그녀는 현대인의 '관계'들을 순간순간 포착하여 상징적으로 그려 낸다. 제목이 일단 반절 먹고 들어간다. 〈반쪽〉〈헤어짐〉〈싸움〉을 보고 있노라면 연애 경험이 있는 누구든지 100퍼센트 공감할 수 있을 것. 연인뿐만 아니라 부부, 가족, 자식 간의 문제도 예리하게 포착해냈다. 관계 속의 촘촘한 이야기들을 그림으로 표현해낼 수 있는 능력. 작가의 빛나는 재능에 질투가 난다.

고슴도치의 소원

톤 텔레헨 글/김소라 그림 – 유동익 옮김 – 아르테 – 2017년 2월

친구들을 초대하길 망설이는 고슴도치가 있다. 동물들을 초대하는 편지를 써놓았지만, 미처 보내지 못하며 매일 공상에만 빠져든다. 내가 코끼리를 초대한다면 한 발을 채 집에도 들이기 전에 집이 망가져버릴 거야. 내가 게를 초대하면 내 가시를 다 뽑아버릴 거야. 소심하고, 걱정 많은 고슴도치는 자신의 가시가 친구들을 밀어낼 거라 자책하기도 한다. "외로움은 내게 속한 거야. 내 가시처럼."

50여 번의 상상의 밤을 보낸 고슴도치에게 어느 날 친구들이 찾아온다. 다람쥐였다. 따뜻한 차를 나눠 마시고, 고슴도치는 한 친구를 얻는다. "다시 또 만나자"라는 편지를 받은 고슴도치가, 겨울잠을 자기 위해 눈을 감는다. 그렇게 한 계절이 지났다. 다음 계절은 가을처럼 외롭지 않겠지.

고슴도치의 그림 일러스트가 귀여운 책이었다. 네덜란드 동화작가의 짓궂은 상상력은 고슴도치가 상처받고, 친구들에게 비난받는 장면도 만들어내지만 고슴도치가 친구들을 초대할 수 있을까, 가슴 졸이며 지켜보던 이들이 만족할 만한 결말을 선물해준다. 모처럼 만난 귀여운 동화책.

빛의 호위

조해진 – 창비 – 2017년 2월

전진하는 한 인간에 관한 이야기다. 불행히도 걸음의 방향은 없다. 『빛의 호위』 인물들은 정처 없이 헤매거나 떠돈다. 때로는 알 수 없는 곳으로 가는 기차의 탑승객이기도 하다. 그들은 세상에서 소외되고 잊히는 존재이며 이방인이다. 일생에 가족을 가져보지 못한 일용직 노동자, 기초수급대상자가 되어버린 전직 대학 강사, 치매에 걸려 요양원에 들어간 사람, 고아가 되어버린 아이……

자신을 존재하게 하는 삶의 근원조차 알 수 없는 그들은 세계에서 도주하거나 자신을 그 속으로 편입시키려 발버둥치지 않는다. "개인은 세계에 앞서고, 세계는 우리의 상상을 억압할 수 없"으므로. 그렇기에 오히려 조해진의 인물들은 자기 내부의 결핍을 마주한다. 한 치 앞도 보이지 않는 어둠 속에서 자신의 생生을 끊임없이 묻는 식으로.

그러나 조해진은 멈추지 않는다. 소설 속에서 인물들은 서로에게 위안이 되고, 삶의 이유가 되어준다. 객관적 세계 앞에서 더없이 남루한 서로를 잊지 않기 위해 찾아가고, 읽히지 않을 편지를 보낸다. 비록 자신들을 짓밟은 역사 속에서 사라질지언정 부재라는 단어로라도 남기 위해 절실히 타인을 기억해낸다.

9편의 단편소설들은 인간이 단지 기억하는 존재가 아닌 기억해내는 존재임을 "잘 보이지 않는 곳에 얄팍하게 접혀 있던 빛"으로 서서히 비추어낸다. 사라져가는 것들을 끄집어내고, 부재의 흔적을 존재의 의미로 바꾸어놓음으로써 소설은 우리를 슬며시 밀어낸다. 그 밀어냄으로 우리는 얼결에 한발 나아간다. 이윽고 암순응이 찾아오고 우리 눈에는 여태껏 보지 못했던 타자가, 그들의 가느다랗고 연약한 연대가 보일 것이다.

위작의 기술

노아 차니 · 오숙은 옮김 · 학고재 · 2017년 2월

위작을 오해하고 있었다. 일확천금을 노리는 욕망이 가장 큰 동력이며 위작 화가는 그에 필요한 부속품이라 생각했다. 이 책으로 인식이 바뀌었다. 어디까지나 이 위작의 기술도 예술가의 영역이라는 것. 세상을 모두 속이는 깜짝 놀랄 만한 작품은 그런 성실성과 기술을 이끌어낼 동력이 필요하다. 명예, 돈, 권력, 천재성 표현 등 여러 욕망이 위작을 만들어내지만 가장 큰 동기는 복수심이라고 노아 차니는 지목한다. 자기 작품을 알아주지 않는 미술계를 향한 복수다.

2007년 숀 그린핼시와 그의 가족은 17년에 걸쳐 위작 120여 점을 제작해 82만 파운드가 넘는 돈을 번 혐의로 유죄를 받았다. 크리스티, 소더비, 대영박물관까지 속여넘긴 대사기극. 숀은 공식 미술 교육을 받지 않았다는 이유로 갤러리에서 계속 퇴짜를 맞으면서 미술계에 갖게 된 원한으로 인해 위조를 시작했다. 오토 딕스, 로리, 토머스 모런의 회화는 물론 브랑쿠시와 만 레이의 조각, 골동품까지 그는 닥치는 대로 위조했다. 회화와 조각의 구분도 중요하지 않았다. 마법사와 같은 그의 손은 어떤 작품도 복제해낼 수 있었다. 덜미를 잡힌 건 가장 큰 돈이 된 아시리아 부조 때문이었다. 대영박물관이 진위 감정 과정에서 부조판에 설형문자를 엉터리로 쓴 것을 발견한 것이다. 큰돈을 번 뒤에도 소박하게 살았던 그의 삶은 복수심이 위작을 그리게 했음을 알려준다.

미술을 다룬 숱한 책이 있지만, 이 책은 '위작'이라는 소재를 다뤘다는 이유만으로 미스터리 소설을 읽는 듯한 긴장감을 자아낸다는 점이 돋보였다. 이 책은 무엇보다 뛰는 과학 검증 위에는 나는 위조꾼이 있다는 교훈을 준다.

고맙습니다

올리버 색스 - 김명남 옮김 - 알마 - 2016년 05월

나는 책을 매일 만나는 곳에서 일하고 있다. 이런 내게 가장 어려운 일 중 하나가 지인들에게 책을 선물하는 일이다. 책이라는 건 취향에 따라 워낙 스펙트럼이 넓다보니 선물하기가 여간 쉽지가 않다. 그래도 '이 책은 기회가 있으면 핑계를 대서라도 선물해야 한다'라는 마음을 먹게 하는 책을 만나면 되도록 많이 주고자 하는 편.

오늘은 외국으로 나가는 친구의 송별회가 있었다. 상냥하고 모두에게 다정한 성품을 보여준 친구였기에 아쉬운 마음이 가득. 짐을 싸야 하는 친구에게 책을 선물하려니 막막했다. 독서를 좋아하는 친구라 별 부담은 없었지만, 되도록 가볍고, 문학을 좋아하지 않아도 잘 읽을 수 있는 책이면 좋겠다 싶어 책장을 들여다봤다. 문득 머릿속을 지나가는 한 권의 책이 있었다. 2015년 세상을 떠난 올리버 색스의 에세이 『고맙습니다』였다.

『고맙습니다』에는 2015년 2월에 실린 올리버 색스의 특별 기고문인 「나의 생애」가 수록되어 있다. 나는 「나의 생애」를 읽으며 엉엉 울었다. 연달아 발표되었던 「나의 주기율표」에선 숨 멎을 것만 같은 구절들을 삼켜내느라 힘들었다. 그 어떤 삶도 어리석지 않으며, 결코 부족하지 않음을 절절히 느끼게 하는 문장들을 하나하나 기억하고 싶었다. 평소 그를 몰랐다고 할지라도 『고맙습니다』에 수록된 4편의 에세이는 큰 감명을 줄 것이다.

나는 다정하고 어여쁜 내 친구가 83번 원소인 비스무트에서 한번 크게 울 수도 있겠다는 생각을 하며 책을 선물했다. 이 독서일기가 책으로 나올 때쯤이면 그녀도 이 책을 다 읽었을까. 안 읽었다면 꼭 읽어주기를. 우리의 '베릴륨 조각' 같은 추억을 위해서라도.

#선물한_책

『도련님』의 시대

다니구치 지로 그림/세키가와 나쓰오 글 — 오주원 옮김 — 세미콜론 — 2014년 7월

이번에는 다니구치 지로다. 유난히 별세 소식이 많은 겨울이다. 고독한 미식가를 통해 먼저 접하긴 했지만, 나에게는 『「도련님」의 시대』로 각인된 작가. 소년 잡지에 연재되는 만화에 빠져 자란 나에겐 열혈 스포츠물이나, 성장 만화는 인생의 교과서나 다름없었다. 그런 사연 덕분에, 어른이 주인공이거나 진지한 주제가 등장하는 만화는 잘 읽히지 않았던 시기가 있었다. 성인 대상 만화의 편견을 깨준 대표적인 작가가 다니구치 지로였고, 그 작품이 『「도련님」의 시대』였다.

이 땅이 조선이라는 이름으로 불릴 때, 개화를 이루어낸 일본이 근대의 물결을 받아들이며 어떤 혼란을 겪었고, 지식인들의 고민이 있었는지 어떤 소설이나 논픽션보다 생생하게 알려준 책이었다. 무엇보다 늘 위염을 달고 살았고, 벌이도 변변찮은데다, 주변에 말썽꾼도 많았던 나쓰메 소세키의 일상은 일본 근대 문학의 거인에 대한 편견을 걷어내고, 각별한 재미를 안겨줬다. 모리 오가이가 '무희'를 쓰게 된 그 세기의 사랑 이야기도 흥미진진했고. 특히나 바다 건너 이웃나라의 근대가 얼마나 치열하고 뜨거운 혁명과 변혁의 시기였는지 아는 바 없던 나에겐 적지 않은 충격을 줬다.

#다시_찾아보는_책

동전 하나로도 행복했던 구멍가게의 날들

이미경 – 남해의봄날 – 2017년 2월

부쩍 자기 자신이 늙었음을 깨닫게 하는 건 어떤 것의 부재이다. 이미경의 『동전 하나로도 행복했던 구멍가게의 날들』은 그 부재를 말한다. '구멍가게'의 사라짐. 유년 시절 지방의 소도시에서 자랐던 나는 구멍가게가 낯설지 않았다. 학교의 문방구들은 죄다 구멍가게 형태였고, 20분 걸어야 도착하는 집 근처에도 변변한 슈퍼 하나 없었다. 항상 주인장으로 보이는 아저씨가 앉아 있고, 그 앞에는 막걸리나 소주를 마시는 사람들이 왕왕 보였다. 저자는 그런 구멍가게를 그려온 지 어느덧 20년이 지난 화가이다. 둘째 아이를 가진 어느 날 갔던 1997년 퇴촌 관음리 가게에서의 강렬한 첫 만남을 시작으로, 가느다란 펜으로 수백 군데의 전국 곳곳 구멍가게를 그려왔다. 한곳을 40~50년씩 지켜왔던 수많은 구멍가게는 다 어디로 갔을까?

골목을 지나다보면 구멍가게, 슈퍼라고 부르던 곳들은 이미 사라지거나 편의점으로 바뀐 지 오래다. 세월은 하염없이 지나간다. 그리고 그 길목을 지키던 것들은 모양을 달리하거나 이렇게 사라지고야 만다. 아무것도 아닌 어떤 구멍가게를 그림으로써 이렇게 영원으로 존재하게 하는 힘. 기록, 그림, 그리고 책이 가질 수 있는 힘이 아닐까. 작가의 글보다는 작가가 보고 계속 그렸을 펜들의 자국을 만지듯 펜화에 손을 가져가본다. 답답한 외할머니집을 탈출해, 이제는 있지도 않은 한 구멍가게에서 쭈쭈바를 물고 동생의 왼손을 잡으며 돌아가던 길이 떠올랐다. 코스모스가 좌우로 흐드러지게 피어 바람에 몸을 흔들던 길. 그래, 나에게도 있었다. 그런 구멍가게 하나쯤은.

당신에게 말을 건다

김영건 글/정희우 그림 – 알마 – 2017년 2월

재미있는 우연이었다. 여행에서 만났던 서점에 관한 책을, 여행에서 돌아온 지 일주일 만에 만나게 됐다. 속초 동아서점에서 카운터를 지키며 이야기를 나누던 두 사람은 이 책의 저자인 김영건 대표와 그의 아내였음을 책을 통해 알게 됐다.

아버지의 제안에 9년의 서울 생활을 정리하고 내려와 맡게 된 서점. 60년 전통의 서점을 맡아 가장 먼저 한 일은 과거와의 작별이었다. 아버지가 사들인 모든 책을 반품하고, 자신이 고른 책으로 서가를 채운 뒤 그가 1년 이상을 지켜온 서점에 관한 이야기.

이 책에는 해안 도시에서의 낭만, 책을 향한 넘치는 애정만 담겨있지 않다. 오히려 자영업자로의 고단한 삶, 앞날에 대한 불안 등이 역력히 묻어났다. "책을 좋아하면 서점을 하지 말고 그냥 독자로 남을 것"이라는 격언은 그에게도 적용될 수밖에 없었다. 그럼에도 분투하는 저자를 보면서 서점이라는 하나의 우주를 꾸려나가고 있는 이 성실한 책방지기를 응원하고 싶어졌다.

그 이유가 무엇이든 당신은 여행 중에 서점에 왔기 때문이다. 읽고 싶었던 책을 찾기 위해서든, 낯선 곳에서 몰랐던 새책을 발견하기 위해서든, 여행 자체를 기념하기 위해서든, 그것도 아니면 그저 서점을 정말로 사랑해서든 말이다. 단언컨대 이분들은 단순한 매력을 넘어 어딘가 치명적인 구석이 있는 분들이다.

이런 넉넉한 마음을 가진 서점지기였으니, 세상에서 가장 아름답고 든든한 동반자인 아내를 서점에서 만난 사연에도 고개를 연신 끄덕이고 말았다.

빈방의 빛

마크 스트랜드 – 박상미 옮김 – 한길사 – 2016년 8월

마크 스트랜드가 계관 시인이자 미국 최고의 시인으로 꼽히는 걸 아는 이들이라면 그의 이름을 보고 샀을 가능성이 높을 책. 하지만 대부분 에드워드 호퍼를 좋아하는 사람들이 샀을 터. 나는 마크 스트랜드의 시도 몇 편 알지만, 그 위대한 시인이 그 못지않은(혹은 더 뛰어날지도 모르는) 화가의 그림에 관해 풀어 썼다는 점에서 이 책에 끌렸다. 시인이 쓰는 다른 장르의 언어들을 모두 좋아하는 나는 이 책이 나오자마자 샀고, 절판이 된 후 다시 나온 개정판도 샀다. 다시 에드워드 호퍼의 빛을 추억하면서. 정확히 말하자면 스트랜드가 발견한 호퍼의 빛이다.

우연치 않게 어떤 미술관에 들렀다가 다시 호퍼의 그림 몇 점을 마주했다. 마크 스트랜드의 언어를 알기 전, 호퍼의 그림은 내게 있어서 그저 현대 미국 사회의 외로움을 표현한 대작이었다. 하지만 이제는 다르다. 스트랜드의 말대로 호퍼의 작품들은 어느덧 나에게 있어 "짧고 고립된 순간의 표현"이자 "떠남과 머무름"이 동시에 겹쳐지는 그림이다. 그 순간에 비쳐진 빛, 그리고 그 빛과 공간을 채우는 대기를 표현해내는 시인의 언어로 다시 호퍼의 그림은 우리들에게 되살아난다. 신기하다. 이렇게 어떤 시각이 언어로 인해서 굴절되어 보여지는 건, 책을 읽으면서 경험할 수 있는 몇 안 되는 일이다.

죽음은 두렵지 않다

다치바나 다카시 · 전화윤 옮김 · 청어람미디어 · 2016년 11월

모든 책을 읽은 작가의 신작임에도, 책장에 꽂아두기만 한 것은 대담집이라는 이유에서였다. 시간이 난 김에 들춰보다가 단숨에 읽어버렸다. 암 수술을 받고 난 뒤, 『암』이라는 책을 쓰기도 했던 그의 관심사는 여전히 죽음과 질병에 머물고 있다는 인상을 받았다.

『임사체험』을 통해서도 밝혔듯이 그는 임사체험은 사후세계 체험이 아니라 죽음 직전 쇠약해진 뇌가 꾸는 꿈에 가깝다는 걸 과학적으로 증명한 바 있다. 그런데 안락사부터 임사체험, 연명치료 등에 관해 두루 이야기를 나누는 이 책에서 나는 다카시에 관한 고정관념이 하나 깨졌다. 과학적 사고를 옹호하는 지식인답게 철저한 무신론자이지 않을까 싶었지만, 그는 다만 이렇게 말하고 있었다.

철학과에서 배운 것 중 가장 큰 영향을 준 게 비트겐슈타인의 철학입니다. 비트겐슈타인은 『논리철학논고』의 마지막에 이렇게 쓰고 있어요. 말할 수 없는 것에 대해서는 침묵해야 한다. 사후의 세계야말로 말할 수 없는 것입니다. 말하고 싶은 대상임에는 분명하지만 침묵해야만 하는 것이지요.

문단 아이돌론

사이토 미나코 – 나일등 옮김 – 한겨레출판 – 2017년 2월

"요즘에 잘 팔리는 작가가 누구야?" 나는 이 질문에 대한민국에서 잘 팔리는 '살아 있는' 작가를 떠올리다가 포기하고 되묻는다. "우리나라에 잘 팔리는 작가가 생겨나려면 프로듀스 101처럼 뭐라도 해야 할걸?"

가깝고도 먼 나라 일본에서는 어찌나 큰 작가들이 많은지 『문단 아이돌론』이란 책까지 2002년에 나왔다. 책을 파는 곳에 있는 사람으로서 일본은 여러모로 부러운 나라이기도 하다. 노벨문학상도 이미 받았을뿐더러 오죽하면 이 출판계의 정설이 있다. "일본의 10년 전 출판계 트렌드는 한국의 지금과 비슷하다." 삐쭉한 부러움에 이 책을 펴면 나열되는 작가들 목록에 한숨을 쉰다. 억울하지만 아이돌이 맞기 때문이다. 대부분 일본 1980년대 작가들이기도 하다. 무라카미 하루키부터 시작해서 요시모토 바나나, 우에노 지즈코, 다치바나 다카시, 무라카미 류 등 책을 읽는 독자라면 여러 번 들어왔을 법한 일본 작가들을 논하고 있다. 사이토 미나토 평론가는 이 책으로 일본의 1980년대 키워드를 작가군으로 뽑아낸다. 거품 경제와 닮은 베스트셀러 작가, 두 양태의 페미니즘(여성 시대), 자잘한 지식과 교양을 뽐내는 논픽션 라이터까지. 8명의 작가들이 인기를 얻었던 이유에서부터 논란을 이끌어왔던 부분을 정리해나가는 저자의 논의가 통쾌하다고까지 느껴진다.

우리나라의 지금 문단 아이돌론은 언젠가 써질까. 아, 아이돌이라고 부를 만한 작가가 생겼으면(진심이다)!

고양이의 시

프란체스코 마르치울리아노 – 김미진 옮김 – 에쎄 – 2016년 7월

고양이에 관한 모든 책과 사랑에 빠지고 있다. 물론 우리 아이들 때문이다. 『고양이의 시』의 작가는 잊을 수 없는 두 마리 고양이의 추억으로 인해 시인이 되어버린 이다. 이 조그만 털뭉치들의 시선으로 인간을 바라보는 시를 보고 있으면, 너무 재미가 있어서 손뼉을 치게 된다. 그나저나 가슴이 짠해지는 시도 하나 있었다. 둘째를 데려왔을 때 불안과 공포와 좌절을 느끼다못해 구토를 하기까지 했던 첫째 하루의 심정이 떠오르게 한 시「네 무릎 위에 있는 건 누구지」를 옮겨본다.

우리집에 낯선 고양이가 있어

난생처음 보는 고양이

나보다 훨씬 어린 녀석이야

네가 저 애 이름을 알다니

심지어 나를 저 녀석의 이름으로 잘못 부르기까지

녀석이 가장 밝고 따뜻한 자리를 차지하고

내가 좋아하는 베개를 쓰고 있어

이런 모욕감은 처음이야

난 아마 다시는 사랑을 못할 거야

토니와 수잔

오스틴 라이트 - 박산호 옮김 - 오픈하우스 - 2016년 12월

당신의 삶과 비슷한 소설을 만난 적이 있는가? 그런 의미에서 『토니와 수잔』은 매력적이다. 일단 이 소설의 목차명이 흥미롭다. 첫번째 독서와 두번째 독서, 세번째 독서로 나뉘어 있으며 그 이전과 이후가 '독서'를 둘러싸고 있다. 전남편 에드워드가 쓴 소설 『녹터멀 애니멀스』을 편 수잔이 그 소설의 주인공 토니의 비극을 읽어나가는 흥미로운 액자식 구성을 취한다. 선남편과 헤어진 후, 수잔은 글쓰기란 꿈을 이루지 못한 채 평범한 주부로 살고 있다. 지금은 바람피운 대상과 결혼을 한 그저 그렇고 그런 상태.

그녀는 『녹터멀 애니멀스』의 대학교수 토니가 아내와 딸을 잃고 혼자 숲에서 버려지는 위기 상황이 이어지는, 이 '모든 게 조금씩 삐뚤어져 있'는 이 소설에 흠뻑 빠진다. 소설이 점차 진행될수록 수잔은 에드워드와 있었던 일들을 하나둘씩 떠올린다. 그러면서 기억과 소설은 계속 뒤섞인다. 토니가 아내와 딸의 장례식을 묵묵히 치르고 혼자만 살아남아 가식적인 남자가 되는 모습을 보면서 수잔은 그에게서 자기 자신의 모습을 발견한다. 이 소설의 제목이 『토니와 수잔』인 이유는 바로 이것. 우리도 토니와 수잔에게서 찌질한 감정을 페이지를 넘길수록 공유하게 될 것이다. 소설이 끝났을 때, 에드워드가 수잔에게 이 원고를 맡기며 물었던 첫 질문으로 돌아간다. "내 책에 빠진 게 뭐지?" 다시 묻는다. "우리 인생에 빠진 게 뭐지?" 단순한 스릴러가 아닌 위험하고 매혹적인 소설일 수밖에 없는 이유가 이 질문에서 방점을 찍는다.

결혼과 도덕

버트런드 러셀 ― 이순희 옮김 ― 사회평론 ― 2016년 2월

버트런드 러셀의 에세이는 좋아할 수밖에 없다. 시대를 앞서가는 대담함, 넘치는 지성과 위트까지. 책장에서 발견해 무심코 들었다가 빠져들어 읽은 책이다.

그에 따르면 성이 죄악이라는 인식은 인류에 막대한 악영향을 끼쳐왔다. 정절을 유지하기 위해 상호 간섭이 있는 한 행복한 삶이 자리잡을 수 없다는 말이다. 그의 과격한 결혼 도덕관은 이 책이 출간된 1929년 많은 논란을 낳았고, 그의 교수 임용을 취소시키기도 했다고 하니, 놀랍기만 하다. 1세기 동안 인류의 도덕과 제도는 많은 변화를 통과해온 것이다. 그렇다고 자유로운 성의 해방을 주장하지도 않는다. 그의 주장의 핵심은 자발적인 도덕의 필요성이다. "사랑은 어떤 속박에도 얽매이지 않고 자발적으로 일어날 때에만 건강하게 자라난다"고 주장하는 이 책에서 감탄할 만한 구절을 발견했다.

결론적으로 말하자면, 문명사회의 남성과 여성이 행복한 결혼 생활을 이루는 것은 가능하다. 물론 이것이 가능하려면 수많은 조건이 충족되어야 한다. 부부 쌍방이 완벽히 평등하다고 느낄 수 있어야 하고, 서로의 자유에 간섭하지 말아야 한다. 부부 사이에는 육체적, 정신적으로 완벽한 친밀감이 형성되어야 하고, 가치의 기준이 어느 정도 일치해야 한다. 이런 모든 조건이 충족된다면, 결혼은 두 명의 인간이 이룰 수 있는 가장 유익하고 가장 중요한 관계가 될 수 있다고 생각한다.

당신에게 말을 건다

김영선 글/정희우 그림 – 알마 – 2017년 2월

어떤 책은 읽으면서 그에게서 여러 감정을 느낀다.『당신에게 말을 건다』를 읽다가 질투라는 감정을 느낀다. 좋아하고 사랑하는 공간을 아낌없이 표현할 수 있다는 것, 더 쓰지 못했을 여러 추억이 많아 보였다. 작고 가볍고, 200페이지도 안 되는 이 책은 내게 그런 무게로 다가왔다. 지난 2월 5일 이 책의 그 공간 '동아서점'을 다녀왔었더랬다. 생각보다 크다고 느껴졌고, 생각처럼 책의 분류에 관해 오랜 고민을 한 흔적이 보였던 곳. 서점 주인이자 이 책의 저자는 내게 물었다. "회원 카드 만드시겠어요?" 괜찮다고 대답하자 명랑하게 말했다. "여행 오셨나봐요." 나는 이제 그곳을 활자로 읽는다. "서점이 뭐라고" 우리는 이렇게 책을 팔고 있고, 책을 소개하고 싶은 걸까. 책을 팔기 위해 작업해야만 했던 일들, 책을 팔면서 만났던 사람들, 책을 더 잘 팔기 위해 고민했던 나날들, 그리고 책을 팔다가 손님으로 만난 아내까지.

여행지에 가면 나는 서점이나 도서관을 하나씩 들른다. 속초에서 만난 동아서점은 올해 초 잊지 못할 책들을 선물해줬다. 이 책을 읽는 당신도 한 번쯤 여행지의 서점을 찾아가주었으면. 그곳에서 만난 책이 어쩌면 인생을 바꿔놓을 수도 있으니까.

감은 눈이 내 얼굴을

안태운 · 민음사 · 2016년 12월

김수영문학상이 주는 오라가 예전만큼 강렬하진 않을지라도, 신인 작가를 발견하고 싶은 마음에 수상 작품집을 잊지 않고 챙겨 읽고 있다. 이번엔 1986년생 작가다. 해마다 젊어지고, 새로운 목소리를 내는 시인들을 만날 수 있는 점도 반갑다.

산문시가 제법 많은데 리듬감을 잃지 않는다. 단어를 고르고 배치하는 감각이 유려하다. 하나씩 읽고 있으면 어딘가를 배회하고, 목격하고, 일어나는 일을 기록하고, 내쳐지면서도 어둠에 익숙해지는 하나의 인물이 그려진다. 그것은 아마도 시인 자신일 테고, 슬픔을 자산으로 삼아 그렇게 쓴 시들이 주는 위안이 있다. 마지막 장에 적힌 「2월의 비」처럼.

2월은 자주 슬픔을 어겼다. 비가 내렸고 그 비는 풍경을 지키고 있었다. 너는 지나가고 있었다, 그 비처럼. 그것을 보면서 겨울을 변명하기는 쉬웠다. 내게 이마는 눕기 좋다고 했다. 2월은 비를 받고 있었고 그사이 너는 더 멀리 통과되고 있었다. 나무는 물을 흘리고 있었다. 규제가 헐렸고 그 틈으로 새가 날았다. 젖고 있다. 너는 계속 걷고 있었다, 2월의 빗속으로. 그러나 비는 효력이 없었다. 그 비가 2월을 어겼다. 네가 그 비를 어기듯이 걸어갔다. 너는 민담처럼 흩어져 갔다.

글쓰기의 최전선

은유 – 메멘토 – 2015년 4월

글쓰기는 쉽지 않다. 계속 글을 쓰는 생활을 하고 있는 나도 어렵다. 그래도 쓰고 기록하는 행위를 두려워하지 않는 까닭은 '쓰기'가 주는 쾌감과 무언가를 발견하게 만드는 힘이다. 그 때문에 나는 글을 잘 쓰는 사람들, 그것도 유머러스하고 센스 있게 글을 내는 사람들이 부러웠다. 그중 최근 들어 가장 부러운 글쟁이는 은유 작가. 고백하건데 여러 글과 작년 12월에 나온 『싸울 때마다 투명해진다』를 읽은 뒤, 그녀의 책을 모두 샀다. 그녀의 인터뷰와 여러 기고 글이 언어라는 창으로 내 안을 뚫어버렸다면, 『싸울 때마다 투명해진다』는 이런 책을 전 국민 필독서로 들여놓아야 한다며 나를 행동가로 만들어버렸다.

자연스러운 수순으로 만난 『글쓰기의 최전선』. 작가는 처음부터 물음표를 던진다. "나는 왜 쓰는가." 청춘, 사랑, 슬픔 등 여러 키워드를 가지고 자신의 삶을 다양한 각도로 구성하기 위한 첫 질문이자 첫 통로이기도 하다. 그리고 그 질문에 답하기 위해 나와 내 삶의 경계를 흔들고, "왜?"를 멈추지 않고, 타인의 삶을 마주해나가며 대답한다. "글은 우리 삶의 거울이니까." 그 거울을 보며 나를 온전하게 만드는 일, 그것이 글쓰기이다. 내 거울이 나만 비추는 것이 아니라 여러 존재를 함께 담아낼 수 있도록 만드는 이 훈련을 멈추지 않아야 한다. 그러다보면 글쓰기의 최전선에서 끊임없이 질문하는 나를 발견할 수 있다. 이런 조언을 아끼지 않는 저자 덕분에 글쓰기의 방향이 흔들릴 때마다, 글이 멈춰질 때마다 곁에 두고 읽으면 좋을 책이 하나 더 생겼다.

라이트 형제

데이비드 매컬로 - 박중서 옮김 - 승산 - 2017년 2월

이 책을 읽으며 좋은 평전의 조건에 대해 생각해봤다. 오래전 인물의 삶을 머릿속에 그려내도록 돕는 책이 가질 수 있는 최고의 미덕은 디테일이다. 이 책을 통해 라이트 형제가 자란 집과 이웃의 담장 사이에 60센티미터의 간격이 있었고, 그의 책 서재에는 어떤 책들이 꽂혀 있었으며, 두 형제가 발간한 첫 신문에 실린 광고는 무엇이었는지 알 수 있었다.

형제가 비행에 성공하기 전 1만 1000킬로미터를 여행하며 실험에 매달렸던 키티호크섬의 상공을 수놓았던 새는 어떤 종이었으며, 주민들이 도시락을 싸서 구경한 실험은 몇 번에 걸쳐 실패했으며, 외딴섬에서 모기와 싸우며 식량이 부족해 잡아먹은 생선은 무엇이었는지 알게 해주기도 했다.

그 덕분에 책을 읽고 나선, 첫 비행의 환희보다도 키티호크섬의 아름다운 풍광에 대한 묘사가 더 기억에 남았다. 평범한 인간의 모습으로 그려지자 이들에 대해 더 호기심이 일었다. 위인전에나 등장하기엔 라이트 형제가 살았던 시대는 너무나 가깝고 지금과 닮아 있던 시기라고 생각했다.

피프티 피플

정세랑 - 창비 - 2016년 11월

51명의 사람들을 소설로 만났다. 한 대학병원이 가운데에 있고 그 속에서 여러 사람이 사망 선고를 받거나 칼에 찔려 치료를 받거나 입원을 하고 병문안을 하러 오기도 한다. 그 대학병원은 '한국에서 가장 못생긴 병원 건물'이고 그 안에서 여러 생과 사가 지나간다. 51명의 병문안과 기록들이 표면적으로 촘촘히 그려져 있지만, 그보다 많은 사람이 소설 속에서 저마다의 삶을 춤추듯 살아간다. 옴니버스식 소설을 읽듯 하루에 한 명씩 읽었다. 사람 이름으로 목차가 되어 있고, 그 사람을 중심으로 소설이 진행된다. 그리고 사이사이마다 사건들이 겹치고, 인물들도 겹친다. 즉 이 소설은 51명의 개별적 단편소설이자 1개의 숲과 같은 장편소설이도 하다. 어느 날은 환자가 주인공이 되기도 하고, 환자의 딸이나 어머니, 병원 레지던트나 의사가 주인공이 되기도 했다. 누군가가 가해자가 되기도 하고, 누군가는 피해자가 되지만 누구를 원망하기에 악이 선명하지 않다. 그건 "가장 경멸하는 것도 사람, 가장 사랑하는 것도 사람"이기 때문이다.

51명 안에는 외국인 노동자, 퀴어, 노인 등 사회적 약자도 하나의 이야기로 오롯이 있다. 그 안에서 우리의 한 면을 발견하기란 어렵지 않다. 이 소설은 그러려고 쓰여졌을 것이다. 당신의 삶도 한 편의 소설이고, 그 소설은 '우리'라는 장편의 한 챕터임을 말하려고.

#읽은_책

우리는 좀더 어두워지기로 했네

이설야 · 창비 · 2016년 12월

한겨울에 읽으며 오소소 돋는 오한을 느꼈다. 시집 속의 세상은 검버섯 같은 하늘이 점점 내려오는 곳이고, 비석 같은 아파트가 세워진 곳이며, 여공이 솜뭉치로 매일 가슴에 돋는 상처를 봉하는 곳이었다. 밤마다 영혼의 올이 하나둘 풀리는 곳, 슬픔을 까먹었던 아이들이 까마귀처럼 모여 우는 곳에다가 마음을 주는 시인은 어떤 이일까.

잘 알지 못하는 이름이었지만, 반평생에 걸쳐 완성했다는 50대 시인의 첫 시집이라는 설명에 고개를 끄덕였다. 시인이 세상을 바라보는 애정과 온기에 응원을 받는 기분으로 책장을 넘길 수 있었던 시집. 우연히 발견해 읽었지만, 시인의 이름을 기억해두기로 했다.

내가 인생 인생의 꽃등 하나 달려고
바삐 길을 가는 동안
사람들은 떠났고
돌아오지 않았다

먼저 사랑한 순서대로
지는 꽃잎
나는 조등을 달까부다
—「조등」

서재 결혼 시키기

앤 패디먼 – 정영목 옮김 – 지호 – 2002년 10월

나와 내 옆에서 글을 쓰고 있는 김슬기씨가 결혼한 날은 2016년 6월 4일이다. 둘 다 워낙 책을 많이 가지고 있는 사람들이라 '서재 결합'이 쉽지 않았다. 1차적으로 김슬기씨가 '앞으로 읽지 않을 것 같은 책' '버려도 될 책'을 구분하여 서재 정리를 한 번 했다. 2차적으로 내가 같은 조건의 도서들을 버리고 이 집의 서재로 책들을 가져왔다. 500여 권 정도밖에 안 되는 규모라 금방이있다. 하지만 문제는 결혼해 살면서 발생하기 시작했다. 책 취향의 어떤 부분이 비슷한지라 가지고 들어오는 책이 같은 날이 종종 생기더니 결국 4미터나 되는 책장을 두 칸으로 겹쳐서 사용해야만 했다. 결국 8개월째인 2017년 2월이 되어서야 결정하게 되었다. 3월 1일에는 대대적인 '겹치는 책 정리'에 들어가기로.

그러기에 앞서서 『서재 결혼 시키기』를 구매했다. (책 정리를 하기 위해 또 한 권의 책을 샀다. 사면서도 이해가 안 갔지만, 사야 할 것 같았다.) 저자 앤 패디먼과 남편은 둘 다 글쟁이인 관계로 그들에게도 서재 합체는 엄중한 사건이었다. 작가 이름순으로 서재를 정리하자는 결론에 다다랐으나 셰익스피어 책들은 연대순으로 가야 한다는 주장으로 싸우는 대목에서 나도 모르게 고개를 끄덕였다. 그렇지, 작가는 연대순으로 읽어야 돼. 두 서재가 결혼하는 과정의 어려움을 단박에 보여준다. 그 밖에도 이 책을 곁에 두고 정리를 한다는 건 미친 짓 같기도 하지만, 훌륭한 예시가 될 게 분명하다.

자연을 따라. 기초시

W. G. 제발트 · 배수아 옮김 · 문학동네 · 2017년 2월

연이틀 시집을 읽는다. 제발트가 1988년 세 편의 긴 산문시를 묶어 발표한 책. 배수아는 역자의 말에 이런 첫 인상을 적어놓았다. "아무런 설명 없이, 입체적인 구조의 세 폭짜리 제단과 거기 그려진 그림 앞에 아무런 준비가 안 된 독자를, 그것도 아주 가까이, 불쑥 데려다놓는 식"이라고. 그럼에도 용기를 내서 책으로 진입하기를 성공했다면, 책에 등장하는 3명의 인물의 삶과 그 목소리에 매료될 수밖에 없으리라 소개한다.

나 또한 그랬다. 제발트의 아름다운 문장에 홀린 듯 읽었다. 수없이 등장하는 독일과 영국과 심지어 캄차카 반도의 인명과 작품과 지명에 곤혹스러워하면서도. 미술사에서 잊혔다 뒤늦게 발견된 '이젠하임 제단화'의 화가 그뤼네발트, 의사이자 과학자로 러시아 시베리아 탐험에 동행했던 G. W. 슈텔러, 그리고 제발트 자신을 각각 세 편의 시에 주연으로 등장시킨다. 세 사람의 삶은 얼핏 닮은 점이 하나도 없어 보이지만, 제발트가 앞선 두 사람에게 자신의 삶을 투영했다는 걸 발견하게 된다. 짧은 생을 살았던 화가, 여행가, 작가. 셋은 모두 순백의 광휘를 내뿜는 자신의 유산을 남겼다.

영화 〈디 아워스〉를 떠올리기도 했다. 각자의 삶을 살아가는 세 인물이 한 줄기 인연으로 연결되며 목격되는 삶이라는 점에서. 그야말로 시공을 초월한 문학이었다. 낯설고도 아름다운, 이란 말은 제발트를 설명할 때면 떠올리는 문장이다. 제발트의 첫 시집은 유난히 더 낯설고도 더 아름다웠다.

대체 뭐하자는 인간이지 싶었다

이랑 - 달 - 2016년 12월

책 제목에서 한번 갸우뚱하고, "나는 뭔가 되게 크게 잘못된 것 같아. 겪어도 겪어도 나란 사람은"이란 책 뒤표지에서 폭소한다. 이 책을 처음 만난 날, 나는 책을 만지며 신간대에서 한참 그랬더랬다. 누군가에게는 독립영화 감독으로, 어떤 이에게는 인디 가수로 유명한 '네이버에 검색하면 나오는 사람' 이랑. 나도 그녀를 특색 있는 음악을 하는 가수로 처음 일았다. 음악이 담백하고 기교가 없으면서 때로는 신나기도 하고, 울적거리는 다양한 모습을 보여주었다면, 그녀의 글 역시도 꼭 그랬다. 역시 아티스트의 글은 자신이 그동안 해왔던 예술의 결과 무척 닮아 있다.

흔히들 한 명의 인생을 한 문장으로 압축할 수 없다고 한다. 그러나 그녀의 어느 순간순간들을 재치 있게 쓴 이 책은 짧지만, 통통 튀는 매력이 돋보인다. 말하기 어려운 죽음에 관한 이야기부터, 사랑과 이별, 사라지고 싶은 열망과 살려달라는 외침까지. 눈앞에 보이지 않는 사람들을 향해 자신의 삶을 소재로 자유자재로 글을 쓰는 이 매력적인 아티스트를 더 좋아하게 만든다. 특히 아래와 같은 고백을 하는 사람을 누가 사랑하지 않을 수 있을까?

(……) 나는 만들고 싶다. 사람들이 어떤 위로를 받고 싶은지도 알고 싶다. 그러려면 먼저 내가 어떤 위로를 받고 싶은지 알아야 하고, 그러려면 나의 어둡고 슬퍼하는 마음을 들여다보아야 한다. 그 일은 정말이지 아주 고단하다.

내가 정말 원하는 건 뭐지?

마스다 미리 · 박정임 옮김 · 이봄 · 2012년 12월

책이 나올 때마다 꼬박꼬박 챙겨봤는데, 못 읽은 마스다 미리의 책이 서가 한편에 남아 있었다. 올드미스 여성, 부모와 사는 여성, 시골 생활을 결심한 여성 등이 늘 주인공이라는 게 마스다 미리 만화의 특징이었는데, 이 책은 놀랍게도 초등학생 소녀였다. 소녀의 순수한 시각으로 엄마와 고모의 고민과 넋두리에 엉뚱한 대답을 해주는 재미가 소소하게 있달까.

소녀의 눈에 비치는 독신주의 고모 다에코와 전업주부 미나코의 고민은 사실상 매한가지다. 나 스스로가 잘살고 있는지 의문이 든다는 것. 엄마는 꿈이 뭐였냐는 질문에 잊었던 옛 꿈을 떠올리게 되고, 고모는 꼭 원하는 사람이 되지 않아도 좋다는 어른스러운 답을 조카에게 들려준다.

마스다 미리의 만화 속 주인공들은 남에게 피해를 주지 않을 만큼 최선을 다해 일하고, 스스로의 삶에 만족하지만, 가족 혹은 타인이 내뱉는 말 한마디에 마음에 상처를 입곤 한다. 이 책에서도 마찬가지다. 스스로가 보잘것없어진 것 같아 일을 구해보려고 하지만, 자신의 의지가 존중받지 못한다는 생각이 들자 다에코는 한숨을 쉰다. "내 자신이 희미해져가는 기분이 들었다. 계속 희미해지면 도대체 어떻게 되는 걸까? 공기가 되어버리는 걸까?"

수십여 권이 번역되면서 이제는 동어반복의 피로감도 느껴지지만, 마스다 미리에게는 여전한 매력이 남아 있다. 적어도 읽고 나면 무감각해진 일상을 돌아보게 된다는 것.

어린 나무의 눈을 털어주다

올라브 하우게 · 임선기 옮김 · 봄날의책 · 2017년 2월

평생을 정원사로 산다는 건 어떤 기분일까? 어떤 것을 보고, 어떤 것에 귀기울일까. 새하얀 표지와 파란 구름을 닮은 글씨를 보고 이 시집에 수록된 30편을 평하는 건 무모할 수 있으나, 시를 다 읽고 난 뒤엔 내 다음 인상평에 고개를 끄덕일 것이다. 이 시집에 실린 시는 청량하다.

매일 정원으로, 자연으로 나가 풀과 나무, 꽃을 만지던 손이 적어낸 언어들은 꼭 그것과 닮았다. 시 속에서 시인은 어린 나무를 대신해 눈을 맞으려고 하고, 그 나무의 가지 끝과 그의 거친 손등은 하나가 되어간다. 그런 시간이 한 해 두 해 지나가고, 이윽고 늙은 참나무 아래에서 '기다리며 이해하며' '함께 나이들어가는' 것을 배워나간다. 시어에서 흙내음, 풀내음 날 수밖에. 이런 시집을 만나 한 해의 봄을 시작하는 것은 해가 지나가면 갈수록 더욱더 큰 기쁨이다. 시 읽기 좋은 봄, 이런 시집과 여행을 가도 좋겠지.

#만나는_책

자면서도 다 듣는 애인아

김개미 – 문학동네 – 2017년 2월

안녕, 안녕, 안녕, 오늘의 태양을 기억해두렴
죽기도 살기도 좋은 날씨란다.

시집을 읽기 좋은 날씨라 펼쳤는데 「한여름 동물원」이라는 첫 시
가 건넨 인사말이다.

제목의 탁월함만으로 집게 되는 책이 있다. 이 책은 이 조건을 만
족시키는데다, 독특한 저자의 이름까지 호기심을 자극했다. 동시집
을 낸 적이 있는 시인이라는 편견은 두어 편의 시를 읽는 순간 사라
졌다. 쉽게 읽히고, 리듬감이 넘치는데다, '아이들'이 유난히 많이
나오는 시집인 건 사실이다. 그런데 시가 포용하는 삶의 풍경은 어
둡고, 속절없이 슬픈 대목이 많았다. 「나는 로봇」이라는 시에서 태
엽을 어떻게든 해달라고 애원하던 로봇이 건네는 말처럼 들린 마
지막 시 「자장가」의 목소리가 잊히지 않는다.

우리들의 달이 썩지 않도록
달링, 눈을 감아요 울음을 그쳐요.

온 뷰티

제이디 스미스 – 정회성 옮김 – 민음사 – 2017년 2월

제이디 스미스의 『하얀 이빨』을 기억하는 독자라면 꼭 읽어야 할 장편소설. 다른 인종과 문화, 사상 등을 어우르는 멜팅 포인트인 영국 런던이 미국에 있는 가상 대학촌 웰링턴으로 옮겨왔다. 『하얀 이빨』에서도 그랬듯이 이 소설에서도 두 가족이 나온다. 벨시 가문과 킵스 가문은 앙숙이다. 렘브란트와 미학을 전공한 하워드 벨시는 진보주의 학자이지만, 보수주의 학자이자 항상 하워드 벨시를 비웃는 몬터규 킵스와는 도무지 화해를 할 수 없어 보인다. 제이디 스미스는 경쾌하고 발랄하게 이 두 가문 사이에서 있는 일을 핑퐁처럼 다룬다. 주로 벨시 가문의 시선에서 스토리를 전개하지만, 결국 작가는 누구의 편도 아니다.

약 천 페이지에 달하는 이 소설에선 인간이라면 지극히 저지를 실수들, 감정들, 그리고 고뇌와 사랑이 엉켜 있다. 같잖은 도덕과 윤리를 비웃듯이 소설 페이지가 넘어갈수록 학문적, 정치적 반대는 희미해져간다. 오히려 캐릭터 개개인의 사정에 집중되면서 그들은 비슷해져간다. 같은 고민을 하고, 같은 사랑과 눈물을 번복하는 이들로서 말이다. 소설은 말한다. 어느 종류의 피부색, 종교, 정치적 견해, 문화도 피해갈 수 없는 '인간'의 존재는 꼿꼿하거나 투명하고 맑음으로 입증되는 것이 아니라 "백묵 같은 흰색과 생기 있는 분홍색, 그리고 아래를 흐르는 푸른 혈관과 영원히 사라지지 않고 거기에 존재할 인간다운 노란 빛깔" 모두가 있어야 한다는 것을.

온 뷰티

제이디 스미스 · 정회성 옮김 · 민음사 · 2017년 2월

제이디 스미스는 20대에 쓴 첫 책 『하얀 이빨』부터 전 세계의 주목을 받은 작가다. 신데렐라라는 말이 그보다 더 어울리는 작가도 없을 텐데, 국내에선 그의 신작을 빠르게 접하기 힘들었다. 『온 뷰티』만 해도 2012년 작품. 영미권 최고 스타 작가의 책이 번역되는 데 5년이나 걸리다니 안타까울 따름이다.

온갖 인종과 국적과 성정체성이 난장처럼 뒤섞이는 게 그의 전매특허인데, 이번에는 좀더 극적인 설정이 가미됐다. 하워드 벨시와 몬터규 킵스(로미오의 가문이 몬터규가 아니던가)라는 철천지원수 집안 사이의 사랑과 갈등을 다룬 도합 1200여 쪽에 달하는 소설이었다. 21세기 버전의 '로미오와 줄리엣'이리라 생각하며 책을 읽기 시작했는데, 양 집안의 아들과 딸이 첫사랑에 빠지는 도입부는 도식적이었지만 이후에 벌어지는 이야기는 몇 번이고 예측의 속도를 벗어나서 질주했다. 어찌나 빠른 속도로 읽히던지 책을 잡고 정신을 차려보니 어느덧 300쪽을 넘어서고 있었다.

무신론자와 기독교인, 영국과 미국, 지식인과 비지식인, 부자와 빈자, 남성과 여성의 대립을 만들어내고 충돌시키며, 윤리적 질문을 유머러스하게 던지는 작가의 능력에 감탄할 수밖에 없었다. 흑인 보수주의자와 백인 진보주의자가 원수가 될 수 있다는 설정도 누가 할 수 있겠는가. 지난해 영미권 언론이 뽑은 최고의 소설이었던 신작 『스윙 타임』도 빠른 시일 내에 볼 수 있기를.

March

March

내가 아직 아이였을 때

김연수 – 문학동네 – 2016년 4월

3월 1일 결혼하고 첫 서재 정리에 돌입했다. 애서가 둘의 처절한 눈치보기가 시작되었다. 나름의 원칙은 이러했다. 1. 겹치는 책 한 권은 버린다. 2. 초판 우대. 3. 다시 읽을 수 있는 책을 남긴다. 하지만 나와 남편은 둘 다 책 욕심이 강하다. 그러니 겹치는 책이라 할지라도 눈치를 봐가면서 '이번에는 네가 포기했으니 내 책을 버릴게' 하는 심정으로 정리를 했다. 한참을 정리하다 우리는 한 작가 책꽂이에서 망설였다. 내가 먼저 입을 뗐다. "나는 사인본이야." 그 작가의 이름은 김연수다.

결국 둘 다 김연수 작가의 책은 양보하지 못했다. 정리 덕분에 김연수 작가의 두번째 단편소설집 『내가 아직 아이였을 때』를 다시 폈다. 여기엔 사인을 3번이나 받았다. 그만큼 가장 좋아하는 소설집. 이 책을 처음 읽었던 10년 전, "잊지 말고, 다시 또 읽고, 또 읽자"를 남겨놓았다. 그때의 나를 지나 2017년의 내가 『내가 아직 아이였을 때』를 읽는다. 초조하고 어린 내 가득 나던 「뉴욕제과점」을 떠나면 서른이 멀었던 그날 밑줄 쳐놓은 부분에 슬며시 웃게 되고, 「리기다소나무 숲에 갔다가」 만난 삶과 생의 절실함을 맞닿는다. 수록된 9편 모두 좋지만, 「리기다소나무 숲에 갔다가」에서 새끼를 미끼로 멧돼지를 죽인 한 사냥꾼은 볼 때마다 절절하다. 총구를 꺾는 사냥꾼의 비명 같은 말을 읽고 나니 생을 다시금 뒤돌아본다. 헛된 삶은 없다.

> 저 봐라, 리기다소나무도 있고 직박구리도 있다. 저래 다 살아가고 있는 거라. 산 것들 저래 살아가게 하는 일이 을매나 용기 있는 일인가 나는 그때 깨달았던 기라.

오늘은 홍차

김줄 그림/최예선 글 ─ 모요사 ─ 2017년 2월

홍차 한 모금을 삼키면 눈앞에 꽃들이 피어나고, 귓가에 오케스트라의 음악이 들려온다. 첫 인상엔 무슨 『신의 물방울』 같은 만화인가 싶었는데, 조금 더 읽어나가니 차 한잔 마실 여유도 갖기 힘든 힘겨운 프리랜서 번역가와 호텔리어와 주부의 종종거리는 일상을 비추는 만화였다. 홍차가 주는 위로의 맛을 적절하게 배합한 이야기가 중독성이 있다.

벚꽃 홍차부터 아쌈, 테일러스 캔디, 모모우롱, 얼그레이…… 무엇보다도 이렇게 많은 홍차가 있다는 사실도 처음 알게 됐다. 카페의 주인장 홍마담과 고양이 루루의 매력은 한 권짜리 책으로 떠나보내기엔 아쉬움이 들었다. 그나저나 후속편은 언제 나오나요?

이것 좋아 저것 싫어

사노 요코 – 이지수 옮김 – 마음산책 – 2017년 2월

올해 상반기가 다 나가기도 전에, 사노 요코 책이 4권 정도 나왔다. 그것도 각각 다른 출판사에서. 이미 많이 나온 작가이고, 언론에서도 이래저래 소개가 많이 되어서 슬슬 미팅 때 사노 요코를 만나는 것이 특별하지 않다. "또요?"라는 반응을 더 많이 한 듯. 그러나 『이것 좋아 저것 싫어』를 보고는 다시 마음을 돌렸다. 부분부분 엄청 솔직하면서도 귀여운 문장들이 내게로 뚜벅뚜벅 걸어오는데 어찌 거부할 수 있을까.

> 만약 인생의 위기를 마주친다면 죽은 척을 합니다. 그 어떤 불행이라도 한순간 눈을 돌릴 때가 있을 것입니다. 아무리 끈질긴 불행이라도 방심할 것이 틀림없습니다. 그 한순간에 미끈미끈 달아나 살아남읍시다.

미끈미끈 달아나 살아남자니. 웃어버리고야 말았다. 인생이 힘들 때, 곰을 만난 것처럼 벌러덩 눕고 '이 또한 지나가리라'라는 주문을 속으로 되뇌는 사노 요코를 상상하니 따라 하고 싶다. 이렇게 솔직하고 자유분방하게 자신의 이야기를 써내려가는 것도 큰 능력. 이런 능력 썩히지 않고 많이 쓰고 책을 내는 작가를 지겹다고 여기다니. 반성한다. 또 다음 번역본 기다릴게요.

물고기는 알고 있다

조너선 밸컴 – 양병찬 옮김 – 에이도스 – 2017년 2월

에이도스라는 출판사를 특별하게 생각하고 있다. 1인 출판사인데도 『새의 감각』과 『깃털』 『씨앗의 승리』까지 하나같이 훌륭한 과학책만을 고집스레 출판하고 있는, 시대의 흐름에 역행하는 곳이어서다. 그래서 괜스레 더 소개하고 싶어진다.

이번엔 물고기에 관한 책을 냈다. 재미있는 이야기가 많았다. 〈니모를 찾아서〉의 귀여운 주인공 흰동가리는 사실 수컷에서 암컷으로 성전환을 한다는 사실. 모계사회를 이루는 이 종족은 힘들게 암컷을 찾는 것보다 수컷이 성전환을 하는 게 종족 보존에 유리하기 때문이다. 영화에서 아내와 사별한 뒤 홀아비가 된 흰동가리는 생물학적 근거를 간과한 설정이었다는 사실을 알게 됐다.

물고기가 '어떻게 느끼고 경험하는지'를 다루는 이 책은 백과사전을 읽는 것처럼 많은 정보를 담은 것으로 그 역할을 다하지 않는다. 3만 2100여 종으로 지구상 척추동물의 6할을 차지한다는 물고기들은 찔리거나 잡힐 때 인간과 동일하게 고통을 느끼는 존재임을 알려주며 '윤리적인 독서'를 주문한다. 인간은 우리와 같은 언어를 사용하지 않는 지구상의 동물들에게 지나치게 무자비한 포식자일 뿐이다. 생선 요리를 좋아하는 나에겐 꽤나 치명적인 책이었다.

82년생 김지영

조남주 – 민음사 – 2016년 10월

금태섭 국회의원이 국회 동료 의원 298명에게 한 소설을 선물하는 일이 기사화되었다. "이 소설을 읽고 생각이 바뀌었다"면서. 그 소설은 『82년생 김지영』. 작년 2016년 오늘의 젊은 작가에 오르며 일찍이 눈도장 찍은 작품이다. 소설이라고 부르기엔 너무 현실과 꼭 닮아 있어서 아프기도 했다.

소설의 시선은 1982년생 김지영씨에게 가 있다. 명문대를 나와서 평범하게 직장 생활을 하고, 결혼을 해 남편과 딸이라는 가족과 함께 살고 있는 김지영씨. 그녀의 이름은 1982년생이 가장 많이 가지고 있는 이름이다. 그러니까 달리 말해보자면 2017년 30대 후반의 여성이라면 모두 '김지영'씨라고 봐도 무방할 정도의 이야기다. 알게 모르게, 혹은 당연하게 자신의 권리를 주장하지도 못하고, 입장이라는 건 없었을 김지영씨의 이야기. 김지영씨는 자신의 입으로 어머니의 말도 내뱉고, 다른 사람의 말도 중얼댄다. 그건 어쩌면 수많은 그녀들이 언젠가는 했을 말이기도 하다. 이 시대의 많은 여성이 과거와 얼마나 다른 인생을 살고 있을까?

표면적으로 이루어낸 여성의 지위는 인권과 동의어가 아니다. 그 둘의 개념은 동일하지 않다. 오히려 상승된 몇몇 지위로 인해 많은 이가 당연히 누려야 할 권리는 비방되고, 외면당한다. 그 이야기를 하고자 하는 소설 『82년생 김지영』을 우리가 읽지 않으면 안 되겠지. 더 많은 이가 읽고, 더 많은 공감을 이끌어야 한다.

#읽었다_책

어린 나무의 눈을 털어주다

올라브 하우게 · 임선기 옮김 · 봄날의책 · 2017년 2월

당신이 농부를 이해하여
시를 한 편 써서
쓸모 있다 말을 듣는 것
대단한 겁니다
대장장이는 더욱 이해하기 어려울 겁니다.
그 말을 듣기 가장 어려운 이는 목수입니다.
—「시」

울라브 하우게는 낯선 나라의 낯선 시인이다. 1908년 노르웨이 울빅에서 태어나 원예학교에서 공부한 후 정원사로 평생 일했으며 거의 독학으로 배운 언어들을 통해 시들을 읽고 번역하는 삶을 살았다는 시인. 그는 매일 노동했으며 가장 좋은 시는 숲에서 쓰였다. 심지어 북구의 차가운 고요 속에서 한 손에 도끼를 든 채 시를 썼다고 한다.

시는 짧고 쉽다. 인생의 모든 비밀을 알아버린 듯한 현자가 힘을 빼고 툭 던진 것 같은 시였다. 그런데도 그가 그려내는 이미지는 쉽게 잊히지 않았다. 봄날의책이라는 출판사가 그간 소개해온 낯선 해외 문학을 생각하면 시인선의 첫 주자로 울라브 하우게만큼 어울리는 이도 없겠구나 싶었다.

나는 잠깐 설웁다

허은실 – 문학동네 – 2017년 1월

서점에서 일하다보면 소설과 에세이를 위주로 보게 된다. 그러나 내게 소설, 에세이, 시 중 무엇을 잘 팔고 싶냐고 물어보면 서슴없이 '시'라고 대답하게 된다. 사실 쉽지는 않다. 사람들이 '시'를 왜 어렵게 여길까?

올 1월 말, 데뷔한 지 7년 만에 허은실 시인이 첫 시집을 냈고, 그 제목은 보자마자 요즘의 심징이었다. 시인의 고단한 일상을 빼닮은 시들은 '잠깐'의 찰나를 담아낸다. 환상이나 마술, 환각에 기대지 않고 과거와 현재를 목도하는 화자가 시들의 순서를 만들어간다. 전체적 시의 정서가 아직 덜 갠 하늘을 보는 듯 마음을 먹먹하게 만들지만, 울음으로 위로한다. 나는 아직도 이런 감정을 꾹꾹 눌러 담은 시들을 만나면 반갑다. 세련되고 날이 바짝 선 시도 좋지만, '외로움을 견디'고 '벙어리처럼 울었다'는 서러움을 머금은 시가 아직은 더 좋은가보다.

시가 어렵다고 느끼는 사람들에게 망설이지 않고 건네주기 좋은 시집이다. 우리 모두 "타인이라는 빈 곳을 더듬다가/ 지문이 다 닳는" 사람이니, 피해갈 곳이 없는, 물을 담뿍 머금었으니.

타인을 견디는 것과
외로움을 견디는 일
어떤 것이 더 난해한가

다 자라지도 않았는데 늙어가고 있다
—「목 없는 나날」 중에서

랩걸

호프 자런 · 김희정 옮김 · 알마 · 2017년 2월

출판 기자로 일하며 가장 뼈아픈 건 좋은 책을 알아보지 못하는 일이다. 『랩걸』은 눈이 휘둥그레질 만큼 표지가 예쁜 책이었다. 하지만 식물의 세계를 다룬 책이라는 소개가 주는 기시감이 컸기에 주요한 기사로 다루길 포기했다. 곤충부터 새, 물고기에 관한 미시사만큼이나 식물에 관한 책도 수없이 출간됐기에.

자신들의 유년기를 기억하는 나무 이야기, 몇 킬로미터나 떨어진 나무와도 소통하는 나무 이야기…… 이런 놀라운 사연을 소개할 뿐만 아니라 책만큼이나 매력적인 식물학자 호프 자런의 자전적 이야기도 녹아 있는 책이라는 사실을 나는 타 신문의 서평을 통해 알게 되었다. 왜 이런 책을 발견하지 못했지.

미국 미네소타주 시골 전문대학에서 40여 년간 물리학과 지구과학을 가르친 아버지의 실험실을 놀이방 삼아 자란 저자가 유망한 식물학자가 되기까지의 파란만장한 사연을 '문학적' 터치를 가미해 풀어나가는 책이라니. 내가 좋아하는 모든 요소를 가졌다. 이번 주에 꼭 책을 사기로 일단 마음먹었다. 다시 한번 반성합니다.

1002번째 밤 : 2010년대 서울의 미술들

윤원화 – 워크룸프레스 – 2016년 9월

작년, 미술계에서 이렇게 글을 잘 쓰는 사람이 있었던가 감탄을 해가며 읽었던 『1002번째 밤: 2010년대 서울의 미술들』. 미술 전시를 보고 나면 다시 한번 이 책을 편다. 그만큼 한국 미술의 '지금'을 정확히 짚어낸다. 난해한 전시 카탈로그에 지쳤다면 꼭 보자. 2000년–2015년 미술이 궁금한 이들에겐 중요한 시점을 던져주기 충분하다. 살짝 늦게 출간된 감이 있지만.

윤원화는 폐허-망각-아카이브화-대안/연대로 이어지는 현대 미술의 줄기를 철저하게 서울이란 도시에서 행해진 전시/공간 기획을 기반으로 해부한다. '새로운 것'이라는 허상에 목을 매달고 살아온 현대 미술에게서 '반짝이'를 거둬내는 작업을 시작으로 대안과 연대로 가는 과정은 쉽지만은 않다. 그러나 현대 미술을 놓지 않고 계속 공부했던 독자라면 복습하는 차원에서, 새로 현대 미술에 관심을 가진 사람들이라면 꼭 알아야 할 작가와 공간들이 다뤄지니 꼭 읽어볼 것. 백남준아트센터, 서울시립미술관과 같은 대중적인 미술 공간도 다뤄지나 대안 공간 전시가 주를 이루고 있어 낯설 수도 있다. 하지만 미술 아카이브가 나름 잘 구축되어 있으니 인터넷 검색하면서 공부하는 재미가 있다. 최근 한국 현대 미술을 비롯한 전시들은 공간과 순간성을 휘발해서 보면 간이 밍밍해지기 마련이다. 다 읽고 나서는 가까운 미술관이나 갤러리 나들이를 가볼 것. 좋은 안경을 하나 얻은 듯 미처 보지 못했던 난해한 전시가 술술 풀리기도 한다.

문단 아이돌론

사이토 미나코 – 나일등 옮김 – 한겨레출판 – 2017년 2월

일본을 대표하는 8명의 작가가 '아이돌이 된 이유'를 분석한 책이다. 무라카미 하루키와 아이돌이라니. 이보다 그럴듯한 비유가 어디 있는가. 15년 전에 나온 책이 이제야 번역되었지만, 여전히 시의성을 지닌다. '드래곤 퀘스트'를 즐기던 남성들에게 하루키의 문학은 레벨업을 하듯 읽어야 하는 게임이 되었다는 분석에 물개박수를 치고 있는 나를 발견했다. 심지어 하루키 랜드를 '다방을 가장한 오락실'로 비유하다니.

존경해 마지않는 작가 다치바나 다카시의 분석론에서는 알지 못하던 많은 사실을 업데이트할 수 있었다. "거칠게 정리해보자면, 대량의 인원과 경비를 투입하여 정면 공격을 감행하는 다치바나식 '조사 보도'는 부자 라이터의 방식"이라는 진단에 수긍할 수밖에. 30여 년간 그의 작업은 비판 없는 극찬만을 받았는데, 최근 들어 젊은 연구자들에 의해 비판이 제기되고 있다는 소식도 알게 됐다.

그의 이력에는 3번의 큰 논란이 빚어졌는데, 그중 『뇌사』의 경우 의료진에게 허점투성이라는 비판을 받았다는 것이다. 그보다도 동성애, 청년들의 성욕 감퇴, 섹스리스의 증가 등의 사회적 문제를 환경호르몬의 영향이라고 단언했다는 사실을 접하고는 놀랄 수밖에 없었다. 믿기지 않을 만큼 우스꽝스러운 주장이었다. 제너럴리스트가 빠질 수밖에 없는 함정은 그조차도 피해가지 못했던 것이다. 문예비평가의 책을 이렇게 재미있게 읽은 기억이 있던가. 일본의 출판문화는 여러모로 감탄할 만하다.

괜찮은 사람

강화길 – 문학동네 – 2016년 11월

우리는 대체로 타인의 평가에서 자유롭지 못한 사람들이다. 아무런 사고를 치지 않고 온순하고 '괜찮은 사람'으로 불리기 위해 우리는 사회에서 정규 교육을 받고, 사람들 속에 살아간다. 강화길의 첫 소설집 『괜찮은 사람』 속 인물들은 '괜찮은 사람'으로 살려고 발버둥쳤으나 그 이름으로 불릴 수 없다. 모두 "꼭 그렇게까지 해야 돼?"라는 물음을 사람들에게서 듣고, 살아남기 위해서 누군가를 밀치고, 사랑하는 이에게 집착하고 의심하기까지 하는 어딘가 깊게 병든 사람들이다.

강화길의 소설의 끝엔 그 '병'이 도사리고 있다. 버림받아서 또 버림받고 싶지 않은 너저분하지만 이유 있는 집착, 위로 올라가고 싶어하는 욕심이 만들어낸 희생, 남자에게 목이 졸리기도 하고, 밀쳐지기도 한 여자들의 강박들이 그 병을 구축한다. 이 병들에서 우리는 자유로울 수 있을까? 전셋집 하나 구하기 위해서 폐허가 된 도시로 들어가서 일을 하는 「방」의 재인과 수연처럼, 우리는 살기 위해 그 병의 근원지로 뛰어들기도 한다. 위험한 것을 알지만, "조금만 참으면 돼"라며 스스로를 토닥이면서. 천천히 다리가 굳고, 허벅지가 굳고, 결국 심장까지 굳어버리고 만다. 우리는 갈증을 참기 위해 불투명한 수돗물을 얼마나 많이 마셔댔는가.

소설 속 인물들은 영원히 '괜찮은 사람'이 될 수 없다. 폭파되어버린 도시에서, 수상한 유치원과 도축장이 넘쳐나는 그곳에서 의심과 집착, 질투로 자신을 꽁꽁 옭아매어버린 사람들과 벌레들이 넘쳐나는 소설. 이 소설들이야말로 '벽면 거울에 비친' 우리의 모습이었다. 낯설고 모르는 사람들, 이것이 우리였다.

라멘의 사회생활

하야미즈 겐로 ─ 김현욱 외 옮김 ─ 따비 ─ 2017년 3월

이렇게 애달픈 사연이 숨겨진 음식인 줄 몰랐다. 한국에선 싸고 매운맛에 먹는 라면, 일본에선 서민들의 애환을 달래는 라멘이 정작 중국에서 건너와 메이지 시대의 길거리 음식으로 시작된 음식이었다니. 돌아보니 나가사키 여행에서 나카사키 짬뽕을 먹기 위해 찾아갔던 곳도 차이나타운의 중식당이었던 기억이 난다. 물론 한국에서 기대한 맛은 아니었지만.

라멘이 패전, 국토 개발, 거품경제 붕괴 같은 일본 사회의 변화를 함께 겪으며 일본인의 국민 음식이 된 과정을 추적하는 책이다. 전후에는 가난을 자양분 삼아 '국민 음식'이 됐고, 1970년대 이후에는 지역마다 특색 라멘이 자리잡았다. 물론 지금은 곳곳마다 라멘 장인들의 맛집이 세계적인 유명세를 타고 있다. 나 또한 일본을 갈 때마다 그 도시의 라멘을 먹어보려고 애를 쓰곤 했다. 음식을 통해 그 나라의 역사를 돌아볼 수 있게 되는 독서 경험은 역시나 즐겁다. 비록 배가 고파지는 단점은 있지만.

자연을 따라. 기초시

W. G. 제발트 – 배수아 옮김 – 문학동네 – 2017년 2월

베 게 제발트라고 읽는 한 작가가 있다. 나에게 있어 이름을 말할 때마다, 읽을 때마다 낯선 작가. 그가 남긴 작품 역시 번역되었으나 끝끝내 내게 번역되지 못할 것들이었다. 주석을 꼼꼼히 따라 읽어도 쉽지 않고 어렵다. 그렇지만 수전 손택이 "문학의 위대함이 여전히 가능함을 보여주는 몇 안 되는 작가"라고 말했음에는 이의가 없다. 난해하고 어려운 낯선 문장들의 호흡에서 선명한 눈동자를 목격하며 감탄을 표한다.

『자연을 따라. 기초시』는 제발트의 초시를 읽을 수 있는 텍스트다. 제발트가 1988년에 처음 발표한 산문시집으로 3명의 주인공이 등장한다. 우리에게 낯선 독일 르네상스 시대의 화가 마티아스 그뤼네발트, 18세기 독일 자연과학자이자 의사, 탐험가였던 게오르크 빌헬름 슈텔러, 그리고 작가 자신으로 읽히는 한 명. 시대, 직업 등 서로 동떨어져 보이는 세 명이 공유하고 있는 건 제발트가 자신의 문학 세계에서 매진해왔던 '자연의 파괴사'다. 자연이 만들어내는 생과 죽음에 관한 진지한 물음이 제발트 특유의 짧은 호흡으로 시어들 속을 달려나간다. "자신이 얼마나 존재할 수 있을 것인가"라는 물음은 "죽음이 우리의 눈앞에 놓여 있"다는 허무함과 절망에 더욱더 절실해진다. 어려운 제발트를 읽는 이유는 나 역시 그 절실함을 가질 수밖에 없는 인간이기 때문이다.

어렵사리 한 번 다 읽고, 또 읽어야지, 라고 다짐하게 만드는 이 위대한 작가.

존 버거의 초상

장 모르 · 신혜경 옮김 · 열화당 · 2017년 3월

장 모르가 반세기 넘게 친구로 옆에서 지켜본 존 버거의 모습을 149장의 사진으로 담은 책이다. 1월에 그가 세상을 떠난 뒤 그의 마지막 유산들이 차례로 나오고 있는데, 존 버거의 삶의 풍경을 엿볼 수 있다는 점에서 이 책은 특별하다.

중년의 존 버거는 퀸시라는 산골로 들어가 건초를 나르거나 곡괭이를 들고 감자밭에서 땀을 흘렸다. 그의 곁에는 아내와 자녀들, 때로는 손녀가 함께였다. 여든이 넘어서도 모터사이클을 직접 몰고 다녔고, 담배를 끊지 않았고, 글을 쓰거나 토론을 하는 걸 쉬지 않았던 삶. 모르에 따르면 버거는 건초를 쌓는 일과 책 만드는 일 모두를 한결같은 태도로 대했다고 한다. 외딴 지역 사람들이 겪는 생존의 문제를 더 깊이 이해하기 위해 그들의 삶 속으로 깊이 들어가고자 결심했던 것이다. 그의 문장만큼이나 사진이 보여주는 풍경도 적지 않은 감동을 줬다.

이갈리아의 딸들

게르드 브란튼베르그 – 히스테리아 옮김 – 황금가지 – 1996년 7월

3월 8일은 세계 여성의 날이다. 매해 꾸준히 이날이 되면 여성 관련 문제라든지 페미니즘 기사들을 찾아본다. 여러 해 읽었지만, 양가적인 감정이 든다. 착잡하면서도 연대감이 든다. 슬프게도 이 복잡한 감정은 해가 갈수록 견고해진다. 어떤 해는 3월 8일이 아무 날이 아닌 것처럼 기사들이 적게 나오기도 했고, 어떤 해는 2차 가해가 아닐까 싶을 정도의 글도 목격해야 했다. 다행히 2017년 오늘은 많으면서도 훌륭한 글들을 읽었다. 보이는 연대자들도 많아졌고, 페미니즘을 말하는 데 적어도 몸을 사리진 않아도 된다. 그럼에도 여전히 여성 혐오를 하는 이들이 많은 현실 속에서 『이갈리아의 딸들』을 상기한다.

한국문학은 왜 여성의 몸을 도구화하여 글을 전개할까? 왜 소설의 맥락에 필요하지 않은 장면이 등장할까? 혹은 어떤 시가 불러오는 여성에 관한 상징성은 읽으면서도 찜찜해 쉽게 잊히지 않기도 한다. 그런 내가 『이갈리아의 딸들』을 처음 읽었을 때, 그 통쾌함이란. 소설은 가상 국가 이갈리아를 배경으로 한다. 패러디 기법을 사용한 이 페미니즘의 고전소설에선 남녀 역할이 뒤바뀌어 있다. 소위 말하는 '미러링' 기법을 충분히 살린 소설이라고나 할까. 지금 읽어도 여전히 웃픈 장면들이 많다. 소설이니까 가능한 세계라는 것도 씁쓸하지만, 이 소설마저 받아들이지 못하는 사람들이 많은 걸 보면 2017년 지금도 다를 게 전혀 없음을 깨닫는다. 아니, 10년 전에도 여성 혐오와 무시는 사회 곳곳에 있었고, 드러나지 못했을 뿐이다. 언제쯤이면 이 소설이 '농담'이 되는 세상에서 살 수 있을까.

음식과 요리

해럴드 맥기 – 이희건 옮김 – 이데아 – 2017년 3월

화학식과 원소기호가 나오는 요리책이다. 두께가 7센티미터, 무게가 2.4킬로그램에 달해 무기로도 쓸 만해 보이는 이 책을 금주의 '벽돌책'을 소개하는 기사의 사례로 들었다.

캘리포니아공대와 예일대에서 문학·천문학·물리학을 전공한 저자가 평생 식품과학에 매달려 쓴 요리 과학책이라고 할 수 있는데 담고 있는 정보의 양이 어마어마했다. 지구상에 존재하는 모든 요리 방법과 식재료에 관한 백과사전이랄까. '센 불에 구워야 육즙이 가둬진다?'는 질문에 답을 하는 장이 있었다. 나 또한 이 요리법에 관해 궁금증이 있던 터. 결론적으로 틀린 속설이었다. 뜨겁게 달궈진 팬에 고기를 던져넣으면 나는 소리의 정체는 육즙을 가두는 게 아니라 수분이 빠져나오는 소리라는 것. 하지만 고온 가열이 만드는 갈변 반응은 고기 맛을 맛있게 하는 비결이라고 이 책은 설명했다. 적어도 맛에 관해서는 이 말이 틀린 건 아니었다. 백과사전이라고 실용적이지 않은 건 아니었다.

편집에만 1년여가 걸린 책이라고 하는데, 이런 수고를 들여 만들어지는 책들의 수명에 대해 생각해봤다. 고급 레스토랑으로 입양되어 간다면 장수를 누리며 좋은 자리를 지킬 수 있을지도. 그렇다면 그리 슬픈 운명은 아니리라.

엄마의 골목

김탁환 – 난다 – 2017년 3월

엄마라는 존재는 뭘까. 벚꽃이 활짝 피는 봄이 오기 전, 이 책을 만나 한참이나 넘기지 못했다. 이 세상에 태어난 사람이라면 모두 '엄마'가 있다. 엄마가 없었더라면 우리의 생은 시작되지 못했을 테니. 책 표지를 까서 그 안에 숨겨진 지도를 펼쳤다. 마산 회원구와 성산구, 창원시 진해구, 가덕도가 한눈에 들어온다. 책 속에서 김탁환 작가와 그의 엄마가 걸었을 곳이 보인다. 나는 이 지도를 펴놓고 에세이를 읽기 시작했다. 엄마가 걷고 싶은 길이 빠지지 않고 잘 있는지 말이다.

작가와 엄마를 따라 진해의 탑산을 갔다. 나도 벚꽃이 흐드러지던 어느 봄날에 걸어본 적이 있던 곳이다. 거기서 엄마가 부는 하모니카 소리에 귀기울여본다. '아름다운 것들'. 엄마에게 아름다운 것들은 무엇이었을까. 엄마의 골목골목을 따라 걸으며 작가도, 나도 그것들을 찾아간다. 진해루, 진해남부교회, 장옥거리, 양어장, 백석의 마산길, 세 개의 로터리 등을 굽이굽이 걸어간다. 그 골목길에는 소설가 김탁환이라고 적힌 스크랩 공책, 1995년 3월에 자신의 아들이라고 믿었던 숱한 함성, 엄마의 꿈 많던 여고 시절, 아버지와의 추억과 부재, 그리고 가족을 위한 기도들. 끝이 날까. 엄마를 따라 걷는 이 골목이 끝나지 않았으면 좋겠다는 마음으로 책을 넘긴다. 진해를 걸으며 나의 엄마를 생각한다. 그녀의 고향 군산을 함께 걸어보리라, 다짐하면서.

경성의 건축가들

김소연 ‒ 루아크 ‒ 2017년 3월

난 말야. 그림을 그리고 싶었어. 그런데 백부가 죽기 살기로 반대를 하더군. 그림은 굶어 죽기 딱 좋다면서. 세태가 아무리 바뀌어도 배를 곯지 않으려면 차라리 건축을 하라는 거야. 날 키워준 백부를 배신할 수는 없었어.

이상은 그림을 그리고 싶어서 건축과에 갔다. 그 시기 조선의 학생들이 건축과를 간 건 호구지책을 위한 방편이었다. 일본인 학생이 더 많았고, 소수자 중의 소수자로 핍박을 받으며 학교를 다녀야 했지만, 졸업 후 조선총독부의 안정적인 일자리를 얻을 수 있는 지름길이었기에.

그럼에도 하나의 건축물을 세우는 일은 하나의 세계를 만들어내는 일. 1916년 설립한 경성공업전문학교는 한국의 1세대 건축가들을 배출했고, 이들이 만들어낸 건축물들이 바로 1세기가 지난 지금에도 남아 있는 근대 유산들이다. 이 책은 조선 최초이자 최고 건축가 박길룡을 비롯해 박동진, 강윤, 김세연 등 사연 많은 건축가들의 이야기를 되살려 냈다.

근대 건축에 관한 감정은 양가적이다. 일제의 압정에 신음했지만 조선인들은 미쓰코시 백화점 앞에서는 입이 딱 벌어졌고, 경성역에서 들려오는 문명의 소리에 들떴다. 카페와 살롱에서는 서구를 동경하며 커피를 마셨다. 식민지의 근대 건축은 이처럼 이상과 현실, 이성과 감성의 불협화음이 요동치던 장소였다. 타협과 저항, 동경과 콤플렉스 사이에서 갈등하고 싸웠던 비극의 주인공, 조선인 건축가들에 관한 이야기를 읽으며, 서울의 거리를 다시 한번 떠올려봤다. 모처럼 만난 흥미진진한 근대 조선에 관한 논픽션.

시노다 과장의 삼시세끼

시노다 나오키 · 박정임 옮김 · 앨리스 · 2017년 2월

한 사람의 일생을 표현하는 가장 좋은 도구는 무엇일까? 나는 '일기'라고 생각한다. 메모여도 좋고, 낙서여도 좋으니 하루하루 포기하지 않고 자신이 말하고자 했던 무엇들의 기록들이 일기라면 말이다. 『시노다 과장의 삼시세끼』의 주인공 시노다 나오키는 평범한 샐러리맨이다. 그러나 평범하기 그지없는 일상이 이렇게 꾸준히 23년간 쌓이다보면 하나의 예술이 된다. 1990년 8월 18일부터 2013년 3월 15일까지 매일 먹은 세끼를 스케치로 그리고 짧은 메모로 남기니 '한가한 인간이 쓴 시시한 낙서'도 그 자체로 책이 되었다. 부지런함도 재능이라고 누가 말했던가. 이 정도면 재능이 아닐 수 없다.

일기의 시작은 27세의 나이에 처음 전근을 가 먹었던 튀김소바 세트다. 하카타에서 모쓰나베가 으뜸이라는 메모에 "정말 모쓰나베가 최고지"라고 맞장구를 쳐본다. 딸이 처음 태어난 날의 저녁식사에는 찰밥을 먹는다. 시노다는 그날을 이렇게 메모해놓았다. "축하 자리에는 찰밥이다. 원래도 나는 찰밥을 좋아하지만, 오늘의 찰밥은 더욱 특별하다."

일이 바빠 공항에서 밥을 때울 때도 시노다는 그림과 메모를 잊지 않았다. 어떤 우동을 먹었는지, 어떤 샌드위치인지 꼼꼼하게 그렸다. 음식 스토커다운 소바, 스시, 붕장어 튀김을 종류별로 볼 수 있는 것도 이 책의 즐거움 중 하나. 23년간 변하지 않는 입맛을 발견하는 것도 재미있다. 이제는 차장이나 부장이 되었다고 하는 이 시노다 아저씨의 삼시세끼 2탄을 기대해도 좋을 듯하다.

사랑은 지옥에서 온 개

찰스 부코스키 - 황소연 옮김 - 민음사 - 2016년 5월

한 권의 시집을 읽으면서 FUCK YOU와 ASSHOLE이란 단어가 몇 번이나 나오는지 세고 싶어졌다. 찰스 부코스키의 처절하고 누추했던 삶을 생각하면 시가 예쁘고 단조로운 단어로 이뤄졌으리라 짐작할 순 없었지만, 그럼에도 놀라웠다.

욕설과 우스꽝스러운 상황들, 세상을 향한 분노의 목소리로 가득했다. 그래서 솔직하고 진솔한 시들이었다. 나는 「여성혐오자가 아니에요」라는 시에서 자신에게 팬레터를 보내는 젊은 여인들에게 "부디 그대의 몸과 인생을 그것에 걸맞은 젊은 남자들에게 주세요" 라고 답하는 대목에선 웃다가 박수를 칠 뻔했다. 잃을 것도 없고 두려움도 없는 시인만이 쓸 수 있는 시를 만나고 나니, 정련된 단어로 얌전하게 세공한 시들이 답답해 보이는 부작용이 생겼다.

석가의 해부학 노트

석정현 – 성안당 – 2017년 2월

책을 살 때 중요한 조건이 있을까? 저자, 출판사 등이 있겠다. 하지만 가장 결정적인 건 가격이다. 의외로 정가에서 일단 '바로 구매'를 누르느냐 '담아놓기'를 누르느냐를 결정한다. 이 책도 4만 2천 원이라는 정가로 나를 한참이나 두 버튼 사이에서 고민하게 만들었다. 그림도 안 그리는데 무슨 해부학 책이냐며 옆에서 말리지 않았더라면 벌써 결제를 끝냈을 수도 있다. 전공자가 아닌데도 구매를 고려할 정도로 대단한 책이었다. 해부학이라고 해서 과학 총서인가 싶었다가 다시 보니 인체 드로잉을 위한 것이었다. 거의 700페이지가 되는 두께에 1500여 점의 삽화로 인체를 재구성하듯 꼼꼼하고 세밀하게 분석해놓았다. "인체를 그리는 일이란 생명의 한 장면을 묘사하는 일"이라는 서문을 읽고 홀딱 반해버렸다. 생물에 관한 이해를 시작으로 인간의 신체에 관한 치열한 고민을 담은 책이 아닐 수 없다. 예술과 과학은 종이 한 장 차이라더니 과학보다 더 과학적인 그림 그리기의 표본이다. 그림의 '그' 자도 모르는 나마저도 성경책처럼 한 권 들고 두고 보고 싶다. 인체를 이해하면 세밀한 감정 묘사까지 해낼 수 있다는 작가의 말에 혹하는 건 나뿐일까?

재수의 연습장

재수 — 예담 — 2016년 4월

쓱쓱 넘겨본다. 한 페이지에 그림 한 컷, 말은 한두 마디만 적힌 책. 슬럼프에 빠졌을 때, 그는 무작정 카페로 나가 사람들을 관찰했다고 한다. 그러곤 스케치를 했다. 그것도 왼손으로. 사람과 물체의 양감을 고스란히 옮겨내던 오른손의 능력을 상실하자, 왼손은 삐뚤삐뚤한 선과 물체의 흐릿한 인상만을 남게 해주었다. 그렇게 수백 장의 스케치를 한 뒤 그는 매일매일 연습장처럼 거리의 사람들을 그려 페이스북에 연재하게 되었다고. 이 책은 그 그림들을 모은 책이다.

과도한 유머 욕심이 눈에 보이는데도, 그래서 피식피식 웃게 만드는 책이었다. 쓱쓱 넘겨보다 부담 없이 책을 덮었다. 글을 쓰는 이에게도 '왼손 그리기'와 같은 낙차를 만들어내는 연습이 있을까. 어쩌면, 지금처럼 매일 정해진 분량의 원고를 써야 하는 다짐 같은 것일지도 모르겠다.

우리가 아는 모든 언어

존 버거 – 김현우 옮김 – 열화당 – 2017년 3월

마지막 존 버거의 책을 읽었다. 당분간 혹은 앞으로 그가 쓴 글은 복간되지 않으면 아마 볼 수 없을 터.

『자화상』을 읽으며 80년간 글을 써왔던 그의 손을 떠올린다. 2016년 EIDF 2016에 올라온 〈존 버거의 사계〉에서 본 그의 손. 그을리고 여기저기 주름진 그의 손은 사과를 깎거나 스케치를 하고 있었다. 커다랗지만 늙어버린 그의 역사를 입증해주는 증거 중 하나이리라. 거기서 그는 말했다. "무언가를 다른 이에게 보여주기 위해서가 아니라 보이지 않는 무언가를 계산할 수 없는 목적지에 이를 때까지 그것과 동행하기 위해 그림을 그린다." 그림에만 해당되는 이야기가 아니었다. 화가이자 비평가이고, 뛰어난 작가였던 그에게 '언어'란 그런 존재였을 것이다. "말하려고 애쓰지 않으면 아예 말해지지 않을 위험이 있는 것들"을 연대의 장으로 끌어들이기 위해 많은 글을 저 큰 손으로 써왔다. 발언하고, 지지하고, 끊임없이 상기해야만 너와 나는 오롯한 '우리'로서 살아남을 수 있다.

짧은 이 책을 읽으며 그의 고독을 상상했다. 그 고독이 자신만의 것이 아니라 옆에 있는 누군가, 그리고 또 누군가, 우리 모두가 가진 연대의 시작임을 알게 되었을 그 손을 맞잡고 싶다. 그의 행동과 생각, 글을 지지하는 또다른 글로.

퇴사하겠습니다

이나가키 에미코 - 김미형 옮김 - 엘리 - 2017년 1월

'혼의 퇴사'라니. 원제를 알고 나서야 책이 궁금해졌다. 사실 이 책은 표지와 제목이 주는 편견으로 가볍게 살펴보고 넘긴 책이었다. 그런데 주말을 강타한 인터뷰 기사를 통해서 저자에 대해 알게 됐다.

폭탄 머리를 하고, 신의 직장이라는 아사히신문에 가볍게 사표를 던지고 나온 50대 여성. 퇴사를 하고서는 집안을 텅텅 비워버린 후 밤의 별을 보며 "아 나 지금 뜻밖에도 행복하구나"라고 생각했다는 그의 말에 가슴이 찡했다. 퇴사는 사실 많은 직장인에게 두려운 일이다. 그동안 누군가의 퇴사 선언을 보면서 내가 할 수 없는 일에 대리만족을 느끼는 것일 뿐이라는 까칠한 생각이 앞서곤 했다. 그래서 수많은 퇴사자가 쓴 세계 여행기나, 자아를 찾아 나선 인생 2모작 수기에 시큰둥했다.

이 책에 관한 글을 접하면서, 그런 편견의 눈으로 보지 않았던 건 아무래도 기자 출신인 에미코의 인터뷰를 읽으며 공감 가는 대목이 많았기 때문인 것 같다. 사실 누군가의 기사를 보고 책을 읽고 싶어진 경험도 오랜만이다.

랩걸

호프 자런 – 김희정 옮김 – 알마 – 2017년 2월

이보다 봄에 잘 맞는 책이 있을까! 심지어 자연과학책이라기엔 너무 아까운 한 식물학자의 에세이. 과학에 어려움을 느끼는 사람도 거부감 없이 술술 읽힌다. 과학은 잘 몰라도, 나무와 흙, 그리고 한 사람의 성장기는 우리 모두 경험해왔다. 호프 자런이 훌륭한 식물학자로 자라나기 위해 겪었던 한 일화 뒤에는 어울리는 식물과 나무, 씨앗의 이야기가 나온다. 한 사람과 자연을 왔다갔다하면서 우리는 사람과 자연이 이렇게 닮은 존재인 것을 알아나간다. 읽어 나가며 나 자신이 자라나고 있다. 자런과 빌이 우여곡절 끝에 실험에 성공했을 때의 짜릿함을 함께 느낀다. 실패했을 때, 빌이 슬픔에 젖었을 때 함께 그 느낌에 젖는다. 그러다가 나무가 씨앗이었다가 뿌리를 어렵사리 내리는 모습을 보며 누구에게나 있었을 위기와 모험을 떠올린다. 덩굴처럼 무조건 자라기를 원했다가 스르르 떨어져나갈 수도 있을 터이다. 그럼에도 기다림의 끝에 끝까지 자라난다. 그것이 삶이니까. 자런과 빌에게서, 자연에게서 그 기다림을 배운다.

눈에 보이는 나무가 한 그루라면 땅속에서 언젠가는 자신의 본모습을 드러내기를 열망하며 기다리는 나무가 100그루 이상 살아 숨쉬고 있다는 사실을. 모든 시작은 기다림의 끝이다. 모든 우거진 나무의 시작은 기다림을 포기하지 않는 씨앗이었다.

인간을 읽어내는 과학

김대식 · 21세기북스 · 2017년 3월

처음엔 동물의 뇌를 열어서 해부하는 실험으로 시작되었다고 한다. 컴퓨터와 최첨단 의료기기들이 어마어마한 시냅스의 지도를 만들어가는 학문의 분과로만 막연하게 상상했던 뇌과학의 수세기 전 태동기는 동물실험이었다니. 그런데 지금은 뇌의 신경망과 유사한 학습 방식을 수용한 머신러닝 단계의 인공지능의 힘을 역으로 뇌과학의 조력자로 삼고 있다고 한다. 인간의 마지막 연구 종착지가 될 뇌과학의 최전선은 생각보다 놀라운 영역이었다.

뇌과학자 김대식 카이스트 교수의 인터뷰를 앞두고 책을 먼저 읽었는데, 기술의 발전에 앞서 인간 사회에서는 뇌과학과 인공지능의 쓸모에 관한 철학적 질문과 그 합의가 선결적으로 필요하다는 그의 그동안의 주장의 연장선에 놓이는 책이었다. 동어반복이구나, 라는 생각과 함께 딱딱한 학문의 영역을 대중들에게 전달해주는 필자의 재능을 폄하할 수 없겠다는 생각이 동시에 드는 책이었다. 인문학 교육기관인 건명원에서 한 강의를 묶은 책을 세번째로 접했다. 말을 활자로 묶는 이러한 출판 시스템에 그동안 곱지 않은 눈길을 보내왔었는데, 마냥 그럴 순 없겠구나 싶어졌다.

자면서도 다 듣는 애인아

김개미 – 문학동네 – 2017년 2월

사랑하는 사람이 시인이었으면 좋겠다. 시인이 말하는 사랑은 이렇게 다르니까.

네 곁을 떠나지 않을 거야/ 네 손톱이 내 손등을 뚫고 나오도록/ 더 세게 손을 잡도록 하자/ 네 곁에서 내 모든 살점을 발라낼 거야/ 사라 져 너를 데리러 올 거야
—「우리는 눈꽃같이」

시인에게 사랑은 자신이 사라져 없어져도 좋은, 뜨겁고 위험해도 하고 싶은 것. 그에게 이런 자신을 표현할 수 있는 적절한 단어는 '반인반수'뿐일 것이다. 사람도 아니고, 짐승도 아닌 시인이 내뱉은 뜨거운 시어들은 '심장에 화상을 입'힌 결과물이다. 황혼녘에 '돌에 머리를 부딪치며 똑똑히 보'는 목격자처럼 우리는 시인의 고통과 같은 사랑을 읽는다. 사랑하는 이에게 "내 깃털을 뽑으렴"(「재의 자장가」)이라고 속삭이는 시인의 자장가에서는 피비린내가 진동한다.

시적 장면마다 독창적이고 상상력이 돋보이는 시집. 다 읽고 사랑의 시작인 생과 끝인 죽음이 이렇게나 가깝다는 걸 새삼 다시 깨닫는다. 하염없이 "울면서 웃"기를 반복하는 우리의 삶은 "죽기도 살기도 좋은 날씨"(「한여름 동물원」) 같다는 걸. 그 날씨를 찢고 달려나간 김개미 시인의 다음 장면이 궁금하다. 그 장면의 화자는 어떤 자장가를 부르고 있을까?

저주 토끼

정보라 ‐ 아작 ‐ 2017년 3월

좀 우스운 습관이지만, 마감하기 싫을 때면 소설을 읽는다. 우선 현실도피에 좋다. 정말 뛰어난 소설일 경우 이렇게 훌륭한 작품을 쓰는 누군가도 있는데, 하찮은 기사 몇 줄에 목숨 걸지 말자는 홀가분한 생각도 덤으로 얻을 수 있다. 오늘의 마감을 대신해 읽은 소설은 첫 문장이 끝내줬다.

저주에 쓰이는 물건일수록 예쁘게 만들어야 하는 법이다.

늘 이렇게 말씀하시던 할아버지가 만든 건 저주 토끼였다. 할아버지는 저주 용품을 만드는 집안이라는 이유로 따돌림을 당했다. 친구라고는 술도가의 부잣집 아들뿐이었다. 하지만 이 친구는 고집스레 좋은 술을 만들었음에도, 경쟁사의 모략으로 몰락하고 말았다. 좋은 술 만들어 팔겠다는 건 죄가 아닌데, 힘있는 사람들하고 연줄이 닿지도 않고, 그런 연줄을 만들어줄 돈도 없고, 오로지 그 이유만으로 한 가정이 완전히 박살난 것이다.

사연을 접한 뒤 화가 난 할아버지가 만든 저주 토끼가 이 집안으로 흘러들어갔고, 경쟁사의 집안도 몰락하기 시작했다. 밤이면 난데없이 종이와 나무를 죄다 갉아먹는 낯선 동물이 나타나면서다. 물론 이 동물은 예쁘고 하얀 털을 가진 동물이었다.

그간 읽어온 SF소설들과는 결이 달랐다. 좀더 현실에 밀착한 이야기랄까. 현실이 영화보다 더 비현실적인 2017년을 살고 있어서 일지도 모르겠다. 작가는 이 소설집을 참으로 쓸쓸한 이야기들의 모음이라고 소개했다. 야만적인 세상에서 복수라는 것 자체가 쓸쓸한 시도이기 때문이 아닐까. 인상적인 작가의 발견이었다.

너 없이 걸었다

허수경 - 난다 - 2015년 8월

"뮌스터란 도시가 있는 거 알아?" 2015년 초가을, 그가 내게 물었다. 그리고 이 책을 읽었노라 고백하며 참 좋다고 했다. 함께 갔으면 좋겠다고 덧붙이면서. 시간이 흘러 그는 내 남편이 되었다. 그리고 둘의 첫 여름휴가지를 독일로 정했다. 뮌스터도 목적지 중 하나였다. 10년에 한 번씩 열리는 뮌스터 조각 프로젝트를 보기 위해서 그곳에 간다. 낯설고 알려지지 않은 뮌스터에 관해 가장 길게 써진 책은 『너 없이 걸었다』였고, 뒤늦게야 이 책을 읽었다.

곧 독일 시인들의 시와 맞물려 뮌스터가 펼쳐졌다. 독일에서 20여 년간 거주한 그녀가 시를 읽고 걸었던 길목을 함께 두리번거린다. 츠빙어, 람베르티 성당, 뮌스티아 강을 떠돌다 인공호수인 아호수에 닿는다. 그곳은 내가 찾았던 무제움스퍼가 있다. 이곳에 오게끔 한 사랑을 떠올리는 순간, 이 사랑을 온전하게 만들었던 지난날이 겹쳐 보인다. 영원한 사랑은 그동안의 수많은 배신, 이별이 견고하게 만들어낸 어떤 허상일는지도 모른다. 나는 결국 뮌스터로 간다. 시인이 걸었던 그 길을 이 책과 함께 다시 걸어볼 작정이다. 너 없이, 혹은 너와 함께 걸어보련다. 덕분에 뎅크말 혹은 만말일지도 모를 그 길들이 외롭진 않겠다.

산책자

로베르토 발저 · 배수아 옮김 · 한겨레출판 · 2017년 3월

누군가가 추천하면 무작정 찾아 읽는 독서가들이 몇몇 있는데, 배수아가 그중 하나다. 로베르토 발저라는 낯선 작가를 추천하는 글을 SNS에서 읽고 감탄했다. 직접 번역도 맡은 책이었다. "나는 펄쩍 뛰어오를 만큼 매혹되었다"라니 무슨 말이 더 필요할까.

어느 날 시인은 자신을 옥죄던 글쓰기에서 탈피해 산책을 나선다. 서점에 들러 문학작품을 추천받고, 은행에서 예상 못한 선물을 받고, 빵집을 지나고 식당을 지나간다. 기계공과 지나가는 경찰에게 인사를 건네고 다다른 곳은 산책을 할 때마다 마주치는 젊은 여가수의 집. 그녀의 노래를 감상하고, 세무관에서 세율을 낮춰달라고 읍소하기도 하고, 긴긴 산책을 마치고 호숫가 공터에 눕는다. 그리고 옛 기억에서 아름답고 싱그러운 소녀를 떠올려보기도 한다. 어느새 해가 졌다.

나는 집으로 돌아가기 위해 몸을 일으켰다. 시간이 늦었고, 어둠이 세상에 깔렸기 때문이다.

참으로 한가하고 사소하며 아무 일도 일어나지 않는 이야기. 『산책자』는 낯설고도 이질적이었다. 원숭이가 카페에서 처음 본 여인에게 청혼을 하고 그 집에 초대받는 이야기인 '원숭이'의 기괴함은 또 어떻고. 그는 "우리가 이해하고 사랑하는 것이 우리를 이해하고 사랑한다"고 말했지만, 스스로는 동시대 독자들에게 이해받지 못했다. 가난했고, 타이프라이터조차 없이 셋방을 전전해야 했다. 시대를 앞서간 비운의 작가. 익숙한 비극이 아닌가. 그렇게 살아남은 소설을 내가 읽고 있다는 사실이 새삼 놀라웠다.

서브텍스트 읽기

찰스 백스터 - 김영지 옮김 - xbooks - 2016년 9월

소설을 잘 쓰기 위한 방법이 있을까? 유년 시절 선망하던 작가의 작품들을 보며 때때로 떠올렸던 질문이었다. 내가 아는 방법이라곤 많이 읽고 쓰는 것이었다. 무턱대고 읽고, 많이 필사했다. 그렇다고 잘 써진 소설이 나의 것으로 되진 않았다. 심지어 그 소설을 온전히 이해하지도 못했다. 대학에 들어와 문학을 공부했지만, 여전히 소설은 어렵다.

『서브텍스트 읽기』는 나 같은 이들에게 좋은 교재가 되어줄 것이다. 작가가 감정을 드러내지 않고 전략적으로 연출하는 방법, 주의를 기울이며 대화를 쓰는 법, 이야기를 깨어나게 하는 어조 변화, 소란스러운 장면을 효과적으로 사용하기 등을 우리에게 비교적 익숙한 고전『모비딕』『위대한 개츠비』를 비롯하여『크랩케이크』『내 철천지원수』 등과 같은 낯선 원본에서도 자유자재로 뽑아낸다. 이러한 구체적 묘사 끝에 백스터는 '일상에서 영혼이 모습을 드러내는 방법'인 얼굴 표정을 다룬다. 이 챕터에서 나열된 모든 글을 다 사서 읽고 싶어질 정도로 황홀한 방식으로. 어떤 한 얼굴을 제대로 보기 위해서 중요한 서브텍스트를 통해 작가의 의도에 다가가고자 노력하는 바가 필요하다는 것을 배웠다.

마지막 장에 이르러 누군가의 얼굴 혹은 가면, 삶을 이해하는 방법을 스스로 표현해내고 싶어졌다. 그러려면 이 책에 실린 참고 도서, 텍스트들을 좀더 찾아봐야겠지. 책을 읽고, 이 책에서 설명된 환상적인 구절로 인해 또다른 것들을 보고 싶어 빼곡히 정리해 둔다.

친애하는 히말라야 씨

스티븐 얼터 · 허형은 옮김 · 책세상 · 2017년 3월

산이 뭐길래, 왜 그토록 많은 남자들이 산을 오르게 만드나. 잠시나마 이런 생각을 했다가 이 책을 읽고 반성했다.

작가는 히말라야 기슭의 인도에서 태어나고 자란 미국인이다. 학업과 작가로의 생활을 미국에서 한 뒤 중년 이후 히말라야로 돌아와 살다가 상상도 못한 끔찍한 일을 당한다. 4인조 강도단이 집을 습격해 그와 아내가 칼에 난자당하는 피습을 당했다. 인도의 언론은 이 사건을 대대적으로 보도했으나, 경찰은 범인을 잡지 못했다.

지팡이를 짚고도 걸음이 힘들던 그는 문득 산에 오르기로 마음먹었다. 그 외로운 등반길에서 만난 히말라야는 그에게 치유와 위안을, 분노와 두려움에서의 해방을 선물했다. 심심한 등반기는 어느새 랠프 월도 에머슨, 물리학자 앨런 라이트먼, 인도 경전 우파니샤드까지 등장하는 산에 관한 박물지로 변신하고, 길에서 만난 풀과 순례자, 탁발승, 무사들, 가축지기들의 이야기가 더해져 점점 풍성해진다. 많은 이가 고백한다. 히말라야는 어떤 펜으로도, 수채화로도, 사진으로도 완전히 표현할 수 없다고.

이 책은 그동안 숱한 등반기를 읽고도 시큰둥한 독자였던 나에게 산이 가진 압도적인 힘을 증언한 책으로 남을 것 같다. 적어도 이 작가에게는 죽지 않고 살아갈 용기를 준 곳이었으니까. 그가 만난 산의 이름은 축복을 내리는 여신이란 뜻의 만다다야였다.

마사지사

비페이위 – 문현선 옮김 – 문학동네 – 2015년 8월

좋아하는 시간 중 하나. '내가 들으며 끄덕거리고 상대방이 말하는 대화' 시간이다. 그러니 내 자신이 행복하려면 그런 대화를 내내 필요로 하고 갈망할 수밖에 없다. 어쩌면 그 시간 내내 나는 대화 내용보다는 상대방이 열정을 가지고 이야기하는 동안 빛내는 눈동자, 흥분할 때 앞뒤로 흔드는 몸, 탁자를 때리거나 깍지를 끼는 손동작 등을 보는 것을 더 좋아하는 게 아닐까. 대화는 비단 듣는 문제가 아니다. 시각도 중요한 도구이다. 그렇다면 내 눈이 보이지 않을 때, 나는 어떤 대화를 사랑할 수 있을까? 음성과 높낮이로만 상대방을 추측해야 하는 답답함을 견뎌낼 수나 있을는지. 그래서 궁금했다. 눈이 보이지 않으면 어떤 대화를 할 수 있을까.

다행히도 보이지 않는 세상 속의 대화를 만날 수 있는 소설이 있었다. 『마사지사』는 한 맹인 마사지 센터의 내부 풍경을 그리는 소설로 맹인들만이 할 수 있는 '손끝의 대화'를 수려하게 그려낸다. 보이지 않는 이들만이 볼 수 있는 세상, 그리고 보이지 않는 것을 들으며 상상하고, 손끝으로 더듬어가며 배워나가는 그들만의 '체험형' 대화. 어느 누가 주인공이라고 할 것도 없이 마사지 센터의 마사지사 모두의 이야기를 당신은 충실하게 488페이지에 걸쳐서 들을 수 있을 것이다. 만만치 않은 두께지만, 이 소설을 쉽사리 덮을 수 없을 거라 자신한다. 다 읽고 나면 우리야말로 '눈뜬 장님'이라는 것을 알 수 있으니 말이다.

덧. 소설 속에서 찾을 수 있는 귀여운, 맹인이기에 와 닿는 사랑 표현도 있다. "홍사오러우(돼지고기를 간장 양념으로 볶은 요리)보다 더 예뻐"와 같은.

작가와 술

올리비아 랭 · 정미나 옮김 · 현암사 · 2017년 1월

출판 기자라고 한국에서 출간되는 모든 책을 만날 순 없다. 사소한 배달 사고도 일어나고, 책 도둑 덕분에 책을 잃어버리기도 한다. 올해의 발견인 올리비아 랭의 또다른 책이 나왔다는 사실을 인터넷 서점을 통해 뒤늦게 알게 됐다. 미스터리한 책 도난 사건의 전모를 밝히고 싶은 마음을 가라앉히고, 얼른 주문부터 했다.

스콧 피츠제럴드, 어니스트 헤밍웨이, 테네시 윌리엄스, 존 베리먼, 존 치버, 레이먼드 카버 등의 위대한 작가들과 '술'의 관계를 살피는 책이라니. 사지 않을 방법이 없었다. 올리비아 랭의 글쓰기는 책과 여행이 결합된 방식으로 이뤄진다. 직접 만난 예술, 여행에서 발견한 흔적, 그리고 자신의 생각이 자연스레 맞물리는 매혹적인 문체. 이번에도 작가들의 발자취를 따라가보면 술과 끈끈하게 얽혀 있는 그들의 삶과 문학을 좀더 깊게 이해할 수 있을 거라는 생각에 미국 횡단 여행을 떠났다. 이미 세상을 떠난 작가를 작품과 흔적을 통해 만나는 만남으로서의 글쓰기, 언젠가 나도 해보고 싶은 버킷리스트의 하나다.

죽음의 수용소에서

빅터 프랭클 · 이시형 옮김 · 청아출판사 · 2005년 8월

　작년 여름부터 불어온 리커버 열풍으로 오래전 도서관에서 읽었던 책들을 베스트셀러 순위에서 다시 만난다. 반가운 감정이 먼저 앞선다. 책이 죽어 있지 않고 시대와 함께 살아 숨쉬는 존재라는 것을 다시금 발견하는 방법이라고나 할까. 『죽음의 수용소에서』도 그 감정을 불러일으킨 책 중 하나.

　나치의 강제수용소인 아우슈비츠에서 3년간 수감 생활을 했던 빅터 프랭클 박사의 이 책은 지금 다시 읽어도 삶의 의미를 전달하는 탁월한 작품이다. 부모와 사랑하는 아내, 친구들을 모두 잃은 한 홀로코스트 피해자의 학문적 관찰과 철학적 성찰은 지옥의 수용소에서도 빛을 잃지 않고 있다. 프랭클은 수용소 생활을 지옥을 스케치하듯 구현하지 않고, 동기와 무너진 환상을 심리학적 관찰력으로 1부에 써내려간다. 그 3년의 수감자들의 절망과 희망으로 도출해낸 교훈을 가지고 2부 로고테라피라는 이론을 구축해낸다.

　2017년 지금 나는 "'왜' 살아야 하는지를 아는 사람은 그 '어떤' 상황도 견뎌낼 수 있다"라는 니체의 인용구에서 『죽음의 수용소에서』 살아남는 빅터 프랭클의 전언을 읽는다. 희망도, 삶의 의미도 찾기 어려울 수 있다. 겨우 그것들을 찾아 생을 이어가고 있는 지금, 그때의 관찰과 교훈이 여전히 필요하다. 이것이 고전을 읽어야 하는 이유일 것이다.

#삶_책

가만한 당신

최윤필 · 마음산책 · 2016년 6월

매주 토요일 아침이면, "자, 오늘은 토요일이니 '가만한 당신'을 읽어봅니다"라는 김명남 번역가의 다정한 트위터 글을 읽어온 지 1년여가 넘었다. 링크를 타고 들어가면 그곳에는 정말이지 아름다운 부고가 기다리고 있었다. 24시간 내내 국내외에서 일어나는 정치·경제·사회·문화 등 각 분야의 뉴스는 물론, 전 세계에서 끊임없이 일어나는 정치적 이벤트와 테러 등의 소식을 담기에 한정된 지면은 좁기만 하다. 그런 이유로 누군가의 죽음을 알리는 부고 기사의 가치는 손쉽게 삼성전자의 영업 실적 같은 뉴스의 뒤로 밀려나곤 하는 것이다.

『가만한 당신』은 아무도 주목하지 않을 법한 이들의 죽음을 여러 외신의 도움을 받아 한 페이지에 달하는 기사로 소개하는 독특한 지면이었다. 오늘의 언론 환경에선 경제적 이유만으로 거의 불가능에 가까운 기획이랄까. 인권과 자유, 차별 철폐와 페미니즘, 조력자살, 동성혼 법제화 등을 위해 헌신하곤 세상을 떠난 사람들, 덜 알려졌기에 더 알려져야만 하는 사람들을 이 시리즈는 '가만한' 목소리로 소개했다. 이들이 겪은 억압과 불합리한 삶을 소개하는 이 책은 신문의 건조한 문체만으로도 읽는 이의 가슴을 뜨겁게 만드는 힘이 있었다.

기사를 쓸 때와 달리 청탁받은 산문을 쓸 때는 늘 마음가짐이 달라지곤 했다. 자동차의 기어를 바꾸듯 건조한 신문지상의 문체보단 조금 더 따뜻한 온도의 글을 쓰고 싶어하곤 했다. 하지만 이 책을 읽을 때면 그런 생각이 부질없구나 싶어진다. 결국 좋은 글이란 형식에 얽매이지 않는 법이더라. 질투와 시샘을 느끼면서도, 몇 번이고 다시금 꺼내 읽게 되는 책이다.

마법사들 마음산책X

로맹 가리 – 백선희 옮김 – 마음산책 – 2017년 4월

마음산책, 북스피어, 은행나무에서 'X시리즈'를 내놓겠다며, 세 권의 원고를 보내왔다. 각 출판사 이름만 노출되고 작가도, 책 내용도, 아무것도 밝히지 않은 채 팔릴 예정이다. 그 책에 관해서 알 수 있는 건 오직 서점 MD들의 추천평뿐. 그 추천평을 쓰기 위해 일주일간 이 원고를 들고 다녔다.

마음산책 X시리즈는 로맹 가리의 『마법사들』. 그의 팬들이라면 한두 번씩 들어봤을 제목이다. 그는 생전에 '마법사'라는 단어를 쓴 적이 있다. 예를 들어『내 삶의 의미』에서.

> 작가라는 직업은 마법사다. 마법사의 지팡이로 상상력을 휘둘러 진부하고 엄혹한 현실 너머로 무한히 가능한 세상을 펼쳐 보여 관객 혹은 독자를 홀리는 마법사.

이 문장은『마법사들』을 설명하기 위해서이다.『마법사들』은 주인공의 상상력의 근원지인 한 숲에서부터 시작한다. 그는 대대로 훌륭한 마법사 집안 출생이다. 아버지는 그가 이미 마법사로서 아름다운 불멸의 예술을 구사할 수 있는 사람이라 점찍어놓고 있다. 한 소년의 뜨거운 성장기와 그를 둘러싼 전후 냉혹한 시대상이 예술의 힘을 더 돋보여준다. 이 소설을 계속 읽을 수밖에 없는 힘은 예술의 불멸성을 아름답게 그려냈기 때문이다. 죽어도 죽지 않고, 잊히지 않는 불멸을 담아 자신의 사랑을 그리는 주인공의 모습은 예술의 이유를 명확히 말해준다. 어떤 순간은 누군가에게 잊히지 않고, 그림으로 그리고 글로, 예술로 영원히 살아난다.

괴괴한 날씨와 착한 사람들

임솔아 – 문학과지성사 – 2017년 3월

괴괴한, 이라는 단어를 처음 들어봤다. 쓸쓸한 느낌이 들 정도로 아주 고요하다는 뜻이라고. 시종일관 괴괴한 분위기를 자아내던, 시인의 목소리가 스파크를 일으키는 마지막 시 「빨간」의 강렬한 인상이 지워지지 않는다.

말할 수 없는 고통들이 말해지는 동안
믿어본 적 없는 소원이 이루어진다.

고통의 빛깔에 관한 시였다. 어쩌면 우리가 눈앞에 있음에도 보지 못하고, 목소리조차도 내지 못하는 고통의 빛깔에 관한 시. 그래, 지금 이 시기야말로 사라진 입술에 대해 쓰는 시인이 필요하다. 표지의 마지막 장에 시인의 말에 적혔다. 마지막 문장은 이렇게 끝맺는다. "젠더, 나이, 신체, 지위, 국적, 인종을 이유로 한 모든 차별과 폭력에 반대합니다." 너무나 상식적이고, 당연한 말을 시집 귀퉁이에 쓴 것뿐인데. 왜 이리 뭉클한 건지.

괴괴한 날씨와 착한 사람들

임솔아 - 문학과지성사 - 2017년 3월

임솔아 시인의 첫번째 시집이 나왔다. 작가를 시인보다는 '소설가'로 먼저 알았던 나에게 큰 감정을 던져주었다. 출판사와 출간 계약서를 쓸 때부터 화제가 되었던 이 시집은 도리어 그 화제가 억울하게 느껴질 정도로 잘 써진 시어들로 이루어져 있다. 아니, 시가 시인을 잘 표현해냈다. 이런 봄 날씨에 한가롭게 시인의 시를 읽다 보면, 공포와 분노에 내 자신이 한심하게 느껴질 정도다. 구름의 그림자가 보일 듯 말 듯한 기분이 들게 하는 이 시어들이 어떻게 변하는지를 보면 언어를 이렇게 사용할 수 있구나, 싶다.

하얗고 투명하게만 느껴졌던 시어들이 점점 빨갛게 되어간다. 모든 차별과 폭력에 반대한다는 시집 뒤편의 시인의 다짐은 이 빨강에서 오래오래 살아왔었을 것이다. 폭력이 난무하는 세계에서 더이상 착한 사람으로 남기를 거부하고, 부식되고 상처 입어버린 자기 자신을 대면하는 이 시인의 빨간 언어가 날카롭고 뜨겁다. 많은 이가 거부하지 못할 것이다. 그것은 우리 모두가 그 고통의 뿌리를 근거로 하고 있기 때문에. 더이상 참지 않고, 발언할 빨간 언어들을 기대해본다.

목소리는 어디까지 퍼져나가 어떻게 해야 사라지지 않는가 눈물을 흘리면 눈알이 붉어졌다 고통에 색이 있다면 그 색으로 나는 이루어져 있을 것이다.
—「빨간」 중에서

#다_읽은_책

트렁크 하나면 충분해

에리사 – 민경욱 옮김 – 아르테 – 2017년 3월

일본에서 건너온 라이프 미니멀리즘이 유행을 하더니, 여기까지 도달했다. "지금의 나는 아주 가볍습니다. 나만 결정하면 이 트렁크를 들고 세계 어디든 갈 수 있습니다"라고 말하는 주인공이 등장하는 책.

일본의 실용서들은 종종 깜짝 놀랄 만한 디테일을 보여주곤 하는데, 이 책도 그러했다. 저자가 가진 옷은 18벌, 신발은 5켤레다. 이 최소한의 옷과 신발을 가지고, 계절별로 코디를 직접해서 사진으로 보여준다. 거실에 TV는 물론 책장 하나도 없고 부엌에도 선반에 놓인 도구가 하나 없는, 집안의 물품도 최소한으로 줄인 모습들을 보고 있으니 무인양품의 쇼룸을 보고 있는 것 같은 기분이 들 정도였다. 이렇게까지 살아야 하나 싶다가도, 삶을 어떤 하나의 철학으로 동여매고 그 길에 의지해 살아가는 것도 나쁜 선택은 아니라는 생각이 들었다. 사실 다른 것보다, 텅텅 비어 있는 냉장고를 보니, 영영 정리가 안 되는 나의 냉장고가 생각나서 뜨끔했다.

산책자

로베르트 발저 – 배수아 옮김 – 한겨레출판 – 2017년 3월

국내에서 『벤야멘타 하인학교』라는 장편소설로 처음 소개된 발저는 20세기 독일 현대문학에서 빼놓을 수 없는 작가다. 나도 『벤야멘타 하인학교』를 재미있게 읽었다. 독일 하면 떠오르는 건 성장소설이다. 그런데 『벤야멘타 하인학교』의 야콥은 위대한 사람이 되길 원하지 않는다. 그는 하인이 되고 싶다고 말한다. 위대함이란 어느 것을 짓밟고 일어설 수 있는 덕목이니.

로베르트 발저가 작품을 발표하던 당시에는 대중들에게는 인기가 없었다. 그는 평생을 가난하고 불우하게 살았다. 몇몇의 도움조차 고맙게 여기지 않았음은 그의 소설에서도 나온다. "천재란 그 어떤 방식으로도 도울 수 없는 존재이기 때문이다."(「두 개의 이야기」) 그의 중단편집 『산책자』를 배수아 소설가가 번역하여 내놓았다. 잠을 자는 시간을 제외하고는 소설을 쓰거나 늘 산책을 했던 그의 모습을 상상하면서 읽을 수 있다. 소설 곳곳에는 방랑하고, 산책하는 인물들이 등장한다. 그들은 천재이기도 하고, 가난한 무소유자이기도 하다. 하지만 그들은 자신의 불행한 처지를 돌파하거나 도망치지 않는다. 그저 그곳에 견디며 서 있다. "어차피 겨울 다음에는 언제나 봄이 기다리고 있으니" 말이다. 그러나 로베르트 발저는 결국 크리스마스 아침, 그토록 사랑하던 산책을 하던 중 돌연 사망하게 된다. 끝내 봄을 보지 못한 채.

「산책」 빼고는 대부분 짧은 단편이다. 펴는 순간, 로베르트 발저라는 한 가꿔지지 않은, 산만하지만 다정하고 때때로 위트도 있는 공원을 산책하듯 여러 단편을 만날 수 있다. 걷는 데 많은 시간도 걸리지 않는다.

여수

서효인 ― 문학과지성사 ― 2017년 2월

어떤 작가를 어느 정도 알 것 같다고 생각을 했다가, 책을 본 뒤엔 그 생각이 완전히 달라지는 일이 종종 있다. 성실한 편집자이자 서글서글한 인상의 시인의 세번째 시집에는 그의 삶을 짐작하게 해주는 솔직한 시들이 많았다.

이 시집을 읽으며 시인이 길 위에서 방황했을 시간들을 떠올려 봤다. 오래된 여행의 기억을 꾹꾹 눌러 담아낸 시들을 통해, 내가 알고 있는 그 도시와 공간이 새로운 인상으로 다가왔다. 여수, 곡성, 강릉, 남해, 이태원, 불광동. 한 번의 여행이 하나의 시를 낳았으니 그의 여행이 고된 길이었든, 아니었든 의미 있는 여행이었겠지. 무엇보다도, 이 시인이 「여수」 같은 시를 쓰는 사람일 줄이야. 읽을수록 점점 더 좋아하게 될 것 같은 시집이다.

네 얼굴을 닮아버린 해안은
세계를 통틀어 여기뿐이므로

표정이 울상인 너를 사랑하게 된 날이
있었다 무서운 사랑이
시작되었다
―「여수」

너의 췌장을 먹고 싶어

스미노 요루 ─ 양윤옥 옮김 ─ 소미미디어 ─ 2017년 4월

출근해서 내가 가장 먼저 하는 업무는 그 전날 혹은 이틀 전 입고되지 않았던 책을 챙기는 일이다. 문학 담당이다보니 종수도 많고, 그만큼 재미있는 제목들을 많이 만난다. 전화 업무가 대다수인지라 출판사 영업자에게 책 제목을 이야기하다가 혼자서 빵 터지거나 버벅거린 적이 빈번하다. 예를 들면 "안녕하세요, 대리님. 저번에 미팅했던 책 있잖아요. 3월 2일에 10부 주문했었는데요. 그 『나는 당신의 마음을 차지하고 싶어』요"라든지 "『우리의 관계는 밤처럼 위험해』 품절인가요?"처럼 말이다. (책의 프라이버시상 제목은 다 가짜.)

하루는 회사 대리님이 "췌장 예약 판매 언제 열 건지 물어봐줘요"라고 말씀하시는데, 한참을 갸우뚱했다. 무슨 췌장? 내 배 안에 있는 췌장 말씀하신 건가? 나처럼 이 소설의 제목을 처음 보는 독자들은 누구나 당황할 것이라 예감한다. 무려 2016년 일본 서점 대상 2위를 차지한 청춘 로맨스 제목이 『너의 췌장을 먹고 싶어』이다. 표지엔 핑크빛 찬란한 벚꽃이 휘날리고 있고, 띠지를 보면 츠타야 서점 상반기 종합 베스트셀러 1위까지 차지했단다. 일본 소설의 트렌드를 내가 못 따라가는 것이 아닐지 직업적 고민이 되었으나 재미있는데다가 끝에는 독자가 통곡하고야 마는 로맨스라니 궁금해진다. 제목만으로도 강렬하게 끌리는 법, 『너의 췌장을 먹고 싶어』를 통해 배운다.

혁명은 장바구니에서

마쓰타로 사쿠라 ㅡ 황지희 옮김 ㅡ 눌민 ㅡ 2017년 2월

때로는 경험이 어떤 지식도 이기는 법이다. 평생 사과나무를 키우며 살고 계시는 부모님께 두어 달에 한 번씩 책 상자를 보낸다. 일밖에 모르는 분들이지만, 책이 떨어지면 곧장 아들을 독촉한다. 그럴 때마다 농업과 관련된 책을 잔뜩 챙겨 보내지만, 칭찬을 듣기는커녕 꾸중만 듣곤 했다. 책상물림들이 쓴 엉터리 책들이 많다고.

유기농이 미래의 식탁을 바꾼다, 는 어쩌면 식상할지도 모르는 주장을 하는 책이다. 가혹한 노동 환경을 감수하면서도 유기농을 고집하는 7명의 인물에 관한 이야기를 담은 책인데, 역시 나 같은 책상물림에게는 흥미진진하다. 채소에게 음악을 들려주는 농부가 나오는가 하면, 벚꽃 향기를 입혀 만든 치즈 '사쿠라'에 관한 사연도 소개된다.

도시를 탈출할 수 없는 처지에 살면서, 동경만 하고 있는 이들에게 이런 책은 어쩌면 대리만족을 하게 해주는 판타지일지도 모르겠다. 이 책을 부모님은 어떻게 읽으실지 궁금해하면서, 오늘도 책 상자를 포장했다.

저지대

줌파 라히리 – 서창렬 옮김 – 마음산책 – 2014년 3월

막연한 기다림과 좌절감에 빠져 있었던 2014년 나는 한 소설을 만났다. 우다얀과 가우리의 첫 만남으로 축약되는 장면이다. 소설을 읽으면서 외로움을 위로받는 순간이었다.

햇살이 따가웠다. 그녀가 가까이 오자 우다얀은 손을 들고 고개를 그녀의 얼굴 쪽으로 기울이며 둘의 머리 위에 조그만 손차양을 만들었다. 그 동작에 그녀는 그 많은 사람들 속에서 보호를 받으면서 그와 단둘이 있다는 느낌이 들었다.

무척 담백하지만 눈앞에 그려지는 손차양. 읽으며 가슴이 뛰었다. 그들은 서로가 운명이라는 것을 그 그림자 속에서 알았을까.

소설의 맨 마지막에는 위 문장의 주인공 우다얀의 총살 장면이 나온다. 그가 죽어가면서 떠올리는 장면은 사랑하는 이와의 첫 만남이다. 역사의 비극으로 처형당하면서도 그는 '그의 운명'을 떠올린다. 그가 그토록 바라던 혁명도, 자유도 그의 운명은 아니었다. 오로지 가우리만이 그를 채우는 마지막이었다.

나는 외로울 때마다 그 장면을 떠올린다. 어떤 큰 장벽이 자신을 가로막더라도 한여름의 손차양을 떠올릴 수 있는 사람이 있다고. 소설 속 인물에게 이렇게 깊은 위로를 받을 수 있을 줄은 몰랐다. 우다얀을 오랫동안 잊을 수 없을 것이다. 그리고 또다시 찾아 읽는다. 소설처럼 우리들 역시 실패하고 절망할 때야 비로소 강해질 것임을 알기에. 이런 큰 위로를 가져다준 한 소설가의 새로운 에세이를 기다리며 『저지대』를 다시 편다. 그녀에게서 어떤 종류의 감정을 또 받게 될까.

#기다리며_읽는_책

살아남지 못한 자들의 책 읽기

박숙자 · 푸른역사 · 2017년 3월

나에게도 그런 시절이 있었다. 책 한 권을 사보려, 밥값을 아끼던 시절. 이 책은 나의 유년기보다도 훨씬 오래전 이야기지만 공감할 만한 대목이 적지 않았다.

1970년대 학교에서는 '껌 좀 씹는 부류'만큼이나 '책 좀 읽는 부류'가 힘을 썼다고 한다. 형의 책장에 꽂힌 세계문학을 읽으며 국가가 무엇이고 인간이 무엇인지 배웠던 '삼중당문고 세대'의 이야기를 이 책은 꺼낸다. 『속물교양의 탄생』을 통해 일제강점기 조선의 세계문학 열풍을 소개했던 저자가 이후 이어지는 전후 한국의 교양사를 다룬다는 점이 눈길을 끌어 금주의 서평으로 신문에도 크게 소개를 했다. 저자가 성실하게 집필을 이어간다면 한 세기에 걸친 교양사를 3부작으로 갈무리할 수 있지 않을까라는 기대를 가져봤기 때문이었다. 신문과 당시의 기록을 바탕으로 한글 1세대가 한국 문학의 전성기를 이끌어가던 시절을 생생하게 되살려내는 책인데, 문체가 독특했다. 김승옥과 전혜린과 같은 이들이 쓴 책의 주인공의 목소리로 그 시대를 증언하는 방식이었다.

1975년 100권 목록에 200원 균일가인 삼중당문고의 탄생은 당대의 블록버스터급 사건이었다고. 많은 청춘이 짜장면 한 그릇과 바꾸고, 버스 회수권 8장을 책 한 권으로 바꿔 지식의 허기를 채웠다는 옛이야기가 새삼 신기하게 느껴졌다. 그 시절과 비교할 수 없이 좋은 책들이 부담 없는 가격에 쏟아져도 우리 세대는 그다지 지식의 허기를 느끼지 못하고 살아간다는 사실이 쓸쓸하게 느껴졌다.

시린 아픔

소피 칼 - 배영란 옮김 - 소담출판사 - 2015년 1월

책은 그 자체로서 '이유'가 되곤 한다. 『시린 아픔』은 책의 무한한 가능성을 실험하는 하나의 예술작품이다.

저자 소피 칼은 〈베니스에서의 추적Suite Venitienne〉을 비롯해 〈잘 지내Take Care of Yourself〉로 국내에도 잘 알려진 프랑스 설치미술가. 〈잘 지내〉 작품을 기억하는 사람이라면 『시린 아픔』을 펼치는 순간, 모든 걸 이해할 수 있다. 사랑하는 연인에게 버림받은 소피 칼의 개인적인 경험을 99일 동안 '같은 장면'의 반복으로 구현해놓았다. 소피 칼은 99일간 이별의 장면을 곱씹는다. 이별 5일 후 기록했던 27줄의 고통이 99일 후 공백이 될 때까지 끊임없이. 그 하루하루 동안 그녀는 타인의 이별도 기록해놓는다. 자신의 가장 깊숙한 고통과 타인의 고통을 하나의 퀼트 조각을 연결하듯 써낸다.

99일간 그녀의 전 연인인 그는 사랑하'는' 남자였다가 사랑하'던' 남자가 된다. 하지만 시간이 지날수록 그 장면에서 헤어나오고 있는 문장이 뚜렷해진다. 같은 문장이어도 앞뒤의 문장 배열과 어휘 선택이 이를 입증한다. 옆에는 자신의 고통과 맞바꿨던 타인의 아픔이 길게 기록된다. 서로의 아픔에 귀기울이고, 트라우마에 지지 않는 힘을 소피 칼은 이 책에 고스란히 기록해두었다. 고통에 함몰되지 않고, 대화를 시도함으로써 『시린 아픔』은 하나의 기록물이자 예술작품이 된다. 독자를 계몽시키거나 정보를 전달하고자 하는 의도 없이 이 책 자체가 절망에 빠진 많은 사람의 회복기이자 히스토리가 되었다. 책은 이렇게 때때로 스스로의 존재를 입증한다.

SF의 힘

고장원 — 추수밭 — 2017년 3월

인공지능, 자율주행차, 로봇 등 수많은 아이디어는 연구실이 아닌 허구의 과학소설에서 탄생했다고 SF 마니아의 충실한 덕력을 바탕으로 주장하는 책이다. 최근 영화의 후광으로 테드 창의 소설이 2만 부 이상 팔렸다는 소식을 듣기도 했고, SF 소설 전성시대가 열린다는 기사가 나온 걸 보기도 했다. 곽재식 소설가가 지난해 국내 SF 독자는 500여 명 남짓이라고 말했던 기억이 생생한데, 과연 누구의 말이 맞는 건지 헷갈린다.

원자폭탄의 개념을 처음 형상화한 20세기 초 H. G. 웰스의 『해방된 세계』, 인공지능 자율주행차를 처음 등장시킨 1950년 아이작 아시모프의 『아이, 로봇』 등 과학소설 속 아이디어는 이미 많은 사례가 현실에서 구현됐다. 이 책은 여기서 한발 더 나아가 수중인간, 시간여행, 초능력, 차원이동 등 SF 소설 속 상상이 과학적으로 정말 실현 가능한지에 대해서도 따져보는데, 그 쓸데없는 진지함이 가장 재미있는 지점이었다. 그나저나 미래의 마감 노동자에게 도움이 될 획기적인 기술의 개발은 없을까. 일기를 쓰는 나의 바람은 이렇게 소박한데, 어찌 안 될까요?

1900년경 베를린의 유년시절/베를린 연대기

발터 벤야민 – 윤미애 옮김 – 길 – 2007년 12월

환절기는 참 이상하다. 어제의 바람과 오늘의 그것이 다른 종류라 느끼게 하니까. 무엇보다도 나는 환절기 내내 '이별의 장면'을 상상하고 재생한다. 그런 가운데 어떤 이별은 그날 내가 뭘 입었는지, 무슨 말을 했는지, 입술엔 뭘 발랐는지조차 다 떠오르게 한다. 내게 환절기는 기억의 계절이라고나 할까. 그래서 나는 환절기엔 과거의 이미지를 떠올리게 하는 책을 만나길 소망한다.

그런 책들 중 가장 날 행복하게 하는 건 발터 벤야민의 『1900년경 베를린의 유년시절/베를린 연대기』이다. 벤야민의 유년 시절 이미지와 내 경험을 함께 그려나가는 독서는 진기한 경험이다. 성별도, 시간도, 공간도 다르지만 절묘하게 겹치고 맞물린다. 벤야민이 그의 유년 시절을 사랑하고 경이로워했음을 문장 사이사이에서 발견한다. 내가 간직한 기억들도 그런 유의 감정이 보호하고 있으니. 나는 벤야민을 따라 「겨울날 아침」에 사과를 굽는 향기를 맡으며, 「회전목마」를 타며 "오케스트리온의 연주가 중심에서 우렁차게 울려퍼지는, 아주 오래된 지배의 도취"에 빠진다. 책을 고르기 위해 「학급문고」를 오래 서성이기도 한다. 그리고 마지막 구절을 만나기 위해 환절기엔 늘 이 책을 읽는다. 계절과 계절 사이, 혼란스러운 마음을 다잡고 내 자신과 지금을 돌아볼 힘을 기르기 위해서.

꼽추 난쟁이는 그렇게 자주 나타났다. 다만 나는 그를 한 번도 보지 못했다. 언제나 그가 나를 관찰했다. 내가 자신을 돌아보지 않으면 않을수록 더욱더 그는 나를 날카롭게 관찰했다

세계 폭주

마루야마 겐지 · 김난주 옮김 · 바다출판사 · 2017년 3월

도인 같은 소설가 마루야마 겐지가 어느새 국내에서 독설 에세이스트로 더 명성을 얻고 있다. 『인생 따위 엿이나 먹어라』가 예상 못한 성공을 거둔 덕분이다. 그의 책이 제법 많이 소개되고 있다는 점은 반갑지만, 소설보다 에세이 위주라는 점은 못내 아쉽다.

제목 그대로 '대자연의 내음을 늘 맡지 못하면 살아갈 수 없는 시골 사람'인 겐지가 호주 대륙을 2기통 모터바이크로 질주하는 여행기가 실린 책이다. 그는 젊은 날, 도시에서는 진정한 자유를 얻을 수 없다며 현지인들도 미친 계획이라고 말하는 호주 종단에 도전했다. 동물이라곤 까마귀와 독수리와 곤충 들뿐이고, 죽은 캥거루만이 반겨주는 사막을 달리며 "책을 몇백 권 읽어도 터득하지 못한 진리가 50시시짜리 소형 오토바이에 담겨 있었고, 그것은 불과 몇 킬로미터만 달려도 몸에 배어들었다"고 털어놓는다.

소설 취재를 위해 케냐의 사파리 랠리, 노르웨이와 카우보이의 로망이 남아 있는 미 서부 여행기를 거쳐, 심지어 21만 톤급 유조선에서 한 달을 보내고 온 작가의 젊은 날을 목격할 수 있었다. 인생 따위 개나 줘버리라거나, 시골살이는 그런 게 아니라고 젊은이들에게 독설을 하는 책보다는 훨씬 부담 없이 즐겁게 읽을 수 있었다. 젊은 날 그가 세상에 내놓은 소설을 많이 좋아했다. 그 시절 그의 고민은 소설을 통해 인간을 어떻게 포착할 것인가, 였음을 그가 유조선에서 쓴 일기에서 발견했다. 마루야마 겐지 문학의 발원지를 만난 것 같았다. 심술궂은 제목에 속지 않아 다행이다.

작가와 술

올리비아 랭 – 정미나 옮김 – 현암사 – 2017년 1월

제목만 보고 걷잡을 수 없는 충동구매의 감정을 느껴봤다면,『작가와 술』을 처음 본 나의 흥분을 충분히 이해할 것이다. 나는 제목만 보고 주저없이 이 책을 집었다. 올리비아 랭의『외로운 도시』를 읽고 큰 감명을 받았지만, 제목만으로도 충분히 돈을 지불할 의향이 있었다. 작가도 좋아하고 술도 좋아하는 나에겐 제목에 두 가지 모두가 들어간 이상 사야만 했다. 읽고 난 뒤는 어땠냐고? 테네시 윌리엄스, 스콧 피츠제럴드, 어니스트 헤밍웨이, 존 치버, 존 베리먼 그리고 레이먼드 카버까지. 사랑했던 혹은 사랑하는 작가들의 알코올중독과 가난의 원인을 가족에게 떠넘기는 비참한 변명을 보고 후회했다. 올리비아 랭의 냉철한 분석과 이성의 글쓰기는 낭만의 세계를 처참하게 깨부수기 탁월한 선수였다. 처음에는 '연금술 같은 마력'을 주다가도 결국 작가의 '타락성과 끔찍한 측면'을 끌어올려 파국에 다다르게 하는 술. 가볍게 읽기 시작했다가 마음이 무거워져버렸다. 어차피 술을 끊지 못하는 애주가면서 동시에 애독자라면 피해야 할 책 1위.

여행하지 않을 자유

피코 아이어 – 이경아 옮김 – 문학동네 – 2017년 2월

여행을 예찬하는 건, 일상으로부터의 해방이 주는 즐거움 때문일 것이다. 그런데 그 과정에서 어쩔 수 없이 생략되는 이야기가 있다. 여행의 과정에서 생기는 번거로운 준비 과정과 좌충우돌. 길치들, 낯선 곳을 두려워하는 자들이 여행 기피자가 되는 건 당연한 일이다. TED 시리즈로 나온 이 가벼운 책은 그런 이들을 위한 책이었다.

"그 무엇도 이 삶에 비할 수 없어요." 산방에 칩거하며 좌선을 하는 삶에 대해 피코 아이어에게 이렇게 말해준 이는 레너드 코헨이었다. 아무데도 가지 않기. 이것이야말로 원대한 모험임을 이 짧은 만남이 알려줬다.

고요의 기회, 자신의 감각에 좀더 가까이 다가가는 행위야말로 정보의 홍수에서 벗어나 누릴 수 있는 궁극의 보상이라는 말에 여행을 좋아하는 나조차도 현혹되고 말았다. 맨해튼에서 일하며 전세계로 여행을 떠나고 『타임』에 글을 쓰는 삶을 살던 피코 아이어였다. 그런 일급 여행작가가 과거 교토의 뒷골목 작은 단칸방으로 1년간 떠나기도 했고, 피정 수도원에 틀어박히기도 했다. 이 '아무데도 가지 않기'가 주는 만족감을 작가는 독자들과 공유한다.

"물리적 이동은 흔히들 생각하는 것만큼 우리를 고양시키지 않는다." 언젠가는 꼭 도전해보고 싶은 일이다. 아이어가 일본에서 사용했던 작은 목재 아동용 책상도 하나 구한다면 더 좋을 것 같다.

무심하게 산다

가쿠타 미쓰요 - 김현화 옮김 - 북라이프 - 2017년 3월

1년에 한 번씩 건강검진을 받는다. 병원이나 센터마다 다르지만, 건강검진 받기 전에 옷을 다 벗어버리고 지급한 옷을 입는다. 그리고 밖에 나오면 나처럼 다 '벗어버린 사람들'이 자기 순서를 기다리고 있다. 지긋하게 나이 먹은 할아버지도, 무서운 회사 부장님도 다 똑같은 인간이 되는 순간이다. 『무심하게 산다』의 가쿠타 미쓰요가 선택한 첫 장면은 이 건강검진이다. 이 장면이야말로 우리가 나이 들어감을 가장 잘 보여주지 않는가!

허리를 처음 삐끗하는 경험, 처음으로 운동을 이것저것 시작하기, 두부가 맛있어지는 등 가쿠타 미쓰요가 나이듦을 말하는 방법이 참 '무심'하고도 매력적이다. 두려워하지 않고, 궁금해하며 자신의 변화를 목격하는 중년 작가를 누가 미워할까? '도무지 미워할 수 없는 존재'인 가쿠타 미쓰요의 찰진 나이 관찰 일기는 많은 부분에서 공감을 자아낸다. 최근에 나왔던 '중년'을 키워드로 한 책들 중에서도 가장 쉽고 재미있을 것이다. 변화를 인정하려는 노력, 자기 자신의 소소한 일상을 담담하게 적어내는 작가의 능력에 감탄하면서 에필로그를 읽었다. 온전히 이해하려면 아직 한참이나 멀었다.

당신을 믿고 추락하던 밤

시리 허스트베트 - 김선형 옮김 - 뮤진트리 - 2017년 3월

폴 오스터의 회고록『겨울일기』에는 첫눈에 열병처럼 사랑에 빠진 아내와의 만남에 관한 이야기가 나온다. 수차례에 걸친 연애와 첫 결혼에 실패해 실의에 빠져 있던 그는 1981년 시 낭송회에서 시리 허스트베트를 만나 이듬해 결혼했다. 지금까지 두 사람은 작가이자 생의 동반자로 뉴욕에서 함께 살고 있다. 그 만남의 순간에 관한 묘사가 얼마나 인상적이었던지 그의 웬만한 소설보다도 더 강렬하게 기억에 남아 있다.

시리 허스트베트의 소설로는『불타는 세계』이후 두번째로 만났다. 미술비평가이자 심리학자로 활동한 덕분에 소설의 질감이 매우 독특한데, 주인공의 섬세한 내면을 드러내는 독백이 소설의 중심이 된다.

데뷔작에는 작가 자신의 모습이 반영될 수밖에 없나보다. 주인공 베건은 미네소타 출신으로 노르웨이 문학 교수인 아버지를 둔, 편두통에 시달리는 불안한 금발의 미녀(작가와 놀라울 정도로 닮은)로 묘사된다. 빈궁함을 고민하고, 졸업 논문의 압박을 받고, 이웃집 남자를 엿보기도 하고, 자신의 성적 정체성을 의심해보기도 하고, 나이 많은 어른의 매력에 이끌리기도 한다. 금기도 거리낄 것도 없지만, 마음 한편에는 늘 불안함과 두려움이 존재한다. 사실 누구나 그렇지 않은가. 낯선 타자와 육체적으로든 정신적으로든 우리는 시시때때로 사랑에 빠지고, 그것이 일상을 기묘한 모험으로 만들어버리지 않던가. 시리Siri를 뒤집은 아이리스Iris라는 이름부터 주인공은 작가와 판박이처럼 닮았다. 소설은 젊은 그녀가 맞닥뜨리는 여러 남자의 위협에 맞서 사투하는 이야기를 그렸는데, 20세기 버전 오디세이를 읽는 듯한 즐거움이 있었다.

운명과 분노

로런 그로프 – 정연희 옮김 – 문학동네 – 2017년 4월

이 소설엔 로토와 마틸드가 부부로 나온다. 한 명에게는 '운명'이라 말하는 관계가 다른 이에게는 '분노'인 모습으로.

1부 운명은 로토의 탄생부터 죽음까지 써내려간 연대기 형식을 취한다. 부잣집 아들로 태어나 빛나는 외모를 가진 로토는 자신의 첫 선택인 결혼으로 어머니에게 외면당한 채, 가난하게 배우의 길을 걷는다. 그러다 어느 날 마틸드의 조언으로 극작가로 데뷔에 성공하고 명예를 쌓게 된다. 그러나 인생의 마지막에 아내의 과거를 알게 되면서 고뇌하다 죽게 된다. 전형적인 오디세우스형 인물이다. 그에 비해 2부 분노의 중심은 마틸드에게 가 있다. 로토와 달리 마틸드의 시간은 로토가 죽은 이후 펼쳐진다. 그사이 그녀의 과거가 왔다갔다 움직인다. 마틸드는 분노했다가 좌절하기도 하며, 좀처럼 제정신으로 돌아오지 않는다. 분노로 가득차 세상을 걷는 마틸드는 그렇게 로토가 죽은 뒤, 삶이 서술된다. 로토의 반쪽이자 모든 게 옳았던 현명한 '아내 마틸드'가 아니라 늘 주먹 쥔 손으로 세상을 향해 울부짖었던 실제 '마틸드'로서.

작가 특유의 유려하고 세심한 문장들로 그 주먹 쥔 손가락을 하나씩 펴는 식으로 소설은 전개된다. 그녀가 왜 그런 선택을 했었는지, 분노할 수밖에 없었던 오렐리와 복수를 하는 마틸다를 마주하며 우리는 비로소 그녀의 생을 이해할 수 있게 된다. 그녀의 인생은 그녀가 올렸던 '볼룸니아'라는 제목의 희곡처럼 아무에게도 환영받지 못하고 끝을 내린다. 소설의 끝에는 마틸드가 아닌 우리 자신의 손을 보게 될 것이다. 마틸드의 인생과 우리의 그것이 뭐가 다를까. 아무도 오지 않을 연극을 올리고, 아무에게도 팔리지 않을 책을 써내려갈 우리의 손을 바라볼 자, 스스로일 뿐이다.

이십억 광년의 고독

다니카와 슌타로 · 김응교 옮김 · 문학과지성사 · 2009년 2월

오래전 친구에게 추천을 받은 시집이다. 다니카와 슌타로를 안지는 오래됐지만, 정작 이 대표 시집조차 가지고 있질 않았다. 시집 서점 위트앤시니컬에 들렀다가 발견해 얼른 구입해버렸다.

쉽게 읽히는 시가 좋은 시라는 주장이 많지만, 그 의견에 동의하지 않았다. 그럼에도 아주 가끔씩 이 말에 동의하게 되는 시인이 있다. 슌타로가 바로 그런 시인이다.

이미 80대 후반에 들어선 시인이 60여 년 전 쓴 시를 읽는다. 하이쿠의 전통을 가진 나라답게, 아주 간결하고 함축적인 단어만을 사용해서 독특한 리듬감을 만들어내는 시들이 이어진다. 「이십억 광년의 고독」에서 발견한 화성인의 목소리에서는 반가운 감정도 느꼈다. 2016년 미디어시티 서울의 전시 주제였던 '네리리 키르르 하라라'라는 구절을 발견한 것이다. 기억에 오래 남는 건 '소네트 연작'이다. "만유인력이란 서로를 끌어당기는 고독의 힘이다"라고 했던 시인다운, 쓸쓸함이 느껴져 아름다운 시.

세계가 나를 사랑해주기에
(잔혹한 방법으로 때로는
상냥한 방법으로)
나는 언제까지나 혼자일 수 있다
—「소네트 62」

문학의 기쁨

금정연/정지돈 ─ 루페 ─ 2017년 3월

하루에 한 권의 문학을 읽는 것. 그건 독자로 하염없이, 속절없이 소설가의 보이지 않는 골목, 끝나지 않는 거리를 체험하는 일이다. 도저히 익숙해지지 않는 길일 수도 있다. 한없이 낯설어도 괜찮다. 그 길이 그래야만 보이는 곳이라면. 친절하지 않아도, 상세하지 않아도 괜찮다. 그건 문학이란 지도의 본성이다. 쉬운 길은 다른 글에서 찾을 수 있다. 좋고 나쁨이 아니라 그저 그렇게 생겨먹은 것들이다.

『문학의 기쁨』은 위와 같은 이야기를 하고 있다. 서평가 금정연과 소설가 정지돈이 만나 약 2년간 나눈 대화 속에서 문학은 꼬불꼬불 어렵게, 혹은 전혀 색다른 모습으로 읽힌다. 절대 쉬운 텍스트가 아니다. ("I jungjidon U" 대목에서는 장난하니?라고 묻고 싶어지겠지만, 맞다, 장난이다.) 그들이 그려낸 「새로운 문학은 가능한가」「한국문학은 가능한가」「한국문학의 위기」란 지도를 짚어볼 때마다 다른 지점이 보이기도 하고, 모르고 지나쳤던 언덕을 재발견하기도 했다. 아주 위트 있고, 불친절한 지도를 그리는 둘의 대화. 예를 들어 "잘 쓴 책은 더 돈을 주자"라는 의견은 얼마나 좋은가? 이런 내용이 220여 페이지 이어지는 이 책을 소화하려면 그보다 곱절, 아니 10배는 많은 문화적 지식을 필요로 한다. 로베르토 볼라뇨, 롤랑 바르트, 지젝의 문구가 사방에서 터져나오니. 그러나 어려운 텍스트를 인용함에도 재미있게 수다 떨듯이 읽힌다. 이 둘은 우리 문학의 "미래가 예전 같지 않다"는 걸 제대로 보여준다. 그러니 어서 『문학의 기쁨』에서 머무르지 않고, 『영화의 기쁨』『미술의 기쁨』『음악의 기쁨』까지 쭉쭉 기쁨 시리즈가 나와주기를.

아몬드

손원평 · 창비 · 2017년 3월

읽기도 전에 청소년소설이라 선입견부터 가진 걸 반성했다. 문학상 2관왕으로 화려하게 등단한 작가의 데뷔작인데, 너무 귀엽고 재미가 있어서 깜짝 놀랐다.

내겐 기쁨도 슬픔도 사랑도 두려움도 희미하다. 감정이라는 단어도, 공감이라는 말도 내게는 그저 막연한 활자에 불과하다. 의사들이 내게 내린 진단은 감정 표현 불능증, 다른 말로는 알렉시티미아였다.

이런 소년이 있다. 윤재는 아몬드 모양의 편도체가 고장이 났다. 어린 시절부터 잘 울고 웃지 않는다는 이유만으로 친구를 사귀지도 못하고, 학교에서도 따돌림을 당한다. 엄마는 아이에게 화를 내는 법, 감정을 표현하는 법을 수학 공식처럼 외게 한다. 하지만 자신을 유일하게 사랑해주던 온 가족을 묻지 마 테러로 잃고 소년은 혼자 남게 된다. 엄마가 넘긴 헌책방을 쓸쓸하게 지키며.

윤재의 말에 따르면 이 소설은 '괴물인 내가 또다른 괴물을 만나는 이야기'다. 어린 시절 놀이공원에서 엄마를 잃어버리고 고아원에서 자라며 주먹질만 일삼는 곤이는 윤재의 유일한 친구가 되지만, 그로 인해 윤재는 예상 못한 사건에 휘말린다. 무난한 청소년소설을 기대했다가 소년의 가족이 몰살당하고 폭력을 장신구처럼 자랑하는 친구에게 괴롭힘을 당하는 비극의 드라마를 접하게 되니 처음엔 당혹스러웠다. 이런 극적인 장치를 통해 감정이 널을 뛰게 만들면서도 결국엔 뭉클한 감동을 선사하는 능수능란한 이야기꾼이라니. 소년을 주인공으로 한 성장소설에 마음을 빼앗긴 경험이 얼마 만인지 모르겠다. 이름을 기억해둘 작가를 발견했다.

아몬드

손원평 – 창비 – 2017년 3월

감정을 느끼지 못하는 아이가 있다. 유일한 가족인 엄마와 할멈이 '묻지 마 살인'을 당하는데도 눈물을 흘리지 않는 아이. 제10회 창비청소년문학상 수상작『아몬드』는 그런 아이 윤재를 주인공으로 하고 있다. 소설 속 아몬드는 아몬드 모양을 하고 있는 우리 뇌의 편도체를 말한다. 감정을 깨우쳐주는 기관이다. 윤재의 아몬드는 고장나 있다. 윤재를 평범하게 살게 하기 위해서 엄마는 감정을 교육시킨다. 희로애락애오욕을. 그러나 윤재는 어딜 가도 튄다. 세상은 할멈의 장례를 치르면서도 눈물 하나 흘리지 않는 그를 '괴물'이라고 말한다. 그렇게 윤재는 텅 빈 집에서 혼자 살고 있는 자신의 감정을 뭐라 명명하지도 못한 채 헌책방을 꾸려나간다.

그런 그에게 한 아이가 나타난다. 거칠고 험악해 보이는 곤이다. 중국인에게 납치되어서 부모가 누구인지 모른 채로 범죄를 저지르고, 소년원에서 살고 나온 곤이는 문제다. 하지만 곤이와 윤재는 '엄마'라는 끈으로 친구가 된다. 점점 윤재는 곤이를 통해 우정을, 도라를 통해서 사랑을 깨우친다. 이런 성장을 통해 소설은 '비로소 인간이 되'기 위해서는 타인에게 공감할 수 있는, 그리고 자신의 상태를 표현할 수 있는 상태가 되어야 하는 걸 보여준다.

청소년소설이지만 세상의 여러 자극적인 일들에 무디고 더뎌진 어른들에게도 꼭 필요한 내용을 담고 있다. 누군가를 진정 믿어주지 않았었는지, 어떤 한 사람의 마음을 살펴보지 못했었는지는 꼭 점검해야 할 숙제가 아니던가.

#읽은_책

거대한 전환

제러드 라이언스 · 김효원 외 옮김 · 골든어페어 · 2017년 4월

테리사 메이 영국 총리가 최종적인 영국의 유럽연합 탈퇴 선언을 한 주간에 시의적절하게 나온 책이다. 지난해 6월 투표를 앞두고 브렉시트 찬성파를 이끈 보리스 존슨 영국 외무부 장관의 경제 브레인은 제러드 라이언스였다. 유럽에선 제법 명망 있는 이 경제학자가 유럽연합의 미래를 점쳐본다.

라이언스는 유럽연합의 위기와 글로벌 금융위기를 예측했고, 이를 바탕으로 영국의 독립을 주장했다. 이 책에 따르면 2017년 3월은 거대한 전환의 시기다. 영국의 탈EU를 시발점으로 분리를 시도하는 국가들이 더 번영된 유럽을 만들 수 있다는 주장. 두 번의 세계대전을 거치고, 평화의 가치를 그 어떤 것보다 우위에 두기로 한 낭만적인 유럽연합의 탄생기를 감안하면, 경제적 갈등이 이들 국가들을 다시 분리시키는 일이 씁쓸하게 느껴진다. 난파선에서 탈출하듯 브렉시트를 선언한 영국의 심정이 이해가 가지 않는 건 아니지만, 이기적으로 보이는 것도 사실이다.

단일 통화라는 근본적인 문제점을 가지고 있는 한, 하나의 유럽이 지탱되는 건 현실적으로 힘들어 보인다. 프랑스와 독일 등에서 앞둔 대선, 총선에서 극우 세력이 득세를 하고 있는 것도 역시 이러한 문제 때문이다. 미셸 우엘벡이 『복종』에서 극단적으로 묘사했던 극우파가 집권한 유럽의 모습을 보게 될 날이 올지도 모르겠다. 그나저나 경제서를 읽으면서, 유럽의 미래를 걱정하게 될 줄이야.

책이 입은 옷

줌파 라히리 · 이승수 옮김 · 마음산책 · 2017년 4월

『저지대』로 유명한 소설가 줌파 라히리는 제2의 언어로 글을 쓴다. 영국 런던 이민자 인도인인 그녀가 이탈리아어로 두번째 에세이를 써냈다. 『책이 입은 옷』은 줌파 라히리가 그저 도전으로 제2의 언어를 선택해 글을 쓰지 않았음을 보여준다. 첫번째는 '도전' 혹은 '모험'으로 읽힐 수 있으나 두번째는 그녀가 진지하다는 것을 대변한다. (찾아보니 작가는 현지어로 강연도 한다고.)

『책이 입은 옷』은 줌파 라히리의 귀여운 면모가 눈에 띈다. 표지에 투정을 부리듯 코멘트를 썼고, 자신이 마음에 드는 표지를 만났을 때와 마음에 안 드는 표지를 만났을 때가 어떻게 다른지 말한다. 그녀에 따르면 안타깝게도 "완벽한 표지는 존재하지 않는다". 표지는 시간이 지나면 바뀐다. 변하지 않는 건 오리지널 텍스트다. 작가들은 표지와 자신의 몸이 일체되는 경험도 하지만, "독자가 내 책에서 만나는 첫 단어는 내가 쓴 말이길 원해"는 이 작가에겐 글쎄? 이미 책에는 표지뿐만 아니라 디자인, 출판사 마케팅, 사회적 이슈들이 덕지덕지 붙을 테니까. 그 많은 외부적 요건들을 다 헤쳐나가서 만날 수 있는 작가의 진심과 날것의 언어. 그것들의 조우가 얼마나 소중한지 확인할 수 있었다. 나 역시 그녀의 글들이 주는 "발가벗은 책의 침묵, 그 미스터리가 그립다".

빨강의 자서전

앤 카슨 · 민승남 옮김 · 한겨레출판 · 2016년 1월

이 책을 읽고 독자들 앞에서 북콘서트를 한 적이 있다. 지난해 겨울 성탄절을 코앞에 둔 시기였다. 리뷰 사이트 소설리스트 멤버들과 올해의 소설을 부문별로 꼽았고, 최고의 해외 소설로 꼽힌 이 책에 대해 번역가 박현주 선생님과 이야기를 나눴다. 아주 특별한 경험이었다.

읽으면서는 책의 어떤 장점에 주목해야 할지, 어떤 구절을 소개할지, 이 작가에 대해선 어떤 변호를 해야 할지 생각해야 했다. 그리고 독자들과 이야기를 나누고, 질문도 받으면서 책의 다른 모습을 발견하기도 했다.

아름다운 구절이 너무 많아 귀퉁이가 너덜너덜해진 책이기도 하다. 헤라클레스 신화를 동성 간의 사랑과 질투를 다룬 성장기로 변주한 아이디어부터 완벽한 서사시로 완성한 형식미까지. 작가적 야심도 대단하지만, 소설을 완전히 지배하는 아름다운 이미지가 특별히 좋았다. 이 소설에서 가장 좋아한 장면은 괴물이었고, 그의 모든 것이 빨강이었던 소년이 어느 날 헤라클레스를 만나는 장면이다.

사춘기 소년 게리온과 헤라클레스는 "두 마리 우월한 뱀장어들이었고 이탤릭체처럼" 서로를 알아본다. 집에 전화를 걸기 위해 터미널에 들어간 게리온은 뉴멕시코에서 온 승객들 사이에서 헤라클레스를 발견한 뒤 묻는다. 1달러를 바꿔줄 잔돈이 있는지. "아니. 내가 25센트 그냥 줄게." "왜 그냥 주는데?" "난 친절의 가치를 믿거든." 몇 시간 후 둘은 가까이 서 있게 된다. 거대한 밤이 어둠 방울을 흩뿌리며 지나가는 동안. 운명적인 만남이자, 훗날 그의 삶을 파괴하게 될 만남의 순간이었다. 이 장면을 읽으며, 나 역시도 이 소설에 정신없이 빠져들었다.

April

April

빵과 포도주

이냐치오 실로네 – 최승자 옮김 – 고래의노래 – 2017년 3월

책을 아무리 빨리 받아보거나 많이 보는 직업이라 할지라도 모든 책을 다 볼 순 없다. 이런 직업적 빈틈을 종종 들키곤 한다. 식자층인 기자나 작가, 출판계 사람들에게 들키진 않는다. 내가 가장 의식하는 건 독자다. 당연한 말이지만, 좋은 책은 출판사 영업자가 아니라 독자가 물어오곤 한다. "이 책 안 파나요?"

이냐치오 실로네라는 이름조차 모르고 있던 나는 『빵과 포도주』를 한 독자의 메일 덕분에 알았다. 35년 전 한길사에서 나왔던 책이 다시 새 옷을 입고 나왔다. 윌리엄 포크너도 위대한 작가라 평한 실로네는 그람시와 이탈리아 공산당 창당에 참여한 열혈 행동가였다. 그는 비인권적인 스탈린 체제에 반발하여 탄압을 피해 망명했었다. 『빵과 포도주』 속 피에트로 스피나라에게선 실로네 자신의 자전적 향기가 깊게 난다. 파시스트 독재 정권을 반대하다가 사제로 변장하여 소작농들 사이에서 살아가는 피에트로는 '다음날의 재앙이 없이, 일하고 평화롭게 잠'들 수 있는 공동체를 그곳에서 만난다.

공동체의 의미는 21세기 현재도 제대로 발현되지 못하고 있다. 모두가 서로를 짓밟고 위에 서려 하는 지금, 이 소설은 어떤 의미를 가져다줄 수 있을까. 권력자의 한계와 비인간적인 모습을 해부하고, 인간과 그들의 관계에서 따스하고 희망적인 시선을 던지고 있는 소설. 고전은 아직도 유효한 텍스트다. 고전이 만들어졌던 그 옛날과 지금의 간극에서 세상은 놀라우리만큼 하나도 변하지 않고 제자리에서 걸음중이기 때문이다. 독자분이 알려준 이 소설도 그 중 하나. 읽으며 현실을 곱씹는다.

런던을 걷는 게 좋아, 버지니아 울프는 말했다

버지니아 울프 ― 이승민 옮김 ― 정은문고 ― 2017년 4월

나가이 가후의 『게다를 신고 어슬렁어슬렁』이 나왔을 때부터 '산책 에세이'라는 명명이 마음에 들었다. 두번째 책은 누구의 이야기일까 기다렸는데, 버지니아 울프였다. 1932년 무렵 버지니아 울프가 쓴 이 산책 에세이에는 그 유명한 블룸즈버리 지역의 일상이 그려지진 않는다. 대신 도도하게 흐르는 템스강변과 화려한 옥스퍼드 거리가 등장한다.

울프는 런던 부두를 걷고, 수도원과 대성당을 걷고, 하원의사당을 걸으며, 런던 사람으로서의 초상을 남긴다. 그의 눈에 런던은 세상에서 가장 부유한 도시이면서 궁핍한 도시였고, 아름다움과 추함이, 화려함과 천박함이 맞물려 혼재하는 도시였다.

옥스퍼드의 멋쟁이들과 튤립, 바이올렛 장식을 단 수레들도 마주하고, 유명 인사들의 저택도 지나치지만 울프가 애정을 가지고 바라보는 대상은 매주 천 척의 배가 천 개의 화물을 부두에 부려놓으면 이 화물을 옮기는 셔츠 차림의 사내들이다. 울프는 부두의 일상을 만드는 건 우리 자신의 삶임을 깨닫는다. 신발, 모피, 가방, 난로, 기름, 양초 등 우리가 요구하는 취향과 유행이 선박을 불러들이고, 무역은 초조하게 우리의 욕망을 주시한다는 깨달음.

잊고 있었다. 버지니아 울프는 이런 일기를 쓴 작가였다는 것을.

어제는 아주 보람 있는 하루였다. 글 쓰고 산책하고 책을 읽었다.
―1934년 8월 30일 일기에서

아무렴, 이보다 보람 있는 하루가 어디 있을까.

어쩌다 마주친 발레

윤지영 - 스타일북스 - 2016년 10월

3월 말부터 오랫동안 선망했던 발레를 해보기로 했다. 한 번도 배운 적 없고, 할 줄도 모르는 발레였건만 배우고 싶었다. 지인들에게 농담조로 "나는 애 낳으면 발레시킬 거야"라고 했던 과거를 떠올리며 성인 취미 발레반에 3개월 등록했다. 그 말은 '이미 난 늦었어'와 '발레를 배우고 싶어'가 결합된 어떤 소망이었다. 그리고 제2의 나라고 여길 누군가에게 떠넘길, 이루지 못한 지저분한 욕심이기도 했다. 그 욕심을 나에게 풀기로 했다.

발레를 등록했으면 가장 먼저 무엇을 해야 할까. 발레 슈즈를 사러? 아니면 레오타드를 준비하러? 새로운 세계로 가는 가장 빠른 길은 책이라고 믿는 직업인답게 나란 인간은 발레 책을 샀다.

이 책은 저자가 처음 수업을 참관했던 날부터, 일주일에 3번 하는 수업을 5년 동안 단 한 번도 빠지지 않는 발레 애호가가 되기까지의 역사가 잘 정리되어 있다. 발레 슈즈와 토슈즈의 차이도 모르는 나에게 큰 도움이 되는 팁도 있었다. "노력과 근성이 예상보다 놀라운 힘을 지녔다"라는 저자의 말처럼 다리 찢기 90도를 채 못하는 뻣뻣한 몸이지만, 발레를 제대로 배워보고자 하는 열의는 남부럽지 않은 취미 발레인 일주일 차. 아직은 수업에서 배웠던 플리에와 그랑 플리에를 다시금 책에서 발견하고 좋아하는 철부지다. 토슈즈를 신을 그날까지 미루지 않고 저자처럼 되리라 다짐한다. 혹시 아는가. 내가 다음으로 낼 두번째 책은 『몸 쓸 맛 난다─발레』일지도.

나를 보는 당신을 바라보았다

김혜리 · 어크로스 · 2017년 3월

주간지와 일간지는 업무 방식이 너무나 달라서 딱히 동종업계라고 할 수는 없겠지만, 이 글이 어떤 고통과 마모됨을 겪고 만들어질지 어렴풋이 짐작은 할 수 있다. 일주일 동안의 생명력이 다하면 쉽게 버려지는 잡지에 이토록 섬세한 언어의 글을 쓸 수 있는 이는 도대체 어떤 사람일까. 『씨네21』을 읽으며 십수 년 동안 늘 궁금하게 생각하고, 흠모하던 글쟁이의 책이 나왔다. 다시 차근차근 읽어봐도 너무나 좋다. 책으로 묶여 나와주어서 고맙다는 말밖에 할 수 없게 만드는 책. 영화의 접근성은 글쓰는 모든 이에게 기회를 제공하지만, 〈영화의 일기〉와 같은 내밀한 수준의 리뷰를 본 기억은 없다. 때론 훔치고 싶은 글이 있는데, 이 연재물이 그랬다.

4년여에 걸친 〈영화의 일기〉를 계절별로 다시 나눠서 담은 책을 읽어나가면서, 내가 좋아했던 영화들을 만났던 그 계절의 기억도 함께 떠올랐다. 좋은 영화를 보고 난 뒤, 가장 먼저 감상을 비교해보고 싶었던 것도 〈영화의 일기〉였다.

> 말하자면 나는 영화를 보는 동안 가장 살아 있다고, 잠시 더 나은 인간이 된다고 느꼈다. 그리고 그 느낌을 좀더 오래 소유하고 싶어서 영화가 아직 내 안에 흘러다니는 동안 쓰고자 했다. 영화가 내게 다가와 쓰다듬고 부딪히고 할퀸 자국이 사라지기 전에, 이를테면 '인증 숏'을 남기고 싶었다.

어쩌면 가장 놀라운 지점은 22년 동안 한 가지 업을 하면서도 이런 마음가짐을 유지할 수 있다는 것. 이토록 헌신적으로 사랑에 빠지는 대상을 만난다는 건, 정말 대단한 일이다.

나를 보는 당신을 바라보았다

김혜리 - 어크로스 - 2017년 3월

영화를 보기 전, 되도록 전문가 평을 보지 않으려 한다. 이미 감독, 배우들, 줄거리로 내 취향임을 지레짐작하고 가는데 굳이 전문가 평까지 읽는 건 어떤 프레임에 갇히는 행동이다. 그럼에도 김혜리 기자의 평론은 안 읽고 버틸 수가 없다. 그렇다. 그녀와 같은 시각에서 영화를 보고 싶은 욕망을 숨기지 못하겠다. 그것이 오독이라 할지라도.

2010년 8월 30일부터 시작한 '김혜리의 영화의 일기'를 간추려 『나를 보는 인간을 바라보았다』가 출간되었다. 열두 달로 나뉜 영화의 일기에는 각 달마다 그녀가 보았던 영화가 정리되어 있다. 영화들은 서로 닮아 있거나 결을 같이한단 느낌이 든다. 1월엔 〈와일드〉를 당연히 봐야 할 것만 같고, 4월엔 〈4등〉과 〈한공주〉처럼 우리 사회의 내면을 파고드는 아픈 영화가 적격이다. 그리고 계절의 여왕 5월엔 사랑을 말하는 영화가, 싱그러운 6월엔 소녀들을 담아낸 이야기들이 어울려 보인다. 가을에는 상실을 논한다. 〈다가오는 것들〉과 〈로스트 인 더스트〉를 보는 게 딱 맞다. 12월에 〈노 홈 무비〉는 어떠한가. 다른 달을 생각할 수가 있으려나. 이렇게 이 에세이 속에선 계절마다 영화가 어떤 풍경처럼 스쳐지나간다.

『씨네 21』에서 늘 챙겨보았던 일기를 단행본으로 만지니 다시 영화를 보고 싶어진다. 첫번째 다시보기는 이 에세이 제목의 원천이자 '응시의 영화' 〈캐롤〉이다. 시선의 시작과 교차 속의 미묘한 권력을 말하는 영화. 비단 〈캐롤〉만의 이야기가 아니다. 모든 예술은 시선에서 시작하고, 이 일기도 마찬가지다.

문학의 기쁨

금정연/정지돈 – 루페 – 2017년 3월

두 사람을 종종 만나왔지만, 책으로 접하는 두 사람의 글은 늘 경이롭다. 이토록 유머감각이 넘치던 사람이었던가. 절친한 후장사실주의자 작가들을 만나서도 서로 존댓말을 쓰고, 문단의 질펀한 술자리에 질색을 하는 이 '홍대 모던'한 두 작가의 책은 미친 듯한 유머와 솔직함으로 가득하다.

우선 형식적으로 너무나 자유로운 글이다. '금선생님께'로 서두를 시작하는 편지글부터, 난데없이 등장하는 대화와 시나리오까지. 글의 흐름 자체가 2인극을 구경하는 것 같다. 가장 놀라운 건 한국 문단에서 절대 볼 수 없었던 실명 비판의 솔직함이다. 소설가 김태용을 문예창작과 학생들의 우상으로 소개한다든지, 장강명의 『그믐, 또는 당신이 세계를 기억하는 방식』이 갈등을 봉합하고 해결하는 방식이 불편하다고 말하는 것 등등.

문학에 대한 엄숙주의 따위는 눈곱만큼도 찾아볼 수 없고, 시종일관 유쾌하기만 하다. 합정역 화장실의 변기 물 내리는 소리까지 동원해 한국 소설을 비판하는 두 사람의 절묘한 호흡과 정신없이 등장하는 패러디, 영화·건축·미술 등을 오가는 다양한 텍스트들을 즐기며 읽다보니 어느덧 책이 끝나가고 있었다.

이 책의 첫 문장은 "나는 문학을 진지하게 받아들이는 사람을 이해할 수 없다"였다. 금정연의 말이다. 하지만 이런 책을 쓸 수 있는 이들만큼 문학에 애정을 가진 이들이 어디 있을까. 정말 이 책의 마지막 문장("We are the Future")처럼 이들이 문학의 미래다.

내가 훔친 기적

강지혜 – 민음사 – 2017년 3월

한 젊은 시인의 노래에 까닥까닥 몸을 맡긴다. '별처럼 빛나는' 사람들이건만 '자리가 없'어 앉을 수 없는 의자와 같은 꼴로 노래를 부르는 시인은 젊디젊다. '작은 소녀'는 '더 작은 소녀'에게 힘이 될 수도 없고, 비명을 내지를 뿐이다. '기형의 날개'를 가진 병신들이 우리다. 그렇지만, '바오밥'을 심고 '나이테 없이' 겨우 자라난 시인에게선 스스로 만든 '격자'가 깊게 새겨져 있다. 읽기 버거운, 날카롭고 찢기는 언어여도 다른 이들에게선 쉽게 찾을 수 없는 내적 이미지가 돋보이는 첫 시집이다.

운명과 분노

로런 그로프 · 정연희 옮김 · 문학동네 · 2017년 4월

좋은 소설은 두께가 단점이 될 수 없다. 로토와 마틸드의 운명적인 만남, 2주 만의 결혼, 그리고 함께한 20년을 포개어놓는 소설이다. 책의 1부는 로토의 이야기를, 2부는 마틸드의 이야기를 들려준다. 그런데 자신의 삶을 로토는 운명으로, 마틸드는 분노로 기억한다.

캠퍼스 최고의 인기인에서 무명배우로의 추락, 모친에게 인정받지 못한 결혼으로 부호의 아들에서 가난뱅이가 되는 추락을 경험하고 다시 극작가로 부와 성공을 거머쥐는 비상, 그리고 결혼의 비밀을 안 이후의 추락. 로토의 영웅적인 삶을 그린 게 1부다. 여기까지가 테이블 위에 펼쳐놓은 22장의 타로카드라면, 2부는 이 카드들을 모두 뒤집어 셔플해서 보여주는 것에 가깝다. 고대 그리스 비극처럼 장엄하고 연대기적인 1부, 그리고 모든 이야기를 뒤집어버리는 충격적인 2부.

이 소설은 결혼이 비극인지 희극인지 묻지 않는다. 삶에 있어서 진실이란 결국 '관점'의 문제임을 알려줄 뿐.

누군가에겐 "결혼은 수학이었다. 더하기로 예측하겠지만, 그건 아니었다. 결혼은 지수다"라는 펀치라인으로 기억에 남을지 모르겠다. "모두 나를 떠나지만, 너는 절대 그러면 안 돼." 나는 아몬드 같은 눈으로 하품을 하는 자신의 개 고드에게 홀로 남은 마틸드가 하는 이 말이 잊히지 않았다. 마틸드를 떠날 수 없는 건 이 책을 읽는 모두가 될 것이기에.

아닌 계절

구효서 – 문학동네 – 207년 4월

　소설을 다 읽은 후, 소설집 제목을 본다. 풍부한 계절감을 따라 읽었건만 제목은 '아닌' 계절이다. 소설 속 주인공이 남자인지 여자인지도 가늠 못할 정도로 모호한 이름 '파' '하' '미음'을 쓰면서까지 등단한 지 30년이 넘은 소설가는 독자에게 선입견 없는 세계를 펼쳐 보이고자 한다. 화자는 사람일 수도 있고, 나무일 수도 있다. 인과관계도 정확하지 않은 소설에서는 당위를 찾아낼 수가 없다. 인물들은 '상념과 기억'에 의존하는 것이 아니라 '항구의 대기', '각막을 에는 듯한 추위' 같은 감각들을 견뎌내면서 삶을 지탱한다.

　소설가는 이 세계와 무언의 존재에 관해 말하기를 멈추지 않는 사람이다. 소설이란 형식의 질문을 던지고, 그 방법이나 틀조차 계속 탈바꿈한다. 그런 소설가가 만들어놓은 어느 거리를 독자로서 하염없이 함께 걷는다. 어느새 그를 따라 어딘가 닿을 것 같으면서도 절대 가닿지 못하는 하늘로 패러글라이딩을 하는 한 아비의 심정이 되어버리고야 만다.

#읽은_책

행복한 책읽기

김현 · 문학과지성사 · 2015년 12월

학창 시절에도 일기란 걸 제대로 써본 적이 없었다. 그래서 20여 년 만에 이런 고난을 겪고 있나보다 싶다. 일기쓰기가 막막해서 김현의 책을 읽었다.

김현(1942-1990)이 쓴 1985년 12월 30일부터 1989년 12월 12일까지 만 4년의 381일치의 일기이자 유고집. 25주기를 맞아 개정판이 나온 덕분에 이 김현의 전설적인 책을 나도 만날 수 있었다.

쓱쓱 부담 없이 쓴 일기일 텐데, 허투루 쓴 대목은 한 구절도 찾을 수 없다. 타임머신을 타고 과거로 간 듯 지금의 원로 작가들이 신참으로 등장하는 모습을 보니 절로 웃음이 났다. 김현을 보며 느낀다. 좋은 비평가는 칭찬만큼 쓴소리에도 능한 사람이어야 한다는 것을. 가령 고은의 「전원시편」을 별 재미가 없다고 단칼에 자른다. 시에서 그려진 "자작농의 밋밋한 삶은 고양된 혹은 충전된 삶에 대한 감각이 마모되어 있어, 비장이나 장엄에 이르지 못하고 있다"는 진단. 토포스가 넘실대는 이 시편들은 비진정성이 진정성의 탈을 쓰고 있다고 평가한다. 고은에게 이런 말을 할 수 있는 이가 오늘날엔 누가 있으랴.

동서고금을 넘나드는 방대한 독서의 흔적을 엿볼 수 있고, 까마득한 후배가 보기엔 당대의 신문물을 보고 감탄하는 평론가의 모습도 귀여운 면모가 있다. 무엇보다도 그 시절 문학을 이토록 치열하게 대했던 한 사람과의 대면이 주는 감흥이 있다. 의외로 가장 흥미로운 지점들은 처음 읽은 쿤데라라든지 당대의 히트한 영화에 대한 소감 같은 소소한 기록들이었다.

생활예술

강윤주 외 - 살림 - 2017년 3월

내 독서의 가장 큰 키워드는 작가다. 좋아하는 작가군이 나뉘어 있다. 자신의 본진을 특출나게 잘 쓰는 작가, 자신의 부업을 잘해내는 작가 등인데 그 기준에 따라 책을 구매하는 방향도 다르다. 하지만 무조건 사야 하는 작가가 있다. 심보선 시인이다. 대학 시절부터 좋아해서 시집을 모으는 것에 멈추지 않고, 시인이 써내는 예술서나 학문서까지도 사기 시작했다. 올해 간만에 『생활예술』이라는 예술서가 나와 남편에게 집으로 가져와달라 부탁했다.

'옥수바람'이라는 공부 공동체에서 결과물로 만들어낸 이 책은, 예술은 이제 엘리트의 전유물이나 교양이 아니라고 제창하는 '생활예술'을 전반적으로 다루고 있다. 생소한 개념부터 시작해 문화사회학적 고찰, 법, 관련 정책과 사업까지 망라해서 살펴볼 수 있을뿐더러 해외 현황 분석도 상세히 되어 있다. 가장 인상 깊었던 건 제3부에서 다룬 「생활예술적 관점으로 책 읽기」. 『래디컬 스페이스』 『그들의 새마을 운동』 『소속된다는 것』 등을 읽으며 예술의 공유와 공동체 문화가 가야 할 지점을 발라낸다.

저자들이 학자나 예술가로만 이루어지지 않고, 행정가, 활동가 등도 있기 때문에 단순한 이론서는 아니다. 오히려 『생활예술』은 현재 각 지역에서 이루어지고 있는 뿌리 구역의 문화 교육이나 공간을 다루는 이들에게 던지는 여러 갈래의 제언서로 읽힌다. 이제 예술은 서울에서나 볼 수 있는, 혹은 권력을 위한 자들의 편에 서 있는 모습만 하고 있지 않다. 사람과 사람 사이의 징검다리는 그대로지만, 무형인 문화는 가로지르는 돌들 사이를 비집고 자라난다.

#가져오라고_부탁한_책

비커밍 스티브 잡스

브렌트 슐렌더/릭 테트젤리 · 안진환 옮김 · 혜윰 · 2017년 4월

21세기 가장 신화적 인물로 스티브 잡스만한 이가 있을까. 냉혹한 독재자이자 성공을 위해선 물불 가리지 않는 사업가로 알려진 그를 변호하는 또하나의 전기가 나왔다. 가족과 동료의 증언에 따르면 잡스는 모범이 되는 아빠였고, 동료들도 그를 신뢰했다는 증언. 덕분에 이 두꺼운 책으로 한 사람의 생애를 찬찬히 들여다볼 기회를 얻었는데 가장 인상적인 잡스의 삶의 구간은 그가 실패자로 보낸 10년이었다.

서른 살에 자신이 만든 회사에서 쫓겨난 잡스는 불안정한 록스타의 삶을 시작했다. 6명의 변절자를 데리고 넥스트를 설립했지만, 강렬한 복수심으로 시작한 보급형 워크스테이션을 만들겠다는 포부는 완벽하게 실패했고, 오래되지 않아 초기 멤버들은 모두 회사를 떠났다.

재기를 이끈 건 픽사였다. 픽사는 예술적 성향을 지닌 공학자들이 모인 특이한 집단이었다. 재산이 거덜나기 직전 픽사는 마법을 부리기 시작했다. 그는 에드 캣멀과 존 래시터라는 천재를 휘하에 두면서 팀을 이끌고 영감을 부여하는 능력을 이해했다. 〈토이 스토리〉의 기적적인 성공으로 잡스는 무한한 잠재력을 가진 새로운 기술을 만들어내는 매력을 다시 한번 맛보게 됐다. 애플에 복귀한 후 만들어낸 혁명은 이 시기에 배운 '태도'에서 기인한다.

교만과 음모, 자부심이 넘쳐흐르며, 인지된 악당들과 서툰 바보들이 등장하고, 터무니없는 행운과 훌륭한 의도, 생각할 수 없는 결과가 펼쳐지는 이야기라며, 잡스의 삶은 실로 셰익스피어의 희곡과 닮았다는 분석이 흥미로웠다.

생각하는 술꾼

벤 맥팔랜드/톰 샌드햄 – 정미나 옮김 – 시그마북스 – 2017년 1월

이 책은 우리 회사가 매주 2번 진행하는 MD 편집회의에서 소개받았다. 역사 MD 대리님이 추천해준 책이었는데, 책 소개가 얼마나 찰졌는지 편집회의가 끝나고 바로 구매해버렸다. 결제해두고 밀린 책들과 신간에 밀려 읽기를 미뤄두다가 이제야 다 읽었다. 내가 이 책에 왜 끌렸는지는 제목이 다 가르쳐주고 있다. 평범한 술꾼이 아니라 '생각하는 술꾼'이 되고 싶었기 때문. 거기에다가 예수님도 맥주를 좋아하는 유명한 술꾼이었단다. 역사학적·지리학적 근거로 예수님이 좋아하는 술은 포도주가 아니라 맥주임을 알 수도 있는 책이라니. 흥미롭지 않은가. 우리가 잘 알고 있는 애주가 헤밍웨이에서부터 음유시인 로버트 번스와 미국 독립선언서 작성자 토머스 제퍼슨까지. 이 세상은 술꾼이 움직이고 있었다!

뿐만 아니라 와인, 위스키, 맥주의 역사와 추천 목록도 한눈에 들어오게 잘 정리했다. 한국에는 아직 익숙하지 않은 '사이다'의 인기도 이 책에서는 볼 수 있다(우리가 주로 알고 있는 사이다와 다른 술이다). 유럽과 미국 여러 곳에서 나오고 있는 사이다 스타일을 외국에 가서 쿨하게 말할 수 있도록 말이다. 나름 술을 좋아하는 이들도 미처 몰랐던 여러 이야기와 다양한 주제를 만날 수 있는 책. 애주가들이여, 알고 마시고 싶다면 이 책을 정독하길!

책이 입은 옷

줌파 라히리 · 이승수 옮김 · 마음산책 · 2017년 4월

줌파 라히리의 산문은 묘한 느낌을 준다. 소설과 마찬가지로 이민자의 목소리만이 만들 수 있는 묘한 질감에 감탄하게 된다.

서두에서 라히리는 어린 시절 콜카타 친가를 방문한 이야기를 꺼낸다. 사촌들의 등하교를 지켜보면서, 그녀는 자신도 교복을 입길 소망하던 학창 시절을 떠올린다. 미국에선 옷 입는 자유가 있었고, 그 자유는 남과 다른 얼굴과 다른 복장이 주는 따돌림으로 되돌아왔다. 옷 입기는 그래서 반항의 무기가 됐다.

인도 전통 의상을 입으면 내가 훨씬 더 다르게 느껴졌고, 엄마처럼 이 방인이 된 것 같았다. 강요된 정체성을 덧입는 느낌이었다.

책의 표지에 관한 책의 도입부에서 옷 이야기가 나오는 건, 표지야말로 책의 옷이기 때문일 것이다. 책의 표지는 때론 불만스럽게, 때론 만족스럽게 찾아올 수밖에 없으며 "글쓰는 과정이 꿈이라면 표지는 꿈에서 깨는 것"이라는 깨달음을 들려준다.

얇은 책이다. 하지만 책의 '시각적 메아리'인 표지에 관한 다양한 상념들을 만날 수 있다. 도서관 사서의 딸로 자라면서 숱한 책을 만난 경험, 이탈리아로 거주지를 옮긴 뒤 작은 월세방의 책장을 부족한 책으로 채우느라 책등이 아닌 표지를 마주보기로 했던 일화를 들려준다. 무엇보다도 이 작은 책에서 작가가 표지를 향해 품는 간절한 마음을 엿봤다.

날 잘 알고 내 모든 작품을 깊이 이해하며 소중히 여기는 누군가가 한 번만이라도 표지를 그려주면 기쁘겠다.

당신을 믿고 추락하던 밤

시리 허스트베트 – 김선형 옮김 – 뮤진트리 – 2017년 3월

시리 허스트베트를 알게 된 건 폴 오스터 덕분이었다. 그의 아내는 그가 짐이 될 정도로 빛나는 지성과 통찰을 지닌 작가다. 오히려 폴 오스터가 그의 남편임을 감사하게 여겨야 할 정도랄까. 그러나 그녀의 텍스트에 접근하기가 참 어렵다. 그 이유는? 내가 무식하기 때문이다. 『내가 사랑했던 것』『불타는 세계』를 다 이해했을 리가 만무하다. 그나마 편하게 읽을 수 있을 파편들, 『당신을 믿고 추락하던 밤』.

소설엔 시리Siri를 거꾸로 쓴 아이리스Iris가 주인공으로 등장한다. 아이리스는 극도로 예민한 성격에 작가와 똑같이 뉴욕 컬럼비아대학을 다니는 학생이다. 작가의 또다른 자아인 셈. 아이리스는 어느 날, 모닝이라는 낯선 이를 만난다. 그리고 '제정신이 아닌 프로젝트'를 제안받아 망자의 물건에 관한 묘사를 녹음하는 일을 하기도 한다. 애인의 친구라는 조지를 만나 그의 카메라에 자신의 모습을 쪼개 보이기도 하고, 병원에 갇혀 병자들을 두서없이 마주친다. 그뿐인가. 로즈 교수를 신뢰하여 눈가리개를 하다가 위험에 처하기도 한다.

이처럼 아이리스의 파편들은 자신의 대학원 시절에 만난 타인의 모습으로 비쳐진다. 그리고 그들 때문에 추락한다. 우습게도 그 속에서 진정한 자신을 발견하지만. 시리 허스트베트가 겪었을 추락하던 밤을 상상해본다.

현대미술 강의

조주연 - 글항아리 - 2017년 4월

문자의 역사가 탄생하기도 전에 그림은 탄생했다. 이후 미술은 무언가를 '재현하는 기호'로 사용되었다. 이 책은 3만 년 미술의 역사를 지배해온 이 원리를 거부한 현대 순수 미술의 탄생에 관한 책이다. 다시 말해 '재현을 거부하는 순수한 기호'의 이야기. 그리고 여기서 더 나아가 미술이 예술적 작품이 아니라 논쟁적 '텍스트'로 해체된 20세기 미술 이야기를 들려준다. 한 세기에 가까운 시간 여행을 마친 뒤 저자가 전복의 예술, 그 너머(미래의 미술)를 유추하는 대목이 인상적이었다.

그래서 순수 미술의 탄생이라는 미증유의 예술적 성취를 이룩한 현대 미술의 반란이 순수 미술의 죽음이라는 반예술적 파괴로 귀결되고 만 현대 미술의 종착점에서, 그 너머로 나아가려는 동시대 미술이 물어야 할 질문은 다시 근본적인 것, 즉 '무엇을 본 것인가?' 그리고 '내가 본 것을 다른 이들과 어떻게 나눌 것인가?'가 될 것이다.

조주연 박사가 쓴 많은 번역서와 논문은 현대 미술을 공부하던 대학원 시절 자주 접했다. 이 책은 그 시절 역서를 제외하면 찾기 어려웠던 모더니즘-포스트모더니즘 미술에 관한 이론서였다. 더 일찍 나왔으면 좋았겠다 싶은.

미술과 멀어진 지 오랜 시간이 흘렀다. 아마 학교를 떠난 이유가 큰 것 같다. 동시대 미술에 대한 취향과 안목을 연마하던 그 시간은, 나에게 험난한 직장 생활에의 탈출구 중 하나이기도 했다. 부지런히 전시를 둘러보던 그 시절과 비교하면, 이제는 많이 게을러졌다. 일단 이번 주말에는 미술관을 찾아가야겠다.

철학자가 달린다

마크 롤랜즈 - 강수희 옮김 - 추수밭 - 2013년 8월

취미를 물어보면 '달리기'라고 대답한다. 나는 불과 작년까지만 해도 일주일에 4번은 한강을 뛰는 사람이었다. 달리기를 좋아하게 된 건 어떤 순간부터 아무 생각이 없어진다는 점에서였다. 그런 나에게 연애를 시작하던 시절, 남편이 꼭 읽어보라고 권해준 책은 『철학자가 달린다』였다.

달리기를 좋아하는 사람을 만나면 이 책을 권해주고 싶어진다. 당신이 뛰던 길은 '기억의 장소'이고 그곳으로 달리기가 인도하고 있다고 속삭이며 '달리기 종교' 신도처럼 이 책을 전파하는 상상을 한다. 우리는 단순한 효용적 가치로서의 달리기를 행하고 있는 것이 아니라 달리기 그 자체에 의미를 두고 있는 철학적 경험을 하고 있는 것이라고 은밀하게 덧붙이는 걸 잊지 않으며 말이다.

마크 롤랜즈는 58세에 42.195킬로미터 마라톤에 도전한다. 삶의 믿음을 상실한 중년의 위기에서 그는 '더 강해질 수 있는 기회'로 마라톤을 택한다. 그러나 통풍에도 걸리고, 갖은 부상에 시달린다. 그럼에도 장거리 마라톤을 놓지 않는다. ING마라톤에 참가하기 위해 2011년 마이애미에 서 있는 한 중년 철학자의 달리기는 첫 달리기의 경험인 1976년의 미니드 마엔을 거쳐, 늑대 브레닌과 달렸던 래스모어 반도(1999년), 마이애미(2007년), 30대 후반의 프랑스(2010년)를 향한다. 그리고 다시 돌아와 '쫓아가지 말고 그저 달려라'를 실현하는 현재로 되돌아온다. 달리기를 토대로 자유로운 철학적·인문학적 성찰을 해내는 마크 롤랜즈에게 질투심을 느끼며 뛰고 싶다는 충동에 휩싸인다.

다음 주말은 무조건 달리기를 하고야 말 테다.

아무도 아닌

황정은 · 문학동네 · 2016년 11월

안장이 사라진 자전거가 곤혹스러운 세계 자체로 보였다고 그녀는 말했다. 어느 개새끼가 가져갔을까. 안장은 어디에 있을까. 세상이 아이에게서 통째로 들어낸 것, 멋대로 떼어내 자취 없이 감춰버린 것. 이제 시작이겠지, 하고 나는 생각했지…… 이렇게 시작되어서 앞으로도 이 아이는 지독한 일들을 겪게 되겠지. 상처투성이가 될 것이다. 거듭 상처를 받아가며 차츰 무심하고 침착한 어른이 되어갈 것이다. 그런 생각을 했지……

황정은의 단편 「누구도 가본 적 없는」은 눈물 한 방울조차 그리지 않고서 상실의 고통에 관해 묘사하는 소설이다. 아들을 계곡 물놀이에서 잃은 뒤, 부부가 가장 후회하는 일은 사소한 일로 아이를 혼냈던 기억이다. 지독한 일을 겪고, 상처투성이가 될지언정 어른이 될 기회도 얻지 못한 아이의 빈자리를 확인할 때마다 부부의 삶은 조금씩 무너져내린다. 그 사건으로부터 14년이 지난 어느 날, 부부는 충동적으로 해외여행을 계획하고 동유럽에서 베를린으로 향하는 여정에 몸을 맡긴다. 하지만 먼 타국에서도 둘은 세상에서 자신들이 있어야 할 좌표를 잃은 것처럼 방황한다. 두 사람은 결국 누구도 가본 적 없는 곳으로 서로를 떠나보내고 만다.

지난 3년이 이 땅의 많은 시민에겐 이들 부부와도 같은 시간이 아니었을까. 상실과 고통과 폭력과 가난과 질병에 관한 이야기가 가득하지만, 이상하리만큼 아름다운 이 소설집을 읽으며, 이 계절에 더없이 어울리는 이야기들이라고 생각했다. 셀 수 없을 만큼 많은 눈물이 흐르고, 긴 시간이 흐른 뒤에야 1090일 만에 세월호가 뭍으로 옮겨졌다. 오늘 같은 날, 누군가에게 권하고 싶은 소설이다.

2017 제8회 젊은작가상 수상작품집

임현 외 – 문학동네 – 2017년 4월

한국문학, 어디서부터 읽을지 모르겠다고 물어오는 사람들에게 해마다 추천해주는 작품집 두 종이 있다. '이상문학상 작품집', 그리고 '젊은작가상 수상작품집'. 그중에서 지금 이 시대 문학이라는 피부의 가장 가까운 표피를 알기엔 '젊은작가상 수상작품집'이 적확하다. 묵묵히 자신만의 글쓰기를 이행해온 젊은 작가들의 세계를 짧은 단편 하나로 알기엔 아쉽지만, 넓은 지도를 펼쳐 전망이 가장 좋은 고점들을 만날 수 있다.

대상 수상작 임현의 「고두」에서 위선적으로 연출된 주인공의 마음을 읽으며 자신을 뒤돌아보고, 김금희의 「문상」에서는 아무것도 잡히지 않는 인물들의 감정을 따라 '조용히 우는 사람'이 되어보기도 한다. 천희란의 「다섯 개의 프렐류드, 그리고 푸가」를 읽다가 결국 "이제부터 나를 미워해도 좋다"라는 문장에 무너져내리지 않을 사람 어디 있을까? 조금 더 걷다보면 "소리없이 천천히 흘러"가다 "무수한 단어로도 형용하기가 충분치 않던 눈송이"들과 만난다. 소설은 그런 '눈송이' 같은 존재다. 새하얀 눈송이가 떨어지는 걸 감탄하면서 그저 가만히 서 있는다.

나는 소설이 세상을 변화시킬 거라 믿지 않는다. 그러나 보잘것없는 삶을 살아갈 우리가 그 눈이 내리는 장면을 이해하는 데까지 소설가들의 이 단편들이 보이지 않는 힘을 더하고 있으리라 믿는다. 변화시키지 않되, 힘을 더하는 것. 이것이 내가 소설에서 발견한 은밀한 첫번째 기술이다.

연애의 책

유진목 – 삼인 – 2016년 5월

삼인출판사라는 낯선 곳에서 시 한두 편이 아니라 전작을 공모해 낸 이 첫 시집이 나왔을 때 유진목이란 시인의 등장에 깜짝 놀랐다. "당신이 얼마나 좋은지 당신은 모른다"고 스스럼없이 고백할 수 있는 시인은 소리소문 없이 나타나 강호의 고수들을 제압했다.

이렇게 솔직한 제목이어도 될까. 이렇게 솔직한 자기 고백이어도 될까. 처음 읽고는 그런 생각을 했다. 시의 화자와 시인을 구분하지 못하는 건 멍청한 짓이지만, 이 시집을 읽는 동안은 그런 일이 불가능하다. 자신의 생의 일부분을 고스란히 시어로 탈바꿈시킨 듯한 『연애의 책』은 그 생생한 목소리가 어쩌면 전부인 시집이니까.

연인이 떠나고 남은 움푹 파인 베개, 그의 부재 속에 찾아온 저녁. 이런 이미지들이 시가 되고 있었다. 마치 요절한 현대미술가 펠릭스 곤잘레스 토레스가 '시간과 사랑'을 주제로 남긴 사진 작업처럼.

여중생A 1

허5파6 - 비아북 - 2017년 3월

2D 게임을 즐겨 하던 시절이 있었다. 2000년도 초반, 게임 세계에서 만난 사람들과 메신저 아이디를 교환하고 지속적으로 연락하면서 오프라인에서 만난 적도 많았다. 같은 학급 친구들보다 그 사람들이 더 좋았다. 오프라인의 나는 공부도 못하고 혼자 구석에 앉아 책을 읽는 학생이었다면, 온라인에서의 나는 뭔가 다른 사람 같았으니까. 돌이켜보면 나만 그랬던 건 아니었다. 나와 게임을 하고, 밤새도록 수다를 떨던 그들도 비슷했다. 『여중생A』는 그런 이들을 위한 만화다.

주인공 장미래는 불우한 가정과 왕따, 가난까지 다 가진 여중생이다. 반장 이백합과 다르게 먼지 같은 학생. 작가는 그 상황을 '색'으로 말한다. 실제 생활이 밋밋하고 어두운 흑백 그림으로 그려지는 한편, 자신의 의견을 당당하게 말할 수 있고 다정한 길드원이 있는 게임 세계는 컬러로 표현된다. 그런 장미래에게 이태양, 게임 친구 재희 등이 생기면서 무채색이었던 세상에도 점차 색깔이 칠해진다.

"그냥 나인 게 잘못인 건가"라는 장미래의 혼잣말이 파동을 일으킨다. 그 나이에 우리의 세계에서 '잘못'이라는 단어는 자주 사용되었다. 조그마한 돌도 큰 바위가 되어 굴러오던 흑백사진들. 인생이라는 사진첩에서 그 흑백사진들을 잊고 싶었고, 잊었던 나는 『여중생A』를 보며 그것들을 끄집어낸다. 그때의 나에게 돌아가 말하고 싶다. "네가 잘못인 적은 한 번도 없었고, 앞으로도 없을 거야. 너를 믿어"라고.

모두의 미술

권이선 · 아트북스 · 2017년 4월

퍼블릭 아트의 도시 뉴욕에서 보내온 편지와 같은 책이다. 현지에서 활동하는 큐레이터가 쓴 따끈따끈한 책이라, 뉴욕 곳곳에 점점이 박힌 공공미술 작품이 생생하게 소개된다.

이 책을 통해 뉴욕이 공공미술의 도시가 된 건 좋은 정책적 바탕을 통해서 가능했다는 사실을 배웠다. 예를 들어 건물을 지을 때 사유지의 일부를 공공공간으로 등록할 경우 추가 면적을 허용하는 건축법이 존재한다는 것. 한국에도 1퍼센트법이라는 비슷한 정책이 있지만, 건축주들의 철학 부족으로 커미션 거래가 빈번해 오히려 하향평준화의 요인이 되고 있는 게 현실이다.

무엇보다도 뉴욕에는 도시의 상징적인 모습을 형상화한 작품들이 많아 흥미로웠다. 뉴욕에서는 고층 빌딩 옥상마다 어김없이 자리잡은 워터탱크를 소재로 한 작업이 여러 작가를 통해 변주되고 있다고 한다. 지금은 MOMA에 소장된 레이철 화이트리드의 〈워터타워〉, 브루클린 브리지를 배경으로 서 있는 톰 프루인의 〈워터타워 3〉 등이 대표적이다. 예술가들이 도시의 역사와 성격에 어울리는 혁신적 아이디어를 대중이 사랑하는 방식으로 만들어내는 과정을 들여다보는 경험은 제법 근사했다.

뉴욕을 뉴욕답게 하는 건 어쩌면 이 예술가들이 남긴 유산일지도 모르겠다. 뉴욕이란 도시는 수많은 건축물과 공원, 심지어 다리조차도 예술가들이 참여해 만들어졌고, 곳곳에 평화와 비폭력을 염원하는 조각이 있는데다, 9·11 테러를 추모하는 '빛의 헌사'라는 레이저쇼가 예술가들에 의해 기획되는 곳이기도 하다. 그러니 왜 아니겠는가. 책을 읽고 뉴욕에 가고 싶어졌다.

버라이어티

오쿠다 히데오 – 김해용 옮김 – 현대문학 – 2017년 3월

『공중 그네』『면장 선거』를 좋아했던 오쿠다 히데오의 팬들이라면 꼭 챙기길. 2006년부터 2012년까지 발표한 단편과 콩트를 모아놓았다. 일본 작가들에게 부러운 점은 대중문학과 순수문학의 사이를 절묘하게 가로지르면서 대중성, 작품성 모두 놓치지 않는 부분이다. 이번 단편들도 빠른 호흡을 유지하고 있어 가볍게 읽기 좋다. 그중에서도 가장 아름다웠던 단편은 「여름의 앨범」. 두발자전거를 타고 싶은 꼬마 마사오가 이리저리 다치고, 발을 동동 구르는 모습을 보며 웃는다. 나 역시 마사오처럼 보조바퀴가 달린 자전거만 탈 수 있었고, 영영 두발자전거는 못 타게 되었다. 와, 잘 썼네 하며 뒤를 보니 작가의 자전적 소설이란다. 묘한 동질감에 배우 잇세 오가타와 드라마 작가 야마다 다이치와 한 대담까지 읽을 예정이다. 일본 드라마를 잘 모르지만 이번 기회로 알게 되는 것도 나쁘지 않을 듯.

#읽으려고_집은_책

2017 제8회 젊은작가상 수상작품집

임현 외 · 문학동네 · 2017년 4월

젊은작가상 수상작품집은 매년 봄이 주는 반가운 선물이다. 모든 소설이 훌륭했지만, 최은영의 「그 여름」이 특히 기억에 남는다. 성석제의 「첫사랑」 이후 이렇게 공감해본 첫사랑 소설을 만난 적이 없다.

체육 시간에 일어난 사고로 만나게 된 수이와 이경의 이야기다. 딸기우유를 들고 이따금씩 찾아오는 수이의 친절함으로 둘은 가까워졌고, 서로가 서로에게 모든 것인 관계가 된다. 그리고 모든 사랑의 관성이 그러하듯, 사회에 진출한 뒤 달라지는 서로의 환경이 조금씩 둘 사이의 거리를 만들어낸다.

두 사람이 레즈비언 커플이라는 것은 주위에 알리기 힘들다는 불편함을 제외하면 큰 문제가 아니었다. 둘 사이에 처음 이질감이 생기는 건 레즈비언 모임에 함께 참석했다가 느끼게 되는 수이에 대한 이경의 부끄러움, 새로운 사람과 쉽게 어울리지 못하는 촌스러움으로 인해서다. 처음으로 상대를 남들과 비교하게 되고 그 균열은 결국 이별로 이어진다. 이 책에서 가장 설득력이 있었던 건 옛 연인이 부순 세계의 파편 위에서 살아갈 수밖에 없는, 첫사랑 이후의 세계에 대한 묘사다. 지나간 사랑의 풍경은 그렇게 쓸쓸하면서도 아름답다. 시간은 되돌릴 수 없고, 지나간 사랑은 다시 오지 않음을 극심한 성장통을 겪고 나서야 이경은 알게 된다. 두 사람의 가장 찬란했던 그 여름에는, 스쿠터를 함께 타고 달리며 목격했던 날 갯죽지가 길쭉한 회색 새의 이미지조차 생생하게 기억에 남아 있음을. 그 새조차도 지나간 사랑의 증인이었을 테니 말이다.

평원

비페이위 – 문현선 옮김 – 문학동네 – 2016년 4월

긴 페이지를 순식간에 메우는 작가는 흔치 않다. 페이지 터너라는 말이 괜히 생겼겠는가. 비페이위는 그럴 능력을 가진 작가다. 그것도 반전이나 스릴러적 요소 없이 순수하게 인물과 인물 사이의 밀도로 페이지를 채워나간다. 『평원』은 『마사지사』의 전작으로 내적 묘사가 빛을 발한다.

『평원』은 1976년 중국 쑤베이의 농촌 마을을 무대로 한다. 그 마을 중 하나인 왕씨촌에는 등장인물 두안팡, 싼야, 혼세마왕, 우만링이 뒤섞여 나온다. 계부 아래에서 눈칫밥을 먹으며 고등학교까지 졸업한 두안팡이 농부로 밀을 베는 모습을 비페이위는 길게 비춘다. 만신창이가 되어도 그 다음날 새벽 4시가 되면 농부는 일어나야 한다. 천시에 의해 정해진 팔자대로 살아가는 왕씨촌에 사회주의 사상으로 무장한 이들이 들어온다. 우만링과 구선생이 대표적인 인물. 하지만 농부도, 사회주의자도 이 소설에선 중요하지 않다.

하늘 아래 모두가 평등하다는 말이 무색하게 두안팡은 계급으로 인해 싼야를 잃게 된다. 우만링도 순정을 짓밟힌 채 겁탈을 당하고 미쳐버린다. 이 소설은 자연의 흐름을 막아버린 시대에 억눌린 청춘들의 비극을 덤덤하게 말한다. 중국 작가들이 흔히 찾는 사상, 국가는 이 소설에 없다. 촌스럽게 울부짖지 않는다. 비페이위는 '사람'을 말하고, 그들의 연결 고리를 자연과 써내려간다. 삶은 두부 같은 것이라 온전하고 반듯한 처음과 달리 시간한테 뺨을 맞고 부스러진 것, 즉 형태를 알아볼 수조차 없는 부스러기야말로 진정한 삶의 모습이라 말하는 작가에게 끝내 숙연해지고야 만다.

슈퍼허브

산드라 나비디 · 김태훈 옮김 · 예문아카이브 · 2017년 4월

올해 들어 유난히 경제경영서 서평을 많이 쓰고 있다. 오늘은 천문학적 자본력으로 세계 경제를 좌지우지하는 0.001퍼센트 극소수 금융 엘리트, 즉 슈퍼허브의 비밀을 파헤친 책을 읽었다. 제목에서도 알 수 있듯 이들의 가장 큰 자산은 네트워크다.

센트럴파크와 가장 가까운 어퍼이스트사이트와 롱아일랜드 햄튼스에 모여 살며 펀드로 수백억, 수천억 달러를 주무르고, 그들 자신도 연봉으로 수억 달러를 벌어들이는 별들의 세계에 관한 구체적 묘사만으로도 재미있는 책이었다. 이 책은 그들만의 우주를 만드는 건, 온라인상의 접속이 아니라 실제적인 만남이며 다보스포럼을 비롯해 이스탄불 국제통화기금 회의, 빌더버그 콘퍼런스, 자산관리사 모임 등이 이들이 네트워크를 유지하고 영향력을 보존하는 배타적 모임이라고 소개한다. 다보스포럼에서 맺게 된 인연만으로 한 신참 투자자문사의 설립자는 40억 달러 규모 헤지펀드를 굴리게 됐을 정도다.

이들만의 배타적인 네트워크가 내리는 결정은 글로벌 불평등을 심화시키는 요인이 된다는 부작용과, 백인과 남성이라는 특정 계층이 독점하는 배타성을 지적하기도 한다. 다가올 위기에 관한 공포심을 팔거나, 경제를 살리는 방법에 관한 공허한 헛소리만 늘어놓는 책만을 만나다가, 생생한 취재와 직접 만난 인물들을 소재로 쓴 경제서를 만나니 반가웠다. 물론 상상도 할 수 없는 구름 위의 세계에 관한 이야기이긴 했지만 말이다.

한 걸음씩 걸어서 거기 도착하려네

나희덕 – 달 – 2017년 3월

시인의 에세이가 나오면 다 챙겨보는 편이다. 거의 실패할 확률이 없다. 나희덕 시인이 5년간 쓰고 찍었던 흔적들을 하나의 책으로 엮어냈다. 아무도 보지 않는 뒷모습조차 그녀에게 특별한 언어로 다가오는 것은 천생 시인이기 때문일까. 시인과 다른 이들이 다른 건 시선 때문이다. 모두들 중심을 보거나 위를 바라볼 때, 시인은 주변부를 살핀다. 이렇게 늘 주변에 머무르는 시선을 가진 이의 산책을 글벗으로 동행하는 시간은 특별하고 행복하다. 런던의 한 극장에서 두 마리 개와 노숙하고 있는 남자, 묘비석 대신 세워진 벤치들, 저마다 시간이 다른 시계들, 버려진 초록 소파…… 이들은 자신을 앵무조개라 말하는 애틋한 시인의 글 속에서 하나의 존재로서 현현한다. 문득 내 주변의 모든 것이 아름답게 보이는 건 이 책 덕분이다.

지능의 탄생

이대열 ― 바다출판사 ― 2017년 4월

코네티컷 뉴헤이븐으로 이메일을 보낸 지 불과 두어 시간 만에 답장이 왔다. 숱한 인터뷰를 하면서 좀처럼 만나지 못했던 부지런한 저자와의 만남이었다.

이대열 예일대 신경과학과 석좌교수는 인공지능에 관한 담론이 홍수처럼 쏟아지는 시대에 어쩌면 난감한 질문 세례를 받고 있을 것 같았다. 신경과학과 심리학, 경제학을 공부한 그에게 인공지능이 인류에 끼칠 영향 따위의 질문이 주어지고 있을 테니까. 나 또한 그랬다. 그럼에도 그는 명료한 답을 줬다. 지능은 오직 생명체만이 가질 수 있다는 것. 이 두꺼운 교양과학서가 우직하게 증명하는 것도 뇌와 지능이 탄생하기까지 인류가 걸어온 진화의 길과 그렇게 만들어진 지능의 특별함에 관한 것이었다.

책의 내용이 꽤 전문적이었던 탓에 중구난방 질문을 던졌는데, 재미있는 인터뷰였다는 격려를 도리어 받는 신세가 됐다. 인터뷰란 버거운 일은 늘 큰 부담감에 짓눌려 이뤄지지만 이렇게 책을 이해하는 데 있어 결정적인 도움을 주곤 한다.

대심문관의 비망록

안토니우 로부 안투네스 – 배수아 옮김 – 봄날의책 – 2016년 4월

어떤 책은 사면서 결심한다. 내가 이 책을 꼭 다 읽고야 말겠노라고. 일일일독 프로젝트를 하면서 과감하게 그런 결심을 하게 되는 책은 대상에서 제외하고 마는데, 『대심문관의 비망록』은 결국 사고야 말았다. 『불안의 서』를 겨우 읽은 주제에 이건 어찌 읽을런가 싶기도 하다. 말린 장미색 커버를 가진 이 책은 안토니오 로부 안투네스의 영원한 주제인 포르투갈의 이야기다.

총 다섯 개의 비망록은 리스본의 법원에 들어서는 주앙의 과거와 현재가 진술이란 이름 아래 뒤섞이면서 시작된다. 추가 진술은 주앙의 아비에게 겁탈당하지만 살아남은 시녀부터, 주앙의 아내 소피아, 이복동생 울라, 이자벨, 밀라 등 각각의 다른 이들이 본인들의 언어로 진술을 한다. 불분명한 언어들의 행진과 과거와 현재, 미래가 뚜렷하지 않은 진술들은 큰 숙제지만, 덮는 게 어려울 소설이다. 독자들은 처음부터 결말을 알게 된다. 폭군은 재생 요양병원에서 '쉬야' 소리를 들으며 죽어가고, 주앙은 땡전 한 푼도 없이 법원에 선다는 것을. 그러나 펴자마자 이렇게 결말을 알게 되었음에도 한 달 내로 다 읽어야지, 하고 결심하게 되는 책이 있다. 결말보다 과정과 저마다의 목소리가 중요한 이야기가 있으니까.

#(결심하며)_산_책

이것이 나의 도끼다

악스트 편집부 – 은행나무 – 2017년 4월

많은 기대 속에 탄생한 2900원의 무모한 문학잡지 『악스트』가 벌써 2년을 맞았다. 축하할 일이다. 문학 이외의 장르를 다루는 코너를 만들기도 하고, 신간만이 아니라 특정 주제를 대상으로 서평을 싣는 시도도 참신했다. 그럼에도 가장 눈에 띄는 건 소설가들이 직접 진행하는 인터뷰 커버스토리였다. 그중 10명의 작가 인터뷰를 묶은 책이 나와서 반가웠다. 잡지라는 미디어는 언젠가는 라면 받침이 될 운명이기에, 이 성실한 인터뷰들이 좀더 긴 생명력을 지니게 됐다는 사실에 다행이란 생각이 들었다.

서문에서 배수아, 노승영, 백가흠, 정용준 네 작가가 모두 한 번도 인터뷰를 해본 적이 없어, 인터뷰 연재 제안에 "누구나 다 속으로 비명을 지를 만한 사건이었다"고 털어놓는 대목에서 웃어버렸다. 인터뷰로 밥을 벌어먹는 신문기자조차도 가장 힘든 일이 인터뷰인데, 섬세한 영혼의 작가들에겐 당연한 일일 테지. 인터뷰를 다시 읽어보면서 작가와 작가가 인터뷰라는 어울리지 않는 목적으로 만나 가지게 될 그 순간을 떠올려보았다. 긴장하고, 질투의 시선이 오가기도 하고, 때로는 둘만이 이해할 수 있는 극적인 대화가 이뤄지기도 하는 긴밀한 조우의 순간을. 파스칼 키냐르와 다와다 요코의 인터뷰 같은 국내의 저널리즘에서 불가능했을 시도를 이들이 계속 이어가기를 빈다. 나 또한 독자로 꾸준히 응원할 테니.

온

안미옥 – 창비 – 2017년 4월

오늘은 세월호 3주기다. 우리의 일상을 무섭게 강타했던 그 사건이 존재하지도 않았던 것처럼 사방이 따스하고 조용하다. 아침 일찍 일어나 한 젊은 시인의 첫 시집을 사러 서점에 갔다. 시집을 사니 점원이 "오늘이 4월 16일이라서요" 하며 노란 리본 배지를 건넸다. 그 자리에서 산 시집의 시 몇 편을 읽다가 시 「질의응답」에서 눈시울이 붉어졌다.

> 어떤 기억력은 슬픈 것에만 작동한다
> 슬픔 같은 건 다 망가져버렸으면 좋겠다
> ―「질의응답」 부분

"모두 다 소풍을 가서 돌아오지 않는"(「금요일」) 아이들을 어찌 잊을 수 있을까. 그렇게 아무것도 하지 못하고 멍하니 눈앞의 TV만 바라본 채 우리는 그저 그 아이들에게 "살아 있자고 했다"(「아이에게」). 세상이 너희를 잊을지라도 문학은 너희를 영원히 잊지 않고, 그다음 세대, 그리고 그다음 세대로 계속 새겨둘 거야. 이것은 문학만이 할 수 있는 일이다. 그 일을 충실히 해낸 이 젊은 시인의 언어가 또다른 잊혀질 존재에 가닿을 것이란 걸 의심치 않는다.

온

안미옥 – 창비 – 2017년 4월

슬픔에 익숙해지기 위해 부드러움에 닿고자 하는 마음을 버렸다. 잘못을 말하고 싶지 않아서 입을 닫아버렸다. 마른 꽃을 쌓아두고 겨울이 오기를 기다린다. 아주 작은 연함, 네가 태어나기도 전에.

—「네가 태어나기 전에」

첫 시부터 흠뻑 빠져버렸다. 이 시집에는 다짐하는 사람이 있다. "당분간 슬픈 시는 쓰지 않을게/ 영혼을 드러내려고 애쓰지 않을게/ 액자 안의 그림이 무엇이었는지 말하지 않을게." 하지만 다짐했던 말들을 이루지 못하고, 작고 부드럽고 연한 마음으로 체념하고 속상해한다.

누군가의 고통과 슬픔에 속절없이 공감하는 시인만이 쓸 수 있는 시들이었다. 「불 꺼진 고백」에서 "사람들이 아름답다고 하는 것에 마음이 간 적 없었다"고 말하는 시인의 목소리가 들리는 것만 같았다. 놀라운 시를 쓰는 젊은 시인들을 발견할 때마다 반가운 마음을 숨길 수가 없다. 여기저기 적어두고, 옮겨 쓰고, 누군가에게 말해주고 싶다. 여기 와서 이 아름다운 시들을 만나보라고.

그래, 사랑이 하고 싶으시다고?

박세미 외 – 제철소 – 2017년 3월

이 시집의 부제는 〈연애에 관한 여덟 가지 시선〉이다. 사랑과 시. 떨어질 수 없는 관계면서도 진부해지기 쉬운 함정이 있다. 잘 다루기 어려운 소재로 쓴 총 48편의 시를 위해 황유원 시인의 「참으로 난해한 사랑」은 읽기의 척도가 되어준다.

이 책에 실린 시들이 쉽게 이해될 거라 말하신 않겠다. 어디 쉬운 사랑이 있던가? 특정 대상과의 사랑이 어떻게 발생하는지에 대해서는 누구도 정확히 알지 못한다. (……) 사랑은 저절로 되는 것.

천천히 다 읽은 후에야 이 시집과 에세이 두 권을 동시에 가져온 분을 떠올린다. 말도 안 되게 저렴하게 책정된 가격에 새삼 놀라운 마음이 들었다. 많은 사랑을 받았으면 좋겠다는 말을 했던가, 가물가물하다. 이름을 아는 시인도 있고, 모르는 시인도 있다. 대부분 첫 시집도 안 낸 이들이었다. 이 시집 덕분에 몇몇 시인의 사랑에 공감하고, 책장의 끝을 접으며 이름을 기억해본다. 사랑을 공간으로, 시각으로, 후각으로 표현해내고 첨예하게 '바늘을 밀어넣으'면서까지 나가는 이들이 앞으로 쓸 시가 기대된다.

주경철의 유럽인 이야기

주경철 - 휴머니스트 - 2017년 4월

불과 몇 주 전에 책이 나온 것 같은데 어느새 신간이 또 나오는 작가들이 있다. 주경철 서울대 서양사학과 교수가 대표적이다.

잔 다르크부터 헨리 8세, 콜럼버스, 코르테스, 레오나르도 다빈치 등 8명의 이야기를 담은 『유럽인 이야기』에는 역사적 인물들의 '반전' 과거가 잔뜩 소개된다. 그에 따르면 신대륙을 발견한 콜럼버스는 실제로는 중세적 종말론자였고, 무려 985명을 사형에 처한 폭군 헨리 8세는 영국 근대의 시초를 닦은 인물이다. 호색한에다 이혼을 밥 먹듯이 하느라 영국 국교회를 세워 대륙에서 영국을 분리시켰는데, 이것이 영국의 근대화를 이끌어냈다는 것이다. 그러니 이 책은 "혼돈 속에서 새로운 질서를 찾아내려고 했던 인물들"의 이야기인 셈이다.

극우주의 물결로 찢어지고 있는 유럽연합을 염려하자 그는 의외의 답을 들려줬다.

역사를 안다고 미래까지 알 수는 없다. 하지만 역사에는 반복되는 사이클이 있다. 10년 전만 해도 극우주의를 예상할 수 없었다. 역사가 알려주는 건 세상에 영원한 건 없고, 지금 세계를 지배하는 어떤 흐름도 언젠가는 바뀐다는 것. 중국은 하나의 제국을 유지하는 '통합'의 힘으로 굴러왔다면, 유럽이 가진 있는 역동적인 힘의 근원은 '분열'이다.

한 주제를 가장 깊게 들여다보는 이들이야말로, 어쩌면 가장 넓은 시야로 세상을 볼 수 있는 사람이다. 이번 인터뷰를 통해 얻은 교훈이다.

사랑은 패배하지 않는다

윤호/주은 – 아토포스 – 2017년 3월

이 소설은 아프게 읽혔다. 어느 날 직장암 판정을 받고 쓰러져버린 한 남자와 그 남자를 만나 우연히 연애를 결심하고 결혼까지 하게 된 여자의 이야기는 제목 그대로 '패배하지 않'았으니 다행이었다. 맥베스의 독백으로 시작해 로미오와 줄리엣의 호흡으로 끝나는 이 소설을 끝까지 읽을 자신이 없었지만, 주위의 극찬에 독서를 시작했다.

윤호와 주은의 사랑은 우연의 형태를 가지고 있지만 필연적으로 서로의 만남을 번갈아가며 이어진다. 주은은 윤호에게 편지를 주고, 그들은 사귀게 되는데…… 나는 여기서 소설을 멈추었다. 진정한 사랑을 위해서 계속 감내했던 선택의 고민까지는 읽을 수 있지만, 그들에게 앞으로 닥칠 현실적 상황은 소설로 더이상 읽고 싶지 않다. 그만큼 내가 겁이 많은 것일 수도. 결말이 읽힐 순간이 찾아올 때까지 '읽다 멈춘 책' 목록에 책 제목을 적어두어야겠다.

#읽다_멈춘_책

애호가들

정영수 · 창비 · 2017년 4월

정영수라는 작가를 지난해 알게 됐다. 친한 친구의 직장 동료이자, 계절마다 문예지에서 만날 수 있었던 신인 소설가. SNS상으로도 재미있는 작가였는데, 소설 또한 그런 유쾌함이 녹아 있었다.

재능 없는 예술가와 냉소적인 주변인이 나오는 소설이 많아서 이런 비유는 좀 미안하지만(그래도 칸의 거장이 아닌가) 홍상수 영화를 보는 것 같은 즐거움이 있었다. 각각의 단편이 하나의 명확한 삶의 교훈을 각인시켜준다는 점이 매우 인상적이었다. 「여름의 궤적」은 우리의 삶이 우연으로 이루어져 있음을 알려주고, 「하나의 미래」는 우리의 정신건강에 자낙스가 얼마나 큰 영향을 주는지를 알려준다. 「음악의 즐거움」은 재능이 없다는 것을 알았을 땐 빨리 체념하는 걸 배워야 한다는 것을, 「애호가들」은 입금이 되지 않은 일의 보수로는 어떤 계획도 세워서는 안 된다는 것을, 「레바논의 밤」은 구덩이는 파는 것보다 메우는 것이 힘들다는 것을 알려준다. 이 얼마나 유용한 독서인가. 쉽지 않은 편집자의 일과 소설쓰기를 병행하는, 그러면서도 삶이 지루하다고 작가의 말을 남긴 이 소설가가 부디 부지런히 소설을 써주기를.

염소가 된 인간

토머스 트웨이츠 – 황성원 옮김 – 책세상 – 2017년 1월

2016년 이그노벨상 생물학상을 수상한 '염소 되기'의 주인공 토머스 트웨이츠의 책이 출간되었다. 트위터에서 한창 이목을 끌었던지라 궁금했었다. 여러 책에 치여 읽지 못하다가 겨우 읽었다. 화창한 봄날(비록 미세먼지가 창궐하지만)에 코끼리가 되지 못해서 염소를 택한 엉뚱한 디자이너 토머스 트웨이츠의 글을 읽으려니 나도 염소가 되고 싶다. 알프스의 깨끗한 풀과 바람 속에서 나뒹구는 삶이 지금 미세먼지 수치 200을 넘나드는 한국에서 숨쉬는 회사원의 삶보다 훨씬 낫지 않을까.

'인간으로서의 걱정과 실존적 고통'에서 벗어나고자 시작한 이 황당무계한 프로젝트는 염소와 친해지고, 염소로 직접 분장까지 해가면서 절정에 달한다. 염소와 인간 사지의 상동 구조까지 분석하고, 염소는 앞다리 뼈가 근육에 연결되어 있다는 연구까지 책에 자세하게 쓰여 있다. 그는 염소 행동학자뿐만 아니라 심리학자, 카운슬러, 의수족 제작자, 농장주 등을 만나며 진정한 염소-인간이 되기 위해 고민한다. 이 여정을 보면 그는 어쩔 수 없는 인간이라는 생각이 든다. 나 지금 한국에서 의문의 1패를 그에게 선사한 걸까.

서브텍스트 읽기

찰스 벡스터 – 김영지 옮김 – xbooks – 2016년 9월

보이지 않는 것을 보여주기. 이 책의 제목을 친절하게 옮기자면 아마 이런 뜻일 것이다. 김연수 작가의 에세이를 읽다가 추천사에 혹해 산 책인데, 서문의 영업력이 끝내준다.

이 책을 비밀의 문, 숨겨진 계단, 공들여 감춘 지하 동굴, 그리고 그 아래에서 신음하는 유령을 찾아서 돋보기를 들고 자세히 관찰하는 사립 탐정의 보고서로 생각했으면 좋겠다.

어떻게 여기까지 읽고 나서 책을 덮을 수 있을까. 장르와 작가를 불문하고 수많은 소설과 시의 예를 통해서, '연출'된 문학의 행간 너머에서 작가가 품었음직한 의도와 인물의 내면에 대한 이야기를 들려주는데, 서너 장마다 한 번씩 책장을 접을 만큼 인상적인 구절이 많았다. 물론 지극히 미국적인 작품들을 주로 예시로 드는 바람에 『위대한 개츠비』『모비딕』, 플래너리 오코너 등을 다룰 때 외에는 먼 산을 보며 이런 책도 있구나 혼잣말을 할 때가 많았지만……어쨌거나 문학 이론을 다룬 책도 이렇게 재미있을 수 있구나 감탄했다.

내 누나 속편

마스다 미리 – 박정임 옮김 – 이봄 – 2017년 4월

마스다 미리는 내가 작품 전편을 모은 만화가 중 하나이고, 앞으로도 모을 책이 많은 만화가이다. 일본 여행을 갔을 때, 서점에서 만난 마스다 미리 코너의 책들을 보며 '아직도 번역될 책이 이렇게나 많아?'라고 놀랐을 정도였다. 그 많은 것 중 가장 좋았던 건 『내 누나』. 아무래도 나 역시 남매이고, 내가 '누나'인지라 동생 입장에서 그려지는 한 여자의 모습이 신기했다. 그로부터 약 3년이 흘러 드디어 『내 누나 속편』이 출간되었다.

퇴근 후, 한 식탁에서 이야기를 나누는 남매를 보며 웃을 준비를 한다. 주로 준페이의 완패이긴 하지만, 둘의 남녀 일화는 대체로 유쾌하다. 올해의 목표 따윈 없고 표적으로 삼고 있는 남자가 있는 누나를 경쾌하게 이야기하는 동생은 얄밉지 않다. 누나에게 항상 재미없는 남자, 매력적이지 않은 남자로 팩트 폭행을 당하는 동생인데도 누나와 계속 이야기해주다니. 착하디착한 동생.

여러 일화를 통해 티격태격하는 남매의 모습을 보면 나와 내 동생이 떠오른다. 현실의 남매는 같은 식탁에서 이야기를 나눌 시간이 아예 없지만.

이토록 황홀한 블랙

존 하비 · 윤영삼 옮김 · 위즈덤하우스 · 2017년 4월

세상의 모든 검은색의 역사를 다룬 기묘한 책이다. 검은색이 저주의 상징에서 패션과 예술에서 각광받는 색으로 탈바꿈한 드라마틱한 복권의 과정을 충실하게 복원한다. 저자가 처음으로 검은색 연구에 뛰어든 지 36년째라고 하는데, 서구 학자들의 집요함에는 깜짝깜짝 놀랄 때가 있다.

회화사에서는 검은색의 마법사라고 불러도 좋을 인물이 있다. 카라바조와 렘브란트다. 16세기 카라바조는 검은색을 예술의 중심으로 이끌고 왔다. 인물의 탄탄한 육체를 묘사하면서 얼굴과 신체의 일부에만 빛을 비춰 밝게 묘사하고 나머지는 어둠 속에 숨겨버리는 극적인 그림을 그려 20대 초반부터 유명해졌다.

카라바조는 당대에 유행한 검은 옷을 입고, 난폭한 거리의 삶을 살았다. 해가 지면 칼을 차고 다니는 불량배와 어울리고 술집, 매음굴을 전전했다. 이런 자기 파멸적 삶이 극단적 성향이 공존하는 그만의 검은 그림을 탄생시켰다는 사실을 처음 알게 됐다.

렘브란트는 뚜렷한 음영을 드리우는 그림으로 지금까지도 강렬한 검은 화풍의 대명사로 여겨진다. 집어삼킬 듯한 어둠 속에 형형한 눈빛의 인물을 그려넣기 위해 그는 직접 검은색 잉크를 만들기도 했다. 훗날 연구자들은 렘브란트가 우울증을 앓았을지도 모른다고 의심한다. 자신의 얼굴 절반 이상을 어두운 그림자 속에 넣는 숱한 자화상이 그런 의심을 낳았다. 저자는 어쨌거나 바로 이 시대야말로 우리 내면의 원초적인 '검은 물성'에 관심을 갖기 시작한 최초의 시대라고 말한다. 검은색 드레스가 세련된 의복의 상징이 되고, 회화에서도 빈번하게 쓰게 되기까지, 검은색이 양지로 나온 건 불과 2세기밖에 되지 않았다는 사실이 놀라웠다.

당신의 이직을 바랍니다

앨리스 전 – 중앙북스 – 2017년 4월

6년 전 내가 취업 전선에서 기웃거릴 때, 호탕하게 고민 전화를 받고 나름의 조언을 해준 지인이 어느 날 갑자기 싱가포르로 떠났다. 그러다 올해 초 그녀에게 연락이 왔다. "유리야, 나 책 내는데 조언 좀 해줄 수 있어?" 불과 6년 전, 면접을 앞둔 나의 하소연을 들어준 그녀에게 빚을 갚을 수 있다는 생각이 들어 이것저것 이야기했다. 어느 분야냐, 그쪽 분야라면 표지는 무조건 튀어 보여야 한다, 추천사는 받았냐 등등. 몇 개월이 흘러 책이 나왔다. 내 조언보다 더 세련되고 깔끔한 외양으로.

안정된 직장을 걷어차고 아무도 없는 싱가포르로 자유와 자아를 찾아 떠난 그녀는 자신만의 스토리를 가진 사람으로 책을 내게 되었다. 내가 알고 있던 이야기도 있고, 잘 몰랐었던 사건들과 고민도 세세하게 적혀 있다. 헬조선을 떠나 자신의 인사이트를 펼칠 수 있는 외국으로 가고 싶은 이들이라면 큰 도움이 될 것이다. 탄탄하고 넓은 네트워킹을 만들고, 자신의 삶을 개척해나가려는 사람들에게 강제 추천한다. 성공만을 응원하는 책이라면 이 원고에 쓰지도 않았을 것이다. 성공보단 즐거운 실패와 위험한 모험을 조장하는 본격 탈조선 권장 가이드.

#읽은_책

22세기 사어 수집가

김목인 외 · 유어마인드 · 2014년 11월

2년 전 언리미티드 에디션에서 사온 책이 먼지가 수북이 쌓여 있는 걸 발견했다. 22세기에 사어가 될 법한 말을 자유롭게 상상해서 적어내려간 책인데, 참여한 이들이 소설가, 시인, 음악가, 사진가, 만화가, 큐레이터 등등 11명의 예술가이다보니 재미있는 목록이 완성됐다.

180개의 단어 중 어떤 것이 실제로 사라질지 누구도 알 수 없는 일. 대체로 젊은 작가들이 참여를 한 탓에 21세기의 어떤 경향성을 보여주는 사물과 현상이 많이 꼽힌 것도 흥미로웠다. 눈싸움, 꽃샘추위, 토익과 토플, 신도시, 일간신문, 책, 세계문학전집, 그리고 스마트폰까지. 상직적인 추론, 대담한 상상, 아련한 향수 등이 모두 망라된 목록이라 할 수도 있겠다. 무엇보다 이제니 시인이 쓴 '시'의 묘비명이 인상적이었다.

그는 자신이 무엇을 쓰는지 모르는 채로 무언가를 쓰기를 바랐다.
그리고.
그리하여.
어느 날 문득 그렇게 되었다.

작은 것들의 신

아룬다티 로이 – 박찬원 옮김 – 문학동네 – 2016년 1월

좋아하는 작가가 쓴 글을 보고 산 책, 『작은 것들의 신』. 첫 작품 이면서 나오자마자 부커상을 수상하고 베스트셀러가 된 작품이란 다. 원고를 보자마자 즉시 비행기를 타고 인도로 날아온 데이비드 고드윈에게 판권을 맡겼다는 전설 같은 후일담을 낳은 책. 제목 그 대로 '작은 것들'을 위한 이 소설을 읽기로 결심했다. '누군가가 먹 은 샌드위치, 그것의 맛들은 아주 작고 사소한 것들.' 이렇게 시작 되는 소설은 틀림없이 멋질 것이라고 14페이지 만에 설득당하고야 말았다.

북카페 인 유럽

구현정 · 예담 · 2011년 1월

베를린의 여름을 만난 적이 있다. 온통 초록빛이었고, 넉넉한 숲과 청명한 날씨, 적당한 바람에 몇 달이고 머물고 싶었다. 하지만 역시 여행자의 베를린과 거주자의 베를린은 제법 다른가보다. 이 책의 저자가 베를린으로 이주한 뒤 만난 건 바람이 부는 계절과 회색 구름뿐이었다고 한다. 그리고 향수병과 불안함에 시달리던 그에게 평화와 위안을 준 건 북카페였다.

> 무엇보다 나는 책이 가득한 카페를 좋아했다. 사람들이 만드는 온기와 적당한 소음, 내가 고르지 않은 음악, 커피 한 잔, 그리고 많은 책들이 있는 곳, 바로 북카페. 이때부터 나는 베를린에서 북카페를 찾기 시작했다.

베를린의 리터라투어하우스에서 그는 동경하던 삶의 실체를 만났다. 그곳은 책이 있고, 책을 사랑하는 이들이 모여들고, 문학의 모든 것을 가치 있게 여기는 사람들이 꾸려가는 공간이었다. 카페의 도시 베를린답게 북카페는 곳곳에 있었고, 이후 뮌헨으로 옮겨가 살면서도 틈틈이 독일과 유럽의 북카페들을 방문했다.

책에서는 23곳의 북카페가 소개되는데 도시의 분위기와 역사에 따라 카페의 모습도, 사람들의 표정이나 자태도 달랐다고 한다. 책의 존재 방식이 바뀌어 북카페가 사라지는 날이 온다면 그땐 기꺼이 직접 북카페를 만들겠다고 다짐할 만큼 애정이 가득한 저자의 북카페 탐험기다. 취리히를 슈페레스가 있는 곳으로, 뉴욕을 하우징웍스북스토어 카페가 있는 곳으로, 암스테르담을 헤트 스푸이가 있는 곳으로 기억하게 되는 여행이라니. 근사해 보였다.

아무도 대답하지 않았다 다만 한 사람을 기억하네

김연수 글/홍진훤 사진 - 사월의눈 - 2017년 4월

2014년 4월 16일을 기억하는 법. 문학도, 사진도 진도 앞바다에서 허무하게 침몰해간 영혼들을 통과해나간다. 4·16은 그렇게 2010년대 문학에서 한 획을 그었다. 아무도 쉽사리 운을 떼지 못했지만, 기억하기 위해 애썼고 자리를 만들었다. 소리를 내기도 하고, 그들의 목소리를 내기도 했다. 김연수 소설가의 「다만 한 사람을 기억하네」가 나온 것도 그뒤였다. 2014년 『문학동네』 계간지. 소설을 쉽게 읽을 수 없었다. 이 세월호의 비극에서 내가 어떻게 자연스러울 수 있는가. 우리는 어떻게든 연결되어 있는 존재들, 김연수 소설이 말하고자 하는 바이기도 했다.

이 소설과 홍진훤 사진이 겹쳐서 한 권의 책으로 완성되었다. 소설과 사진이라는 매개체가 하나의 주제를 향해 병렬구조로 나열된다. 단편소설은 반투명한 핑크빛 종이 2장으로 세로쓰기 되어 있다. 가로로만 읽다가 세로로 읽으려니 기존에 읽던 소설 내용은 막상 기억나지 않는다. 읽으려 노력하는 나만 있다. 2장씩 넘길 때마다 사이사이 단원고 학생들이 가려고 했던 수학여행 코스를 함께 돈다. 한림공원, 소인국테마파크, 오름, 동백꽃 등. 내가 기억했던 제주보다 어둡지만, 그럴 수밖에 없었으리라. 소설의 긴장을 사진이 팽팽하게 잡아당긴다. 어느덧 바다다. '우리가 누군가를 기억하려 애쓸 때, 이 우주는 조금이라도 바뀔 수 있을까?' 세월호가 무사히 떠오르기를 바라는 마음을 담아 글을 쓴다. 끝까지 기억하려 애쓸 것이다.

구체적 소년

서윤후 시/노키드 만화 ⸱⸱ 네오카툰 ⸱⸱ 2017년 4월

이런 시도가 가능할 줄 몰랐다. 서윤후 시인이 시를 쓰고 노키드가 만화를 그렸다. 시가 품고 있는 이야기가 그대로 그림으로 옮겨지는데, 글자를 읽으며 상상했던 이미지와 만화가가 그린 세계는 신기하게도 달랐다. 시와 만화가 서로를 보완하는 방식이 아니라, 각자의 이야기를 들려주는 방식이 묘하게도 아름다웠다.

소년의 치기와 호기심, 외로움과 두려움, 낭만과 좌절. 이런 시어들을 그러모아 지구상 곳곳에 살고 있는 소년들을 생각하게 해주는 이야기들이 이어진다. 「남극으로 가는 캠핑카」가 특히 좋았다. 일용할 수프 위에 살얼음이 뜨는 추위 속에서 순가락으로 건배를 하며 남극으로 가는 작은 차의 소년소녀들. 심야의 라디오 방송을 타고 펭귄떼가 날아오는 모습이 만화를 통해 구현될 때는 탄성이 절로 나왔다. 어쩌면 이 시 또한 온도계가 깨지고 방향을 잃은 채 헤매는 캠핑카 속의 가련한 아이들의 이야기일 뿐인데, 이 어둡고 쓸쓸한 시집 속에서 환한 빛을 내는 것 같았다. '공중정원'이라 부른 옥탑 고시원에서 써내려간 시들이라고 하니, 따스한 체온을 품고 있는 건 어쩌면 당연한 것일지도 모르겠다.

어느 별의 지옥

김혜순 – 문학과지성사 – 2017년 4월

2017년 봄에서야 1988년에 출간되었던 한 시집을 읽는다. 한동안 절판되었다가 세번째 각각 다른 곳에서 나왔던 동일한 제목의 시집이다. 『어느 별의 지옥』을 읽기 전, 1980년대 서슬 퍼렇고 누군가가 잡혀가서 돌아오지 않는 시절의 시인을 떠올린다. 김혜순 시인이다. 그녀가 경찰에게 '왼쪽 뺨', '오른쪽 뺨 맞'고 돌아와 썼다는 「그곳」 연작시 6편을 이제야 읽는다. 이 시들이 절절하게 뱉어내는 세상에 관해 나는 아무것도 알지 못한다. 검고 피비린내 가득하던 그곳에서 '타지 않는 검은 눈동자'를 가진 시인의 언어로 간접 경험했을 뿐이다. 대학 시절 김혜순 시인의 이미지를 하나씩 하나씩 끄집어내며 친구들과 떨면서 시를 읽은 적이 있었다. 죽음, 시체, 고통 속에서 '힘주어 쏘아보내'는 시인을 30여 년이 지난 지금, 이 시집으로 다시 만나다니 마음 한편이 쿡쿡 찔린다. 그 눈동자를 너무 잊고 지낸 것이 아닐까.

도쿄에 왔지만

다카기 나오코 – 고현진 옮김 – 아르테팝 – 2017년 4월

작정하고 도쿄에 왔지만 제대로 되는 일은 없었어요. 이렇게 살아도 되는 건가 후회한 적도 있었어요.

스무 살 무렵, 내 심정도 딱 그랬다. 새내기가 품을 법한 기대와 캠퍼스 생활에 대한 낭만은 사치일 뿐이었다. 들뜬 마음보다는 생존의 두려움이 더 크게 다가왔다. 난생처음 혼자서 서울로 상경한 시골뜨기가 길이나 잃지 않고 대학을 잘 오갈 수 있을지, 오늘의 끼니는 어떻게 해결해야 할지, 의지할 곳 없는 대학 생활의 외로움을 어떻게 달랠지, 늘 고민이 앞섰다. 서울살이는 낯설기만 했다.

다카기 나오코는 버스로 7시간 거리인 미에현을 떠나 도쿄에서 살기로 결심한 뒤의 겪은 일을 만화로 그렸다. 프리랜스 일러스트레이터가 되고자 했지만, 면접에선 번번이 떨어지고 막상 할 수 있는 일이란 스시 공장의 단기 알바 같은 것뿐. 비싼 생활비에 적응하려 옷을 기워 입고, 밥을 먹을 때마다 통장 잔고 걱정을 하는 모습이 그려진다. 스무 살의 나도 그런 걱정을 해야 했다. 보잘것없는 학생 식당의 밥을 먹으면서도, 1500원과 2000원짜리 식사를 늘 저울질했던 기억이 아련하다. 홀로 있음을 즐길 수 있는 시기란 경제적인 불안감이 사라진 뒤에야 찾아온다. 만화의 마지막 장에 이런 구절이 나온다. "지하철에서 보는 풍경은 몇 번을 봐도 대단하다고 생각한다." 나도 신촌에서 대학로를 오가는 버스를 매일 타면서 빌딩숲을 넋 놓고 바라보던 시절이 있었다. 긴 시간이 흘렀고, 어느덧 서울의 풍경이 내게도 익숙해졌다.

애호가들

정영수 · 창비 · 2017년 4월

정영수 소설가의 첫 소설집 『애호가들』이 나왔다. 인물들은 하나같이 힘들게 이 세계를 견뎌내고 있다. 좋아하는 여자에게 잘 보이기 위해서 시체를 처리하고 있는 주인공, 교수직도 성공하지 못하고 번역조차 원하는 식으로 할 수 없는 시간강사, 끝장나는 곡을 만들지 못하는 음악가, 공장에서 기계처럼 같은 일을 반복하는 노동자가 소설들의 서술자이다. 지루한 일상 속에서 '매일 죽었다'는 인물의 고백처럼 정영수의 소설에서는 모두들 삶을 버거워하고, 진절머리 나 한다. 그래서 그들은 답을 찾고 싶어하고, 때로는 해결방법을 찾으러 뛰어다니기도 한다. 하지만 아무도 답을 주지 않는다. 그저 자신들이 그렇게 계속 살아가야 한다는 것, 죽음밖에 답이 없다는 사실을 마주해야 한다.

소설 속 '오하나'의 입을 빌려 작가는 말한다. "사람들은 미치지 않고 이토록 긴 삶과 반복되는 매일을 견뎌내는 것이 너무 놀랍다." 이 삶, 루틴하고 반복적인 이 세계에서 우리는 쳇바퀴를 돌면서 살아간다. 아무도 불만을 토로하지 않은 채, 그저 이유 없이 시체를 묻기도 하고, 버튼을 누르기도 한다. 그 행위는 이미 우리의 신체에 내재되어버린 행동 양식이 되어버렸는지도 모른다. 살아가면서 '왜?'라는 물음을 몇 번이나 던져보았나. 장 대신 시체를 파묻던 '나', 번역을 실패하고 맘에 안 드는 교수의 임용 축하연이 언제인지 묻는 나와 번역가가 겹쳐 보이는 순간, 이 영민한 소설가에게 걸려들었을 수도 있겠다는 사실에 웃음이 나왔다. 그들은 나였다. 아, 정말 사는 거 지긋지긋하다.

아스타틴

장강명 - 에필로그 - 2017년 4월

   참으로 대단한 작가다. 작년에만 그의 장편 3편을 읽었는데, 벌써 신작이 나왔다. 영혼 없이 쓰는 기사조차도 장강명보다 빨리 쓸 자신이 없다. 심지어 이번에는 스페이스 오페라다. 손바닥만한 A6 사이즈 판형에 나온 중편인데다, 1인 출판사에서 나온 것도 독특했다. 이 작가의 도전 의식은 정말 지켜보는 게 흥미진진하다. 그래서 이 문단의 이단아가 국내 문학 베스트셀러가 전멸하다시피 한 지리멸렬한 시장에서 대형 히트작을 만들어주길 기대하고 있다. 시장의 균열은 질서와 타협하지 않는 이들에게서 나오는 법이니까.

   주인공의 이름은 말로만 들었을 뿐 외본 적은 없는 주기율표에서 따온 바로 그 아스타틴이다. 초인공지능의 계발자로 불멸의 생명(신체의 복제를 통해서)과 측정할 수 없는 지능을 갖게 된 아스타틴이 금성과 토성권에 지구의 윤리 의식에서 벗어난 새로운 식민지를 건설하고, 자신의 복제인간으로 후계자를 끝없이 만들어내며 통치하는 세계가 등장한다. 전투 장면의 묘사가 많은 할리우드 SF 영화를 보는 듯한 전개가 이어지지만, 이 공상의 세계에서는 여러 가지 철학적 질문들이 충돌한다. 인간의 능력을 뛰어넘은 초지능을 어떻게 사용할 것인가, 과학기술이 만든 절대 권력 계급사회는 어떤 모습일까…… 짤막한 분량으로 쓴 소품이지만, 읽으면서 '청춘의 대변자'로도 불리는 이 작가가 어쩌면 가장 즐겁게 쓰고 있는 장르는 SF가 아닐까, 하는 생각이 들었다.

우리가 사랑한 비린내

황선도 - 서해문집 - 2017년 4월

술을 좋아하는 이들이라면 대부분 해산물을 좋아한다. 술을 알기 전, 나는 회를 입에도 대지 않았더랬다. 술을 마시면서 회를 한 점 한 점 먹게 되었다. 이제는 겨울과 봄 사이에는 새조개를 먹으러 가고, 완연한 겨울이 오기 전 대방어를 먹자고 노래 부르는, 제법 해산물을 먹는 사람이 되었다. 삼면이 바다인 한국에서 해산물을 싫어하기란 어렵다. 그렇다면 항상 식탁, 음식점에서 대면하는 그 해산물에 관해 우리는 얼마나 알고 있을까? 우리 바다에서 나고, 우리가 주로 접하는 해산물을 위주로 그들의 고유 역사와 식탁에 오르기까지의 과정을 황선도 박사는 능수능란하게 다룬다.

전복과 오분자기의 차이는 물론, 해삼의 내장이 별미라는 고수의 팁을 비롯해 비양도의 꽃멸의 실체, 도로묵 이름의 유래, 연어의 모천회유 등 과학적 지식을 인문학적으로 진수성찬 차려놓는다. 옆에 술을 놓고 읽고 싶어질 지경이다. 오분자기, 다금바리, 홍합 등 과거에는 많았지만 이제는 생태계의 파괴로 인해 구하기 어렵단 이야기에 그동안 그들이라고 믿고 먹었던 음식들을 의심해보기도 한다. 우리가 흔히 먹는 해삼, 멍게, 개불처럼 무시받았던 '스끼다시'들이 하나의 당당한 연구 자원으로 기록되어 있어, 알고 보면 더 재미있고, 귀한 음식이 된다.

이렇게 맛있고 제각기 사연이 많은 해산물. 언제까지 쉽게 맛보고 지킬 수 있을까? 재미있게 자신의 해양생물학 지식을 조물거리면서도 황선도 박사는 묻는다. "우리의 바다, 그들의 서식지 어떻게 보존해야 하나?" 눈앞에 보이는 식탁은 곧 자연이기도 하다. 우리가 먹고 마시는 것. 모두 자연에서 나온다. 질문에 대답하기 위해서는 이 책을 마지막까지 봐야 한다.

헬조선 인 앤 아웃

조문영 외 ― 눌민 ― 2017년 4월

탈조선에 도전하는 일. 이 땅의 모든 젊은이들이 꿈꾸는 일일 텐데, 진지하게 이런 사회현상을 연구한 프로젝트의 결과물이다.

눈여겨볼 점은 자발적으로 탈조선에서 성공해 씩씩한 삶을 사는 이들과 함께 안쓰러운 경험담도 소개된다. 미국 대학에서 한국과 미국 사회에서 동시에 왕따를 당해 스스로를 유령으로 묘사하거나, 과로로 만신창이가 된 전직 회사원이 인도의 요가 마을에서 심신을 치유하며 버틸 수밖에 없었던 사연도 등장한다. 여전히 제 나라의 청춘을 보듬을 준비가 안 된 한국의 민낯이다.

이 책에 등장하는 수많은 이들에게 실제로 글로벌 경험은 '헬조선'의 일시적 해독제로 작용한다. 어쨌거나 한국을 떠나서 살아보는 경험은 조국의 치부를 고스란히 마주하고, 어떤 방식으로든 자신의 상처에 연고를 바르게 되는 경험일 수밖에 없으니까. 환대와 적대가 기묘하게 공존하는 이 불확실한 치유제를 택하는 이들이 늘어나고 있다는 사실이 새삼 슬펐다.

구체적 소년

서윤후 시 / 노키드 만화 – 네오카툰 – 2017년 4월

흔히들 시에는 이미지가 있다고 한다. 그렇다면 시는 어떤 이미지를 표현해내는 것일까. 시는 특정 사물과 현상을 묘사하는 것이 아니라 그 상대방을 직시하고 현현하는 존재다. 그러니까 이미지를 품고 있더라도 사진처럼 그려내는 것이 아니고 정신을 향해 있다는 것. 그런 의미에서 이번 서윤후 시인의 모험은 흥미로웠다. 시인은 과감하게 만화라는 장르와 시를 결합해 서사적 이미지를 제공한다. 응축되고 꼬인 시상을 풀어내는 작업이었다. 시 속에 존재하는 서사를 최대한 어떤 현상으로 뽑아낸 이 책은 '만화시편'이라고 명명되어 있다. '호명하는 소년'과 '동생', 오늘도 '살아낸 한 사람'까지 서윤후 시인의 시적 자아와 타자를 어떤 피사체로 만나는 신기한 경험을 해보았다. 먼저 만화를 보고, 나중에서야 이미 알고 있는 시를 읽으니 시어들이 한없이 낯설다. 오늘도 시는 멈추지 않고, 변화한다.

미국의 반지성주의

리처드 호프스태터- 유강은 옮김- 교유서가- 2017년 5월

선거를 앞두고 시의적절하게 번역되어 나온 책이라, 금주 북섹션의 낙점을 받았다. 반세기 전에 출간된 책에서 교훈을 얻을 수 있을까. 역사는 반복된다는 점에서, 도널드 트럼프 미국 대통령의 당선을 전후로 세계적으로 반지성주의 기류가 형성되고 있다는 점에서 긍정적인 답을 해도 될 것 같다. 1970년 타계한 미국의 대표적인 역사학자 리처드 호프스태터 컬럼비아대 교수가 미국의 건국이후 오늘까지 이어져온 지성에 대한 멸시의 역사를 담아낸 책.

1950년대 초반 매카시즘 광풍을 계기로 미국에서 지식인에 대한 혐오, 즉 반지성주의는 일상어가 되기 시작했다는 분석으로 시작한다. 미국은 신대륙에서 건국됐다. 유럽의 귀족주의와 단절하고 건설한 민주적인 국가였으니 미국의 반지성주의는 건국과 함께 태동할수밖에 없었다. 거기에 직관과 감성에 호소하는 미국의 근본주의 그리스도교, 이상주의적인 개혁가나 진보적 지식인들에 대한 우파 정치가들의 공격성, 벤저민 프랭클린의 정신을 이어받은 기업가들의 실용주의 등이 결합해 반지성주의라는 괴물이 탄생했다.

혼탁한 선거의 과정을 통해 한국에도 만연한 이 괴물을 목격할일이 비일비재했다. 한국은 세계에서 미국을 닮고 싶어하는 나라로 손에 꼽힐 정도이니까 당연한 일인지도 모르겠다. 인상적인 부분은 "미국의 지적 성취를 담당한 정신은 프랭클린, 제퍼슨, 존 애덤스 등의 지식층과 마크 트웨인, 헤밍웨이, 스콧 피츠제럴드 등의 아방가르드이며 미국이라는 자유로운 사회는 다양한 지적인 삶을 인정했다"고 말하는 저자의 맺는말이었다. 역사가 앞으로 진보하는 것은 여전히 쉽지 않은 일이다. 우리가 21세기를 살고 있음에도 불구하고.

디어 랄프 로렌

손보미 - 문학동네 - 2017년 4월

소설에 스타일이나 엣지란 게 있다면, 『디어 랄프 로렌』은 스타일의 정석이다. 여러 상을 거머쥔 이 소설가에게 기대하는 것을 모두 충족하는 장편소설. 유치한 선악과 서러운 신파, 판이한 구조가 빠지고, 소설은 처음부터 끝까지 쿨함을 유지한다.

『디어 랄프 로렌』의 세계를 지탱하는 건 '우연'이다. 1954년에 마릴린 먼로가 서울을 방문했던 일, 원자력발선소가 최초로 세워진 일, 헤밍웨이가 노벨문학상을 받은 일이 모두 동시에 일어났다. 그리고 이 위대한 사건들 속에서 랄프 로렌과 조셉 프랭클이 만난 일이 끼어든다. 이 조우를 위해 나머지 위대한 사건들이 움직이는 것처럼 소설은 진행된다. 모든 것이 우연으로 풀어져나간다. 랄프 로렌과 조셉 프랭클이 만난 것처럼 종수와 수영이 만나고, 섀넌 헤이스와 잭슨 여사가 만난다. 개개인의 삶과 기억이 겹겹이 만나고 헤어지면서 특별성을 얻어간다. 그사이에는 우연히 듣게 된 증언 속에서 누군가의 이별을 엿듣는 섀넌도, 매년 노벨상 수상을 받지 못하고 피겨스케이트를 멋지게 타는 기쿠 박사도, 이 세상 어떤 문장보다 진실된 '디어 랄프 로렌'을 쓴 수영도 재발견된다. 랄프 로렌 코트를 사기 위해 아르바이트를 하는 친구에게 자신이 그걸 그냥 주겠다고 말하는 철딱서니 없고, 공감능력 떨어지는 종수가 그걸 확인하는 과정 또한 재발견된다.

손보미는 재발견을 거듭하며, 위대한 사건들 속의 세밀하고 평범한 일들을 능숙하게 소설로 끌어올렸다. 그것도 언제 읽어봐도 세련된 문체로. 과잉된 감정 없이도 소설은 말한다. '이봐요, 살아 있어요?'

세 살 버릇 여름까지 간다

이기호 · 마음산책 · 2017년 5월

아이고 웃겨라. 그런데 절대로 아니다. 내가 이 책에 공감한 건 소설가 이기호가 매 에피소드마다 터프한 아내에게 가루가 되도록 구박받고, 사고 치는 모습 때문은 아니다. 그냥 웃겨서다.

아내와의 나이 차는 여덟 살. 신부의 가족이나 친구들과 모이면 세대 차이, 나이 차이로 겸연쩍어지는 일이 발생할 수밖에 없는 조합이다. 눈치가 없어서 아내에게 혼나고 벌 삼아 설거지와 화장실 청소를 하는 작가의 모습도 가감 없이 그려진다. 이런 솔직함이 이기호 산문(비록 가족소설이라 이름 붙였지만)의 매력이다.

셋째의 출산을 앞두고 진통을 느끼면서도 남편에게 소설 마감을 하고 오라고 구박하는 아내, 자신의 음식이 맛이 없을까봐 사위의 눈치를 보는 장모님, 두 사내아이와 놀아주느라 땀을 뻘뻘 흘리는 장인어른, 그리고 졸지에 다섯 식구의 가장이 되어 쩔쩔매는 남편이라는 대가족은 일상을 묘사하는 것만으로도 시트콤을 보는 것처럼 재미가 있었다.

어쩌면 예전이라면 잘 읽지 않았을 가족 이야기에 공감하는 게, 나 또한 새로 만들어진 가족을 갖게 되었기 때문일지도. 그나저나 교훈을 하나는 얻었다. 선물로 받은 케이크를 생일상에 함부로 올리지는 말 것. 뽀로로와 크롱 케이크가 나올 수도 있으니까. 그런 참사는 절대로 안 되고말고.

현명한 피

플래너리 오코너 – 허명수 옮김 – IVP – 2017년 4월

플래너리 오코너의 끈질긴 주제의식이 선명하게 드러나는 첫번째 장편소설 『현명한 피』. 전문 번역가가 아닌 번역이 아쉽다.

이 소설에서 주무대가 되는, 실제로 존재하지 않는 어느 남부 도시 톨킨햄은 소돔과 고모라를 압축한 듯한 악의 도시를 닮았다. '그리스도 없는 교회'를 제창하는 주인공 헤이즐 모츠, 자신의 예언에는 '현명한 피'가 흐르고 있다 믿고 있는 외톨이 에녹 에머리, 가짜 맹인으로 거짓 선지자 활동을 하는 아사 호크스 등 이 소설에 등장하는 모든 인물은 악에 가깝다. 하지만 그들이 진정한 악인가? 오코너는 건조한 시선으로 선악에 관한 평가에서 뒤로 물러선다. 그녀의 초기 세계관을 이 첫 장편은 불완전하지만 잘 표현해내고 있다.

책을 받자마자 좋아하는 작가여서 제일 먼저 읽기 시작했지만, 부분부분 어색한 문장들의 나열을 견뎌내며 겨우 다 읽었다. 원작으로 읽으면 더 나을까. 문학 번역은 전문 번역가가 했으면 좋겠다.

거의 모든 것의 경제학

김동조 - 북돋움 - 2012년 10월

이 책에는 「김밥의 경제학」이란 챕터가 있다. 1500원짜리 야채 김밥만 파는 싱싱나라김밥과 3500원이지만 추종을 불허하는 맛의 여의도 한양김밥을 예로 들며 각각 애플과 삼성의 비즈니스 전략을 설명하는 글이다. 감탄했다. 이 책의 저자는 난해한 경제학적 이론을 쉬운 언어로 설명하는 데 있어서 탁월한 글쟁이다.

경제학은 수학과 이성의 언어를 쓴다. 수식으로 세상의 원리를 설명하고 미래를 예측하는 이 차가운 학문은 우리 삶에 가장 절대적인 영향력을 미친다. 그런 이유에서 경제를 다룬 책을 읽으면 냉정해질 수밖에 없다. 대선을 앞두고 뜨거워진 머리가 몇 챕터를 읽는 것만으로 차가워졌다.

이 책은 정치제도, 교육제도, 심지어 개개인의 계약인 결혼에 이르기까지 경제적인 유불리를 철저하게 따져서 세상을 바라보는 이치에 대해 조언을 한다. 이 책의 교훈을 요약하자면 "모두에게 다 좋은 제도는 세상에 없다"는 것과 "사회의 제도는 차츰 교묘하게 계급적으로 변해가는 추세"라는 것. 이런 입장을 접할 때마다 조금씩 조심스러워진다. 흑백논리가 횡행하는 세상에서 우리는 너무 쉬운 방법으로 세상의 문제를 해결하려하는 것이 아닌지.

경제학적인 시각으로 볼 때 이번 대선은 어떤 인센티브 설계를 통해 우리 사회를 높은 곳으로 인도해줄지, 그 적절한 후보와 좌표를 찾는 싸움이다. 요즘 나는 할 수 없는 일에 대해 말하고, 섣부른 약속을 하지 않는 지도자를 만나고 싶다는 생각을 하고 있다.

당신이 계속 불편하면 좋겠습니다

홍승은 - 동녘 - 2017년 4월

2015년부터 페미니즘 도서가 많이 나오면서 기쁘면서도 아쉬웠다. 페미니즘 공부에 있어 도움이 될 외국 저작도 읽어야 하지만, 21세기 대한민국에서 일어나고 있는 지금 현재 페미니즘을 다뤄줄 국내 저자가 생각보다 많이 없었다. 그러다 홍승은 저자의 이번 신작을 알게 되면서 아쉬움을 덜어내게 되었다. 저자가 "드러나지 않았던 존재가 스스로 목소리를 낼 때, 세상은 딸꾹질한다"고 고백하는 문장에서 지난 2년여간 세상이 뱉어냈던 거센 딸꾹질을 떠올린다. 살아 있음을 다행으로 여겨야 하는 여성의 몸을 가진 나조차도 그 딸꾹질에 놀라 내 목소리를 숨기지 않았던가.

저자는 자신의 엄마에 관한 이야기로 에세이를 풀어나간다. 나에게도 엄마가 있다. 내가 무난하고 행복한 삶을 살기 원하는 엄마. 그런데 그 '무난'과 '행복'의 기준은 어디에 있는 걸까.

때로는 울면서 혹은 분노하면서 써내려간 에세이를 한 편씩 쪼개 읽을 예정이다. 나도 계속 불편해야 하는 존재이다. 편하고 만족한다는 것. 그것부터 의심해내가는 독서가 꾸준히 이어지면, 언젠가 깨져버릴 세계가 있을 것이다.

#산_책

우리가 사랑한 비린내

황선도 ─ 서해문집 ─ 2017년 4월

2013년에 나온『멸치 머리엔 블랙박스가 있다』를 접하면서 주목한 작가였다. 30년간 한 우물만 판 '물고기 박사님'께서 입담은 어찌 이리 좋으신지. 해산물을 유난히 좋아하는 나로서는 수산물은 환경이며 곧 생태계라는 말에 뜨끔해하면서도 정신없이 책장을 넘겼다.

생선들의 위세에 밀려 주목받지 못했던 해삼, 멍게, 개불의 이야기부터 시작하는 비주류 감성조차 마음에 들었다. 서양 사람들은 전복이 "껍데기가 한쪽밖에 없어 먹으면 사랑에 실패한다"는 속설 때문에 먹지 않았다고 하는 딱한 사연에 혀를 찼고, 그놈의 임금님 진상질에 조선 시대부터 허리가 휘었던 해녀 이야기를 읽을 때는 예나 지금이나 진상은 나라님들이었구나 싶다가, 겨울 바다에서도 물질을 해야 하는 해녀의 73퍼센트가 60대 이상이라는 사실에 숙연해지기도 했다. 방어회는 눈 주위가 맛있고, 조개는 봄이 제철, 가을에는 낙지가 제맛이라는 물고기 먹는 법을 알려주는 것도 유용하다. 이 책을 읽고 물고기를 잡는 이들에게도, 하다못해 멸치를 잡는 이들에게도 저마다의 철학이 있다는 교훈을 얻었다. 자연은 기다림이라는 교훈.

May

May

모두의 미술

권이선 - 아트북스 - 2017년 4월

청계천에 놓인 소라 껍데기를 보고 대부분은 그냥 지나쳐 제 갈 길을 간다. 그 작품 이름은 올덴버그의 〈스프링〉. 내게 첫 퍼블릭 아트라는 개념을 알려준 건 청계천에 뚱딴지같이 서 있는 그 '올갱이'였다.

잠시 미국에 갔던 시절, 나는 사방에서 퍼블릭 아트와 조우했다. 특히 가장 좋았던 도시는 뉴욕이었다. JFK공항에 도착하자마자 당신은 콜더의 〈비행/.125〉부터 만난다. 뭐, 나도 그걸 보고 '뭐야, 이 쇳덩이는?'이라고 넘어갔지만. 링컨 센터에서 공연을 볼 기회가 있다면 노스플라자 쪽에서 거대한 청동과 마주칠 것이다. 그건 헨리 무어의 〈기울어진 형상〉이다. 세계 최강 부호가 궁금해서 들른 록펠러 센터에는 스타 작가 전시가 상시 대기중이다. 뉴욕의 중심 5번가에는 서울에서도 종종 봤던 〈LOVE〉도 있다. 첼시에서 커피를 마실 수도 있겠다. 커피를 주문하고 기다리는 사이 보이는 벽의 낙서 같은 그래피티도 작품이다. 오피스 빌딩 쪽으로 가면 솔 르윗 작품도 많다. 맨해튼 어퍼이스트사이드 위에 올라온 루이스 니벨슨 작품도 인상적이다.

그 당시 어쭙잖게 보았던 뉴욕의 퍼블릭 아트뿐만 아니라 최신 업데이트까지 완벽하게 해놓은 『모두의 미술』. 미술 작품은 미술관에만 있지 않다. 서울 곳곳에도 유명 도시 부럽지 않은 퍼블릭 아트가 꽤 많은 편이다. 그것들을 알아보고 싶은 이들이 있다면 이 책을 일단 읽길 권유한다. 우리나라는 이상하게도 대부분 많은 예술적 지점을 미국에서 복사하다시피 가져오기 때문에 서울의 퍼블릭 아트와 비슷한 점이 많다.

아무도 대답하지 않았다 다만 한 사람을 기억하네

김연수 글/홍진훤 사진 – 사월의봄 – 2017년 4월

4월 16일, 이 책이 출간됐다. 세월호를 다룬 소설 중에서도 가장 기억에 남았던 김연수의 단편과 홍진훤의 사진을 컬래버레이션한 독특한 책이다. 홍진훤은 단원고 학생들이 사고 없이 수학여행을 마쳤다면 보게 되었을 곳을 찾았다. 그리고 부재한 공간, 쓸쓸한 공간을 사진으로 남겼다. 밤의 용두암, 귤 농장, 식물원, 폭포, 종려나무와 같은 것들을.

함께 묶인 김연수의 소설도 애도에 관한 이야기를 한다. 희진은 옛 연인과 10년 전 사쿠라시를 방문한 일이 우연히도 후쿠다라는 일본 남자의 목숨을 살렸음을 알게 된다. 자살을 생각하고 마지막으로 들른 카페에서 이들이 틀어놓고 간 음악을 듣고 후쿠다는 다시 살기로 결심했던 것이다. 그 노래는 아카이 도리의 〈하얀 무덤〉이었다. 이들이 남긴 메모 한 줄을 간직했다 10년이 흘러 후쿠다는 은인을 만난다. 메모에는 노래 가사가 적혀 있었다. "우리에게는 아직도 지켜볼 꽃잎이 많이 남아 있다. 나는 그 꽃잎 하나하나를 벌써부터 기억하고 있다는 걸 네게 말하고 싶었던 것일 뿐."

희진은 옛 연인에게 이 놀라운 우연을 전하는 긴 편지를 쓰고, 혼자서 제주도 가던 밤을 떠올린다. 캄캄한 밤바다에서 어둠과 수평선이 뒤섞이는 걸 보며 "한 사람을 기억하네, 다만 한 사람을 기억하네"라고 즉흥적으로 만든 노래를 흥얼거렸던 기억을. 희진은 옛 연인에게 "우리가 누군가를 기억하려고 애쓸 때 이 우주는 조금이라도 바뀔 수 있을까?"라고 묻는다. 우리는 그것이 우리가 할 수 있는 유일한 일임을 이미 알고 있다. 같은 배를 타지 않았다고 해도 사연을 듣고 눈물을 흘릴 수 있다면, 그리고 이 꽃잎처럼 떨어진 소년들을 오래 기억할 수 있다면, 세상은 바뀔 수 있다는 것을.

공기 도미노

최영건 – 민음사 – 2017년 4월

『공기 도미노』에는 아무것도 닮아 보이지 않는 두 가족이 등장한다. 현석과 복자 커플이 그들이다. 교회에서 만난 현석과 복자는 살림을 합치기로 결정한다. 현석을 모시러 간 복자의 손녀, 연주가 백차를 마시는 장면은 도미노 한 개의 패다. 총 6장에 걸친 이 장편소설은 두 가족의 도미노 패가 와르르 무너지는 짧은 시간을 도려낸다. 소설은 그들의 후대에까지 도미노 효과가 있으리란 걸 암시하며 끝난다. 누군가의 비극이 마치 전염병처럼 점차 퍼져나간다.

작가는 도미노 패를 여럿 꺼내 보여주고 싶었는지 여러 등장인물을 등장시킨다. 그중 불필요한 인물도 보인다. 그러나 아직 젊은 작가의 첫 장편소설이다. 아쉬움보다 만족감이 더 크다.

#임은_책

후지와라 신야, 여행의 순간들

후지와라 신야 · 김욱 옮김 · 청어람미디어 · 2010년 8월

뒤늦게 여름휴가 준비를 하고 있다. 여행을 가기 전엔 왠지 모르게 들떠서 목적지와 상관없는 여행책도 뒤적이곤 하는데, 오늘은 이 책이다. 후지와라 신야는 가장 좋아하는 여행작가다. 극한의 땅인 인도에서 생사의 현장과 충격적 체험을 소개하면서 일본에서 인도 여행 붐을 만들어낸 작가인데, 이 책은 대표작인 『동양 기행』 『아메리카 기행』과는 좀 다르다. 인도, 티베트, 한국, 홍콩, 대만, 터키, 시리아, 아일랜드, 쿠바, 미국 여행에서 느낀 개인적 상념만을 짤막하게 담았다. 편지글이라면 추신만을 모았달까.

반세기 전부터 혈혈단신으로 여행을 하며 겪은 산전수전이 이어지는데 가장 재미있는 무용담은 부산의 바닷가 횟집에서 생긴 일. 생선에 관해선 누구보다 아는 것이 많은 그가 돌돔을 골랐는데, 주인은 그를 속여 죽은 지 오래된 돔을 내왔다. 큰 소리로 돈을 못 내겠다고 소란을 일으키고 구경꾼까지 몰려든 상황에서 그는 자신이 먹은 생선 껍질을 가져오라는 기지를 보여 한국의 바가지 상인을 제압했다. 사과를 받아내 승리를 거둔 일화다.

아무도 인도를 가지 않던 1960년대 인도의 허름한 숙소에서 위협을 당하자 산탄총을 꺼내서 제압한 뒤 성대한 대접을 받은 일, 전쟁이 잠시 멈춘 극적인 국경 지역인 레바논에서 불안한 지중해 연안 지역의 평화를 엿본 일, 쿠바에서 목숨을 걸고 미국으로 도항하려는 청년을 만난 일…… 이런 경험은 요즘같이 '평평해진 지구'에서 접하긴 쉽지 않은 일이다. 신야는 이렇게 썼다. "내가 이번 여행기에서 시도하려고 했던 것은 미처 꺼내지 못한 원석들을 닦거나 형태를 정돈하지 않고 독자 앞에 그냥 내던지는 것이었다." 이런 혹독한 길 위의 이야기가 이상하게도 끌린다.

하노버에서 온 음악 편지

손열음 – 중앙북스 – 2015년 5월

내가 예술 쪽에서 가장 무지한 영역은 클래식이다. 최근 발레를 배우면서 발레 음악이 궁금해졌고, 연이어 클래식에 관심이 생겼다. 무지 상태의 나를 클래식으로 친절하게 입문시켜줄 책을 찾다가 『하노버에서 온 음악 편지』를 발견했다.

손열음 그녀만의 리듬, 잘된 연주, 곡을 다 외우는 방법, 440Hz 일화도 재미있지만, 사이에 들어가 있는 클래식을 찾아듣느라 읽는 데 시간이 배로 걸린다. 거기에 드미트리 쇼스타코비치의 인생, 슈베르트의 어려움, 라흐마니노프 협주곡 2번을 연주할 수밖에 없는 운명까지 연달아 읽으며 플레이 리스트가 쌓여간다. 거기에 내가 좋아하는 이고르 스트라빈스키의 〈봄의 제전〉 평까지. 클알못이건만 옆집 언니가 들려주는 뒷담화처럼 즐겁기만 하다. 다 읽은 후, 남은 건 숙제처럼 남겨진 플레이 리스트다. 귀가 즐거운 5월이 될 수 있겠다.

#음악_책

책 읽는 고양이

알렉스 하워드 · 이나경 옮김 · 웅진지식하우스 · 2017년 4월

도서관 고양이는 8년 전, 에든버러대학교 사제관에서 태어났다. 형제자매들은 아주 유쾌한 삶을 살기 위해 떠났고 따뜻한 난롯가, 튼튼한 판지 상자에서 자고, 잘 먹고, 그루밍도 잘하고, 쥐도 잘 잡는 고양이가 되었다. 조던은 좀 달랐다. 태어난 지 겨우 두 달째, 뭔가 고양이의 마음속을 밝혔다. 생각의 불꽃이었다.

조던은 지금까지도 에든버러대 도서관 안팎에서 자고, 생각하고, 관찰하며 살고 있다. 가장 좋아하는 로비의 청록색 의자를 지키면서. 도서관 고양이 조던의 목소리로 새 학기, 과제 마감 주간, 크리스마스 등을 통과하는 캠퍼스 도서관의 사계절 이야기를 소설처럼 들려주는 독특한 책이다. 조던은 각 챕터마다 책도 한 권씩 소개한다. 루이스 쌔커의 『구덩이』, 제임스 조이스의 『율리시스』, 조지 오웰의 『1984』 등등. 그렇다. 딱 신입생들을 위한 소설이다.

책의 프롤로그 첫 장에는 조던의 사진도 실렸다. 글에서 성격을 느낄 수 있었던 그대로, 총명한 인상의 턱시도 고양이다. 새초롬한 인상이지만, 도서관이란 장소에 그렇게 어울릴 수가 없는 잘생긴 고양이였다.

아주, 기묘한 날씨

로런 레드니스 – 김소정 옮김 – 푸른지식 – 2017년 5월

판형에 한 번 놀라고, 두께에 두 번 놀라고, 심도 깊고 아름다운 내용에 세 번 놀랐다. 날씨의 세계를 특이한 방식으로 그려내는 이 작품은 김정은, 다이애나 비 같은 역사적 인물 외에도 날씨라는 신화 속에 숨겨져 있는 개개인의 역사도 놓치지 않아 더욱 특별하다. 첫 날씨에 관한 서사는 한 묘지 관리소장의 허리케인 증언으로 시작된다. 그뒤엔 뒤엉키고 피폐하게 된 상태를 표현한 일러스트. 카오스의 상태에서 비, 안개, 하늘 등으로 시선을 움직인다. 목차대로 봐도 좋고, 원하는 주제부터 봐도 괜찮다. 미시적 관점, 거시적 관점 둘 다를 잃지 않고 감정의 영역이었다가 과학의 영역으로 능숙하게 넘나드는 작가의 표현력에 감탄했다. 책이 할 수 있는 예술의 경지 한 부분을 보여주는 훌륭한 예.

#읽은_책

뒤러와 미켈란젤로

신준형 · 사회평론 · 2013년 4월

신준형의 르네상스 미술사는 나의 편견을 깨준 시리즈다. 르네상스와 근대 시기를 다룬 읽을 만한 국내 미술사책이 없다는 편견이다. 3부작의 첫 책이자, 시기적으로 마지막에 쓰인 『뒤러와 미켈란젤로』가 특히 그랬다. 북유럽과 이탈리아라는 먼 거리 때문에 동시대를 살았음에도 함께 묶일 일이 없던 두 화가에 관한 흥미로운 비교를 시도하는 책이다.

16세기의 시각에서 북유럽인 독일 뉘른베르크의 처지는 한국과 다름없었다. 반면 로마는 고대 제국의 수도이자 지중해 문명과 르네상스의 중심지였다. 뒤러는 실제로 남쪽의 문화를 열망하여 베네치아로 두 번의 미술 수업을 떠나기도 했을 만큼 남쪽의 문화를 동경하고 있었다. 재미있는 건, 도시의 성격과는 달리 뒤러는 예수를 매우 '르네상스적'으로 그렸고, 미켈란젤로는 르네상스를 뛰어넘는 예수의 몸을 만들어냈다는 점이다.

이 책은 뒤러의 종교적, 이국 취향적 작품이 중심지를 의식하며, 이를 넘어서는 문명을 꽃피우고자 했던 열정과 강박에서 온 것으로 해석한다. 이 책을 읽다보면 나도 모르게 고단했을 뒤러의 삶에 위로를 보내게 된다.

이처럼 중심과 주변부에 관한 고찰이 인상적이었다. 세계화된 시대를 살아가면서, 때로는 중심에서 살고 있다고 착각하지만 한국인의 운명은 주변부에 속할 수밖에 없다. 서양 문명의 정수를 이국의 땅에서 공부하는 동양의 학자였던 저자의 처지를 떠올려보니, 그가 왜 뒤러를 자신의 영웅처럼 여기게 됐는지 어렴풋이 알 것만 같았다.

뉴욕 생활 예술 유람기

이나연 – 퀠파트프레스 – 2016년 10월

　책 한 권 없이 출발한 제주도. 제주에 도착하자마자 위미리에 있는 한 독립서점으로 향했다. 그곳에서 제주의 색하면 떠오르는 초록을 옴팡 덮은 『뉴욕 생활 예술 유람기』을 만났다. 제주도 출판사에서 만든 제주 사람의 뉴욕 아트 신 이야기였다. 이걸로 여행책 당첨. 가고 싶었던 제주에서 가고 싶은 도시를 읽는 일. 다음번 여행을 상상하게 하는 근사한 일이었다.

　"나는 뉴욕이 참 좋더라"라는 말에 뉴요커였던 친구 한 명이 말했다. "10일 이하로 놀러갔다 왔었지? 그럼 나도 그렇게 말할걸?" 하지만 현대 미술을 복수전공으로 선택할 만큼 관심이 높았던 나에게 뉴욕은 무아지경 그 자체였다. 어딜 가든 art였고, 핫했던 갤러리들을 다 못 둘러본 것이 여한이 될 정도로 빡빡한 미술—숲이었다. 지금도 아트 신에서 뉴욕은 가장 뜨거운 도시 중 하나. 뉴욕 하면 떠오르는 중심인 '모마'부터 가난한 예술가들이 맨해튼에서 쫓겨간 브루클린, 매력이 넘치는 갤러리와 미술관이 줄줄이 서 있는 미트패킹 지역까지 골고루 둘러보기에 적격이었다. 미술관과 갤러리 사이로 저자가 생활에서 느낀 최신 뉴욕 아트, 좋아하는 커피, 음식들까지 맛있게 생긴 애프터눈티 세트를 음미하듯 읽었다. 내년에 갈 이 도시를 지금 제주에서 걷는 기분으로 흠뻑 빠져 읽었다. 현대 미술을 좋아하는 독자라면 일독을 권하고 싶은 청량한 뉴욕 유람기다.

고양이의 서재

장샤오위안 · 이경민 옮김 · 유유 · 2015년 1월

2박 3일 짧은 제주 여행에서 두 곳의 독립서점에 들렀다. '라바북스'와 '소심한 책방'은 둘 다 정말 찾기 힘든 외딴 시골 마을에 자리 잡고 있는데다, 책의 대다수가 독립출판물이라는 점에서 매우 인상적이었다. 특히나 '소심한 책방'에서는 세상에서 가장 귀여운 표지의 책을 하나 발견했다. 바로 이 책이다.

어린 시절 문화 혁명기에는 금서가 많아 책을 쉽게 구할 수도 없었고, 대학에 들어가기 위해 공장에서 일을 해야 했던 작가다. 그런 힘겨운 시절을 통과했지만, 그 결핍이 오히려 책을 누구보다 사랑하게 만들었다. 교수가 된 이후에는 3만 권의 책을 보유하게 된 이 천문학자는 중국 내에 최초로 과학사학과를 창설한 이름난 서평가이기도 했다. 처음으로 쓴 책은 중국의 성애사에 관한 책인데, 김용(중국어로 진륭)의 광팬이기까지 하니, 호기심의 영역이 넓다는 측면에서 돌연변이 같은 작가였다. 문리과를 넘나드는 지식의 소유자에다 이름난 서평가라는 점에서 일본의 다치바나 다카시와도 매우 닮았는데, 공교롭게도 자신의 묘비에 이런 문구를 써놓겠다고 답하는 대목이 나온다. "그는 늘 자신이 즐거운 고양이이기를 바랐다." (다카시도 서재를 고양이 빌딩으로 지었다.)

굴곡 많은 시기를 살아가면서도, 자신의 모든 생을 책을 사랑하는 일에 쏟아부은 작가의 삶에 감탄하면서 책을 덮었다. 애서가라면 어찌 이런 고백에 동의하지 않을 수 있을까.

책을 사랑하는 사람은 자기의 책장을 보는 일이 무척 즐거울 것이다. 하루종일 나가지 않아도 된다면, 나는 대부분의 시간을 서재에서 보낼 것이다. 난 책벌레가 된 건지도 모르겠다.

고양이의 서재

장샤오위안 - 이경민 옮김 - 유유 - 2015년 1월

실질적인 제주의 마지막 날. 어제도 한 독립서점을 찾았다. 종달리라는 예쁜 이름을 가진 지역에 위치한 작은 서점이었다. 누가 책 사러 여기까지 오기나 하려나 걱정이 될 정도로 소박한 그곳엔 생각보다 많은 책이 주인장과 함께 잘 꽂혀 있었다. 신성한 곳을 침범하는 기분으로 주위를 천천히 둘러보았다. 대부분 내가 가지고 있는 책들이었거나 봤던 책, 혹은 이전 서점에서 산 책이었다. 한 권이라도 사자는 남편의 말에 내가 미처 사지 못했던 책이 있나 다시한번 기웃거렸다. 한 권의 책이 눈에 보였다. 『고양이의 서재』. 독서 편력가 장샤오위안의 독서 에세이다. '서재에서 뒹구는 고양이'가 되고 싶다는 소박한 과학사학자의 책을 골라 집었다. 계산을 하고 책을 받아 나오며 페이지를 가볍게 넘겼다. 우연히 보인 한 구절에 고개를 끄덕인다.

게으름뱅이 고양이. 서재 가득 꽂힌 책과 디브이디 사이를 나른하게 오가며 자다가 깨다가 읽다가 보다가 상상에 빠지는 고양이. 떠올리기만 해도 행복해지는 일이다.

매일 책을 읽고, 책등을 만지고, 책 소개를 받거나 하면 그놈의 책이 물릴 만도 할 텐데, 여행까지 와서 굳이 사게 된다. '고양이'처럼 자다가 깨다가 읽다가 보다가 상상에 잠기고 싶다. 이 정도면 나도 독서 편력가는 못 되어도 독서 의존가 정도는 되려나.

뉴욕 생활 예술 유람기

이나연 ― 퀠파트프레스 ― 2016년 10월

제주도에서 발견한 보물 같은 책이다. 초록초록한 표지에 속지까지 깔맞춤으로 물들인 완벽한 디자인에 반해, 앞뒤 재지 않고 사버렸다. 서울살이 7년, 뉴욕살이 7년을 마친 뒤 제주도로 돌아온 작가가 자신이 만든 독립출판사에서 직접 펴낸 책이니, 서울의 대형서점에선 절대 만날 수 없을 '레어템'이기도 했다.

가난한 동네에서 원룸 생활을 하며, 뚜벅이로 누볐던 뉴욕의 아트 신을 소소하게 소개하는 책의 곳곳에는 추억만큼이나, 애정의 흔적이 역력하게 남아 있어 읽는 내내 그 감정이 고스란히 전해졌다. 귀국한 지 얼마 되지 않은 '전직' 뉴요커의 책이다보니 생생하게 업데이트된 뉴욕 이야기도 흥미로웠다.

예를 들면 2015년 5월 1일 시끌벅적하게 이사한 뉴욕 휘트니 미술관 소식 같은 것. 휘트니의 새 공간은 가장 미술관 기능에 충실한 미술관, 관객과 작품만을 위한 장소로 인식되기 시작했다는 평가에 당장 달려가고 싶었다.

힙스터들의 궤적을 따라, 브루클린으로 첼시로 장소를 옮겨가며 소소한 이야기를 들려주더니, 변방 중의 변방인 그린포인트까지 찾아가 재미 작가 박이소의 흔적을 찾는 모습에서는 탐정 못지않은 집요함을 보여주기도 한다. "예술은 비정상적인 사람들을 위한 보호 구역이나 양호실 같은 데라고 생각합니다. 또한 지루한 일상생활에서 가벼운 농담이 활력소가 되듯 예술이 유머러스하면 한층 더 재미있을 것"이라던 박이소의 말처럼 예술을 가장 기분 좋게 즐기는 건, 유머와 활력소로 받아들이는 경지일 것이다. 다음 뉴욕행에 꼭 챙겨갈 믿음직한 가이드를 만난 기분이다.

고양이 그림일기

이새벽 – 책공장더불어 – 2017년 5월

고양이를 키우고 나서의 가장 큰 변화는 고양이 책을 사 본다는 것. 소중한 것이 많이 쌓일수록 세상은 그만큼 넓게 보인다. "우아, 귀여워요!"라는 감탄사에서 끝나지 않고, 은밀한 집사―연대감을 느끼며 읽게 된다. 둘 다 데려오게 된 이유가 있어서 글을 읽으며 "나도, 나도!"를 외친다. 그리고 알게 된다. 우리 둘째가 유별난 건 아니구나. (그렇다, 우리집은 둘째가 문제아.)

고양이 두 마리와 식물들을 키우며 삶을 가꿔나가는 이새벽 일러스트레이터를 통해 우리 식구를 본다. 세심하게 녀석들의 원하는 바를 들어주지 못했나 싶다가도 장군이와 흰둥이에게서 우리집 아이들을 발견하고 슬며시 웃는다. 우리집 아이들은 집고양이여서 길고양이 흰둥이처럼 행동하는 일은 거의 없지만, 새롭게 길고양이들의 행동 방식을 그림과 글로 익히는 것도 즐겁다. 캣맘들에게 큰 도움과 의지가 되어줄 책이다.

예민하고 소심한 장군이도 장군이 나름대로의 방식이 있고, 눈이 오나 비가 오나 바깥으로 자신의 영역을 지키기 위해 나가는 흰둥이에게도 흰둥이만의 방식이 있다. 인간은 그 둘과 함께 천천히 자신의 영역으로 스며들어간다. 겨울에서 봄이 되고, 털갈이를 하면서 여름을 맞이하고, 찬바람이 부는 가을이 되면서 겪는 변화에 눈물이 펑펑 난다. 이윽고 다시 찾아온 눈을 맞으며 장군이와 흰둥이를 추억하는 작가의 그림과 글은 끝나가는 것이 아쉽게 느껴질 지경이다.

다음 책도 나온다니 아쉬워하지 않으련다. 아, 나도 우리집 듬직한 첫째와 말썽쟁이 둘째에 관해 글도 쓰고 그림도 그려보고 싶다.

코타로와 나

곽지훈 – 미래의창 – 2016년 7월

선거를 앞두고 책도, 일도 손에 잡히지 않는다. 뉴스가 어느 때보다 재미있다. 그렇다고 책이 출간되지 않는 건 아니니, 관성을 극복하고 읽는 수밖에 없다.

잘생긴 시바견이 물끄러미 바라보고 있는 표지의 책을 집었다. 고양이를 기를까, 멍멍이를 기를까 고민하던 시절 열심히 사 모은 반려동물에 관한 책 중 하나다. 비록 이제야 읽게 됐지만. 일본에서 살고 있는 이 싱글남이 3년째 키우고 있는 시바견의 이름은 코타로. 첫 장부터 "코타로를 키우기 전과 비교해보면 하루하루가 너무도 선명하고 행복한 기억들로 채워지고 있다"는 고백으로 시작된다. 한국에서도 인기를 얻고 있는 시바견이 1930년대 천연기념물로 지정된 일본의 토종개라는 것도 처음 알게 됐다. 코타로를 처음 만난 날 지금까지 느껴본 적 없던 책임감이 밀려왔다는 말, 나도 이젠 이해할 수 있게 됐다.

회사에도 방문하고, 매일 2번씩 산책을 하고, 캠핑이나 신칸센 여행까지 떠나본 이 다정한 가족에게도 시련은 있었다. 회사 근처에 집을 얻어 저녁식사 시간에도 코타로를 보러오던 그가 처음으로 철야 근무를 하게 된 날, 처음으로 만 하루 동안 혼자 있게 된 코타로가 집에 토한 흔적을 남겨놓은 것이다. 처음으로 코타로를 데려온 걸 후회했다고. 독신으로 혼자서 코타로를 돌보는 일은 여러 가지 제약도 만들지만, 그는 코타로가 없는 삶을 상상할 수 없게 되었다며 "나에겐 가족도 친구도 있지만, 코타로에겐 나뿐이다"라고 고백한다. 반려동물이 있는 이들이라면, 누구나 그런 마음일 것이다.

세 살 버릇 여름까지 간다

이기호 – 마음산책 – 2017년 5월

가족. 얼마나 수많은 애증이 축약된 이름인가. "밖에선/ 그토록 빛나고 아름다운 것"도 집에서는 "다 죽었다"는 진은영 시인의 고백처럼 나에게 있어 가족은 행복의 축약본이 아니다. 오히려 증오에 가까울 수도 있다. 멀어 보일수록 더 아름답고, 가까우면 더 추악해 보이는 것이 사람이니. 지하철에서 모르고 내 발을 밟고 가는 이는 용서할 수 있어도, 가족이 나에게 한 행동은 죽을 때까지 용서가 안 될지도 모른다.

이야기꾼 이기호 소설가는 『세 살 버릇 여름까지 간다』로 유쾌하게 내가 가지고 있는 가족의 의미를 돌파해나간다. 결혼 6년 차인 한 부부와 아들 둘, 딸 하나가 서로의 공간에서 부딪치고 보듬으며 자라난다. 장모님 미역국이 맛있다는 정겨운 거짓말도 치고, "누운 자리는 좁았고, 그래서 우리는 조금 더 가까이 있"을 수 있는 집에서 부대끼며 사는 이들의 모습에 킥킥 웃음을 참는다. 그러다 아버지의 영정사진을 찍는 장면에서, 별자리를 말하며 이별을 상상하는 아들과 엄마 앞에서 왈칵 눈물이 난다. 아아, 어쩔 수 없겠지. 사랑스럽다가도 징그럽게 싫은 가족. 이기호 소설가의 에세이라고 해도 믿을 것 같은, 정겹고 생생한 이 소설은 쉽고 빠른 모양새를 지녔다. 하지만 여운이 길다. 이 책일기를 써놓고 나니 오늘은 어버이날이네.

아름다운 그런데

한인준 · 창비 · 2017년 4월

젊은 시인의 첫 시집을 읽었다. 남들이 하지 않는 시도를 볼 수 있는 건 언제나 데뷔작이다. 한인준의 시집에선 문장들이 비상한다. 한 줄의 시와 다시 한 줄의 공백. 행과 연의 구분도 무의미하다. 낱말들의 접합이 부자연스러운 것은 말할 것도 없다. 이를테면 이런 식이다.

나는 파란색을 흘린다. 파란색은 어디에나 있으니까
아무도 파란색을 모른다
다 지나간 일인데
아 파랗다
—「타워」

처연한 독백이 이어지는 시집인데, 「윤곽」에서는 작가의 속내를 엿본 것 같았다.

너에게 무슨 말을 하려고 했는데
언제나 돌아볼 수 있을 만큼만
무슨 말처럼 사라진다

하고 싶은 말이 사라지는 건, 하고 싶은 말이 너무 많아서일지도 모른다. 실험 정신이 강하지만, 하염없이 읽게 만드는 재능도 있다. 이런 뚜렷한 인상을 받은 첫 시집은 오랜만이다.

아이를 낳았지 나 갖고는 부족할까 봐

임승유 – 문학과지성사 – 2015년 9월

뜨거운 시집을 읽었다. "넘어질 수도 없을 때/ 담장은 막아서면서 일으켜 세우는 알리바이"(「묻지 마 장미」)일 정도로 죽어라 달리는 화자의 넘실거리는 시들을 읽으며 기운이 쑥 빠졌다. 아, 이 자세는 꼭 "길가에 웅크려 앉은 자세"(「주유소의 형식」) 같기도 하다. 울음을 원료로 삼고 있는 이 시집에서 '소녀' 혹은 '나'는 무언의 폭력을 피해 도망치기도 하고, 감당하지 못할 사건을 겪는다. 그러나 비명을 지르지 않는다. 희생당하지 않기 위해 사건을 건조하고 차갑게 대하는 음성이 툭툭 떨어진다. 그러나 속에서 울분은 끓어오르고 있다. 과연 "알맞은 온도"(「책상」)란 존재하는 걸까? 시 안에서 힘을 가진 자와 그렇지 못한 자의 관계를 보며 자문한다. 「건강하고 안전한 생활」이라는 것, 얼마나 한심한 일인지. 비이성적이고 납득 가지 않는 언어가 뼈아프게 사실에 더 가까운 세상에서 임승유의 시는 비스듬히 누워 있다. 구원을 위한 시가 아니다. 자신을 꺼내고 '아이'를 낳는 고통을 위한 시였다.

한 걸음씩 걸어서 거기 도착하려네

나희덕 – 달 – 2017년 3월

느지막이 일어나 투표를 하러 갔다. 오늘 같은 날 무슨 책을 읽을 수 있을까. 어제 읽은 책에 이런 구절이 있었다. 루마니아 작가 헤르타 뮐러는 노벨문학상 수상 연설문에서 아침마다 현관에서 "손수건 있니?"라고 물어보던 어머니 이야기를 들려준다. 과묵한 농부였던 어머니가 할 수 있는 사랑의 표현이었다고.

헤르타 뮐러의 어머니는 독일인이라는 이유로 독방에 수감된 적이 있었다. 갇혀 몇 시간을 울다가 눈물 젖은 손수건으로 가구의 먼지를 정성껏 닦았다. 그때 손수건은 어머니로 하여금 외로움과 공포를 견딜 수 있게 하고 인간의 자존을 지키게 한 사람의 무기였을 것이다. 예수의 피와 땀을 닦은 베로니카의 손수건, 질투에 눈먼 남편에게 영문도 모르게 살해당하는 데스데모나의 손수건과 비교하며 나희덕 시인은 손수건에 의해 빚어진 세 여인의 각기 다른 운명에 관한 이야기를 들려준다.

지난겨울 이후 많은 이의 눈물을 지켜봐야 했다. 변화의 기회가 힘들게 찾아왔고, 오늘밤은 그 결과를 차분한 마음으로 기다리는 시간이다. 어쩌면 손수건이 필요한 시간일지도 모른다.

정원생활자

오경아 – 궁리 – 2017년 5월

나는 정원을 가꾸는 꿈을 꾼다. 시골에서 나고 자랐다. 풀빛이 그립다. 서울에서 간간이 보이는 풀빛에 간절해지면, 그건 돌아가고 싶다는 징표라고 한다. 내가 『정원생활자』에 꽂힌 건 그 징표일지도 모르겠다. 178꼭지나 되어도 괜찮다. 매일 밤 내 상상의 정원을 거닐듯 한 챕터씩 읽는 게 좋은 독서법이다. 살아생전에 '세상에서 가장 작은 정원' 하나를 가질 수 있다면. 그런 정원을 가진 집을 살지도 모르니 이 책을 사고 싶은 리스트에 적어넣는다. 언젠가 꼭 크지 않은 땅과 함께 손에 쥐고 말리라, 다짐하면서.

#사고_싶은_책

문재인 스토리

함민복/김민정 엮음 · 모악 · 2017년 2월

밤늦게까지 지켜본 개표 방송의 피로감이 가시기도 전에, 나 또한 새 대통령의 탄생의 이모저모를 보도하는 대열에 합류했다. 예상대로 당장 오늘부터 서점에서는 아이돌 대통령의 위력이 대단했다. 폭발적으로 팔리기 시작한 책들에 관한 기사를 쓰면서, 서점에서 대통령에 관한 책을 몇 권 샀다.

도종환, 한창훈 등 많은 문인이 문재인 대통령에게 쓴 글을 모은 책인 『그래요 문재인』과 함민복, 김민정 시인이 인간 문재인의 주변 사람들의 구술을 풀어쓴 『문재인 스토리』 두 권에 특별히 관심이 갈 수밖에 없었다. 문재인이라는 사람을 작가들이 어떻게 보고 있고, 어떤 기대를 하고 있는지 아는 것은 향후 5년 동안 나와 내 주변인들에게도 중요한 문제가 될 것이기 때문이다.

군대 동료, 학창 시절 친구, 운전기사, 변호사와 정치인으로 활동하던 시절의 동료들까지 56명의 사연 중에는 인상적인 이야기가 많았다. 대통령이 중학교 1학년 무렵, 한 푼이라도 벌기 위해 새벽에 아들 문재인을 깨워 암표 장사를 나섰던 어머니의 이야기는 찡했다.

부산역에 도착해서도 서성거리기만 하다 발길을 돌린 이유를 훗날 문재인이 물어봤더니 "듣던 거와 다르더라, 못하겠더라"라고 어머니는 말하셨다. 가난을 핑계로 바람직하지 못한 일을 하는 게 부끄러웠던 어머니를 보며 자란 고학생 문재인이 훗날 어떤 청백리가 되었는지는 우리가 이미 알고 있는 바다. 가난이 불행은 아니라는 어릴 적의 가르침은 이만큼 중요한 법이다.

창작과비평 174호

창작과비평 편집부 – 창비 – 2016년 12월

사소한 독서 습관이 있다. 누군가가 수상하면 그 소설이나 시를 다시 찾아 읽는다. 오늘은 올해 김유정문학상을 황정은 소설가가 수상했단 뉴스를 들었다. 집에 돌아와 수상작이 실린 『창작과비평』 2016년 겨울호를 다시 폈다. 여기에 수상작 「웃는 남자」가 수록되어 있다.

소설에는 d가 나온다. 그가 사랑하는 dd가 죽은 뒤, d는 바깥에 나가지 않는다. 유일하게 찾아온 집주인마저 요양원으로 보내지고, 그는 dd와 살았던 그 집에서도 나온다. 그러다 세운상가에서 택배를 나르는 일을 하면서, 여소녀를 만난다. 황정은 소설가는 한 인물도 놓치지 않고 그들의 역사를 다루고, 그들을 매만진다. "환멸로부터 탈출하여 향해 갈" 수 없는 사람들의 이야기, 아무도 관심조차 가지지 않는 이야기가 소설로 하나의 역사가 된다. 버려진 것을 고치다가 본인들마저 도태되어버린 이들은 더욱 하찮은 존재가 되어가고 있다. 그러나 "우습게 보지 말"아야 한다. "그것은 무척 뜨거우니". 이 소설의 시작은 무너져가는 지하방이었으나, 끝은 차벽으로 막혀 있는 청계광장이다. 잡음의 세계에서 진공의 세계로 황정은이 간다.

#축하하고_싶어서_다시_본_책

죽음을 넘어 시대의 어둠을 넘어

황석영/이재의/전용호 – 창비 – 2017년 5월

전설처럼 전해져 내려오던 책의 탄생 비화를 알게 됐다. 1980년 5월 광주에 있던 황석영이 쓴 이 르포는 철저한 언론 통제 속에 민주화항쟁의 전모를 알 수 없었던 많은 대학생이 돌려 읽은 지하의 베스트셀러였다는 정도의 사실만 알고 있었다. 그런데 32년 만에 고치고 다듬어 개정증보판을 내면서 숨은 저자들이 얼굴을 공개했다.

1980년 당시 전남대 총학생회 비밀기획팀 멤버였던 이재의, 투쟁위원회 홍보팀에서 투사 회보를 만들던 전용호는 개정판에 공동저자로 이름을 올렸다. 두 사람은 "우리가 가야 할 감옥을 대신 가주신 작가님께 정말 고맙다"고 말했다.

언론과의 기자회견에서 황석영은 "옆에 앉은 이 친구들은 당시에 홍안의 청년들이었는데 벌써 60대가 됐다. 이들을 보면 그때 죽은 젊은 청년들이 주마등같이 지나간다. 사실 팔자가 사나워진 게 광주에 가서 산 것 때문인 것 같다"고 말했다. 그의 얼굴에 깊게 팬 주름은 이 시기를 통과한 영광의 훈장같이 보였다. 1980년대에 태어난 나와 같은 세대에게 광주민주화운동은 어느덧 '과거'로만 남아버렸다. 이 책이 다시 나온 건 이 과거를 현재로 불러내기 위함일지도 모르겠다. 정말이지 책 한 권이 세상에 태어나는 것은 쉬운 일이 아니다.

겨울 일기

폴 오스터 - 송은주 옮김 - 열린책들 - 2014년 1월

오늘은 남편의 생일이니 특별히 『겨울 일기』를 다시 읽었다. 남편과 내가 친해지게 된 지분 중 8할 정도는 책에 있다. 매주 서평을 써야 하는 기자에게 서점 직원이 물었다. "해외 작가 책 중 뭐가 좋은가요?" 그러자 몇 가지 책이 나왔다. 그중 하나는 『겨울 일기』였다. 폴 오스터를 좋아한다고 덧붙이면서. 이미 읽었던 책이었다. 하지만 반가웠다. 내가 좋았던 책에 어떤 확신이 덧입혀지는 순간이었다.

『겨울 일기』는 폴 오스터가 자기 자신을 '당신'이라 지칭하며 2인칭으로 써내려간 자전소설이다. 열 살 폴 오스터의 계절이 한여름이라면, 과거를 회상하는 예순넷 그의 계절은 1월 한겨울이다. 이 자전 소설은 한여름에서 한겨울로 저무는 인간에 관한 고찰이자 자기 고백이다. 뉴욕, 파리 등 계속 이사를 가야 했던 일화들, 많은 여자를 만났던 시절을 지나 여러 번의 실패 끝에 '가장 우수한 정신의 소유자'인 아내를 만나기까지. 두서없지만 끈을 놓치지 않게 배치했다. 어머니의 죽음처럼 슬픈 장면도, 목구멍에 생선 가시가 박혀 죽을 뻔한 깜짝 일화도 놓칠 수 없는 포인트. 이 소설을 다 읽는다면 폴 오스터에 관해 이야기하거나 다른 작품을 이해하기가 훨씬 수월할 것이다. 인생의 겨울로 돌입한 그의 다른 작품을 응원하는 건 덤이다.

까마득한 미래에도 남편과 함께할 수 있을지는 모르겠지만, 이건 확실하다. 폴 오스터를 보면 남편이 떠오를 것은.

스카이 섬에서 온 편지

제시카 브록몰 · 정서진 옮김 · 문학동네 · 2017년 4월

소설도 휙휙 잘 읽히는 작품이었지만, 작가의 사연이 더 흥미로운 책이었다. 이 책은 1차 세계대전을 배경으로 미국 일리노이주에 사는 데이비드와 스코틀랜드 스카이 섬에 사는 시인 엘스페스 던이 주고받는 편지로만 구성된 서간체 소설.

미국에서 태어난 작가는 결혼으로 인해 스코틀랜드로 이주하면서 미국에 있는 가족과 친구들에게 자신의 소식을 전하기 위해 편지를 쓰기 시작했고, 연락 수단이 편지밖에 없던 시절에 대해 자주 생각하게 되었다고. 가족과 함께 스카이 섬으로 여행을 갔을 때 바다로 둘러싸인 스카이 섬의 자연 풍광에 사로잡힌 그녀는 스카이 섬과 미국 사이를 오가는 편지로만 이루어진 사랑 이야기를 소설로 썼다. 그렇게 쓴 데뷔작의 성공으로 일약 세계적인 베스트셀러 작가가 되었다는 꿈만 같은 사연이다. 언젠가부터, 소설의 탄생 배경을 유심히 찾아보는 습관이 생겼다. 책을 통해서 묘사되는 세계만으로 소설과 만나려던 강박관념에 빠져 있던 때가 있었다. 소설의 세계를 더 풍부하게 즐기기엔 작가와 만나보는 것도 나쁘지 않은 선택임을 알아가고 있는 요즈음이다.

릴리트

프리모 레비 - 한리나 옮김 - 돌베개 - 2017년 4월

프리모 레비의 30주기 기념, 한국에 그의 소설집 『릴리트』가 처음으로 나왔다. 이 소설집은 총 36편의 단편, 3부작으로 이루어져 있다. 프리모 레비가 '가까운 과거' '가까운 미래', 그리고 '현재'로 직접 나누었다.

'가까운 과거'는 프리모 레비가 겪었던 아우슈비츠의 경험들을 위주로 한 소설이다. 로렌초, 엘리야, 체사레 등 그가 이미 썼던 인물들을 반갑게 맞이할 수 있다. 그에겐 죽는 그날까지 아우슈비츠의 끔찍한 기억들은 '가까운 과거'였다. '가까운 미래'에는 거인이 등장하고, 사람들이 이종교배를 하는 흡사 SF와 비슷한 소설들을 선보인다. '현재'에는 어쩌면 과거보다 더 과거 같은 이야기들과 미래에서나 일어날 수 있는 일들을 겹쳐서 내놓는다. 프리모 레비가 어떻게 자신의 타임라인을 구성하고 있는지 알 수 있는 소설집이다.

이탈리아인이면서도 유대인, 화학자이면서도 작가였던 그. 삶을 기억하게끔 하는 증언문학의 대표 작가였지만 결국 삶에 지쳐서 자살을 택한 사람. 그에게 인간성을 잃지 않게 해준 로렌초의 사후에 쓴 「로렌초의 귀환」의 한 구절이 잊히지 않는다.

그는 세상이 어떤지 보았고, 그것이 싫었으며, 그것이 몰락해간다고 느꼈다. 살아가는 것에 더는 관심이 없었던 것이었다.

절반의 중국사

가오홍레이 · 김선자 옮김 · 메디치미디어 · 2017년 4월

수요일과 목요일 이틀간 북섹션의 책 기사를 쓴다. 물론 서평을 쓴다고 주중의 업무가 줄어드는 건 아니다. 벽돌책이 무서운 이유가 그 때문인데 이번주에도 1044쪽의 책을 읽어야 하는 임무가 떨어졌다.

마오쩌둥, 덩샤오핑 평전을 비롯해 숱한 책을 봤지만, 이런 시각의 책은 처음이다. 흉노, 유연, 돌궐, 선비, 갈, 저, 강 같은 변방의 유목 민족 18개의 흥망성쇠를 다뤘다. 3000여 년의 역사를 다루다 보니 이 두꺼운 책이 휙휙 넘어갈 만큼 속도감이 있었다.

적의 머리를 하나 베면 술 한 동이가 상으로 내려왔던 용맹한 흉노족에 대한 공포심으로 인해 한족은 만리장성을 축조하기까지 했다. 그런 흉노의 묵돌이 서역의 26개 왕국을 복속시키는 과정에 대한 묘사는 한족 역사의 어떤 전쟁 영웅보다 대단한 무용담이었다. 실제로 한 고조 유방이 전쟁에서 패한 뒤 화친 정책을 맺었을 정도다.

말 위에서 잠을 잘 수도 있고, 몇 달 동안 음식 없이 말의 젖과 수렵만으로도 살 수 있었던 몽골 기병의 위세가 중원은 물론 유럽 대륙까지 정벌했던 시기의 이야기도 놀라웠다. 과연 칭기즈칸은 밀레니엄 이후 탄생한 첫번째 풍운아다. 최근 드라마로 봤던 마르코 폴로의 진실에 관한 이야기도 만날 수 있었다. 중국 대륙의 역사는 알면 알수록 대단한데, 그들이 누린 영광의 시절이 흡수되거나 정복당한 숱한 변방 민족과의 갈등이 이뤄낸 것이라는 깨달음은 쏩쓸하기도 했다.

이연주 시전집

이연주 – 최측의농간 – 2016년 11월

　미세먼지가 하나도 없이 화창한 주말, 오래전 사다놓고 읽지 못했던 이연주 시인의 시전집을 읽었다. 『매음녀가 있는 밤의 시장』과 『속죄양, 유다』 단행본 2권과 동인지 발표작들을 엮어 나온, 24년 만에 세상 밖으로 나온 새까만 시전집. 시집에서 그려지는 세상은 '음탕한 매음굴' 그 자체. 시인은 그 세상을 구원하고자 하지 않는다. 관조의 대상도 아니다. 시인 자체가 '매음녀'이자 '병자'다. "치유해야 할 이유에 대한, 지금/ 신념이"(「충격요법을 실험중인 진료실」) 없는 시인의 언어는 절망과 분노, 고통만이 가득하다. 1992년 10월 12일. 스스로 삶을 마감하며 시인이 어떤 눈동자로 세상을 보았을지 어렴풋하게 그려지는 시전집. 창밖의 밝은 햇빛이 참담하게 바스러져버린 것 같은 오후다.

#읽은_책

고양이 그림일기

이새벽 – 책공장더불어 – 2017년 5월   .

고양이와 식물을 기르며 기록하는 일러스트레이터가 쓴 육묘 일기를 읽으며, 두 번 울었다. 새벽씨와 함께 사는 고양이는 장군이와 흰둥이다. 아기 시절부터 함께한 장군이와 달리 흰둥이는 좀 독특한 인연으로 만났다. 이 동네의 깡패는 나야 나, 라 할 법한 괄괄한 성격의 길고양이였는데 매일 같은 시간, 밥을 주러 나타나는 인간에게 정을 붙여, 반동거의 형태로 자신의 몸을 맡겨보기로 한 것이다. 길냥이 시절의 습성은 그대로 간직한 탓에 집에서 밥을 먹고 잠에 들면서도, 매일 외출을 해서 동네 고양이들과 일전을 벌여 상처를 얻어 돌아오거나, 쥐를 잡아 물고 오곤 했다.

그런 말썽쟁이와 장군이가 조금씩 가까워져, 한 주인을 공유하는 법을 배우는 모습을 하루하루 일기를 통해 엿보는 일은 사뭇 감동적이었다.

완벽하게 공존하는 하나의 세계를 이룬 지 얼마 되지 않아, 갑작스러운 교통사고로 장군이가 세상을 떠나는 사연을 담담하게 쓴 일기를 봤을 때, 그리고 오랜 시간 일기를 쓰지 못하다 다시 홀로 남은 흰둥이의 의기소침한 모습을 기록한 걸 봤을 때 눈물이 났다. 아무런 꾸밈없이 쓴 문장이었지만 그 속에는 너무나 절절한 이별의 아픔이 묻어 있었다.

새벽씨가 "장군이가 간 이후 내가 더 나은 인간이 될지도 모른다는 슬픈 예감"을 하게 된 건 사고 후 한 달 만의 일. 홀로 남은 흰둥이에게 더 친절해지고, 잠시라도 떨어지면 불안해하는 스스로를 발견하면서다. 두번째 책은 둘이 된 이 가족의 이야기가 이어지겠지. 책을 덮으며, 나도 간절히 빌고 있었다. 흰둥아, 제발 건강하길.

어린이책 읽는 법

김소영 – 유유 – 2017년 5월

서점에서 일하면서 좋아하는 분야가 생겼다면, 어린이 분야이다. 문학이나 인문, 예술 정도밖에 안 읽던 사람에게 더 넓은 시야를 압도적으로 가질 수 있게 도와주는 분야가 어린이다. 책을 안 읽는 사람들에게 어려운 인문서나 진중한 문학을 권하기보단 어린이 도서를 가끔 권한다. 어린이 도서는 아이들이 읽기 좋은 책이기도 하지만, 아이들과 함께 어른도 읽을 수 있는 책이다. 유명한 동화작가들을 추천받다가 좀더 범위를 넓혀가고 싶은 찰나, 귀여운 문고판 판형의 『어린이책 읽는 법』이 나왔다.

어린이책 읽기라 가볍게 생각한다면 오산. 독자의 수준에 맞춰서 읽기 레벨을 조정하는 것부터 시작해 책을 목적에 맞게 고르는 법, 편독을 피하기 위한 계획성 있는 독서를 제시하고 있다. 동시집부터 역사책, 과학책 등 갈래별로 읽는 포인트도 정리되어 있다. 보너스처럼 어린이책 편집자였던 저자가 소개하고 싶은 책도 맨 뒤편에 잘 정리되어 있으니 선생님이나 부모님이 참고하기 딱 좋은 책. 스스로 '평생 읽는 사람'이 되기란 어렵다.

호모 데우스

유발 하라리 - 김명주 옮김 - 김영사 - 2017년 5월

올 한 해 나를 가장 괴롭혔던 책이 나왔다. 정확하게 말하면, 지난해부터였다. 신문사에서는 신년을 앞두고 매년 거창한 기획 기사를 준비하는데, 작년 문화부에 떨어진 지령은 거장과의 릴레이 인터뷰. 여러 인물을 후보군으로 추려 진행했는데, 가장 중요한 대상은 유발 하라리 히브리대 교수였다. 『사피엔스』의 세계적 성공 이후 그는 슈퍼스타가 됐다.

다짜고짜 이메일을 보냈는데 놀랍게도 하루 만에 답장이 왔다. 인터뷰는 할 수 있지만 지금은 겨울 휴가중이니 복귀까지 기다려 달라는 비서의 답변. 한 달 이상을 기다렸고, 휴가 복귀 후 그는 단 이틀 만에 장문의 이메일 답변을 보내왔다. 원고지로 120매 분량에 달했다. 이후 추가로 보낸 이메일에도 신속한 답변이 도착했다.

어안이 벙벙한 친절함에 감탄한 나머지 최대한 기사를 크게 쓰기로 마음먹었고, 이튿날부터 지면에 어떻게 소화할지를 조율하는 지난한 과정이 이어졌다. 처음엔 1페이지, 그러다 5회로 나눠 쓰기로 했다가, 결국 2페이지로 쓰게 됐다. 5번 이상 고쳐 쓰는 고생 끝에 기사화가 됐지만, 『호모 데우스』의 주요 주제를 다룬 인터뷰의 반응은 기자가 된 이후 처음 겪어본 수준으로 뜨거웠다. 해외에서까지 이메일을 받았을 정도니까.

진화의 끝에 다다른 인류가 앞으로 만들 미래가 지옥일지, 천국일지 담대하게 예측하는 책이었다. 『사피엔스』의 열풍 이후 나는 기회가 될 때마다, 책을 읽지 않는 지식인들에게 이 책을 권했던 기억이 난다. 적어도 지금의 무의미한 베스트셀러 대신 검증된 교양서가 더 많이 읽혔으면 하는 바람에서였다. 어쨌거나 오늘부터 읽게 될 이 책을 한국에서 가장 기다려온 건 나였을지도 모른다.

호모 데우스

유발 하라리 – 김명주 옮김 – 김영사 – 2017년 5월

남들은 다 『호모 데우스』가 올해의 책이란다. 『사피엔스』 이후 유발 하라리의 후속작을 기다린 사람들도 많다. 남편은 유발 하라리를 좋아해서 메일 인터뷰까지 했다. 그 덕분에 상도 받아서 밥도 얻어먹었다. 하지만 나에게 유발 하라리는 관심 밖. 나는 출판사의 선물로 『호모 데우스』를 받아놓고 고민했다. 준다는데 안 받을 수도 없고, 이 두꺼운 책을 어쩐다. 주위에 이번 신작을 관심 있어 할 사람을 찾아보니 역시나 많았다. 1분도 안 되어서 제 주인을 찾아 줄 수 있었다. 세계적인 지성인에 슈퍼스타지만, 나에겐 아니다. 읽지 않을 책을 끼고 오래 고민해서 무얼 하겠나. 누군가에게는 유용할 양식이 되길 바라면서 기쁘게 책을 넘겼다.

#넘긴_책

일상기술 연구소

금정연/제현주 · 어크로스 · 2017년 5월

회사 일도 어렵고 공부도 어렵고 누군가를 사귀는 것도 물론 어렵다. 그런데 제일 어려운 건 역시 하루하루를 살아가면서 부딪치는 일상의 기술이다. 믿고 보는 두 저자 금정연과 제현주가 돈 관리의 기술, 일 벌이기의 기술, 배우고 가르치는 기술, 손으로 만드는 기술, 생활 체력의 기술, 나만의 작은 가게 꾸리기, 프리랜서로 먹고살기 등의 기술을 알려준다. 즐겨 들었던 팟캐스트 '일상기술 연구소'의 시즌 1을 책으로 정리해 옮겼다.

신용카드부터 없애고 현금으로만 살았다는 돈 관리의 기술부터, 유용한 비기가 많았다. 가장 인상적인 건 일러스트레이터 김호와 편집자 정유민의 프리랜서의 기술이었다. "프리로 살려면 얼굴이 두꺼워야 하고, 지치지 않아야 한다. 그리고 자기만의 규칙을 만들어야 한다"는 조언. 친히 사인본을 보내주신 저자에 대한 감사한 마음에 앞서, 이런 시의적절한 책을 합심해 펴낸 두 사람의 부지런함을 칭찬하고 싶은 마음이 먼저 들었다. 일단 내게도 당장 필요한 건 생활 체력의 기술이니, 이 챕터부터 정독해보기로 했다.

일상기술 연구소

제현주/금정연 - 어크로스 - 2017년 5월

"내일은 막막하고 마음은 불안한 시대, 좋은 일상을 만드는 구체적인 기술을 연구합니다"로 1년째 오프닝을 시작하는 팟캐스트 일상기술 연구소. 롤링다이스 제현주 저자가 책임을 맡고, 금정연 서평가가 고문을 담당해 한 권의 책이 되었다. 팟캐스트가 책이 된 경우는 대부분 읽기가 수월하다. 딱딱한 문어체가 아니다. 라디오 대본을 읽듯 읽게 된다.

『일상기술 연구소』에서는 대단한 사람들을 만날 수 있다. 자발적으로 일을 벌여서 독립출판을 하고 서점을 하더니 축제판을 만든 이로, 평범한 프로그래머였지만 오픈튜토리얼스를 만들기 시작한 이고잉, 대세는 심플라이프라지만 자신의 취향을 과도한 소비자로 쌓아올리는 정철, 빵이 좋아 빵을 만들기 시작해 전국적 빵집 대표님이 된 박혜령 등이다. 이들은 하나같이 자기가 좋아하는 일로 일상을 꾸려가고 있다. 돈이 안 될 것 같기도 하고, 막막하기도 하지만 건강하게 자신의 오늘을 가꾸는 기술을 가졌다. 뻔한 성공 스토리나 abc처럼 이어지는 자기계발서에 치여 살다가 발견한 책이라 그런지 더 값지게 느껴진다. 일상기술처럼 독서일기를 쓰고 있어서일까? 『일상기술 연구소―이렇게 읽으면 쉬워진다』가 있다면 필진으로 참여하고 싶다.

어스

데이비드 니콜스 – 박유안 옮김 – 호메로스 – 2015년 1월

소설과 영화로 만난 〈원 데이〉의 로맨스를 좋아했고, 후속작이 나왔다는 소식에 집어든 것뿐이었다. 읽은 뒤 생각했다. 이 책을 만난 건 행운이다. 연극배우 출신의 소설가가 쓴 이 장대한(공간적 범위가 장대하다) 사랑 이야기는 남편과 아내와 아들의 특별한 유럽 여행을 그렸다. 과거 귀족 자제들이 그러했듯 유럽 전역의 미술관을 도는 그랜드투어 말이다.

질서를 좋아하는 생화학자인 더글라스와 열정적 삶을 사는 아티스트 코니는 불같이 사랑에 빠져 결혼했지만, 아들의 대학 진학을 앞두고 아내는 헤어지자는 폭탄선언을 한다. 아내는 둘 사이의 차이점을 사랑했다. 예술과 화학, 감성과 이성의 간극을. 그런데 아내가 갑작스레 헤어지자고 하니 그로선 환장할 노릇이었다.

53세에 졸지에 온 가족을 잃게 된 그는 마지막 희망의 끈이라도 잡으려 혼신의 힘을 기울여 아들이 대학으로 떠나기 전 마지막 여행을 준비한다. 유럽의 도시들에서는 수많은 기쁨과 슬픔과 눈물과 감동의 순간을 보냈고, 심지어 죽을 뻔한 고비도 넘긴다. 그럼에도 이 불쌍한 남자 더글라스는 멀어져가는 사랑의 관성을 거스르는 것은 불가능하다는 사실을 자각하게 된다. 뒤러와 라파엘로와 렘브란트는 이들에게 기적을 선물하지 못했다.

아 참, 이 책을 왜 꺼냈더라. 올여름 독일 미술관 여행을 앞두고 유럽의 미술과 관련된 책을 죄다 꺼내보던 중이었다. 그런데 이 소설에서 독일은 처참한 실패의 장소일 뿐이었다. 브뤼헐을 보기는커녕 아내가 여행을 중단하고, 영국으로 돌아가겠다고 선언하는 곳이 뮌헨이었다는 걸 발견했다. 휴, 올여름 휴가에 부디 평화가 깃들기를.

소년이 온다

한강 - 창비 - 2014년 5월

5월 18일. 대통령이 광주에서 당연한 기념사를 하는 모습을 서울에서 지켜봤다. 당연한 일이 제대로 이루어지는 데 9년의 시간이 흘렀다. 광주에서 희미하게 나왔던 빛을 따라 우리는 제대로 민주주의를 걷고 있는지 뒤돌아본다. 『소년이 온다』는 우리가 기억해야 하는 1980년 광주의 이야기다. 200페이지가 조금 넘는 이 소설 에피소드 중 매번 동호의 이야기에 무너지고야 만다. 광주, 그 안팎에서 일어나던 치욕들이 인간 존엄을 뒤흔든다. 우리가 과연 1980년 5월 광주를 잊고서도 '인간'일 수 있을까.

나는 싸우고 있습니다. 날마다 혼자서 싸웁니다. 살아남았다는, 아직도 살아 있다는 치욕과 싸웁니다. 내가 인간이라는 사실과 싸웁니다. 오직 죽음만이 그 사실로부터 앞당겨 벗어날 유일한 길이란 생각과 싸웁니다. 선생은, 나와 같은 인간인 선생은 어떤 대답을 나에게 해줄 수 있습니까?

어떤 기억은 잊히지 않는다. 잊혀져선 안 된다. 문학은 그 기억을 붙들어매기 위해 존재한다. 어느 종류의 기록물도 온전하게 진실을 적지 못할 때, 문학은 그것을 해낸다. 1980년 5월 광주는 여전히 살아남아 우리 곁에 있다.

금수

미야모토 테루 · 송태욱 옮김 · 바다출판사 · 2016년 1월

금수, 라는 단어가 수를 놓은 직물이나 아름다운 문장을 뜻하는 지 몰랐다. 1982년이니 무려 35년이나 된 소설인데, 책을 읽고 나서 받은 기이한 느낌에 한참이나 여운이 남았던 책이다.

아리마 야스아키와 가쓰누마 아키가 주고받는 편지로만 이뤄진 소설인데, 둘의 사연이 너무나 기묘했다. 성실한 남편으로만 알고 있던 야스아키가 호스티스와 동반자살을 시도한 끝에 겨우 목숨만 건진 사건이 둘 사이를 갈라놓았다. 10년이 흘렀다. 아키는 재혼해 몸이 불편한 아들을 키우고 있고, 야스아키는 마치 속죄라도 하듯 자신의 몸을 학대하는 노동에 하루하루를 맡기고 있었다. 우연한 조우로 편지의 왕래는 시작되고, 결혼 생활과 그 전후에 벌어진 일의 전모를 편지글을 통해 알게 되는 두 사람의 이야기가 이어진다.

이해할 수 없는 사건과 맞닥뜨린 인간을 물끄러미 관찰하는 건 미야모토 테루의 다른 소설 『환상의 빛』에서 이어지는 주제의식이기도 했다. 소설이란 이처럼 세상에 존재하지 않는 질문에 대한 답을 구하는 일과도 같다. 그래서 우리는 소설을 읽는 것일지도.

마지막 편지에 적힌 "우리의 생명이란 얼마나 불가사의한 법칙과 구조를 숨기고 있는 걸까요?"라는 말에 어질어질해졌다. 마치 이런 질문처럼 읽혀서다. '우리의 사랑이란 얼마나 불가사의한 법칙과 구조를 숨기고 있는 걸까요?'

제인 오스틴과 19세기 여성 시집

제인 오스틴 외 – 박영희 옮김 – 봄날에 – 2017년 5월

제인 오스틴 사후 200주년을 맞이해서 나온 19세기 영미 여성 시인 시집. 페미니즘 문학이 이전과 다른 구도로 떠오르면서 관심사가 다양한 층으로 나온다. 19세기라는 여성 인권의 암울한 시기에 그녀들이 어떤 언어로 시를 써내려갔는지 볼 수 있는 시집이다. 가벼운 겉옷과 다르게 속에 있는 시어들은 삶에 관한 뜨거운 성찰과 애증으로 끓고 있다. 널리 알려진 제인 오스틴과 에밀리 디킨슨 외에도 뛰어난 소네트를 썼던 엘리자베스 배럿 브라우닝, 이미지즘의 선언을 외쳤던 에이미 로웰 등의 시까지 구비했다. 현대 영미 시가 태동하기 전, 다양한 변화를 추구했던 19세기에 깎이지 않은 여성 시인의 목소리를 볼 수 있다는 매력이 있는 시집. 각 시인에 관해 이해를 돕는 해석도 함께 구비되어 있다.

아연 소년들

스베틀라나 알렉시예비치 · 박은정 옮김 · 문학동네 · 2017년 5월

노벨문학상 기사를 5년째 쓰고 있다. 지난해 밥 딜런의 수상만큼이나 당혹스러웠던 경험이 2015년이었다. 벨라루스 작가 스베틀라나 알렉시예비치가 호명되는 순간, 머리가 하얗게 되었던 기억이 난다. 논픽션 작가의 수상은 그만큼 놀라운 일이었다. 수상 덕분에 그의 아름다운 책들이 차례로 번역되어 나왔다. 알렉시예비치는 우리가 흔히 말하는 문학의 경계에 대해서 의문을 제기하는 놀라운 작가였다.

작가가 마침 방한해 기자회견을 통해 만났다. "어두운 제복을 입은 이들은 죄다 남자들뿐인 남성들의 나라인 것 같다"고 한국의 첫인상을 말한 그는 한 시간 남짓한 기자들과의 만남에서도 잊을 수 없는 말을 여럿 남겼다. "평범한 사람들의 역사가 그냥 사라지지 않도록 하는 게 나의 임무다." "체르노빌이나 후쿠시마 사태는 새로운 형태의 전쟁이라고 생각한다. 이 사태에서 얻을 교훈은 아직 인간이 해결할 수 없는 것이 있다는 것이다." "증오가 아닌 사랑만이 우리를 구원한다. 여성들이 대통령이 되거나, 국방장관이 되거나, 책임자의 자리에 더 올라간다면 전쟁이 덜 일어날 것이다."

이 만남에서 교훈을 얻어 『아연 소년들』을 읽기로 했다. 1979년부터 10년간 이어진 소련-아프가니스탄 전쟁의 상흔을 절규와 같은 증언으로 기록한 문제작. 거부하려 했던 일에 다시 운명처럼 엮이게 된 사연을 얼른 만나고 싶다. 이 책은 이렇게 시작한다.

전쟁 이야기는 더이상 쓰고 싶지 않다. 또다시 '삶의 철학' 대신 '사라짐의 철학' 안에서 사는 일, 존재하지도 않는 것의 체험을 끝도 없이 수집하는 일 따위는 이제 하고 싶지 않다.

어른이 되어 더 큰 혼란이 시작되었다

이다혜 – 현암사 – 2017년 4월

책과 영화에 관해서 자유자재로 말할 수 있는 필자 중 한 명이 페미니즘적 책읽기의 예시를 훌륭하게 썼다. 올해 마흔 살이 된 이다혜 기자가 바라보고 있는 이 세계는 '책'이라는 렌즈를 통해서 더욱 특별해진다. 여자였기 때문에, 여자여서 더 날카롭게 바라보는 이 북 칼럼을 보며 30대가 되어가는 여성인 나는 처음부터 끝까지 공감을 하게 된다. 『제인 에어』를 보고 끝내 불편할 수밖에 없었던 이유를 속시원하게 찾아주고, 엘레나 페란테의 '나폴리 4부작'을 열렬히 지지하며 읽는 모습에서도 또다른 나를 발견한다.

세부적인 삶의 모습은 달라도 여성이어서 겪을 수밖에 없는 이 사회의 부조리, 무정하고 불편한 상황들은 안타깝게도 많이 닮았다. 우리가 예민해서 그런 게 아니라 고전이라고 불리는 한국 소설들도 얼마나 남성중심적으로 만들어졌는가. 항상 여성은 주인공이 아니라 피해자이거나 짐짝처럼 그려진다. 남성들의 성장기에서 여성은 꼭 짓밟히거나 보조자로 등장한다. 그것에 반기를 드는 일, 순순히 남성들이 짜놓은 책읽기를 거부하고 능동적으로 페미니즘적 책읽기에 참여하는 일이 지금 우리 자라나는 10대 여성, 20대 여성들에게 가장 필요한 작업이다. 예술적–지적이라고 불리는 세계에도 얼마나 많은 여성이 지워짐을 당하고 있는지 알아야 한다. 자각하고 거기서 '여자를 찾습니다!'라고 외치고, 요구하는 일이 많아져야 한다. 그래야 여성의 세계에서도 주목받는 젊은 작가에서 머무르지 않고 인정받고 대표하는 대가들이 나올 수 있다.

누구도 기억하지 않는 역에서

허수경 - 문학과지성사 - 2016년 9월

여름이 오고 있다. 지난해 오랜 기다림 끝에 만난 이 시집에서 여름이면 생각날 시를 만났다. 「레몬」이다.

당신의 눈 속에 가끔 달이 뜰 때도 있었다 여름은 연인의 집에 들르느라 서두르던 태양처럼 짧았다
당신이 있던 그 봄 가을 겨울, 당신과 나는 한 번도 노래를 한 적이 없다 우리의 계절은 여름이었다

이 도입부를 읽은 이후 이 시집의 이미지는 그대로 각인됐다. 쓸쓸한 제목에다, 독일의 우울한 겨울이 생각나는 시집인 걸 감안하면 좀 미안한 일이지만, 그만큼 좋았던 시다. 나에게도 그랬다. 우리의 계절도 여름이었다. 처음 만난 계절이었고, 그 시간이 가지 않을 것처럼 대책 없이 함께 보낸 계절이었다.

"레몬이 태양 아래 푸르른 잎 사이에서 익어가던 여름은 아주 짧았다"고 시인은 말했다. 레몬이 익어가는 여름이 다시 찾아왔다. 내가 속절없이 좋아하게 된 계절이다.

제1회 한국과학문학상 수상작품집

이건혁 외 - 허블 - 2017년 5월

문학을 안 읽은 편도 아니건만, SF를 읽을 때면 공부하는 학생이 된다. 동아시아 출판사에서 한국 SF 진흥을 위해 만든 한국과학문학상을 모은 이번 수상작품집을 보며 더 반듯한 자세로 읽을 수밖에 없음을 이해해달라.

대상을 수상한 이건혁 작가의 「피코」. '피코'라는 이름의 인공지능로봇이 '사춘기'에 돌입하면 제거하는 직업을 가진 주인공은 프레야라는 피코를 만나게 된다. 무척이나 아름다운 그녀에게 인간적인 감정을 가지는 스토리는 어쩌면 흔할지도 모르겠다. 하지만 피코에게 단순한 욕망을 느끼기보단 비니스트의 음악을 공유하고, 사랑을 느끼는 모습에서 안타까움을 자아낸다.

이 수상작품집이 특별한 건 신인 작가들의 개성 넘치는 작품뿐만 아니라 김보영, 김창규의 성숙한 초청작도 함께 만날 수 있다는 점이다. 한국 SF의 현재와 과거, 미래를 함께 볼 수 있는 작품집이다. 어설픈 SF 관심을 가진 나와 같은 독자라면 장편보다 단편이 단연 접근하기 훨씬 쉽다. 꼭 읽어보길. 망설이는 사이 수상 작가들은 이미 유명 작가의 반열에 올라 있을지도 모른다.

#공부하는_마음으로_읽는_책

4차 산업혁명 시대 전문직의 미래

리처드 서스킨드/대니얼 서스킨드 - 위대선 옮김 - 와이즈베리 - 2016년 12월

4차 산업혁명이란 말이 언론에 등장한 이래 100여 권이 넘는 관련 서적이 쏟아진 것 같다. 이 수많은 책이 일자리 없는 미래를 예고하는데 생각할수록 역설적인 게, 그렇다면 지금은 일자리가 많다는 말인지?

고만고만한 책들 중에서 이 책이 선택받은 건 좀더 구체적으로 의사, 법률가, 교사, 회계사, 건축가, 언론인 등 전문직의 사회에서 벌어질 근미래를 예측한다는 점에서다. 그렇다. 언론인의 미래. 궁금한 사람은 나밖에 없을지 모르겠지만.

앞으로 오게 될 기술 기반 인터넷 사회에서는 비전문직이 운영하는 기계가 이들 작업 대부분을 수행할 수 있다. 전문직 일자리의 해체는 이들이 누려온 독점적 권력과 부가 공유될 것이라는 말이다. 반가운 사람들도 분명 많을 것 같다. 하지만 실용적 전문성을 공유재로 누리게 될 사회에는 윤리적 질문이 필요하다. 누가 이 공유재를 소유하고 통제해야 하느냐는 것.

기술의 완전 자유화와 봉쇄라는 두 의견 사이에서 이 책은 존 롤스의 『정의론』을 통해 딜레마의 해법을 제시한다. 이 얼마나 이타적인 결론인가. 우리가 '무지의 베일' 뒤에서 선택을 하게 된다면 아마도 대부분 사람들이 봉쇄보다 자유화를 택할 것이라는 결론. 고작 10-20년 내에 우리는 "일의 목적 그리고 일과 여가의 균형을 다시 생각해봐야 할 것"이라는 말이 막연한 낙관론으로 보이긴 했다. 그런데 정말 그런 날이 옵니까? 정말?

가능세계

백은선 - 문학과지성사 - 2016년 3월

김준성문학상이 발표되었다. 백은선 시인의 이름을 발견했다. 축하하는 마음으로 시집을 산다. 『가능세계』는 시집 중에서도 친절하지 않은 편이다. 무언가를 향해 돌진하듯 시 호흡이 빨라 뒤따라가기 어렵다. 아무 의미 없어 보이는 소재의 나열이 버거울 수도 있다. 거기에 쉽게 끝나지 않아 재차 곱씹어야 한다. 「가능세계」는 무려 11쪽이다. 이어지는 「고백놀이」 역시 길다.

이 불친절한 첫 만남을 포기하지 않았다면, 그후에 맛보는 시의 내용은 행복한가? 미안하지만, 시인은 해피엔딩을 말하지 않는다. 시가 그려내는 세계는 디스토피아에 가깝다. 그러나 "이미 실패했지만 다시 실패하고 싶다"는 시구처럼 그녀는 이 상황을 두려워하지 않는다. 오히려 그것을 발견하는 독자들은 스스로 놀란다. '무엇을 말할 수 있을까'에 시인의 옆에서 숨죽이고, '내용 없는 빈 중심'이 되어버린 자신을 시에게서 발견한다. '돌고래 울음소리'를 겨우 낼 수 있는 나를.

너랑 나는 화단에 앉아 사랑에 대해 이야기했다.
사람의 목소리를 녹음해서 그걸 다시 녹음하고
녹음한 걸 다시 틀고 다시 녹음하고 또 틀고 또다시
녹음하고 이런 식의 과정을 계속해서 거치면 마지막
에 남는 건 돌고래 울음소리 같은 어떤 음파뿐이래.
그래 그건 정말 사랑인 것 같다.
—「사랑의 역사」 부분

형제

위화 · 최용만 옮김 · 푸른숲 · 2017년 5월

기자회견에서 만난 위화의 시원시원한 답변에 깜짝 놀랐다. 『형제』가 개정판으로 나오긴 했지만, 그를 향한 질문은 대부분 과거의 작품들에 관한 것이었다. 이런저런 작품을 오가는 두서없는 질문에도 하나같이 유머러스한 답으로 일관하는 그의 모습에 책과 사람이 이토록 닮았구나 싶었다.

장이모우의 영화를 통해 그가 만든 이야기를 처음 접했을 때 망치로 얻어맞은 것처럼 충격을 받았다. 파란만장한 삶이란 한국인에게나 어울리는 단어라고 생각했건만, 바다 건너 대륙의 현실은 더 놀라웠다. 톈안먼 사건이 일어난 1989년 6월 4일은 중국 인터넷 상에서 금지된 날짜다. 그래서 사람들은 5월 35일이라는 가상의 날짜를 만들어 이날을 기념한다. 위화도 '5월 35일 식의 글쓰기'를 소설을 통해 구현한다고 했다. 직설적인 정부 비판을 담은 그의 산문집은 아직도 중국 내 출판이 금지된 상태다. "소설을 통해서만이 내가 표현하고자 하는 것을 어느 정도 효과적으로 표현하고 출판도 할 수 있다"고 그는 말했다.

문화대혁명부터 물신주의가 도래한 현대 중국에 이르기까지 종횡무진하는 『형제』는 그가 10여 년에 걸쳐 쓴 소설이다. 이전과 비슷한 주제의 이야기를 또하나의 소설로 더 깊고, 따스한 이야기로 풀어낸. 어쩌면 작가는 평생에 걸쳐 하나의 이야기를 반복하는 사람일지도 모른다. 위화를 보면서 그런 생각을 했다.

#언젠가_읽게_될_책

오직 두 사람

김영하 – 문학동네 – 2017년 5월

2017년 5월은 중요 작가들의 신간이 쏟아지는 달로 내게 기억될 것이다. 첫 주자는 김영하 소설가. 7년 만의 신작 소설집으로 돌아왔다. 그것도 이미 여러 문학상을 받은 작품들로. 여전히 감정을 드러내지 않는 건조한 문체와 빠른 전개가 눈길을 끈다.

그다음으로 보이는 건 캐릭터다. 2000년대 날 서 있고, 센 캐릭터들이 지붕 위를 뛰어다니는 김영하의 세계관을 기억하는 사람들이라면 「인생의 원점」「최은지와 박인수」에서 만족감을 느낄 수 있다. 기발한 상상력과 이야기를 주도하는 인물을 좋아했던 사람이라면 「슈트」「옥수수와 나」가 기다리고 있다. 초기의 모습과 다른 인물의 모습을 발견한 건 「아이를 찾습니다」「신의 장난」이었다. 유실물처럼 덩그러니 세계에서 밀려나간 이들이 있었다. 자신의 삶에서 큰 지점이었던 사람, 혹은 희망을 잃은 채로 '희귀 언어의 마지막 사용자'처럼 살아가는 이들을 김영하 소설에서 발견하다니!

'김영하 소설'의 지도를 넓혀보고 싶은 이들에게 이 소설집을 추천한다. 소설은 소설가에 의해 써진다. 소설가는 소설을 딛고 변화한다. 변화를 두려워하지 않는 이 원동력이야말로 아직도 많은 독자가 김영하를 찾게 하는 가장 큰 힘이다.

마티네의 끝에서

히라노 게이치로 · 양윤옥 옮김 · 아르테 · 2017년 5월

2015년 3월부터 10개월간 마이니치 신문에 연재된 연애소설로 일본에서 15만 부를 돌파했다는 보도자료를 읽으며 두 가지가 부러웠다. 아직 신문 연재소설이 존재하는 나라가 있다는 점, 그리고 아쿠타가와상 수상 작가도 폭넓은 대중들의 지지를 받고 있다는 점이다.

히라노 게이치로의 방한에 맞춰 신작 소설이 나와서 읽게 됐다. 게이치로는 소설가라기보다는 어떤 점에선 철학자와 같은 일면이 있다. 자신의 작품 세계를 시대마다 뚜렷이 구분하며, 전혀 다른 방식의 소설을 쓴다는 점에서다. 심지어 이번 소설은 (그와 전혀 어울리지 않는) 어른들을 위한 연애소설이다.

천재 기타리스트 마키노 사토시와 프랑스 RFP 통신 기자 고미네 요코의 사랑을 다루는데, 역시나 둘 사이에는 요코의 미국인 약혼자가 있다. 마키노는 느닷없이 찾아온 사랑에 슬럼프에 빠지게 되고, 요코 또한 바그다드를 취재하던 도중 테러 사건으로 목숨을 잃을 뻔한 사건을 겪는다. 외상 후 스트레스 장애를 앓게 된 요코는 마키노와 메일을 주고받으며 서로를 그리워한다. 이라크 사태와 과거 유고슬라비아 내전, 나가사키 원폭 투하 등 인류사의 비극을 논하는 철학적 대화가 오가는 장면에서는 이 한없이 진지한 작가의 특성은 사라지지 않는다는 걸 다시 느꼈다.

작가는 "10대 때처럼 서로 감정만 높아지거나 상처 입거나 하는 게 아니라, 일도 있고 가정도 있는 이들의 사랑, 거기서 배어나오는 인간성을 리얼하게 그려봤으면 했다"고 인터뷰를 했는데, 어쩌면 40대가 된 천재 작가에겐 도전의식이 생길 만한 주제일지도 모르겠다.

플러쉬

버지니아 울프 - 지은현 옮김 - 꾸리에 - 2017년 5월

버지니아 울프를 좋아했지만, 그녀가 이토록 반려견을 사랑하는 사람인지는 『플러쉬』의 작가 소개를 통해 처음 알았다. 『플러쉬』의 도입부인 '플러쉬'에 관한 소개는 흡사 위인전을 읽는 착각이 들 정도로 자세하고 세밀하다. 이제 우리가 이 소설을 읽기 위해선 단 한 가지만 이행하면 된다. 본인이 인간임을 잊을 것. 소설은 처음부터 끝까지 코커스패니얼인 플러쉬 위주로 흘러간다. 그는 윔폴가에서 제일가는 귀족견이다. 고귀한 그가 처음 자신의 주인인 엘리자베스 바렛을 만나는 장면을 보며 미소 지을 수 있다면? 계속 읽어도 좋다.

플러쉬는 엘리자베스 바렛의 반려견으로 많은 순간을 목격하며 성찰하고 기록한다. 질투심에 브라우닝을 깨무는 모습도 사랑스럽기 그지없다. 플러쉬가 개도둑들에 의해 화이트채플로 납치당했을 때, 그녀가 위험을 무릅쓰고 구해오는 우정도 고귀하다.

이토록 밝고 즐거운 버지니아 울프의 소설이 있었는지 전혀 몰랐다. 반려견을 사랑하는 독자뿐만 아니라 버지니아 울프의 글을 좋아하는 이라면 독특한 이 소설을 필시 좋아할 것이다.

어른이 되어 더 큰 혼란이 시작되었다

이다혜 · 현암사 · 2017년 4월

남자를 사랑하는 여자 말고는 왜 작품 속에 없는 건데? 그냥 여자 어디 없어요?

이 책은 내가 모르는 세상의 이야기, 어쩌면 영원히 알지 못할 세상의 이야기를 하고 있었다. 그래서 반성하는 마음으로 읽었다. 세계문학의 정점에 놓여 있는 소설조차 왜 늘 백인 남성들의 이야기이며, 거대한 숙명에 맞서는 이들의 세계에서 여자들의 운명은 그저 부수적인 역할, 혹은 단지 사랑을 주는 이로만 등장하는 것이냐는 질문에 나는 꿀 먹은 벙어리가 될 수밖에 없었다. 밀란 쿤데라의 『참을 수 없는 존재의 가벼움』의 토마시는 내게도 연민의 대상이었고, 수많은 고전과 영화 속 남자 주인공들은 내게 윤리적 비판의 대상이 아니었다. 마치 숨을 쉬면서 공기의 성분을 의심하지 않듯이.

여자고등학교 3학년생들에게 한 강연을 옮긴 챕터에서는 박수를 치고 싶었다. 졸업을 앞둔 소녀들에게 이 책은 혼자 여행을 떠나볼 것, 책 읽는 취미를 가질 것, 스스로 돈을 벌어볼 것을 조언한다. 마지막으로 '페미니스트'라는 말이 불편한 딱지나 낙인이 아니라는 점을 알아달라고 주문한다. 이토록 다정한 선배라니.

세상을 온전히 보게 되는 건, 타인의 고통을 이해하게 되었을 때 찾아오는 법이다. 이 작고 예쁜 책에서 배운 것이 많았다. 큰 가르침 주셔서 고맙습니다.

어차피 내 마음입니다

서늘한여름밤 – 예담 – 2017년 5월

인간이 스스로 온전한 존재가 되는 것은 어쩌면 불가능하다. 마시멜로를 더 나은 미래를 위해 아껴두는 이들이 있지만, 서늘한여름밤은 말한다. "지금을 위해 내 마시멜로를 먹자"고. 그는 자기 자신 역시 우리와 같은 사람이라고 고백한다. 때로는 울기도 하고, 좌절하기도 하고, 방향이 없는 화를 내기도 한다고 말하며 토닥인다. 자신이 넘어졌던 그 자리를 보여주고, 어떻게 자신을 부축했는지 진정성 있게 말하는 이 작가를 누가 미워할까. 부모님과 독립된 자아로 '불편한 딸'이 되겠다는 다짐, 누군가의 안전망 귀퉁이를 잡아주겠다는 배려, 괜찮은 나를 확인해가는 과정들은 나에게도 위로가 된다. 미래를 위해 오늘을 견디지 말자. 이렇게 책에서 힘을 얻는다.

#읽은_책

오직 두 사람

김영하 – 문학동네 – 2017년 5월

긴 시간 문학 담당 기자를 하면서도 김영하를 처음 만났다. 오랜 휴지기가 있었는데, 역시나 이유는 세월호 사건 때문이었다고 했다. 7년 동안 쓴 7편의 단편이 실린 이 소설을 읽으면서도, 그 사건의 흔적이 너무나 역력하게 남아 있어 놀랐다.

4년여 전에 쓴 「옥수수와 나」는 소설가의 자의식을 소재로 삼은 정말 유쾌한 소설이다. 작가에 대한 환상도, 출판계에 대한 환상도 적나라하게 깨뜨려버리는 자기 고발적인 소설. 이후 쓴 4편의 소설은 정말이지 피도 눈물도 없이 잔혹하고 어두운 소설이었다. 아이를 유괴당한 뒤 망가진 삶, 아빠와의 지나친 애정이 만든 속박의 삶, 첫사랑과 다시 만나지만 가정폭력에서 구해주지 못하는 삶, 그리고 마지막에는 외딴방에 면접이란 명목으로 갇혀 고문을 당하는 청춘까지 등장한다. 그는 뉴욕타임스에 실은 칼럼에서 "이 시간 이후의 대한민국은 그 이전과 완전히 다른 나라가 될 것"이라고 썼다고 했다. 변한 것은 한국 사회뿐만이 아니었다. 이 시대의 문학 또한 이전과 같을 수가 없어졌다.

인터뷰는 진지한 작품에 대한 질의응답 대신, 농담 같은 가벼운 대화로 이어졌다. 지속 가능한 소설가가 되는 법에 관해 인상적인 이야기를 들었다. 화단에서 꽃을 기르고, 매일 길고양이에게 밥을 주는 규칙적인 임무를 제외하면 자신의 삶은 단조로워졌다고 한다. 한때 화려한 스포트라이트를 받았던 작가가 지금은 단조로운 옷차림을 유지하고, 사람들과 거리감 없이 어울리고, 좋은 날씨에 동요되지 않고, 방에 어두운 커튼을 치고서 틀어박히는 삶을 살고 있다고. 좋아하는 일을 평생하기 위해선 치러야 할 대가가 많은 법이다. 김영하의 다음 장편이 그 어느 때보다 궁금해졌다.

사이코북

줄리안 로덴스타인 - 이지연 외 옮김 - 파라북스 - 2017년 5월

　자신이 속해 있는 집단의 사람들이 모두 좋은 사람이라면 자기 자신이 또라이가 아닌지 의심해보라는 말을 많이 들어봤을 것이다. 그렇다. 어딜 가도 또라이는 존재한다. 나는 회사 사람들이 대부분 정상인 곳을 다니고 있다. 이쯤 되니 좀 불안하다. 그렇다면 내가 또라이일까?

　『사이코북』은 나처럼 본인의 성격이 의심스러운 이들에게 도움이 될 심리 검사에 관한 내용을 정리해놓은 책이다. 심리 검사의 역사부터 현대에서 사용하고 있는 여러 용법까지 자세히 다뤘다. 책 후반부에는 독자들이 간단하게 진행할 수 있는 검사도 실었다. 매년 심리 검사를 받고 싶었던 나는 일단 이 책을 읽어보기로 결심했다. 일단 제목부터 강하게 끌리지 않는가. 『사이코북』이라니! 궁금해서라도 살 수밖에 없는 제목이다. 책은 역시 제목을 잘 지어야 한다. 제목은 독자와의 첫인상 한판 승부다.

라이프 프로젝트

헬렌 피어슨 – 이영아 옮김 – 와이즈베리 – 2017년 5월

지난 세기 영국에서는 인류 최대의 실험이 시도됐다. 1946년부터 2000년까지 총 5차례에 걸쳐 7만 명에 달하는 사람의 인생을 요람에서 무덤까지 종단하며 관찰하는 연구. 이 코호트 연구를 통해 임산부가 술을 마시면 안 되는 이유, 가난한 환경에서 자란 아이들이 학업 부진은 물론 행동장애나 질병에도 취약하다는 사실 등이 밝혀졌다. 오늘 우리가 알고 있는 상식은 불과 한 세기 전만 해도 근거 없는 추측에 불과했다.

1953년 3월에 태어난 코호트를 통해서는 표본을 좀더 좁힌 끝에 '극복의 방정식'을 찾는 연구도 이뤄졌다. 다행히도 낙인찍힌 아이들 중에는 실패할 운명을 극복하는 이들이 있었다. 예상 가능한 비결일지 모르겠지만 교육에 헌신적인 부모와, 본인의 의지를 통해서였다. 그리고 반갑게도 책을 읽는 아이들이 훗날 이루는 성취가 환경적 요소를 뛰어넘는다는 결과를 도출한 것도 바로 이 코호트 실험이었다. 네이처의 수석 에디터가 쓴 책인데, 과학자가 쓴 논픽션은 결코 실망시키지 않는다는 교훈을 요즘 거듭거듭 확인하는 중이다.

술꾼도시처녀들 3

미깡 – 예담 – 2017년 5월

알코올 의존증 환자는 자신에게 문제가 있다는 사실을 극구 부정한다.

리우가 이중인격 술꾼 뚱이에게 소리 높여 하는 위의 일갈에 움찔하지 않은 자, 아마 이 웹툰을 읽지 않았을 것이다. 나는 『술꾼도시처녀들』이 한 포털 사이트에서 연재되고 단행본이 나오면서 열혈 팬이 되었다. 굳이 이유를 대자면 세 친구 모두 마음에 쏙 들었다. 금주와 다이어트를 늘 내일로 미루는 뚱이, 죽어라고 마셔대는 리우, 술을 절대 미루는 법이 없던 꾸미. 이 세 친구 모두에게서 나의 모습을 발견하고야 말았으니까.

세상에서 가장 쓸모없는 물건 중 하나가 스토퍼인 사람은 한둘이 아니다. 그들 모두 이 책을 일독해야 한다. 「고민이 필요 없는 30일 추천 안주」를 보고 여러분이 버틸 수 있을 것 같은가. 내가 그랬듯 진정한 주당이라면, 책 덮고 바로 한잔하러 뛰어가게 될 것이다. 아, 마시러 가야지.

변덕주의자들의 도시

오영욱 – 페이퍼스토리 – 2017년 5월

삐뚤삐뚤한 선으로 바르셀로나와 서울의 건축물들을 스케치한 일러스트레이터, 오기사의 책이다. 여행 산문집과 달달한 문장으로 가득한『청혼』이란 책도 썼던 이 부끄러움을 모르는 건축가가 이번에 쓴 책은 마치 낙제 점수를 받은 시험 답안을 엿보는 듯했다.

1990년대 후반 학교에서 그렸던 도면부터, 숱한 공모전에 출품한 건축물들의 도면과 이미지가 가득한 책이다. 몇몇 작품은 건축물로 태어났지만, 상상 속에서만 구현되고 사라진 건축물이 더 많다. 한국에서의 공모전에 너무 많이 떨어져 해외에서 도전을 했다가, 콧대 높은 건축 국가 핀란드의 박물관을 설계한 780팀 중에 꼴찌를 한 경험담도 털어놓는다.

르 코르뷔지에가 사보아 주택을 통해 세운 새로운 건축의 원칙을 모토로 삼았던 이 남자는 아버지를 부정한 오이디푸스처럼, 결국 직선의 건축이 아닌 곡선의 건축에 도전한다. 숱한 시행착오를 거쳐 마침내 이태원 언덕에 모든 역량을 쏟아부은 자신의 사무실을 완성한 이야기로 끝을 맺는다. 오랜 지인이 들려준 평은 "딱 너 같은데?"였다. 물론 그에겐 최고의 찬사. 바르셀로나의 거리에서 날아온 듯한 '우연한 빌딩'을 실제로 보게 된다면, 이 건축가의 20여 년에 걸친 실패담이 떠오를 것 같다.

작은 것들의 신

아룬다티 로이 – 박찬원 옮김 – 문학동네 – 2016년 1월

읽는 데 한 달이 조금 넘게 걸렸다. 현실 속 내가 '덥고 음울한' 아예메넴에 걸린 붉은 바나나처럼 익은 채 소설 바깥으로 나온다. 에스타와 라헬 쌍둥이 남매의 탄생과 그들이 '그들'로 떨어져 살다가 다시 만나게 된 서른하나가 빠르게 전환된다. 소설은 처음부터 끝까지 과거와 현재를 뒤죽박죽 넘나들며 이야기를 전개한다. 시간이 필요 없다는 듯이. 아무런 연결 고리가 없는 사건들이 병렬적으로 나열되지만, 신기하게도 소설 속에서는 사건과 사건이 서로 영향을 끼치고 비극으로 치닫는다.

아룬다티 로이는 쌍둥이를 비롯하여 쌍둥이에게 가장 아름다운 여인인 암무, 코참마 식구들, 사랑해서는 안 되는 벨루타까지 아름다운 색채를 발라가며 이야기한다. 소설은 인도의 카스트와 복잡한 종교 문명이 여전히 살아남아 있고, 다음 세대의 아버지가 됨을 보여준다. 운명처럼 이어져 있는 쌍둥이가 강압적인 이별로 인해 어그러져버린 것처럼 암마와 벨루타에게는 '단 하나의 작은 약속'인 내일마저도 며칠 가지 못해 무너지게 된다. 그들의 부모와 친척들에 의해, 계급에 의해, 세계의 강한 시스템에 의해서. 약 30여 년이 지나도 그들은 시스템을 어겼단 이유만으로 이방인 취급을 당하는 '작은 것들'이다.

소설을 다 읽고 가슴을 찌르는 전율이 이는 건 내 주위의 '작은 것들' 때문이다. "우리가 무엇이든 뭐가 되든 모든 것은 그저 그녀의 한순간 반짝인 것일 뿐"임을 알기에 더욱 아프다. 크고 위대한 것들은 차마 알 수 없는 작은 것들의 신, 상실의 신이 반짝이며 강물을 타고 우리에게로 온다.

술꾼도시처녀들 3

미깡 – 예담 – 2017년 5월

3년을 연재하던 웹툰이 막을 내렸다. 마지막 단행본을 읽으면서 아쉬움이 남았다. 후쿠오카까지 여행을 가서도 술집만 전전하다 돌아오는 못 말리는 세 친구가 나오는 이야기를 '술도녀'가 아니면 어디서 볼 수 있을지. 천하무적의 술꾼, 리우가 아내와 너무 닮아서 공감하며 박수를 친 적도 여러 번이었다. 다행히 마지막 단행본에는 그 연재를 마치는 아쉬움과 함께 또다른 시작을 약속하는 다짐이 들어 있었다.

만화의 마지막 장면에서 단골 술집이 문을 닫는 에피소드가 나왔다. 한 시절을 함께했던 장소가 사라진다는 건, 그 시절이 추억과 함께 봉인된다는 뜻이기도 하다. 주인공이 내뱉는 회한이 마치 작가의 목소리처럼 들렸다.

지금 이 아쉽고 소란한 마음도 시간이 지나면 이내 잦아들고 우리는 곧 또다른 단골집을 만들게 될 것이다. 매번 그래왔듯이. 그런데 이번에는 어쩐지 우리의 한 시절이 함께 끝나버린 느낌이다. 우리가 앞으로도 계속 이렇게 자주 만날 수 있을까? 시시껄렁한 일로 웃고 떠들고 싸우며 긴 밤을 함께 보낼 수 있을까?

시대의 소음

줄리언 반스 – 송은주 옮김 – 다산책방 – 2017년 5월

더 나아질 리 없는 세상을 위해 건배하고, 진실하고 순수한 음악을 추구했던 쇼스타코비치의 일대기. 줄리언 반스가 맨부커상 수상 이후 첫 장편의 소재로 쇼스타코비치를 선택한 이유는 무엇이었을까. 줄리언 반스는 힘겹게 '시대의 소음'에 맞설 수 있었던 쇼스타코비치를 일인칭 시점으로 재현한다. 윤년마다 권력층의 비판과 재교육을 받으면서도 그의 서재에는 스탈린 초상화가 걸리지 않았다. 살해당한 친구의 장례식에서 "나는 그가 부럽소"라고 말하는 심정은 어떤 것일까.

그의 삶은 한순간도 쉴 수 없는 겁쟁이 상태가 되어간다. 윤년마다 돌아오는 비극에서 죽음이 찾아오지 않을 정도로. 아이러니와 같이 자신의 나이테를 그려간 쇼스타코비치의 죽음 끝에야 줄리언 반스는 계속 이어져온 "예술은 누구의 것인가?"에 관한 물음에 대답한다. "결국 음악은 음악의 것이니까." 예술은 우리의 것이 아니라, 예술 자체의 것이다.

토끼의 아리아

곽재식 – 아작 – 2017년 5월

#아무튼_읽는_책

곽재식 작가는 화학 회사의 연구원이란 직업과 달리 재기발랄한 소설을 쓰는 작가였음을 뒤늦게 확인했다. 이 작가를 세상에 알린 작품이라고 할 수 있는 단편 「토끼의 아리아」는 세상에서 제일 억울한 남자가 주인공이다.

읽고 보니, 이건 수궁가 이야기가 아닌가. 주말까지 반납하며 밤낮으로 매달려 회사 일을 한 연구원이 어느 날 경쟁사인 일본 회사에서 스카우트를 제의받았다는 사실만으로 매국노로 몰리는 일을 겪는다. 신상털이를 당하고, 소송까지 번져 하나뿐인 직장도 집도 다 날리고 아내와 이혼도 하게 된 그에게 느닷없이 회장 비서실에서 찾아온다. 목숨이 위급해진 회장에게 간을 부분 이식해주면, 수십억대의 연봉과 일자리도 다시 주겠다는 것. 돈은 없어도 자존심은 있었던 그는 자신의 자존심을 지켜달라는 요구를 했다가, 애국자인 회장의 목숨을 위협하는 협박범으로 다시 한번 여론의 집중포화를 받게 된다.

그의 운명은 기지를 발휘해 간을 지킨 토끼와 달랐던 모양인지 자신의 간까지 잃고 만다. 간기능이 저하돼 주기적으로 자극을 주기 위해 맥주를 담아 다니며 마시게 된 그의 처량한 사연에 관심을 보인 여인을 만났다는 게 인생의 유일한 반전이랄까. 소시민의 일상에서 벌어지는 기괴한 사연이 중년 아저씨의 독백처럼 이어지는 소설들이 묘하게 유쾌했다. 한국의 SF 작가를 만나는 일이 점점 즐거워지고 있다. 『당신과 꼭 결혼하고 싶습니다』도 조만간 꼭 읽어보기로.

떠나간 자와 머무른 자

엘레나 페란테 – 김지우 옮김 – 한길사 – 2017년 5월

기다렸던 나폴리 4부작의 세번째 책이 왔다. 엘레나 페란테의 매력적인 이야기는 제목에서부터 시작된다. 『떠나간 자와 머무른 자』. 누군가는 떠나가고 누군가는 머물고 있었으리라. 레누와 릴라의 중년기가 진행되는 3부. 이탈리아 1960년대 후반을 배경으로 학생운동, 노동운동 등 이탈리아 현대사를 레누와 릴라의 사적 경험으로 빚어 생동감 있게 표현해낸다. 중간 중간 여성 인권, 페미니즘, 여성 작가가 '성'에 관해서 진취적인 묘사를 했을 때 남성들이 어떻게 다가오는지를 디테일하게 그려냈다. 이탈리아의 1960-70년대는 지금 우리 한국의 여성들이 처한 상황과 비슷하다.

『떠나간 자와 머무른 자』에서는 레누와 릴라가 사실상 이별을 고하고 서로의 삶에 한층 다가간다. 1, 2부는 레누가 바라본 릴라의 삶이 소설을 이끌어갔다면, 3부부터는 릴라를 돕는 레누, 작가, 여자로서의 진짜 레누를 찾아가는 것이 중점이다. 릴라를 동경하느라 자기 자신을 제대로 볼 수 없었던 레누는 점차 자신의 삶을 풀어나간다. 레누가 릴라를 질투했듯 릴라도 레누를 그리 여겼을 것이다.

한숨에 3부를 다 읽고, 4부를 기다린다. 올 11월에나 4부로 이 소설은 완간이 된다. 1년 반, 길다면 길고 짧다면 짧은 텀이다. 그러나 작년 이맘때쯤 1부를 읽었을 때의 희열을 지금까지도 이어오게 하다니. 엘레나 페란테는 얼마나 대단한 작가인가.

쇼팽을 즐기다

히라노 게이치로 – 조영일 옮김 – 아르테 – 2017년 6월

이렇게 아름다운 음악을 한 인간은 어떤 집에서 태어나 어디서 살았으며 누구를 사랑하고 무엇을 생각하며 살았을까. 이런 상상은 우리의 정신을 잠시나마 피곤한 일상생활에서 해방시켜준다.

천재 작가에게도 천재 예술가의 삶은 동경의 대상이 될 수 있나 보다. 히라노 게이치로의 소품이 번역되어 나왔는데, 19세기의 천재 작곡가 쇼팽을 찾아 헤맨 기록을 담았다. 쇼팽과 조르주 상드, 들라크루아 등의 삶을 재료로 삼은 무지막지한 분량의 대작 『장송』을 쓰며 준비한 방대한 취재 노트의 일부를 여행기의 형태로 공개한 셈인데, '덕후 소설가의 여행기'가 재미없을 리 없다.

이를테면 일반적인 전기 작가라면 흥미를 갖지 않을 질문을 집요하게 취재하는 대목이 있다. 파리로 거점을 옮긴 뒤 쇼팽은 9번이나 거처를 옮긴 '이사광'이었다. 쇼팽의 이사 이유는 환경 적응과 수입 상승, 그리고 연애사, 마지막으로 질병이었다. 심지어 첫 이사의 이유는 귀부인들이 5층까지 레슨을 받으러 오는 게 힘들어서였다고 한다. 그리고 조르주 상드를 위해서도 몇 번이나 이사를 했다. 음악가로서 대부분의 삶을 파리와 런던에서 보냈지만, 그가 조국을 폴란드로 여겼던 사연도 흥미진진했다. 작가는 쇼팽이 살고 머물었던 거의 모든 장소를 샅샅이 찾아간다. 놀라운 성실함이다. 2년에 걸친 이 여행이 『장송』을 만들어낸 건 우연이 아니었다.

아름다운 그런데

한인준 – 창비 – 2017년 4월

5월은 전쟁이었다. 중순부터 기다렸다는 듯이 기대작이 쏟아져 나왔다. 세상에 기대작 아닌 책이 어디 있겠느냐만, 2017년 5월은 내게 가득 힘준 문학작품들이 하루에도 다섯 여섯씩 쏟아지는 나날이었다. 기대작은 대부분 소설이었다. 그러다보니 시를 읽은 지 꽤 오래되었다. 5월의 마지막은 시를 읽었다.

시인은 한 게스트하우스에서 '목숨을 혼자 배우기'도 하고, 숲속에서 '숲과 속을 나누어 생각하려'고 하기도 한다. 어떤 시는 간혹 스타카토처럼 톡톡 단어와 단어 사이를 힘 있게 점프하기도 하고, 있어서 안 되는 위치에 배치되어 있기도 한다. 이러한 모험은 서정적이고 아름다운 풍경에서 독자를 끄집어낸다. 시(풍경)를 있는 그대로 보게 하지 않고, 의심하고 조심스럽게 다가가도록 한다. 당연한 것들에 적응하지 않고, '저기요'라고 말할 수 있는 한 사람의 간절함을 바라본 것처럼.

도쿄 책방 탐사

양미석 – 남해의봄날 – 2017년 5월

직장을 그만두고 배낭여행을 떠난 여행작가를 만날 때마다 부러움을 숨길 수 없다. 심지어 이번에는 『크로아티아의 작은 마을을 여행하다』의 작가가 쓴 『도쿄 책방 탐사』다.

그런데 예상했던 것과 달리 작가에게 도쿄는 낭만의 여행지가 아닌 외롭고 고단한 체류지였다. 1년의 체류 기간 동안 외로움을 피하기 위해 그는 매일 서점에 출근 도장을 찍었다. 도쿄를 떠난 후에도 10여 년간 서른 번이 넘게 도쿄의 책방을 찾았고, 이 책은 그 충실한 기록이다. 가장 독특한 서점은 어디에도 있지만 어디에도 없는 공기 책방, 이카 문고였다. 5년째 점포도 재고도 없이 매일 다른 서점의 서가를 빌려 이벤트처럼 책을 팔고 있다는 곳이다. 잡지 지면에 개점을 한 적도 있고, 에코백을 만들거나 무가지를 만들어 배포하기도 한다고.

이국의 작은 서점들은 하나같이 낭만적인 장소로 느껴지지만, 한 걸음만 더 들어가면 그곳 또한 생존의 현장이기도 했다. "일주일에 한 번이라도 꾸준히 찾아오는 손님들이 저희를 지탱해주고 있어요"라고 말하는 시부야 퍼블리싱 앤 북셀러즈의 책방지기와 "가장 큰 목표는 이 책방을 지속하는 것입니다"라고 말하는 책방 타이틀의 주인장 말이 묵직하게 느껴졌다. 돌아보니, 그리 오래된 일도 아니다. 서울의 골목길에도 책방이 생겨나기 시작한 일이. 삭막한 골목을 책방의 불빛으로 채워주는 그들이 새삼 고맙다.

June

June

도쿄 일인 생활 — 맥주와 나

오토나쿨 – 마음산책 – 2017년 5월

독립출판이란 장르가 비주류에서 주류로 많이 넘어온 듯하다. 오토나쿨 저자의 『도쿄 일인 생활』 시리즈도 2015년에 출간된 독립출판물이었다. 그 시리즈에서 출발한 『도쿄 일인 생활—맥주와 나』는 기존의 1인이 먹기 적당한 안주 레시피를 토대로 도쿄에서 혼자 살고 있는 1인의 삶을 더했다.

책을 읽으며 맥주가 땡겨 참을 수 없었다. 결국 지금 일기를 쓰면서 마시고 있다. 차가운 토마토까지 곁들여서. 토마토가 이렇게 좋은 안주인지 이 책이 아니었더라면 한참 뒤에야 알았을 것이다. 매일 먹어야 하는 '끼니의 식사' 말고 자기 자신만의 시간을 오롯이 부릴 수 있는 '맥주 시간'이 특별하게 느껴진다. 기분 좋은 맥주의 목 넘김을 권장하고, 맛나고 건강한 안주를 부르는 책. 이번 여름 내내 이 책의 레시피에 도전해보리라.

건축이 바꾼다

박인석 · 마티 · 2017년 6월

마티는 신뢰하는 출판사다. 늘 건축을 다루는데다, 책의 만듦새도 탁월하다. 못생기기로 따지면 세계에서 둘째가라면 서러울 빌라촌의 초록색 옥상이 빽빽한 서울의 항공 사진을 표지로 삼은 이 책을, 단지 제목만 보고 읽고 싶어졌다.

사고 싶은 책은 제일 먼저 목차를 훑어본다. 마음에 드는 소제목이 하나만 있어도 좋다. 학교 건축—옹벽과 담장에서 탈출해, 라는 소제목이 마음에 들었다. 설계도 없이 복사하듯 찍어내는 공공건축물이 내가 사는 도시를 더욱더 못난 얼굴로 만드는 주범임을 꼬집는 책이라는 걸 짐작할 수 있었다. 건축이 중요한 것은 우리가 사회와 관계 맺는 방식에 관여하기 때문이다. 도시와 건축과 공공미술은 나의 오랜 관심사였다. 곧 만나게 될 책일 것 같지만, 일단 장바구니에 넣어본다.

2017 제7회 문지문학상 수상작품집

박민정 외 – 문학과지성사 – 2017년 6월

각 출판사의 문학상을 보면 신기하게도 그곳에서 나올 작품들의 색깔이 조금 보인다(상이 주는 인연도 무시 못하겠지만). 크고 작은 출판사들은 매년 혹은 몇 년에 한 번씩 문학상 수상작을 낸다. 그 중 문지문학상은 작년부터 가장 빠르게 변했다. 이번 『2017 제7회 문지문학상 수상작품집』에는 여러 익숙한 이름들이 보였다.

소설집에 실린 10편의 소설과 각 인터뷰를 다 읽은 뒤, 금정연 서평가의 말에 백번 동의했다. 이 작품집의 제목이 '행복의 과학'이 된다는 사실이 행복하다. '피해자성'에 관한 정의와 혐오 정서를 집요하게 물고 늘어지는 작가의 단단한 체력과 문제의식은 소설이라는 장르를 만나 더 빛난다. 이런 표면을 긁어내기 위해서 소설이 존재하고, 작가들이 세상을 향한 시선을 거두지 않는다는 걸 보여주는 훌륭한 수상작이었다. 윤해서 작가의 「우리의 눈이 마주친다면」과 최은영 작가의 「씬짜오, 씬짜오」도 수상작 못지않게 번뜩였다.

일하지 않을 권리

데이비드 프레인 · 장상미 옮김 · 동녘 · 2017년 5월

일하지 않는 자, 먹지도 말라. 우리 사회를 규정하는 법칙이다. 사회학 연구자 데이비드 프레인이 쓴 제목이 매력적인 이 책은 종교적 지위를 획득하게 된 노동에 관해서 말하는 책이다. 그러면서 동시에 오늘의 노동시장은 자기를 표현하고 창조성을 발휘할 일자리를 제공하는 데 처참히 실패하고 있음을 꼬집고 있다.

만국의 노동자들은 일이 끝나면 그저 축 처져서 현실 도피적 오락에 빠져들거나 고된 하루를 보상해줄 무언가를 사들이면서 시간을 보낸다. 쳇바퀴 돌듯 살아가는 노동자에게 소비라는 복음이 없이는 하루하루를 버틸 의욕이 생기지 않는다.

이 책은 굽힘 없는 낙관주의를 장착한 채 적게 벌고, 적게 일하기를 자발적으로 선택하는 이들의 다양한 사연을 소개하는데, 왠지 한국의 노동자에게는 배부른 소리처럼 들리기도 했다. 소비가 넘쳐나는 시대에 빈곤이 주는 고통은 일에 저항하기 어렵게 만들고, 이들에게는 자발적으로 일하지 않을 권리를 선택할 자유조차 없다. 다운시프트 생활인, 즉 저소득일지라도 여유 있는 직장 생활을 선택한 이들의 사연을 보면서 마음 한편에선 이들의 낭만적인 삶이 부럽기만 했다.

빵 와인 초콜릿

심란 세티 – 윤길순 옮김 – 동녘 – 2017년 6월

솔직히 고백한다. 이 원고는 지금 와인 한 병을 까 마시며 쓰고 있다. 『빵 와인 초콜릿』을 읽는 독자라면 빵, 와인, 초콜릿을 두고 읽어야 한다는 소개를 받았기 때문이다. 그 말은 정확했다.

저자는 책에서 단순하게 먹을거리를 칭송하고 황홀한 미식 세계에 관해서 1차적인 이야기를 하지 않는다. 그는 음식의 다양성에 중점을 두고 있다. 실제로 빵을 만드는 효소도 다양하고, 와인을 제조하는 포도의 종류는 너무 많다. 초콜릿의 카카오맛은 얼마나 다채로운가. 그러나 빵도, 와인도, 초콜릿도 하나의 맛으로 통일된다면? 상상해본 적이 있는가. 저자는 단일경작에 따른 단일한 식사로 우리의 식탁이 빠르게 대체되어가고 있는 문제를 목격하고 다양한 작물을 지키기 위해 노력하고 있는 농부, 제조업자, 전문가 들을 만나러 떠났다고 한다.

값비싼 초콜릿을 먹어서 맛있는 초콜릿을 만들고자 노력하는 제조자와 농부들을 지지하라 권장하고, 맥주의 깊은 풍미를 위해 잔 중앙에 따라 마셔야 한다는 팁까지 가르쳐주는 흥미로운 책. 세상의 다양한 맛들을 위해서는 지켜야 할 것들이 많다는 걸 깨닫게 한다. 덕분에 반드시 비싼 초콜릿을, 다양한 원두를, 브랜드에 얽매이지 않은 와인을 찾기로 결심했다. 으, 다 읽으면서 와인과 빵이 먹고 싶은 것이 단점이리면 단점.

안목에 대하여

필리프 코스타마냐 · 김세은 옮김 · 아날로그 · 2017년 6월

프랑스에서 가장 아름다운 미술관으로 꼽힌다는 코르시카섬의 아작시오 미술관. 이곳을 지키는 필리프 코스타마냐 관장은 미술품 감정사다. 아름다움의 가치를 알아보는 일이라니 얼마나 멋진지. 저자는 자신의 직업을 안목가라고도 칭한다. 미술품 감정사는 미술 작품에 대한 감상을 토대로 자신의 견해를 세워야 한다. 극도로 섬세하게 단련된 분석력만이 중요할 뿐이다.

니스 미술관에서 겪은 일화가 감동적이었다. 수다를 떨며 건성으로 작품 사이를 거닐던 그와 동료는 아무도 정체를 알지 못하던 그림의 진짜 주인을 발견했다. 신의 계시처럼 햇살이 그림 위로 내리쬔 덕에 아뇰로 브론치노의 〈십자가에 못 박힌 그리스도〉임을 알게 된 것. 어찌나 화가가 공을 들였던지 실제 시체를 모델로 구해 십자가에 걸어놓고 작업을 했다고 알려진 이 걸작은 행방불명 상태에 있었다. 브론치노가 그린 〈판치아티키 부부의 초상〉을 주제로 논문을 쓴 적이 있었던 저자는 이 우연한 기회에 브론치노의 사라진 그림을 발견했고, 기교에 치중하는 통속 화가로 평가받던 브론치노는 깊이와 영적인 세계를 가진 화가로 재평가될 수 있었다. 진가를 알아보는 일이 가져오는 결과는 이렇게나 놀랍다.

미세한 차이가 모든 것을 결정한다는 것을 배운 저자의 온 인생에 걸친 감정 수업 이야기를 홀린 듯이 읽었다. 오늘날 과학의 도움으로 X선 분석을 하는 등 많은 감정 기술이 도입되고 있지만, 저자는 천부적 재능과 예리한 직감, 부단한 현장 답사로 형성된 안목이 감정의 가장 중요한 덕목이라는 자신의 의견을 굽히지 않는다. 이 책은 한 분야의 대가가 되는 일의 어려움에 관한 이야기이기도 했다. 내가 하는 일에 있어서도 교훈이 될 만한 일화가 많았다.

마야코프스키

앤 차터스/사뮈얼 차터스 - 신동란 옮김 - 까치 - 2001년 7월

원서 제목이 마음이 든다. 『I LOVE』. 그렇게 축약할 수밖에 없는 한 러시아 시인의 삶. 1930년 4월 14일 러시아에서 가장 유명한 시인이었던 블라디미르 마야코프스키는 서른여섯에 시대와 사랑이 주는 좌절감을 견뎌내지 못하고 권총 자살을 한다. 레닌과 스탈린이 '혁명의 시인'이라고 불렀던 마야코프스키에게 일생을 사랑했던 여인 릴리와, 릴리의 남편이자 후원자였던 오십과의 관계는 평생의 주제였다. 저자는 「이것에 관하여」를 비롯해 「척추 피리」 「바지 입은 구름」을 그들의 관계 속에서 훌륭하게 해석하고 있다. 내가 알고 있는 협소한 마야코프스키는 '볼로댜'에 가까웠다. 혁명의 시인이기 전에 사랑의 시인이었던 그가 사랑으로 인해서 세계를 어떻게 받아들였고, 그의 문학성에 어떤 영향을 끼쳤는지 소설보다 더 흥미진진하게 읽을 수 있었다. 러시아의 영원한 젊은 시인이 '사람'처럼 느껴지는 날이다.

#읽은_책

네가 누구든 얼마나 외롭든

김연수 · 문학동네 · 2014년 1월

나를 오랫동안 매혹시킨 몽상은 이런 것이었다. 성경보다도 훨씬 두꺼운, 아마도 이 세상에 이미 존재했거나 지금 존재하고 앞으로 존재할 모든 사물과 사람들의 내력을 적어놓은 책이 책상 위에 놓여 있다. 그 두꺼운 책이 자신을 읽어줄, 단 한 사람을 소망하는 것처럼, 나 역시 내가 읽을, 단 한 권의 책을 만나기를 오래도록 기다려왔다.

오늘로부터 꼭 1년 전 이날이었다. 우리의 결혼식을 위해 먼 길을 달려온 김연수 작가는 짧은 축하의 말과 함께 책의 이 구절을 읽어주셨다. 첫 문장을 읽는 순간 알 수 있었다. 내가 가장 좋아하는 그의 소설인 『네가 누구든 얼마나 외롭든』에서 두 사람이 서로의 사랑을 확인하는 순간을 묘사하던 바로 그 대목이라는 걸. '사랑에는 아무 목적이 없으니'라는 소제목은 그 자체로 결혼하는 이들을 향한 탁월한 덕담이기도 했다.

오래전 이 소설을 읽으며 홀로코스트와 일제강점기, 그리고 학생운동의 비극을 교차시키며, 시대와 개인의 아픔을 절절하게 묘사하는 그 천의무봉한 솜씨에 감탄했던 기억이 난다. 그런데 안타깝게도 그리 긴 시간이 흐르지 않았음에도, 소설의 구체적인 디테일은 기억에서 사라졌음을 발견했다. 대학가 자취방을 무대로 한 정민과 나, 두 사람의 아련한 첫사랑의 풍경만이 어렴풋이 기억에 남아 있게 된 것이다. 내가 얼마나 좋아했든 책의 유산은 나의 의지와 다른 방식으로 남겨지곤 한다. 언젠가 다시 읽게 된다면 이 책의 어떤 지점을 새롭게 좋아하게 될까. 무척 궁금하다.

어른스런 입맞춤

정한아 – 문학동네 – 2011년 8월

　선물받은 빨간 시집을 읽었다. 『어른스런 입맞춤』은 장난스럽기도 하고 쾌활하기도 해 화자가 어디로 튀어가는지 종잡을 수 없다. 그러나 그 누구보다 절실한 심정으로 백설공주의 사과를 도로 삼켜 죽음을 택하고, '재투성이 심장'이 되어 수도 없이 구르는 시인은 어디서 많이 본 모습이다. 스스로를 '재발급'하고 싶은 심정으로 시를 붙들고 불편한 자화상을 버티어낸다.

시대의 소음

줄리언 반스 — 송은주 옮김 — 다산책방 — 2017년 5월

예술은 모든 것보다 오래 살아남는다. 중요한 것은 그뿐일지도 모른다. 드리트리 쇼스타코비치의 삶을 지탱한 건 바로 이 명제뿐이었다. 줄리언 반스가 직접 이 비겁한 예술가의 입장을 변호하는 바로 이 독백처럼.

그가 무엇으로 시대의 소음과 맞설 수 있었을까? 우리 안에 있는 그 음악—우리 존재의 음악—누군가에 의해 진짜 음악으로 바뀌는 음악. 시대의 소음을 떠내려 보낼 수 있을 만큼 강하고 진실하고 순수하다면, 수십 년에 걸쳐 역사의 속삭임으로 바뀌는 그런 음악. 그가 고수했던 것이 바로 그것이었다.

『예감은 틀리지 않는다』 이후 처음으로 그것도 5년 만에 쓴 장편소설에서 줄리언 반스는 자신의 특기라고 할 수 있는 실존 예술가의 삶을 또 한번 소재로 선택했다. 살벌한 공산당 치하에서 살아남기 위해서 마치 베드로의 부인처럼, 세 번에 걸쳐 시민으로서의 양심을 버리고 독재정권에 굴복한 이 작곡가의 삶에서도 가장 처절한 시점을 극적으로 잘라내 소개했다.

유려한 문장과 실험적인 형식, 그리고 궁금했던 쇼스타코비치의 삶에 대한 구체적 묘사까지 즐길 만한 요소가 많은 소설이었다. 그럼에도 이 책은 내가 가장 좋아하는 줄리언 반스의 소설로 남지는 못할 것 같다는 예감이 들었다. 작가가 직접적으로 드러내는 예술관과 관념들이, 쇼스타코비치의 삶에 몰입하려는 나를 몇 번에 걸쳐 방해하곤 했다. 어쩌면 작가가 원했던 독서가 그런 방식이었을지도 모르겠지만.

넛셸

이언 매큐언 - 민승남 옮김 - 문학동네 - 2017년 6월

영미 문학의 역사에서 셰익스피어 변용의 끝은 어디까지 이어질까? 『속죄』로 이미 우리에게 너무나 유명한 이언 매큐언이 『햄릿』의 현대 버전으로 돌아왔다. 햄릿은 태아로 등장한다. 자신의 삼촌과 바람을 피는 어머니 트루디의 자궁 속에서 그들의 악을 지켜본다. 남편이자 시인인 존과 그의 동생인 사업가 클로드의 사이에서 트루디는 순진하기 그지없다. 『햄릿』보다는 좀더 구체적으로 그들의 공모를 다루는 장면은 눈여겨봐야 할 부분. 이언 매큐언은 빠른 전개와 장면 속에서도 도덕과 선악, 자본주의의 맹점과 사랑의 허울을 벗겨낸다.

우리가 익히 알고 있는 햄릿의 명대사 "사느냐 죽느냐"는 『넛셸』에 와서 더 좁다. "태어나느냐 마느냐". 자신의 죽음이 복수라고 여기는 주인공은 탯줄로 자살을 꾀하기도 하지만, 『햄릿』에서도 그랬듯 여기에서도 운명은 가혹하다. 결말은 독자들의 예상 밖일 수도 있겠다. 길지 않은 분량에 셰익스피어 변용을 여러 군데에서 발견하는 재미는 이언 매큐언을 기다린 이들의 팬심을 만족시키고도 남는다.

넛셸

이언 매큐언 · 민승남 옮김 · 문학동네 · 2017년 6월

또 햄릿이라니. 나도 모르게 나오던 탄식을 이 책은 첫 문장만으로 격파해버렸다. "나는 여기, 한 여자의 몸속에 거꾸로 들어 있다. 참을성 있게 두 팔을 엇갈려 모으고서, 기다리고 기다리며, 이 안에 있는 나는 누구이고, 무엇 때문에 여기 들어 있는지 궁금해한다."

태아로 뱃속에 들어 있는, 복수를 위해 태어날 순간을 기다리는 21세기 햄릿의 시니컬하면서도 지적인 독백. 나는 투덜거리면서도 빠져들었다.

젊고 아름다운 여인 트루디는 남편 존의 동생 클로드와 불륜을 저지르며 살인을 모의중이다. 공모자들은 출판사를 운영하는 무명 시인인 존을 살해하고 그의 700만 파운드짜리 저택을 차지하려 한다. 하지만 태아는 모든 것을 낱낱이 듣고 있었다. 어머니가 즐겨 듣는 팟캐스트와 오디오북을 훔쳐 들으며 태아는 지성을 길렀다. 와인에 대해 알기, 17세기 극작가들의 전기, 율리시스…… 책은 태아를 전율하게 만들고, 동시에 어머니를 잠들게 했다.

밤마다 존은 아내에게 사랑의 의식으로 키츠와 오언의 시를 낭송해주지만, 트루디는 차마 말하지 못한다. 더이상 그를 사랑하지 않는다는 사실, 자신에게 연인이 생겼다는 사실을. 태아는 가망 없는 사랑으로 연결된 자신과 아버지의 신세를 자각하게 된다.

이언 매큐언은 전매특허인 우아한 문체로 인간의 욕망과 이기심, 도덕성과 같은 현대 사회의 문제를 시니컬하게 풍자한다. 가장 위대한 작품으로 늘 꼽아온 작품을 향해 두려움 없이 오마주를 바치는 작가의 야심이 놀라웠다.

우리 본성의 선한 천사

스티븐 핑커 - 김명남 옮김 - 사이언스북스 - 2014년 8월

사람의 욕심은 끝이 없다. 책을 대하는 서점 직원에게도 해당되는 말이다. 사놓고 읽지 못할 거란 걸 알면서도 내용이 좋으니까 꼭 사야겠다고 우기는 책이 있다. 『우리 본성의 선한 천사』도 그런 책이다. 1400여 쪽이나 되는 이 벽돌책을 구매하면서 했던 나만의 위로는 아래와 같다.

하나. 200여 쪽의 단행본이 12000원 정도 된다. 일반 단행본 페이지의 7배쯤 되는 이 책이 8만 원이 아니라 6만 원이라는 점.

둘. 올 5월에 빌 게이츠가 대학 졸업생들에게 선물로 이 책을 주고 싶다고 트윗을 했다. 영업당했으니 사야만 한다.

셋. 세상이 갈수록 더 야만으로 치닫는다. 갈수록 우리 주위의 빈번한 혐오, 폭력 등으로 인류애가 사라졌다. 내겐 세상이 선해지고 있다는 긍정적인 핑커의 설득이 필요했다(물론 인간이 잘나서가 아니라 과학, 교육 등으로 선하게 발전해온다는 지점이지만).

리뷰를 찾아보니 1년여가 걸려 완독했다는 이들이 대부분이다. 완독이 가능할까. 막상 받아본 책 두께에 겁이 나지만, 스티븐 핑커의 최고 역작임에는 틀림이 없다.

#사놓은_책

다시, 피아노

앨런 러스브리저 – 이석호 옮김 – 포노 – 2016년 12월

김연수 작가가 쓴 글을 읽고 아내에게 이 책을 사달라고 졸랐다. 이 책에 관한 소개 글을 접하면서 삐딱한 질투심부터 들었다.

그나저나 작가님, 이게 가능한 이야기인가요? 영국 『가디언』의 편집국장이 얼마나 바쁘고, 막중한 책임감을 지닌 자리일지는 변방의 저널리스트인 나로서는 짐작도 할 수 없다. 그런 자리에 있는 남자가 때마침 피아노 연습을 시작한 때는 위키리크스 사건, 일본 동북부 대지진, 아랍의 봄, 오사마 빈 라덴 사살 작전 등이 벌어진 시기. 그것도 57세의 나이로 쇼팽의 〈발라드 1번〉에 도전한다는 게, 가능한 일인지.

이 대단한 남자는 하루하루의 실패와 성공담을 통해 자신의 직업과 다른 무언가를 배우는 일의 효용에 대해 알려준다. 자동차로 비유를 하자면 평소와는 다른 기어를 넣는 일과 같은 배움의 취미가 자신의 일에도 더 집중하게 해준다는 이야기. 누구라도 육체적으로 뭔가를 새로 배울 때는 반드시 지우기undoing의 과정을 거쳐야만 한다는 이 책의 교훈을 접하고, 나는 큰 깨달음을 얻었다. 내가 퇴근 후 책을 읽고, 글을 쓰는 일은 나의 직업에 악영향을 줄지도 모른다는 교훈. 그렇다. 독서일기는 하루 빨리 끝나야 한다. 응?

일기의 형식을 취했다고 하니, 어쨌든 사지 않을 수 없는 책이다. 올해 상반기 동안, 나는 서점의 모든 일기를 다 읽어버릴 기세다. 격려를 받기 위해, 혹은 변명거리를 만들기 위해.

詩누이

싱고 – 창비 – 2017년 6월

시를 어려워하는 이들이 많다. 그런 사람들에게 좋은 친구가 되어줄 책. 시를 읽어주는 누이 싱고는 신미나 시인이다. 싱고와 고양이 이응은 하나의 시를 읽어주려 자신의 삶을 내보인다. 아, 시는 그렇지. 시인이 자신의 삶을 내보이는 작업이었지. 글과 그림이지만 뒤에 실린 시와 또다른 그것처럼 와 닿는 구절이 많아 물끄러미 보게 된다. 친구와의 우정을 기억하는 일, 엄마가 시장에서 돌아오기만을 기다리는 종이접기 시간, 길들여진다는 것의 정의를 싱고는 시에서 읽고 우리에게 그림으로 따스하게 표현해준다. 산문집을 보는 동안 어려운 시가 살가운 누이가 되어 속닥거리는 체험을 한다. 송승언의 「커브」가 이런 시였다니, 성동혁의 「나 너희 옆집에 살아」도 한결 쉬워진다. 시집 전체의 맥락에서 벗어나 시를 한 편씩 개별적으로 읽기도 재미나다. 이렇게 한 번 다 읽은 후, 두 번 읽을 때는 하루에 한 편씩 읽어보길 권한다. 뒤의 시가 한결 쉬워져 있을 것이다.

아라비아의 로렌스

스콧 앤더슨 · 정태영 옮김 · 글항아리 · 2017년 6월

북 섹션의 커버스토리로 다룰 책으로 880쪽의 문제작을 골랐다. 매우 고통스러운 독서가 되겠구나 싶었지만 다행스럽게도 책은 아주 재미있었다.

난세의 영웅, 로렌스의 삶에만 집중하는 책이 아니었다. 제1차 세계대전의 전운이 감돌던 시기, 미국과 영국과 독일 출신 네 남자의 운명적인 엇갈림을 그렸다. 각기 다른 목적으로 고대 유적이 가득한 아라비아 반도에 모여들고 이들은 모두가 자국의 스파이가 된다. 석유를 확보하거나, 식민지 지배에 유리한 위치를 선점하기 위한 각국의 야심을 대변하는 네 남자가 치열한 아귀다툼을 벌이는데, 그 결과물로 중동의 비정상적인 국경선이 그어졌다. 지금까지도 이어지는 피비린내 나는 중동의 전쟁은 당시 서구 열강들의 이기적인 경쟁의 결과물임을 저자는 분노에 찬 목소리로 서술해나간다. 옥스퍼드를 수석으로 졸업한 고고학자에다가, 단 하루도 군사훈련을 받지 않은 채 전장에 뛰어들었고, 외국 혁명군의 우두머리가 되었다는 전설적인 남자의 삶 또한 믿기 힘들 만큼 낭만적인 이야기다. 어쨌든 다음주에는 두껍지 않은 책을 고르리라.

수잔 이펙트

페터 회 – 김진아 옮김 – 현대문학 – 2017년 4월

스릴러가 마냥 무겁고 쫄깃하진 않다는 걸 잘 보여주는 『수잔 이펙트』. 주인공 물리학자 수잔 스벤센은 남다른 능력을 가지고 있다. 사람들이 그녀 앞에만 서면 진실을 이야기하게 되는 것. 그런 그녀와 가족들은 저마다의 곤경에 처해 있다. 그것도 다 골때리는 일로만. 결국 감옥에 수감된다. 그러다 미지의 존재인 미래위원회의 마지막 보고서를 찾으라는 특별한 미션을 받는다. 정치적으로 얽혀 있는 이 사건을 파헤칠수록 일은 커져만 가고, 가족은 오히려 더 미궁에 빠지게 된다. 여기서 수잔은 강한 여전사이자 냉철한 물리학자로서 사건을 풀어나간다.

이러고 끝났다면 평범한 스릴러 소설이었을 테지만, 페터 회는 인물 간의 관계 측면에서 수잔이 모성애로 가족을 지키려고 하는 부분, 가족 간의 이해와 화해의 과정을 진부하지 않게 다뤄낸다. 왜 페터 회를 읽는지 이해가 갔다. 차갑고 냉철해야 하는 부분과 따스하고 감정적이어야 하는 부분을 잘 섞어낼 수 있는, 솜씨 좋은 바텐더에게서 완벽한 칵테일을 한 잔 받아냈다는 기분이 들었다.

#읽는_책

시녀 이야기

마거릿 애트우드 · 김선형 옮김 · 황금가지 · 2002년 7월

마거릿 애트우드의 책을 처음 읽었다. 미국 드라마의 인기로 원작인 이 소설이 베스트셀러 1위를 달리고 있다는 기사를 쓰며 읽기 시작한 『시녀 이야기』는 그야말로 마력이 있는 것처럼 책장이 넘어갔다. 이토록 섬세하고 우아한 문장으로 계급과 사회를 성찰하고, 여성의 목소리를 드라마틱하게 내는 소설이 있었다니. 심지어 이 욕망을 거세시킨 사회에 관해서 이토록 관능적으로.

그러다 여든이 된 노작가가 올 3월 뉴욕타임스에 기고한 글을 발견했다. 「트럼프 시대의 핸드메이드 테일」이라는 기고에서 애트우드는 이 책을 쓰기 시작한 장소가 냉전 시대의 동독이었음을 털어놓는다. 공교롭게도 소설을 구상한 건 1984년이었고, 베를린 장벽이 존재하던 시기 서베를린에 머물며 폭격기와 사이렌 소리를 매일같이 들으며 이 소설을 쓰기 시작했다는 것이다. 작가는 미국 대선 이후 낙담에 빠진 독자들에게 위로의 말을 건넸다.

여성을 비롯한 특정 집단에 대한 혐오가 늘어나고, 극단주의가 영토를 넓혀가고 있지만 미래를 위해서 우리가 할 일은 겪은 일을 기억하고, 또 기록하는 것입니다. 벽 속에 숨어 있을지언정 이러한 기록은 그 누구도 사라지게 할 수 없기 때문입니다.

책만큼이나 쉽게 잊히지 않을 단호한 작가의 목소리였다.

하와이 원주민의 딸

하우나니 카이 트라스크 – 이일규 옮김 – 서해문집 – 2017년 6월

태어나서 하와이를 한 번도 가보지 못했다. 하지만 하와이는 친밀했다. 지인들의 신혼여행지로, 휴양지로 혹은 도피처로. 뜨거운 태양 아래 해안가에서 한가롭게 안식을 즐기고 있는 이들이 가득한 섬 하와이를 막연하게 인지했다. 그러한 안이한 인식을 숫자와 역사로 깨부수는 트라스크의 저항서, 『하와이 원주민의 딸』. 유년 시절 그녀가 접한 하와이 원주민에 관한 개념은 두 가지로 나뉘었다. 오하나(하와이 원주민 말로 '가족'), 이교도인 하와이 원주민. 전자는 가족에게서, 후자는 학교에서 배웠다. 동일한 개념인데도 해석은 극과 극이었다. 그렇게 커가던 트라스크는 자신이 태어난 대지와 그의 역사를 위해서 글로 투쟁한다. 자신의 어머니이자 모두의 어머니인 대지를 위해서. '대지를 사랑하는 민중의 노래'를 부르며 백인(서양) 위주의 약탈자 사학을 거부하는 저항은 시종일관 뜨겁다. 한 번이라도 하와이의 변질된 훌라춤이, 환락가가 된 와이키키가, 드넓게 펼쳐진 사탕수수밭이 아름답다고 생각해본 사람들이 있다면 꼭 추천하고 싶다. 단순히 하와이만의 문제가 아니라 제국(식민)주의–인종차별주의–여성주의–인권과 결부되어 지구 반 바퀴 거리에 있는 한국까지 와 닿는다. 대지의 어머니에게서 태어난 한 여성의 투쟁서를 뜨겁게 만나 기쁘다.

詩누이

싱고 – 창비 – 2017년 6월

한 편의 시가 말을 걸면, 자연스럽게 다른 이야기가 물꼬를 트고 흘러
나오길 기다렸습니다.

이런 작가의 말. 물론 쉽지 않은 일이라는 걸 안다. 시를 만화로
그려내는 일이. 『구체적 소년』을 읽은 지 얼마 되지 않아 이 책을
만났다. 신미나 시인이 직접 고른 시를 만화의 형식을 빌려 읽어주
는데, 이 시인의 유년 시절과 가시밭길을 걷듯 험난했던 청년기도
만날 수 있었다.

청춘이 뭐 이렇게 시시한가, 이렇게 살아도 괜찮을까 고민하고,
근사한 미래로 갈 수 있는 황금 마차의 주인공은 따로 있는 것 같았
다, 고 체념하는 시인의 만화는 김경미의 「비망록」과 하나로 포개
졌다. 한 편의 만화와 한 편의 시를 나란히 읽고 난 뒤엔 나의 옛 기
억이 떠오르기도 했다. 시를 통해 감동하게 되는 순간은 이렇게 우
연히 내게 온 그 시가, 바로 나의 이야기로 느껴질 때 찾아온다.

그때 그곳에서

제임스 설터 – 이용재 옮김 – 마음산책 – 2017년 6월

국내에 소개된 첫 제임스 설터의 산문집이자 여행잡문집. 에세이라고 부르기엔 그의 소설과 너무나 비슷한 풍광이다. 매 여행마다 '신고 물품 없음'에 체크를 하고 프랑스 파리, 루아르, 애스펀, 바젤 등에서 최소 열흘부터 1년여간 체류하면서 그곳에 스며들듯 여행했던 소설가 제임스 설터. 와인과 건축에 관한 해박한 지식을 풀어놓기도 하고 등반을 하거나 스키를 타면서 인간의 본성과 재미를 한껏 즐기기도 한다. 아, 묘지에 관한 감상은 심지어 여행에서 가장 탁월한 부분! 콜로라도도 가고, 일본에 관해서도 썼지만 제임스 설터의 이 여행기는 주로 프랑스 위주다. 오래된 것을 사랑하고, 사람으로 도시와 공간을 기억하는 이의 여행기는 특별하다. 심지어 작가가 제임스 설터라면 더더욱.

애스펀에서 이리저리 생채기 입은 코스와 그곳에서 사는 이들을 추억하며 설터가 내뱉은 말은 이 여행기의 모든 것을 대변한다.

우리가 사는 것은 삶이 아니다. 영원해 보이지만 그렇지 않다는 걸 알기에 아름다운, 삶의 보상 같은 것이다.

도쿄 일인 생활 – 맥주와 나

오토나쿨 – 마음산책 – 2017년 5월

한낮의 자잘한 소음들, 커튼을 조금씩 흔드는 바람, 살얼음이 낀 잔과 시원한 맥주. 초여름의 일요일 오후 3시.

늦은 점심을 먹고 책상에 앉은 일요일 오후 3시, 맥주 한 캔을 옆에 두고 이 책을 읽다 우연히 발견한 구절에 깜짝 놀랐다. 아무렴, 일요일 오후엔 맥주다.

요리책을 좋아한다. 거실의 책장에는 이런저런 나라의 요리를 다룬 책이 30여 권가량 꽂혀 있다. 실패할지언정 낯선 음식에 도전해보는 것도 좋아하고, 누군가와 먹을 음식을 스스로 해보는 건 어떤 노동과도 비교할 수 없는 값진 일임을 경험으로 체득해왔다.

어른이 된다는 건 미역무침과 맥주를 먹을 수 있는 것, 이라는 서문을 읽고서 어떻게 이 책을 덮을 수 있을까. 일본에서 홀로 살고 있는 맥주 애호가가 일본식 술안주 이야기를 들려주는 책이다. 실패하지 않으려면 개량컵과 저울을 준비하라는 철두철미한 성격의 웹디자이너는 닭고기 간장절임, 겐코 샐러드, 소고기 폰즈 무침과 같은 레시피를 곁들였다.

홀로 하는 식사의 외로움을 떨쳐버릴 수는 없다고 고백하면서도 틈이 날 때마다 퇴근길에 해물을 사서 냉장고에 채워놓고, 냉동 생선 대신에 해동 생선을 사서 구워먹는 부지런함에 조용히 박수를 보내고 싶었다. 일상을 구원하는 건, 이런 사소한 정성이다.

도쿄를 만나는 가장 멋진 방법: 책방 탐사

양미석 – 남해의봄날 – 2017년 5월

'서울을 여행하기 전에 읽으면 좋은 소설과 에세이 세 권'을 고르라면? 서울에서 10년을 살아온 나보다 일본 서점 '아오야마 북 센터' 직원이 더 잘 알고 있다. 『소설 서울』 『한글 여행』 그리고 김연수 『세계의 끝 여자친구』란다. 앞의 두 권은 몰라도, 맨 마지막 책은 잘 알고 있다. 왜 추천했는지 깨닫는 순간, 흠뻑 그 서점에 빠져들듯 탐독한다. 나는 독자들에게 어떤 결로 무슨 색의 책을 추천하고 있을까?

도쿄를 13군데로 나눠 총 30군데의 서점을 소개한 『도쿄를 만나는 가장 멋진 방법: 책방 탐사』는 담고 있는 서점 콘텐츠와 분위기, 그것들을 이루고 있는 사람을 소개하는 훌륭한 안내서다. 이미 한국에도 들어온 형태도 보인다. 술과 이벤트가 있는 비엔비 책방, 고양이 집사들을 위한 진보초 냔코도, 독립출판물이 다 모이는 유토레히토와 아오야마 북 센터, 한 출판사의 북카페인 레이니 데이 북 스토어 앤 카페 등. 그중에서 가장 닮고 싶은 서점은 덴로인 서점이었다. 매달 '월간 덴로인 서점'을 하면서 테마를 정하고 편집회의를 진행하는 '커다란 잡지' 필드를 가진 곳이다. 단순한 독서가 아니라 독자에게 '읽는 삶'으로 초대한단다. 거기에 편집회의에 참여하는 건 유료라니! 손님들이 값을 지불하고도 순수한 열망으로 직접 참여하는 큐레이션 공간이라니! 멋지다.

도쿄 여행을 앞두거나 책 덕후가 휴가지를 결정하지 못했다면 유용하게 쓰일 귀서貴書다.

그때 그곳에서

제임스 설터 · 이용재 옮김 · 마음산책 · 2017년 6월

 이 작가의 젊은 날이 궁금했다. 웨스트포인트 출신 전투기 조종사로 한국전쟁을 경험했고, 드문드문 발표한 소설로 미국 최고의 문장가라는 호칭을 얻은 작가. 『가벼운 나날』을 처음 만났던 경험도 강렬했지만, 아흔을 앞두고 쓴 유작『올 댓 이즈』는 정말 놀라웠다. 좌절하는 꿈과 상념과, 실패하지도 성공하지도 못한 보먼(작가와 닮은)의 인생의 빛과 그림자를 마주하고 나니, 평생 8700잔 마티니를 마셨다는 작가와 함께 술잔을 부딪치고 싶어졌다. 어쩌면 너무나 완벽한 유작이라는 생각이 들었다.

 처음으로 번역된 산문집을 만나면서 그가 젊은 날 태평양을 횡단하며 오갔던 수많은 도시와 여행지가 소설의 문체를 만들었다는 걸 확신하게 됐다. 정처 없이 유랑하고, 덧없는 환상처럼 오래된 과거를 회상하는 글에서 그의 소설 속 당대의 궤적에서 벗어난 듯한 초연한 자아를 몇 번이나 만날 수 있었다. 무엇보다도 그가 여행을 떠나는 이유가 마음에 들었다. "건축과 음식이야말로 여행의 진짜 동기이며 둘 모두를 찾을 수 있다고 확신하는 곳에 가기 좋아한다." 아직도 번역될 소설이 남아 있다는 사실이 고맙다.

운다고 달라지는 일은 아무것도 없겠지만

박준 – 난다 – 2017년 7월

서점 직원이 하는 일 중 가장 좋은 일이 뭐냐 물으면 망설이지 않고 대답할 수 있다. 최종 교정까지 막 마치고 인쇄된 하얗고 두꺼운(때론 얇은) A4용지 뭉텅이를 만나는 일. 어여쁜 표지와 완벽한 교열을 마친 온전한 책으로서도 좋겠지만, 이런 비밀스럽고 은근한 날것으로서의 책은 특별하다. 오늘은 저번 봄부터 기다렸던 박준 시인의 첫 에세이집 원고를 받았다.

담당 마케터분이 가져다준 원고 맨 앞에는 목차가 조용히 놓여 있었다. 시 제목 같기도 하고, 내가 아는 고유명사도 보이고, 아련해 보이거나 혹은 사연이 깊어 보이는 단어들로 이루어진 그것을 눈으로 재빠르게 훑었다. 아직 책이 나오지 않아서 쉽사리 어떻다, 말할 수 없다. 그러나 궁금하긴 하다. 이건 산문시일까, 혹은 산문일까. 형태가 무엇이 중요하겠냐마는 시인의 에세이는 그 중간선을 슬렁슬렁 가로지른다. 빠르지도 않고, 느리지도 않다. 그저 시인의 눈에 걸린 시간과 사람이 반짝이며 내 마음을 비춘다. 세상을 전부 비추지 않아도 된다는 것처럼 아주 조그맣게 일렁인다. 시인을 따라 하루는 태백을 갔다가 또 하루는 삼척도 가고 마지막으로 좁은 혜화동에서 술 한잔을 기울이는 것만 같다.

동행이 짧아지는 게 아쉬워 오늘의 행선지로는 통영의 한 분식집을 택했다. 그리고 시인의 곁에서 "봄날에는 사람의 눈빛이 제철"이라고 작게 적는 모습을 숨죽이고 지켜본다. 익히 알고 있는 「낙서」의 한 구절이다. 책이 온전한 모습으로 나올 때까지 아끼고, 아껴 읽는 감칠맛. 세상에서 가장 간지러운 감정이다.

울트라 소셜

장대익 – 휴머니스트 – 2017년 6월

음식의 맛보다, 음식 사진에 눌러진 '좋아요'의 개수가 더 중요한 시대. 대체 소셜 미디어는 인간 본성의 어떤 측면을 건드리고 있는 걸까, 과학철학자는 바로 여기에 인류가 여기까지 진화해온 비밀이 있다고 답한다. 초사회성이다.

책에 흥미로운 실험이 하나 등장한다. 실연의 고통과 망치로 손가락을 찧었을 때 느끼는 고통이 뇌의 작동 원리에서는 본질적으로 같다는 것. 응용하면 이런 실험이 가능하다. 실연을 당하거나, 직장에서 소외감을 느꼈을 때 마음이 아프다면 타이레놀을 복용해 보라. 곧 기분이 좋아지고 스트레스는 줄어들 것이다.

골치 아픈 진화생물학일까 두려웠지만, 크게 힘들지 않게 읽을 수 있었다. 가장 인상적인 건, 고통이 진화의 산물이라는 말이었다.

집단생활을 해야 살아갈 수 있는 영장류 종에게 외톨이가 된다는 것은 곧 죽음을 의미한다. 따라서 사회적 고통을 느끼는 것은 관계 속으로 돌아가야 한다는 일종의 신호로서, 집단생활을 하는 종에게 이득이 되는 진화적 적응 기제라고 할만하다. 외롭지 않은 자, 그 사람은 비정상이다.

바깥은 여름

김애란 – 문학동네 – 2017년 6월

어제는 김애란 작가의 5년 만의 단편소설 예약 판매를 열었다. 요즘 팔아야 할 작가, 보여야 할 작가, 보여주고 싶은 작가가 너무 많다. 그중 김애란 작가는 유일무이한 여성일 수도 있겠다. 그 사실이 쓸쓸하기도 하지만, 그래서 더 반가움이 배가 된다. 이번 소설집 제목인 『바깥은 여름』은 참 시기적절하다. 우리가 지금 처한 세상은 여름이지만 어느 이에게는 아직 여름이 더딜 수도 있겠다. 그들의 안은 겨울일 수도 있고, 봄일 수도 있다. 사람은 자신이 걸을 수 있는 속도와 견딜 수 있는 시간을 보낸다. 그렇지만 벌써 바깥은 여름이다. 김애란 소설은 한 사람 한 사람마다 그들이 견딜 수 있는 고유의 그 시간을 다뤄낸다. 이번 소설집에 실린 소설들도 다 그렇다.

작가를 닮아 수줍음이 많은 문장들은 신기하게도 독자의 마음에 큰 파동을 일으킨다. 이번 소설집도 놓칠 것이 하나도 없다. 무더운 여름을 잊고, 11월 「입동」의 찬바람부터 시작해보자.

2017 제7회 문지문학상 수상작품집

박민정 외 · 문학과지성사 · 2017년 6월

봄에 찾아오는 선물이 '젊은작가상'이라면, 여름에는 '문지문학상'이다. 등단 10년 이내 작가들의 반짝반짝 빛나는 단편을 소개하는 두 권의 책에서는 재기 넘치는 작품을 만날 수 있어 늘 반갑다. 올해는 쟁쟁한 경쟁작을 제치고 박민정의 「행복의 과학」이 수상작이 되었는데 정교하게 사실과 허구를 꿰매는 능력에 감탄해버렸다.

이 소설은 대학과 출판사, 한국과 일본 사회라는 다양한 공간에서 일어나는 혐오의 풍경을 그리고 있다. 일본의 넷우익, 맹목적인 신흥종교집단 '행복의 과학', 그리고 과거 주인공의 삶에도 깊은 상처를 남긴 민족주의 등이 복합적으로 얽혀 소설의 질감을 만들어낸다. 그런데 주인공인 편집자 하나의 이야기보다도 하나의 배다른 형제인 유토리 세대 소년이 넷우익이 되는 과정이 더 흥미로웠다. 박민정은 그 이유를 버블의 붕괴가 가져온 사회적 징후로 보는 것 같았다. 이 소설은 큰 갈등이나 폭력이 등장하진 않지만 자신의 의지와는 달리 시시때때로 피해자가 되고 마는 여성의 모습을 속수무책으로 관찰하게 만든다. 마치 우리의 매일매일이 그런 것처럼. 1980년대생 젊은 작가가 사소한 개인의 문제가 아닌, 정치적 사안을 소설 속에 투영하는 모습을 발견한 것도 근래에 좀처럼 보지 못했던 일이다. 이번 계절에 천천히 읽어나갈 소설집을 만났다.

베누스 푸디카

박연준 – 창비 – 2017년 6월

자고로 시인이라면 '패배를 사랑하는' 직업병은 있어야 할까. 박연준 시인은 "모든 것에 실패하고 싶다"며 시 속에서 매번 패배를 인정하고 갈망한다. 「가라앉은 방」에서 쪼그리고 앉아 위로하지 못하는 영혼이 쓴 시가 지금 내 손목을 잡는다. 까마득하게 멀어만 보이는 시는 오히려 내가 알고 있지 못했던 현실과 가깝다. 한 여고생을 위한 시, 구제역 소동 속에 죽어간 가축들, 세상에서 버려진 '패배자들'. 그들의 무릎을 닦아주고 싶은 시인은 슬픔조차 포기하지 않는 정 많은 사람. 어쩌면 시인이란 존재는 패배조차 사랑하는 시선을 가진 '정 닳은 사람'일지도.

시집을 덮고 '베누스 푸디카' 자세를 떠올린다. 부끄러운 부분을 가린 정숙한 자세. 시인의 제스처는 한 발짝 더 나아간다. 베누스 푸디카를 보여준 후, 시인은 묻는다. "지금 너의 자세는 어떤가?"

원하는 곳에서 일하고 살아갈 자유, 디지털 노마드

도유진 – 남해의봄날 – 2017년 6월

인터뷰를 요청했는데, 스카이프로 만나자는 답을 들었다. 그러고 보니 저자에게는 만남을 위해서 서로가 먼 거리를 오가는 건 시간낭비로 보일 법했다. 10여 년간 전 세계 40여 개 도시를 돌며 프리랜서로 살아온 작가의 이야기를 들으면서, 나는 망치로 한 대 얻어맞은 것 같은 기분이 들었다. 소유물은 여행 가방 3개가 전부라고 했다. 돌이켜보니 언제든 마음만 먹으면 떠날 수 있는 삶의 가능성을 나는 상상도 해본 적이 없었던 것이다.

한국의 지옥철과 월세방을 탈출해 호주에서 처음 원격 근무를 하게 된 경험이 그의 삶을 다큐멘터리버전 〈한국이 싫어서〉로 만들었다. 발리, 치앙마이, 부다페스트, 샌프란시스코 등등. 자신이 거주했던 도시에 관한 수다를 떨다보니 서울 시민의 삶은 점점 더 비참하게 느껴졌는데, 그는 위로를 건넸다. "한국 사회가 조직 문화만 바꿀 수 있다면 오히려 원격 근무가 가장 용이한 나라는 한국일지도 몰라요." 어쩌면 우리 사회는 단지 일과 개인 생활의 균형을 맞추고 싶을 뿐인 청춘들을 부적응자로 낙인찍어버리고, 다른 나라로 쫓아버리고 있는 건지도 모른다.

책에는 베이스캠프, 톱탤, 버퍼 등 다양한 원격 근무 기업과 기업에 속하지 않은 작가, 프리랜서 개발자 등의 이야기가 소개되는데 그들은 한목소리로 "원격 근무는 세계 최고의 인재들을 유치할 수 있는 방법"이라고 말한다. 디지털 노마드의 삶은 해변에서 노트북을 펼쳐놓고 일하는 파라다이스의 삶은 분명 아니다. 그럼에도 고질적인 한국의 병을 고치기 위해 우리 사회가 궁극적으로 나아가야 할 방향일지도 모른다는 생각이 들었다.

우물쭈물해도 괜찮아!

오노데라 에츠코 글/키쿠치 치키 그림 – 엄혜숙 옮김 – 주니어김영사 – 2017년 6월

유아들을 위한 책들은 다른 분야보다 유독 '괜찮아'를 많이 쓴다. 그만큼 특이하고 남다르거나 누구보다 작고 연약해도 유아책에서는 주인공이 된다. 『우물쭈물해도 괜찮아!』에서는 부끄러움을 많이 타서 아이스크림 주문도 제대로 못하는 아기 돼지 통통이가 주인공이다. 악어도, 기린도, 사자도 다 맛있는 아이스크림을 자기 앞에서 염소 언니에게 주문하는데도 아기 돼지 통통이는 뒤에서 두 손을 수줍게 모으고만 있고 말을 제대로 하지 못한다. 심지어 고개조차 똑바로 들지 못하고 자꾸 아래로 숙인다. 모두가 그렇게 주문을 하고 나간 자리에 아무도 보지 못한 개미 콩알이를 발견한 통통이. 통통이와 콩알이는 서로를 도와 아이스크림을 주문한다.

수줍음이 많고 내향적이라 자신의 의견을 말하기 어려워하는 아이들을 위한 따뜻한 시선이 담긴 그림책. 그림도 내용과 비슷한 톤의 수채화로 귀엽게 이들을 표현해냈다. 어른들도 보고 좋아할 게 분명하다. 수업 시간에 책을 읽으라고 해도 부끄러워 버벅거리던 어릴 적 나를 떠올리며, 상상 속 서점 주인장인 나부터 위로 받았다.

조지 오웰, 시대의 작가로 산다는 것

스테판 말테르 - 용경식 옮김 - 제3의공간 - 2017년 6월

제국주의 시대 작가의 삶을 생생하게 만나면 그 거대한 삶의 굴곡에 숙연해지곤 한다. 폭력과 차별이 만연하고 생존만으로도 버거운 시대에 자신의 생을 걸고 글을 쓰는 일은 작지 않은 희생과 용기가 필요한 일이다. 46세에 전기를 쓰지 말라는 유언을 남기고 세상을 떠난 조지 오웰의 전기를 읽으면서 다른 별에서 쓰인 것 같은 소설이 탄생한 배경을 어렴풋이 이해하게 됐다.

식민지의 경찰인 아버지 아래, 인도의 벵골에서 태어난 조지 오웰이 그 자신도 이튼을 졸업하고 버마의 경찰로 발령받아 떠났을 때, 그의 운명은 결정된 것이나 다름없었다. 식민지의 처참한 실상을 알게 된 뒤 그는 경찰 옷을 벗고 스물여섯에 파리로 건너가 본격적인 작가의 길로 들어섰다. 1933년 출간한 『파리와 런던의 밑바닥 생활』에서부터 조지 오웰이란 필명을 사용하며 그는 20여 년간 글쓰는 삶을 살았다. 생계를 위해서 접시닦이, 서점 직원, 막장 광부, 농사꾼, 잡화상, 종군기자 등을 전전하면서 글을 썼다. 『동물농장』으로 명성을 얻은 뒤엔 건강을 잃었다. 폐결핵과 싸우면서 『1984』에 매달리면서는 "이 빌어먹을 소설을 끝내는 것"만을 인생의 마지막 목표로 삼기도 했다.

불꽃처럼 자신의 생을 태우고 떠난 작가의 삶은 한순간도 뜻대로 흘러가는 법이 없었다. 줄리아의 모델로 삼았던 여인은 유부남인 메를로 퐁티와 사랑에 빠졌다가 그에게 뒤늦게 돌아왔고, 죽기 1년 전에야 병상에서 결혼을 할 수 있었다. 조지 오웰의 작가로서의 삶은 그의 소설보다도 매력적이었다. 이 책을 통해 알게 된 것은 '정치적 행위로서의 글쓰기'가 갖는 가치였다. 어쩌면 작가에게 주어진 가장 가치 있는 선택지일지도 모른다.

천천히, 스미는

버지니아 울프 외 - 강경이 옮김 - 봄날의책 - 2016년 9월

19세기 후반에서 20세기 전반 영미 문학 작가들의 에세이를 엮은 산문집. 한국에 널리 알려진 버니지아 울프, 조지 오웰, 피츠제럴드, 윌리엄 포크너 등의 단상뿐만 아니라 제임스 에이지, 메리 헌터 오스틴 같은 작가도 발견할 수 있는 귀한 보물 같은 작품집이다. 특히 제임스 에이지의 「녹스빌: 1915년 여름」은 내가 그 장소에 있었던 것처럼 생생하고 아련한 에세이. 테네시 녹스빌이라는 중하계층이 몰려 살던 그곳의 여름 저녁과 소리를 표현한 문장들을 몇 번이고 다시 읽었다. 시보다 더 시 같은 산문은 그 평화롭고 잔잔한 유년 시절과 아버지에 관한 사랑을 '녹스빌의 여름 저녁'이라는 시공간에 고스란히 담아냈다. 리처드 라이트의 「어떤 질문」도 사회적 강자인 백인은 절대 이해할 수 없는 철저한 남부 흑인으로서의 삶을 어떤 일화로 강렬하게 써놓았다. 시간이 이토록 지났는데도, 마음을 뜨겁게 하고, '등뼈를 찌릿'하게 하는 이야기다. 이들 외에도 번역가가 고르고 고른 영미 문학가들의 아름다운 명문장을 읽으며 사랑, 자연, 죽음의 감정을 천천히 맛볼 수 있다.

읽은 책 #

베누스 푸디카

박연준 · 창비 · 2017년 6월

"도망가봤자 소용없어, 아름다운 그늘". 「술래는 슬픔을 포기하면 안 된다」에서 외치듯 시인은 도망갈 수 없고, 아름다운 그늘에 속박당하는 사람이다. 시인의 운명에 관한 이야기가 몇 번이나 눈을 멈추게 하는 시집이었다. 박연준의 시는 솔직하다. 비너스의 자세라는 뜻의 '베누스 푸디카' 연작도, '침대' 연작도 하나같이 시인 자신의 이야기처럼 읽혔다.

당신이라는 말, 여보라는 말, 사랑하는 사람이라는 말이 시시때때로 흘러나오는 낭랑한 시를 읽고 있노라면 사랑에 빠진 시인의 하루하루를 옆에서 지켜보는 것 같기도 했다. 「고요한 밤」에는 "배교보다 아름다운 종교는 없다"는 구절이 있었다. 시라는 것은 어쩌면 배교하는 이들만이 쓸 수 있는 것일지도 모른다. 그러니 시인을 이렇게 정의 내려도 틀리진 않을 테지.

중요한 건
칼이 진정으로 날카로워
문장들이 겁에 질리는 거야

그 짓을 오래 하다 나자빠진 저녁,
그게 시인이야
—「음악에 부침」

시녀 이야기

마거릿 애트우드 - 김선형 옮김 - 황금가지 - 2002년 7월

1985년에 이런 소설이 써질 수 있다! 과감하게 여성을 통제하고, 우리 속에 존재하는 혐오들을 최대치까지 끌어올려 만든 길리아드 공화국. 미국을 정복하고 세워진 그곳에서는 재혼이라든지 강간을 당한 여성들은 정당한 '아내'가 될 수 없다. 기르던 아이마저 빼앗기고, 빨간 드레스를 입어야 하는 '시녀'가 되어야만 한다. 그들은 아이를 낳는 기계일 뿐이다.

소설 속 주인공은 자신의 이름마저 잃은 채, 사령관의 것이라는 의미의 '오브프레드'로 불린다. '하녀' '아주머니' '아내' 모두 여성이고 '사령관' 아래에서 지나치게 학대되고 통제되지만 아무도 서로를 구원하지 않는다. 오히려 서로를 의심하는 '눈'이 되어간다. 그렇게 점점 여성과 여성을 적으로 만들어가고, '오브글렌'이 자살했다는 말에 주인공이 안도하는 장면에서는 짓눌린 여권이 만든 기괴함이 소름 끼친다.

여성은 순결해야 한다는 극단적 정치와 종교적 믿음이 지배한 사회, 길리아드 공화국.『시녀 이야기』를 읽고 좀처럼 책장을 접을 수 없었다. 이 소설 전체가 우리 사회의 어두운 면을 정확히 가리키고 있다. 극단적으로 짓눌려진 자화상을 가까운 20세기 후반으로 가정한 작가의 탁월한 선택에 박수를 보낸다.

#읽으니_책

실패를 모르는 멋진 문장들

금정연 · 어크로스 · 2017년 6월

금정연의 위대한 모험, 이란 제목을 붙이고 싶은 글이 있었다. 폴 오스터의 『달의 궁전』을 소개하는 글이 모험과 무슨 관련이 있냐고 물으신다면, 일단 이 글을 읽어보라고 답할 수밖에 없다. 택배 배달을 알리는 초인종 소리에 눈을 뜬 어느 날, 금정연은 6개월간 작업실로 쓴 공간을 비워야 하는 상황과 맞닥뜨린다. 곰팡이처럼 제멋대로 늘어난 작업실의 책 더미 속에서 허우적대다 그는 가방과 에코백 두 개에 서른 권의 책을 나눠 담고 모험을 떠난다. 무쇠로 만든 조끼를 입은 무도인처럼.

오랜만에 만난 친구는 빌려준 책 다섯 권을 돌려주고, 정지돈의 신인상 시상식장에선 출판사에서 책을 두 권씩 나눠준다. 오랜만에 만난 편집자 선배는 마지막으로 만든 책이라며 또 한 권의 책을 준다. 그리하여 서른아홉 권의 책과 함께 녹초가 되어 돌아온 새벽, 현관문 앞에는 두 개의 택배 상자가 기다리고 있다. 눈물이 터질 것만 같은 그는 『그리스인 조르바』의 한 구절을 떠올린다. "두목, 당신의 그 많은 책 쌓아놓고 불이나 싸질러버리시구려. 그러면 알아요? 혹 인간이 될지?"

『달의 궁전』 포그의 이야기도 삼촌에게 무려 76상자의 책을 유산으로 물려받은 사연이니, 소설과 자신의 삶을 하나의 글로 꿰는 아름다운 사연이 아닌가. 이 책은 너무나 재미있는 자기 고백이 가득하다. 9년 동안 서평을 써온 나에게는 일적으로도 위로와 응원이 되는 사연이 많았다. 마지막에 실린 금정연의 글에서 뜨끔했던 건 사실이지만. 젊은 시절 라이히라니츠키가 연상의 여인에게 들었다는 말이다. "남의 말은 그만 인용해."

스틸 라이프

루이즈 페니 - 박웅희 옮김 - 피니스아프리카에 - 2014년 4월

나만 모르고 있었던 엄청난 추리소설인 아르망 가마슈 경감 시리즈의 첫번째 『스틸 라이프』. 올해 서울국제도서전에서 남편이 가져와서 설렁설렁 넘기다 끝내 다 읽어버렸다.

캐나타 퀘백주의 작은 마을 스리 파인스에서 갑자기 살인 사건이 일어난다. 피해자는 제인 닐. 문을 걸어 잠그지 않을 만큼 소박하고 안정된 마을에서 생겨난 살인은 가족, 공동체, 믿음, 사랑과 우정을 흔든다. 서로를 잘 알고 있는 마을에서 인물들이 서로를 이야기하는 과정과 그 사이의 알력이 미스터리를 팽팽하게 한다. 무엇보다 독자 눈앞에서 〈박람회 날〉이 놓인 듯 등장인물들의 입을 빌려 묘사하는 장면이 이 소설의 하이라이트가 아닐까. 나머지 연작소설들도 주저 없이 사보기로 했다.

삼등여행기

하야시 후미코 - 안은미 옮김 - 정은문고 - 2017년 6월

표지를 넘기면 첫 장에 지도가 나온다. 가는 여정은 1931년 11월 4일에서 23일, 오는 길은 1932년 5월 13일에서 6월 15일. 도쿄에서 출발해 파리에 도착한 뒤, 다시 마르세유와 콜롬보를 거쳐서 고베로 돌아오기까지는 반년의 시간이 걸렸다. 하야시 후미코의 소설을 접한 적은 없지만, 한 세기 전 『삼등여행기』를 읽으면서 그의 소심하고도 유머러스한 성정을 짐작할 수 있었다.

게다를 신고 파리를 거닐던 이야기, 홀로 런던으로 건너간 이야기도 들려주지만 가장 인상적인 건 20일에 걸친 기차 여행기다.

붉은 짐수레가 달리는 러시아의 묘묘한 들판은 그야말로 육지의 바다. 일등칸과 이등칸도 둘러봤지만 후미코는 삼등칸이 마음에 든다. 머무르기에 불편하지 않다는 이유에서다. 잡일꾼, 사무원, 여공 등을 전전하며 고단한 작가의 삶을 살았던 후미코에게 삼등칸은 친근한 공간으로 느껴졌을 것이다. 기나긴 기차 여행을 통해 굶주림에 허덕이는 프롤레타리아 러시아인을 만나기도 하고, 열차보이와 가까워지기도 하고 독일인, 러시아인 승객들에게 차를 마시거나 트럼프를 치자고 초대를 받기도 한다. 시베리아 삼등 열차는 이렇게 무사태평해서 재미있다. 비몽사몽인 기차 여행이었다지만 "여행은 길동무, 세상은 정"이라는 말을 체험한 여행이었다고 고백한다. 심지어 그 길의 끝에는 꿈의 도시 파리가 있었으니까.

가난하고 힘겨운 과거를 고백한 데뷔작 『방랑기』가 60만 부나 팔려 이듬해 가방 하나를 들고 파리로 떠났던 작가는 여행에서 돌아온 뒤 일본의 대표적인 여성 작가로 자리잡았다. 박수를 치고 싶은 사연이다. 작가의 인생에도 큰 변화를 선사한 세계 여행의 설레는 목소리를 듣는 것만으로도 흥미로운 만남이었다.

건축은 어떻게 아픔을 기억하는가

김명식 – 뜨인돌 – 2017년 5월

공간은 기억의 저장소다. 때때로 공간으로 인해 기억이 소환된다. 상냥한 톤의 저자를 따라가면서도 남영동 대공분실의 완벽함이 질리고 무서운 것은 어쩔 수 없다. 평화의 소녀상에서 친구와 함께 비를 맞으며 기다린 날을 떠올리는 것도 막을 수 없다. 책에 이끌려 내 기억을 휘집고 공적 공간이 사적으로 되살아난다. 전쟁과 여성인권박물관, 세월호 추모 공간을 거쳐서 '유럽의 학살된 유대인을 위한 기념비' 앞에서 우리 안의 공포, 고통이 어떻게 미적으로 승화되는지 확인한다. 뼈아픈 건축을 돌아봄으로써 마음 한곳이 단단해진다. 앞으로도 넘어야 할 곳은 몇 군데이며 생겨야 할 공간은 어디인가. 아이러니하게도 몇십 년이 흘러도 고통이 흘렀던 자리를 그대로 지키고 있는 건축에게서 기억의 방법을 배워나간다.

#읽은_책

중국인은 왜 시끄러운가

오영욱 – 스윙밴드 – 2017년 6월

불과 며칠 전에 읽은 작가의 또다른 책이 나왔다. 건너뛸까 했지만, 평원과 폐허와 유적과 기차역에 관한 관찰기를 읽지 않을 수 없었다. 다소 공격적인 제목을 보고 놀랐지만, 실상은 거대한 중국의 본질을 수차례 여행 끝에 알게 된 저자가 하는 한국에 대한 반성의 목소리가 더 두드러지는 책이라는 반전이 있었다.

상상을 실체로 만들어내는 중국 건축의 규모와 위용에 몇 번이나 놀라며 이 건축가는 "강하다는 것의 기준은 단순하다. 내 식대로 살아도 아쉬운 게 없으면 되는 것"이라고 정의를 내린다. 고지도에 의지해 2천 년간 변해온 중국의 주거 양식과 도시 구조를 짐작해보는 도보 여행이라니. 별난 구석이 있으면서도 지켜보는 재미가 있었다. 난징, 마카우, 뤄양과 같은 도시의 오늘을 나는 한 치도 짐작할 수 없지만, 삼국지를 비롯한 옛 중국 소설을 통해 익숙하게 느껴왔기 때문이었다.

그는 중국의 벽돌–닫힌 마당 형식, 한국의 흙–열린 마당 형식, 일본의 목재널–내부 마당 형식을 삽화로 그려가며 집의 형태를 비교하면서 집의 형식적 차이를 통해 세 나라가 영원히 가까워질 수 없을 것이라는 판단을 내리기도 한다. 건축 이야기보다 그 도시에서 먹는 음식 이야기가 더 재미있기도 했지만, 중국의 내륙 도시들에 가보고 싶다는 생각을 처음으로 들게 해준 책이기도 했다.

예감은 틀리지 않는다

줄리언 반스 – 최세희 옮김 – 다산책방 – 2012년 3월

출판업계에 리커버가 유행하면서 옛 귀한 책들을 다시 보게 된다. 『예감은 틀리지 않는다』도 그중 하나. 맨부커상 수상작이기도 한 이 소설은 한 개인의 기억과 실제 일어난 사실, 혹은 진실을 추적해나간다. 150여 페이지밖에 안 되는 책이라 끝까지 막힘없이 읽을 수 있다. 나는 이전에도 그랬듯 다시 첫 페이지부터 내가 빠뜨린 힌트나 문장이 있는지 뒤져보았다. 철학, 역사, 수사 등과 같은 줄리언 반스의 특징에 가려져 있을 수도 있으니.

토니라는 한 평범한 인간이 수십 년이 지난 기억을 현재 지금과 맞물려 되돌아보는 회고 형식의 소설에서 끝내 맞는 결말은 처절하다. 소설 속 토니의 죽마고우 에이드리언이 "역사는 부정확한 기억이 불충분한 문서와 만나는 지점에서 빚어지는 확신"이라고 인용했던 장면을 놓치지 말자. 2부에서 부정확한 기억과 불충분한 문서들이 어떻게 토니, 혹은 우리를 혼동시키고 착각하게 만드는지가 가장 흥미롭다. 이 세련된 영국 작가를 따라가려면 나 같은 둔한 독자는 한참이나 먼 것 같다.

고양이처럼 아님 말고

남씨 ― 시공사 ― 2017년 6월

우리집으로 온 지 10개월이 되는 첫째가 이유를 알 수 없이 아프다. 며칠 동안 밥을 잘 먹지 않고 나른하게 누워만 있어서 병원에 데려갔는데, 처음 듣는 병명을 진단받았다. 아침저녁으로 입원을 시키고 퇴원을 시키는 동안 회사에서는 넋이 나간 것처럼 있었다. 일도 손에 잡히지 않고, 온갖 걱정을 다 하고 있는 나를 발견했다. 당분간 고양이 책을 읽지 않아야지 생각했는데, 어느새 이 책을 펴고 말았다.

고양이 탱고와 살고 있는 집사 남씨의 이야기. 고양이에 대한 애정을 담뿍 담은 책이라기보단, 둘이 함께하는 일상을 유머러스한 짧은 글로 담은 책이었다. 웃으며 책장을 넘기다 '평범한 한마디'라는 챕터에서 위안이 되는 구절을 발견했다.

"괜찮아."
"네 잘못이 아니야."
"자고 일어나면 괜찮을 거야."
"수고했어, 오늘도."

우리가 오랜 시간 같은 것들을 보고 같은 곳을 걸어왔다면, 이토록 평범한 한마디가 큰 위로가 될 수 있다고 작가는 말한다. 수액을 맞느라 병원을 다녀온 뒤 기운 없는 첫째를 나도 토닥여준다. 수고했어, 오늘도.

마당 씨의 좋은 시절

홍연식 – 우리나비 – 2017년 5월

내가 손수 만든 음식(빵까지!)과 가꾼 농작물, 키운 닭을 시골에서 영위하는 삶. 거기에 그것들을 가족과 나누는 일상은 얼마나 위대한가. 2015년 오늘의 우리 만화상을 수상한 홍연식 작가가 '마당 씨'로 돌아왔다. 마당 씨가 가장 행복하던 시절을 다룬 만화는 '좋은 아빠' '좋은 남편' '좋은 자연인'의 삶이 얼마나 녹록하지 않은가를 현실적으로 잘 비춰준다. 장마도 겪고, 집의 축대가 무너지고, 아기를 잃고, 아버지도 아픈 상황에서 마당 씨는 순리대로 잘 비켜나간다. 미련 없이 시골을 떠나는 마지막 장면에서는 내가 아쉬움이 남을 지경. 중간 중간 마당 씨의 아들 완이가 상상력으로 만든 환상을 보면 미소가 사르르 스며든다. 이토록 잔잔한 여운이 남는 만화는 오랜만이다.

책의 소리를 들어라

다카세 쓰요시 · 백원근 옮김 · 책의학교 · 2017년 6월

며칠 전 코엑스에 생겨난 요상한 도서관을 구경했다. SNS에 전시하려고 끊임없이 사진을 찍었다. 이곳의 책들은 단지 사람들을 끌어들이는 자석의 역할을 할 뿐이었다.

이 책이 소개하는 하바 요시타카는 36세 남자로 직업이 북큐레이터다. 도서관, 병원, 은행, 미용실, 심지어 서점까지 찾아가 책장을 편집하는 일을 한다. 정교하게 잘 꾸며진 서가는, 다시 말해 책은 사람들에게 말을 건다는 확신을 가진 사람이었다. 그의 다양한 작업을 보면서, 공공시설물의 허우대만 멀쩡하고 알맹이가 없는 서가를 어떻게 채우는 것이 좋은지 몇 가지 아이디어를 얻을 수 있었다.

'책이 있는 풍경'으로 독자들을 불러모으는 북카페의 효시는 츠타야 도쿄 롯폰기 서점이다. 2003년 문을 연 이래 일본에서 하나의 트렌드를 만들어냈다. 스타벅스와 서가가 접목된 이 서점의 책장을 편집한 것도 하바였다. 장르별 진열이 아닌 테마 중심으로 15000권의 책을 일일이 진열했다. 책을 고르고 작업을 마치기까지 무려 6개월이 걸렸다. 사랑, 맛있는 음식, 우주, 자연, 모험 등 사람들의 일상생활에 가까운 언어로 분류를 시도한 일은 분명 처음 있는 시도였고, 쉽지 않았을 것이다. 하바가 이 서점을 기획하며 한 말이 인상적이었다.

단지 책을 고르고 책장에 진열하는 문제가 아니라, 한 권의 책이 가장 빛나도록 책장을 연출하고, POP나 디자인 계획 등 시각 커뮤니케이션 영역까지 고려하여 책을 배열하지 않으면 누구도 책을 집어들지 않는다.

살아 있는 자를 수선하기

마일리스 드 케랑갈 - 정혜용 옮김 - 열린책들 - 2017년 6월

빌 게이츠가 이번 여름 꼭 읽어야 할 책이라고 꼽은 목록 중 반갑게도 소설이 있었다. 이 팍팍한 세계에서 소설을 읽는 명사들이 얼마나 반가운지. 그가 추천한 소설은 프랑스 작가 마일리스 드 케랑갈의 『살아 있는 자를 수선하기』이다. 뇌사 상태로 사망 선고를 받은 한 젊은이를 둘러싸고 장기이식을 결정하는 24시간을 그린 이 이야기는 쉽게 읽히지 않는, 어려운 편에 속하는 소설. 그러나 책을 놓을 수가 없다. 시몽의 부모 마리안, 숀 그리고 의사 레볼, 간호사 토미, 코르델리아 등의 개인사가 파도치듯 몰아친다. 시몽 랭브르의 '장기이식'이란 사건 하나로 여러 인물의 심리 상태와 인간의 생과 사에 관한 철학적 고찰, 의학적 지식 등을 허투루 쓰지 않고 엮어내는 능력이 예술 그 자체이다. 작가의 시선은 파도에 휩쓸리지 않는 훌륭한 서퍼처럼 시적이나 이지적이기도 하고, 감정적일 수 있으나 철저하게 현실적이다. 뻔한 결말 가지고도 이렇게 능수능란하게 보여줄 수 있는 소설가는 분명 흔치 않다.

여담이지만 나는 토마 레미주의 사무실 문 뒤쪽에 붙어 있는 「플라토노프」의 한 페이지 "죽은 자들은 땅에 묻고 살아 있는 자들은 고쳐야지"라는 문장에서보다 아들의 '호박단 천처럼 빛에 따라 변하는 홍채'를 지닌 눈만은 다른 장기처럼 허락할 수 없는 부모의 심정에서 무너지고야 말았다. 이런 어려운 소설을 추천하다니, 빌 게이츠도 참 잔인한 사람이다.

내 플란넬 속옷

레오노라 캐링턴 외 – 신해경 옮김 – 아작 – 2017년 6월

『혁명하는 여자들』이란 SF소설 선집이 있었다. 이번 책은 그 번외편이라고 할 만한 선집으로 5편의 작은 소품이 실렸다. 페미니즘을 주제로 한 공상과학 소설은 읽는 동안 늘 통쾌한 전복의 감정을 만들어낸다.

하나같이 낯선 작가들인데 그중 레오노라 캐링턴은 막스 에른스트 등과 교류했던 초현실주의 화가이기도 했다. 도입부부터 강렬한 이미지가 묘사된다. 밤이고 낮이고 차량이 질주하는 분주한 대로 한가운데에 자리잡은 전선에 늘 걸려 있는 플란넬 속옷. 속옷의 주인공은 모든 파티에 초대되는 엄청난 미모를 소유했던 여인이다. 아름다운 얼굴에서 이가 빠지자 미모를 회복하기 위해 틀니를 했고 결국은 인공 얼굴을 갖게 된 여인의 이야기. 몸뚱이 위에 장식물이 된 얼굴을 보존하는 일은 부작용을 낳아 어느 날 경찰관을 찌르게 된다. 출소한 뒤 그에게는 섬이 주어진다. 인공 기계들이 질주하는 도로 한가운데 섬이다. 여성들은 평생 어딘가에 갇힌 삶을 살아갈 수밖에 없음을 은유적으로 그린 소설인데, 마치 초현실주의 회화를 보는 것처럼 실험적인 문체가 독특하게 느껴졌다.

나를 보내지 마

가즈오 이시구로 – 김남주 옮김 – 민음사 – 2009년 11월

아무런 지식 없이 이 소설을 읽은 사람이라면 처음부터 의심하기란 어렵다. 1990년대 후반 영국. 주인공으로 보이는 헤일섬 출신의 '캐시 H'는 11년 이상 간병사로 일해오고 있고, '기증자'들을 선택할 수 있을 정도로 일을 잘한다. 그녀가 떠올리는 헤일섬의 추억은 지극히 일상적이고 인간적이다. 질투, 시기, 동경, 우정, 따스함, 반성 등 사춘기 시절 인간이라면 응당 그러하듯이. 그들은 간단한 공부 외에도 그림과 글 등 인간이 할 수 있는, 영혼을 담아 자신의 마음을 드러내는 일을 하기도 한다. 때때로 작품들을 거래하면서 '값'을 흥정한다.

하지만 놀랍게도 캐시, 토미, 루스 등은 복제 인간이다. 헤일섬은 복제 인간이 인간적으로 길러지도록 한 프로젝트 중 하나였다. 그들은 인간의 장기이식을 위해 만들어진 대체제일 뿐, 어떤 인간적 허용도 용납되지 않는다. 그저 장기가 기증되고, 수명을 다할 때까지 기증하다 죽는 것이 그들의 정해진 일생이다.

소설 속 〈네버 렛 미 고〉 노래에 캐시가 아이를 품는 상상을 하며 춤을 추는 모습, 캐시와 토미의 절절한 사랑, 루시 선생님을 지키고자 하는 마음들은 무척 인간적이다. 가즈오 이시구로가 머지 않은 시간대를 설정한 건, 무엇이 우리를 인간답게 하는가에 관한 성찰이 지금이라도 필요하기 때문이다. "후퇴라는 건 있을 수 없었지"라는 에밀리 선생님의 말이 날카롭다. 후퇴하지 않는 인간의 역사는 또다른 비인간적 학살을 만들어낸다. 발표된 지 10년도 더 된 이 문제작이 가리키는 주제는 여전히 뜨겁기만 하다.

월요일도 괜찮아

박돈규 · 은행나무 · 2017년 6월

좋아하는 글을 써온 선배가 책을 냈다. 이런저런 인연이 많은데다 아내와 함께 청첩장도 건넸던 사이여서 책 출간을 무척 기다렸다. 우리 이야기가 나올지도 모른다는 경고를 흘려들었는데, 정말 등장하고 말았다.

'사랑/결혼'이라는 챕터였다. 낭만적인 첫사랑 영화 〈러브레터〉와 냉소적으로 부부싸움을 다룬 영화 〈포스 마주어〉를 교차시키는 이야기. "결혼은 어쩌면 이렇게 사고를 치고 실망하고 싸우고 후회하고 용서를 구하는 일들의 연속"이라는 공공연한 비밀을 영화를 통해 끄집어낸다. 그러곤 우리가 직접 쓴 청첩장 이야기가 등장했다. "완벽하다고 할 수 있는 방법은 없지, 그가 말했어요. 하지만 완벽한 건 그다지 매력이 없잖아. 우리가 사랑하는 건 결점들이지." 존 버거의 소설 『A가 X에게』를 인용한 문구에 대한 감상으로 선배는 이렇게 답을 했다. "그래, 살아보니 결코 완벽해지지 않더라." 결혼은 사랑의 끝이 아니라 시작이라는 자신만만한 선언을 긍정하는 글을 보며, 결혼 유단자인 인생 선배의 여유를 느꼈다.

우리 집 문제

오쿠다 히데오 – 김난주 옮김 – 재인 – 2017년 6월

이번 이른 여름휴가를 준비하면서도 읽을 책들을 챙겨갔다. 여행지에서 중간 중간 읽을 책도 결정했지만, 중요도로 따지자면 1순위는 비행기에서 시간을 때울 책이다. 다행히도 그러기 딱 좋은 오쿠다 히데오의 이번 신작『우리 집 문제』는 시종일관 유쾌하고, 빨리 넘어간다. 아쉬운 점이 있다면 10시간 비행에서 약 1시간–1시간 30분밖에 소요되지 않는 분량? 오쿠다 히데오의 소재가 '집'과 '식구'로만 한정된 단편선이다. 그답게 다소 황당한 외계인과 같은 요소와 시니컬한 톤이 매력적이면서도 끝은 매우 훈훈하기까지 하다. 착한 히데오 버전이랄까. 그의 애독자라면 잡문집처럼 가볍게 읽을 책.

어젯밤

제임스 설터 - 박상미 옮김 - 마음산책 - 2010년 4월

아침부터 부산하게 움직여 간신히 비행기에 올랐다. 이번 여행에 챙긴 종이책은 두 권뿐이었고, 전자책 단말기를 함께 챙겼다. 작년부터 사놓고 읽지 못한 소설을 잔뜩 넣어둔 게 생각나서였다.

10시간이 넘게 비행을 했는데 정오에 이륙한 비행기가 오후에 도착했다. 하루를 번 기분이다. 여행지에서는 단편소설을 읽는 걸 좋아한다. 제임스 설터의 단편집을 처음으로 만났는데 황홀한 문장과 나른한 인물들이 만들어내는 화학작용이 여행자에겐 더할 나위 없이 좋았다. 이 가벼운 책에 실린 11편의 소설은 진지하거나 심각한 이야기가 없었다. 특별하거나, 평범한 사람들이 자신의 삶에서 맞닥뜨리는 한순간의 이야기. 어찌 보면 놀라울 것 없는 사건이 비범한 순간으로 받아들여지는 건 모두 작가의 문장 덕분이었다.

「스타의 눈」에서 존 휴스턴, 빌리 와일더, 히치콕 같은 천재 감독들의 시대에 활동한 여배우는 젊은 상대 배우를 유혹하며 말한다. "정말 함께 있고 싶은 사람하고는 함께 있지 않게 된다는 거. 언제나 그렇지 않은 사람과 있게 되지요." 그 순간, 자신의 아내를 떠올리며 배우는 두려움을 느끼게 되고, 묵직한 통증을 느낀다. 「나의 주인, 당신」은 또 어떤가. 친구들과 함께한 평온한 식사 자리를 묘사하는 소설은 단 한마디 대사만으로, 이들의 대화를 다른 방향으로 회전하게 만든다. "내 생각에 한 남자와 자야 하는 횟수엔 제한이 있는 것 같아요." 5편을 내리 읽고서는 잠시 덮어뒀다. 여행은 이제 막 시작했을 뿐이다.

M 트레인

패티 스미스 - 김선형 옮김 - 마음산책 - 2016년 7월

문장이 아름다워서 잡식성 동물처럼 다 읽어버리는 것이 아까웠다. 『M 트레인』을 사놓고 읽은 지 벌써 10개월째. 작년 여름에 사놓고 까먹을 때쯤 펴보고 또 덮어두었다가 읽곤 했다.

패티 스미스의 말처럼 아무것도 아닌 일에 대해 쓰는 건 쉽지 않다. 그러나 정작 그녀는 너무나 잘 해내주고 있다. 청량하고 가벼운 몽상가는 꿈속 카우보이, 대책 없이 떠난 생로랑 뒤 마로니, 애서가다운 책들, 그녀가 사랑했던 카페와 커피들을 자유자재로 표현했다. 장소도 여러 곳이다. 집이기도 하고 베를린, 멕시코시티, 런던, 일본, 베들레헴 등 여행 에세이처럼 읽히기도 한다. 실비아 플라스의 무덤과 프리다 칼로의 집까지 그녀의 눈으로 함께 본다. 그녀는 새로운 곳에 가서도 글쓰기를 멈추지 않는다. 계속 써내려간다. 특별하지 않아도 자신의 주위와 풍경을 놓치지 않고 애정으로 지켜보고 있다는 증거처럼.

타고난 섬세한 관찰력과 청량한 기운을 가진 패티 스미스의 글은 아름답지만, 쓸쓸하게 느껴지기도 한다. 어쩔 수 없다. 소중한 사람들을 잃고서도 두 다리로 걸어 경험하고, 손으로 써내려가는 문장이 그저 아름답기만 할 순 없을 테니까. 이제야 한 권을 느릿느릿 읽었을 뿐인데도 보내기가 쉽지 않다. 오늘은 패티 스미스의 문장을 다시 훑어보며 뒤척여야 하는 날인가보다.

그저 좋은 사람

줌파 라히리 - 박상미 옮김 - 마음산책 - 2009년 9월

모든 소설가는 자신의 이야기를 쓴다, 는 말을 줌파 라히리의 소설을 읽을 때마다 이해하게 된다. 그의 모든 소설은 다른 듯 닮았다. 인도의 전통을 고수하려고 하는 이민자 1세대 부모와 거기서 벗어나 새로운 세계에 적응해야 하는 이민자 2세대 아이들이 위태로움을 겪는 이야기의 변주라는 점에서.

이 책의 원제로 쓰였던 「길들지 않은 땅」은 무척 좋아하는 소설이다. 가족과 개인이 다른 나라에 온전히 뿌리내리고 사는 것이 과연 가능한 일인지, 그리고 그것이 행복한 일인지 묻는데 읽고 나면 마음 한편이 서늘해지곤 했다. 미국인과 결혼해서 정착한 딸의 집에 방문한 벵골인 아버지의 이야기. 어머니가 세상을 떠난 뒤 혼자가 된 아버지를 책임지게 되는 건 아닌지 루마가 불안함을 느끼는 사이, 아버지는 짧은 방문임에도 낯선 미국 땅에서 자신의 자리를 찾아낸다. 집 정원을 가꾸고, 손자와 함께 시간을 보내는 일을 통해서. 그러다 아들 아카시가 할아버지를 따르는 모습을 보며, 집에 머물게 하려는 마음을 내비치자 아버지는 자신에겐 자신의 삶이 있다며 이를 거부한다. "다시 가족의 일부가 되고 싶지 않았다. 그 복잡함과 불화, 서로에게 가하는 요구, 그 에너지 속에 있고 싶지 않았다"라고 고백하면서. 줌파 라히리의 소설에서 보기 드문 역전 관계다. '그저 좋은 사람'일 뿐인 가족 간의 관계, 그리고 결혼 생활에 관한 잠언과도 같은 문구가 몇 번이고 등장한다. 작가의 섬세하고 세밀한 묘사는 낯선 나라의 가족 이야기에서, 나와 내 가족의 모습을 발견하게 만든다. 라히리의 소설은 이렇게 읽을 때마다 몇 번이고 반할 수밖에 없다.

차의 시간

마스다 미리 – 권남희 옮김 – 이봄 – 2017년 6월

지금도 여행중이지만, 이런 책을 읽으면 작가가 있는 곳으로 여행가고 싶다. 내가 좋아하는 카페 이야기가 가득하니 30분 전 이미 다음 잠깐의 휴가지는 도쿄로 결정되었다. 커피 중독자인 나는 하루에 최소 2번의 커피를 수액받아야 한다. 마스다 미리처럼 케이크 중독자는 아니지만, 어느 카페에 가든 커피만 시키기 아쉬워 주전부리까지 꼭 주문하고야 마는 나다. 맛있는 커피와 쇼트 케이크가 있는 도시 도쿄에서 많은 미팅을 하고, 시간을 보내는 마스다 미리의 카페 티타임 이야기는 소소하면서도 즐겁다. 이렇게 우리의 주변에 있을 법한 일상을 하나의 책으로 그리고 엮어낼 수 있는 건 마스다 미리의 힘이다.

지금 독일 여행중이여서 커피를 잘 마시고 있느냐 묻는다면, 커피숍에서 커피는 생략하고 리슬링(와인)만 실컷 시켜서 동반인을 당혹시키는 중이다. 커피 여행은 『차의 시간』과 함께 도쿄에서 해보기로. 어디서 편집자와 미팅중인 마스다 미리씨를 마주칠 수도 있겠다. 자신의 책 한국어판을 알아보려나?

남겨진 자들을 위한 미술

우정아 - 휴머니스트 - 2015년 9월

최근 반려동물의 투병을 옆에서 지켜보면서 애도의 미술에 관한 책을 읽고 싶어졌다. 기실 수천 년 동안 미술은 상실을 극복하기 위한 노력이었다. 로마의 대 플리니우스는 『박물지』에서 도공 부타데스의 딸이 연인과의 이별을 앞두고 등잔불빛을 비추어 생긴 그림자를 벽에 따라 그렸던 것이 그림의 기원이라고 했다. 우리 또한 누군가의 존재가 사라진 뒤에도 기억하기 위한 목적으로서의 초상과 조각들을 숱하게 만나지 않았던가.

16명의 미술가를 다루는 이 책에서 특별히 잊히지 않는 작가가 있다. 책을 통해 처음 알게 된 온 가와라다. 그는 1966년 1월 4일 뉴욕에서 시작해 30년이 넘도록 매일 달력의 날짜를 캔버스에 반복적으로 그린 '일일 회화' 연작을 남겼다. 타인이 보기엔 아무 의미 없는 달력에 불과할 수도 있는 작품. 이 기계적 반복과 무심한 숫자들은 일상의 권태를 기록한 것이었고, 이는 전쟁 혹은 죽음이 쉽게 박탈할 수 있는 것이었다. 통계적인 숫자로만 이루어진 이 파격적인 개념미술이 상기시키는 것은 결국 죽음이었다.

오늘 쉽게 흘려보내는 누군가와 함께할 수 있는 시간이 언젠가는 절실해지는 순간이 올 것이다. 그런 순간을 떠올리는 것만으로 마음 한편이 서늘해졌다. 펠릭스 곤잘레스 토레스와 쑹둥, 루이스 부르주아, 프란시스 알리스와 라 몬티 영 등 동시대 작가들이 만들어낸 상실과 애도의 미술을 차근차근 만나보며, 이들은 단지 죽음을 상기시키거나 추모하는 것으로 그치지 않는다는 사실을 발견했다. 그들은 불멸을 꿈꾸며 예술작품을 남기려 하고 애쓰고 있었다. 그것이 모든 예술가의 과업일 테니까.

가만한 당신

최윤필 - 마음산책 - 2016년 6월

신문엔 매일 부고가 실린다. 기록될 만한 자들의 죽음이고, 많은 이에게 알려야 할 죽음이기에 '부고'라고 말한다. 대부분의 사람들은 부고에 자신의 이름이 실리지 않는다. 『가만한 당신』은 외신의 부고를 참고로 해서 미처 알지 못했던 작은 영웅들을 기록한다. 우리가 보았던 역사의 피라미드 끝이 점점 내려온다. '가만한 당신'이란 제목의 '가만하다'란 형용사의 뜻을 아는 이가 얼마나 있을까. 그만큼 눈에 띄지 않는 이 단어는 '움직임 따위가 드러나지 않을 만큼 조용하고 은은하다'를 뜻한다. '가만한'이 어울리는 35인의 역사는 엄청나게 뜨거웠다.

평범한 내가 한 번도 상상한 적 없는 차별과 고통, 그리고 억압의 역사는 생각보다 가까이 있었다. 그럼에도 끝까지 삶을 놓지 않고 도전해왔던 35인의 부고는 단순하지 않았다. 그들은 피해자이자 생존자였으나 구호자 혹은 보호자가 되었고, 내부고발자거나 이단자였으며 패배에 유머로 대항할 수 있는 코미디언이기도 했다. 그들은 스텔라 영처럼 "이 세상에 잘살려고 왔지, 오래 살려고 온 게 아니야"라는 말을 지킨 자들이었다.

너 없이 걸었다

허수경 · 난다 · 2015년 8월

신기하게도 도시에 관한 책은 여행을 떠나기 전과 후에 무척이나 다르게 느껴진다. 허수경 시인이 뮌스터라는 도시를 소개하는 이 책을 처음 만났을 때 가장 좋았던 건, 이 낯선 도시에서 살았던 시인과 그들이 쓴 시에 관한 이야기였다. 하인리히 하이네, 게오르그 트라클, 알렉산더 사버 그베르더…… 낯선 시들도, 낯선 도시의 이야기도 호기심을 자극했다.

그런데 허시인의 표현대로 "중세의 마지막 빛이 머무르고 있는 것처럼 보이는 도시"는 실제로 만나니 전혀 다른 인상이었다. 4.3킬로미터의 푸른 반지로 불리는 산책길을 자전거로 질주하는 이들의 에너지와 젊음, 뮌스터 조각전을 통해 50년에 걸쳐 하나씩 쌓아올려진 재기 넘치는 조각들로 가득한 도시이기도 했다. 그 모습을 보는 순간 "나는 집을 갖고 싶지는 않았지만 푸른 반지가 보이는 곳에 방을 하나 가지고 싶기는 했다. 밤이 늦도록 저 방에서 책을 읽거나 시를 써보고 싶다는 생각"을 했다는 시인을 이해하게 됐다.

뮌스터는 게슈타포의 수용소로도 사용됐던 츠빙어의 흔적이 남아 있는 도시. 잊음에 대항했던 인간들의 역사를 상징하는 이 흔적만큼이나, 나는 조각전을 통해 10년마다 새롭게 만들어지는 조각들이 이 도시와 이 도시를 방문하는 이들에게 새로운 기억을 선사해줄 것이란 낭만적인 상상을 하게 됐다. LWL미술관에, 대학가의 공원 어딘가에, 시민들이 휴식을 취하는 호수 변에 새롭게 만들어지는 조각들을 통해 오늘의 폭력도, 광기도, 어리석음도 기억될 수 있으리라. 뮌스터를 꼭 다시 오리라 마음먹었다. 그때가 되면 아마도 이 책을 세번째 읽게 될 것이다.

문학상 수상을 축하합니다

도코 고지 외 – 송태욱 옮김 – 현암사 – 2017년 6월

독자로서 일본은 부러운 국가다.『문학상 수상을 축하합니다』에 나오는 14명의 전문가들이 나눈 대화를 보고 있으니 질투가 차오른다. 이 책은 8대 문학상을 다룬다. 세계적으로 유명한 노벨문학상, 공쿠르상, 부커상을 비롯해 일본에서 저명한 아쿠타가와상, 나오키상도 논한다. 수상한 작품들은 대부분 한국에 번역된 소설들이다. 그러나 이야기 속에서 튀어나오는 소설들 중 반질은 아직 소개되지 못한 것들이다. 비교문학 수준도 높고, 논의되는 작품들도 다양하다. 애트우드에 관한 사랑, 특정 문학상의 특정 경향, 순문학 소설과 엔터테인먼트의 의미, 존 밴빌의 작품 해석 등은 기본이다.

가벼운 대담집이건만 요즘 부쩍 지친 소설 읽기에 고삐를 잡아준다. "시간을 들여 읽으면 작품 속의 감각이 독자의 신체에까지 스며드니까요." 도코 고지 말이었다. 그래, 그러려고 내 시간을 소설에게 내어주었지.

#읽은_책

여름은 오래 그곳에 남아

마쓰이에 마사시 – 김춘미 옮김 – 비채 – 2016년 8월

첫 장을 넘기자마자 청량한 새소리가 들려온다. 배경은 표고 1000미터가 넘는 고요한 숲속에 자리잡은 무라이 설계사무소 별장. 사카니시는 막내로 입사한 직후 산장에서의 여름 한철을 함께하게 된다. 국립현대도서관 공모를 준비하며 자신들이 가진 모든 역량을 쏟아붓는 뜨거운 여름을.

개성 넘치는 건축가들이 한 팀으로 똘똘 뭉쳐 도서관을 설계해가는 과정은 놀랍도록 치밀하게 묘사된다. 치열한 토론 끝에 건물 외형만을 설계하는 데 그치지 않고, 열람실의 위치, 그 안을 채우게 될 의자, 동선까지 하나씩 완성되는 섬세한 도서관의 설계는 인물과 건축에 대한 묘사로 치밀하게 플롯을 쌓아올리는 이 소설의 구조와도 닮았다.

무엇보다도 1970-80년대 작은 건축사무소의 이야기라니 심심할 법도 한데 이토록 매력적인 것은, 이 소설이 묘사하는 시대에 대한 향수 때문이었다. 여름 별장 사무소로 떠나는 길에 이용하게 되는 자전거처럼 느린 투구풍뎅이 모양의 다나자카 경철도, 산장에서 함께 키운 농작물로 밥을 지어 먹는 모습, 매일 아침 9시가 되면 일과를 시작하는 의식으로 사각사각 연필을 깎는 설계사무소 직원들의 모습을 보면서 기가 막힌 이 소설의 '카피'에 고개를 끄덕일 수밖에 없었다. "모든 이울어가는 것들에게 바치는 아름다운 진혼."

일본에서 건너와 영화와 책 모두 각광받은 『리틀 포레스트』와 『배를 엮다』 두 편을 하나로 모은 것 같은 작품이랄까. 한 땀 한 땀 장인정신으로 이야기를 기워낸 듯한 인상까지 받았다. 오랜 편집자 생활 끝에 54세의 나이에 이런 첫 소설을 쓸 수 있다니 믿어지지가 않았다.

디아스포라 기행

서경식 - 김혜신 옮김 - 돌베개 - 2006년 1월

서경식 선생님은 자신을 "수레바퀴 자국에 고인 물속의 붕어"라고 표현했다. 재일 한국인인 그는 절대 다수가 아닌 소외당하고 외면받았던 소수자의 시선으로 '디아스포라 기행'을 떠난다. 왜 이 책을 여행까지 가져왔냐 묻는다면, 그의 여행지로 답할 수 있다. 런던의 마르크스 묘지부터 광주 비엔날레, 카셀, 잘츠부르크. 그도 나처럼 2002년 어느 날, 독일 카셀로 와 도큐멘타에서 〈OUT OF BLUE〉를 보았다. 거기서 대전 교도소를 떠올리며 폭력의 그늘을 떠올렸다. 그가 겼었던 불편함을 직접 체험하고 싶었다. 앞으로도 살면서 책 때문에 어딘가를 종종 가고 싶어지겠지만, 이보다 절실하진 않을 것이다.

혹은 데이비드 강의 〈입을 위한 선〉 퍼포먼스가 줬던 슬픔을 목격하고 싶었다. 2-3킬로그램이 되는 소의 혀를 입에 물고 먹, 기름 등을 부어 만든 액체에 적신 뒤, 종이 위에 끝이 보이지 않는 붓질을 해야 하는 예술. 서경식 선생님의 지난 목격 덕분에 보지 못했으나 짐작할 수 있었다. 아무 곳에도 소속되지 못한 이로 버티는 삶. 자신의 진정한 언어로 말하지 못하는 것. 그건 입안의 소 혀를 구역질이 나도 참으며 정체불명의 언어를 쓰는 일이었다. 『디아스포라 기행』을 읽지 않았다면 나는 평생 모르고 살았을 것이다.

오늘은 꼭 이 책을 일기로 쓰고 싶었다. 이 일기를 보는 이들도 당신이 모르던 세상의 옆면을 보여줄 수 있는 한 권의 책을 만날 수 있기를 바란다. 그것이 오래된 책들도, 혹은 방금 갓 나온 책들도 읽어야 하는 이유다.

#다시_읽어도_여전히_추천하고_싶은_책

일곱 개의 단어로 된 사전

진은영 - 문학과지성사 - 2003년 7월

소설의 여름을 맞아 버거울 정도로 많은 소설을 읽었다. 그래서 아내의 서재에 꽂힌 이 시집을 챙겨왔다. 모든 시인의 첫 시집을 편애한다. 그 속에 완숙함이나 탁월한 기교는 없을지라도 그 시절에만 쓸 수 있는 반짝이는 시들이 숨어 있기에. 치기 어린 표현을 발견하더라도 웃어넘길 수 있고, 오랜 시간 고민한 흔적도 만날 수 있다. 서른셋의 진은영이 발표한 이 시집에서 내가 좋아하는 시는 「서른 살」「야간 노동자」「첫 사랑」「청춘」 연작 같은 시들이다. 고요한 저녁, 지친 시인이 침묵의 언어로 쓴 시들 속에선 흔들리는 시인의 젊은 날이 보이는 것만 같다.

「일곱 개의 단어로 된 사전」에 실린 다른 누구도 대신 할 수 없을 시적인 정의도 좋아한다. 슬픔("물에 불은 나무토막, 그 위로 또 비가 내린다")과 문학("길을 잃고 흉가에서 잠들 때 멀리서 백열전구처럼 반짝이는 개구리 울음")과 시("일부러 뜯어본 주소 불명의 아름다운 편지 너는 그곳에 살지 않는다")에 관한 정의. 손가락 끝에서 시간의 잎들이 피어나는 시간을 얼마나 보내고서야 이 첫 시집을 완성했을까. 마지막 시 「긴 손가락의 시」를 읽을 때마다 나는 이 슬픔이 가득한 시집을 아끼는 이유를 늘 새롭게 발견하곤 한다.

2017. 7. 1 – 12월의 오늘

Jul.Aug.Sep.Oct.Nov.Dec.

2017. 7. 1 – 12월의 오늘

Jul.Aug.Sep.Oct.Nov.Dec.

사랑하는, 너무도 사랑하는 – 성석제 – 문학동네 – 2017

문학소녀 – 김용언 – 반비 – 2017

야행 – 모리미 토미히코 – 예담 – 2017

히로시마 내 사랑 – 마르그리트 뒤라스 – 민음사 – 2017

아낌없이 뺏는 사랑 – 피터 스완슨 – 푸른숲 – 2017

나의 오컬트한 일상 1 – 박현주 – 엘릭시르 – 2017

다가오는 식물 – 백은영 – 북노마드 – 2017

위험한 비너스 – 히가시노 게이고 – 현대문학 – 2017

나쁜 페미니스트 – 록산 게이 – 사이행성 – 2016

월든 – 헨리 데이비드 소로우 – 열림원 – 2017

세상의 끝 – 폴 서루 – 책읽는수요일 – 2017

운다고 달라지는 일은 아무것도 없겠지만 – 박준 – 난다 – 2017

오늘은 잘 모르겠어 – 심보선 – 문학과지성사 – 2017

수영일기 – 오영은 – 들녘 – 2017

나의 오컬트한 일상 2 – 박현주 – 엘릭시르 – 2017

내가 그대를 불렀기 때문에 – 오생근 – 조연정 공편 – 문학과지성사 – 2017

해가 지는 곳으로 – 최진영 – 민음사 – 2017

음악 혐오 – 파스칼 키냐르 – 프란츠 – 2017

한밤 중에 잼을 졸이다 – 히라마쓰 요코 – 바다출판사 – 2017

꿈에서 만나요 – 무라카미 하루키 – 이토이 시게사토 – 세시 – 2017

폭스파이어 – 조이스 캐롤 로츠 – 자음과모음 – 2017

우리가 키스하게 나둬요 – 사포 등저 – 큐큐 – 2017

제프티는 다섯 살 – 할란 엘리슨 – 아작 – 2017

동물들의 인간 심판 – 호세 안토니오 하우레기, 에두아르도 하우레기 – 책공장더불어 – 2017

기사단장 죽이기 – 무라카미 하루키 – 문학동네 – 2017

은유의 힘 – 장석주 – 다산책방 – 2017

지구만큼 슬펐다고 한다 – 신철규 – 문학동네 – 2017

힘 빼기의 기술 – 김하나 – 시공사 – 2017

꿀벌과 천둥 – 온다 리쿠 – 현대문학 – 2017

그해, 여름 손님 – 안드레 애치먼 – 잔 – 2017

스틸 보이 – SE OK – MY – 2017

작은 겁쟁이 겁쟁이 새로운 파티 – 정지돈 – 스위밍꿀 – 2017

힐빌리의 노래 – J.D.밴스 – 흐름출판 – 2017

지금 뭐하는 거예요 – 장리노? – 야스미나 레쟈 – 뮤진트리 – 2017

부테스 – 파스탈 키냐르 – 문학과지성사 – 2017

신이 없는 달 – 미야베 미유키 – 북스피어 – 2017

우리 사우나는 jtbc 안 봐요 – 박생강 – 나무옆의자 – 2017

소멸세계 – 무라타 사야카 – 살림출판사 – 2017

내 인생 최고의 책 – 앤 후드 – 책세상 – 2017

여성, 시하다 – 김혜순 – 문학과지성사 – 2017

더 나쁜 쪽으로 – 김사과 – 문학동네 – 2017

그렇게 중년이 된다 – 무레 요코 – 탐나는책 – 2017

살인자의 보수 – 에드 맥베인 – 피니스아프리카에 – 2017

당신의 자리 — 나무로 자라는 방법 – 유희경 – 아침달 – 2017

여기가 아니면 어디라도 – 이지혜 – 예담 – 2017

여자는 총을 들고 기다린다 – 에이미 스튜어트 – 문학동네 – 2017

결혼이라는 소설 – 제프리 유제니디스 – 민음사 – 2017

과학혁명의 구조 – 토마스.S.쿤 – 까치 – 2017

아직 우리에게 시간이 있으니까 – 듀나 공저 – 한겨레출판 – 2017

그해 여름 – 마리코 타마키 – 이숲 – 2015

한밤의 아이들 – 살만 루슈디 – 문학동네 – 2011

아내들의 학교 – 박민정 – 2017

레티시아 – 이반 자블로카 – 알마 – 2017

가수는 입을 다무네 – 정미경 – 민음사 – 2017

아름답고 쓸모없기를 – 김민정 – 문학동네 – 2017

스토리의 모험 – 강귀현 – 스토리펀딩팀 – 생각정원 – 2017

밀레니엄 시리즈 – 스티그 라르손 – 다비드 라게르크란츠 – 문학동네 – 2017

여자들은 자꾸 같은 질문을 받는다 – 리베카 솔닛 – 문학동네 – 2017

고고심령학자 – 배명훈 – 북하우스 – 2017

82년생 김지영 – 조남주 – 민음사 – 2017

이해 없이 당분간 – 김금희 외 – 걷는사람 – 2017

아직, 불행하지 않습니다 – 김보통 – 문학동네 – 2017

다른 사람 – 강화길 – 문학동네 – 2017

언더그라운드 레일로드 – 콜슨 화이트헤드 – 은행나무 – 2017

어둠 속의 희망 – 리베카 솔닛 – 창비 – 2017

엄마는 페미니스트 – 치마만다 응고지 아디치에 – 민음사 – 2017

피시본의 노래 – 게리 폴슨 – 양철북 – 2017

문학으로의 모험 – 로라 밀러 – 현대문학 – 2017

어른의 맛 – 히라마쓰 요코 – 바다출판사 – 2016

당신의 진짜 인생은 – 오시마 마스미 – 무소의 뿔 – 2017

매혹당한 사람들 – 토머스 컬리넌 – 비채 – 2017

꽃나무는 심어놓고 외 – 이태준 – 종이섬 – 2017

내가 내일 죽는다면 – 마르가레타 망누손 – 시공사 – 2017

빛 혹은 그림자 – 로렌스 블록 외 – 문학동네 – 2017

82년생 김지영 ― 조남주 ― 민음사 ― 2016
바람으로 그린 그림 ― 김홍신 ― 해냄출판사 ― 2017
마지막 기차는 너의 목소리 ― 아베 가즈시게 ― 알에이치코리아 ― 2017
내 속엔 미생물이 너무도 많아 ― 에드 용 ― 어크로스 ― 2017
여자는 총을 들고 기다린다 ― 에이미 스튜어트 ― 문학동네 ― 2017
지금 뭐하는 거예요 ― 장리노? ― 야스미나 ― 뮤진트리 ― 2017
더 나쁜 쪽으로 ― 김사과 ― 문학동네 ― 2017
인비저블 서커스 ― 제니퍼 이건 ― 문학동네 ― 2017
조선자본주의공화국 ― 다니엘 튜더&제임스 ― 비아북 ― 2017
나의 문화유산 답사기 서울편 ― 유홍준 ― 창비 ― 2017
그때, 맥주가 있었다 ― 미카 리싸넨&유하 ― 니케북스 ― 2017
고고심령학자 ― 배명훈 ― 북하우스 ― 2017
싱글맨 ― 크리스토퍼 이셔우드 ― 창비 ― 2017
결혼이라는 소설 ― 제프리 유제니디스 ― 민음사 ― 2017
아르세니예프의 인생 ― 이반 부닌 ― 문학동네 ― 2017
가수는 입을 다무네 ― 정미경 ― 민음사 ― 2017
걷기의 인문학 ― 리베카 솔닛 ― 반비 ― 2017
힐빌리의 노래 ― J.D.밴스 ― 흐름출판 ― 2017
여자들은 자꾸 같은 질문을 받는다 ― 리베카 솔닛 ― 창비 ― 2017
어둠 속의 희망 ― 리베카 솔닛 ― 창비 ― 2017
어두운 범람 ― 와카타케 나나미 ― 엘릭시르 ― 2017
화성에서 살 생각인가? ― 이사카 고타로 ― 아르테 ― 2017
문학으로의 모험 ― 로라 밀러 ― 현대문학 ― 2017
매혹당한 사람들 ― 토머스 컬리넌 ― 김영사 ― 2017
소비의 역사 ― 설혜심 ― 휴머니스트 ― 2017
다른 사람 ― 강화길 ― 한겨레출판사 ― 2017
치명적 이유 ― 이언 랜킨 ― 오픈하우스 ― 2017
아내들의 학교 ― 박민정 ― 문학동네 ― 2017
온 더 무브 ― 올리버 색스 ― 알마 ― 2016
인섬니악 시티 ― 빌 헤이스 ― 알마 ― 2017
빛 혹은 그림자 ― 로런스 블록 ― 문학동네 ― 2017
모르는 사람들 ― 이승우 ― 문학동네 ― 2017
온 여름을 이 하루에 ― 레이 브래드버리 ― 아작 ― 2017
미셸 오바마 ― 피터 슬레빈 ― 학고재 ― 2017
미래중독자 ― 다니엘 S. 밀로 ― 추수밭 ― 2017
비 온 뒤 ― 윌리엄 트레버 ― 한겨레출판사 ― 2016
메이즈 ― 온다 리쿠 ― 너머 ― 2017

멜랑콜리의 묘약 – 레이 브래드버리 – 아작 – 2017

사랑은 탄생하라 – 이원 – 문학과지성사 – 2017

모르는 사람들 – 이승우 – 문학동네 – 2017

루시 골트 이야기 – 윌리엄 트레버 – 한겨레출판 – 2017

하동 – 이시영 – 창비 – 2017

바다 – 존 밴빌 – 문학동네 – 2016

타샤의 정원 – 타샤 튜더 – 토바 마틴 – 윌북 – 2017

뮤즈 – 제시 버튼 – 비채 – 2017

그 개와 같은 말 – 임현 – 현대문학 – 2017

내 이름은 루시 바턴 – 엘리자베스 스트라우트 – 문학동네 – 2017

오늘처럼 인생이 싫었던 날은 – 세사르 바예호 – 다산책방 – 2017

시와 반시 – 니카노르 파라 – 읻다 – 2017

발레나 해 볼까? – 발레몬스터 – 예담 – 2017

바다는 잘 있습니다 – 이병률 – 문학과지성사 – 2017

딸에 대하여 – 김혜진 – 민음사 – 2017

일단 오늘은 나한테 잘합시다 – 도대체 – 예담 – 2017

츠바키 문구점 – 오가와 이토 – 예담 – 2017

주키퍼스 와이프 – 다이앤 애커먼 – 나무옆의자 – 2017

랜들 먼로의 친절한 과학 그림책 – 랜들 먼로 – 시공사 – 2017

북숍 스토리 – 젠 켐벨 – 아날로그 – 2017

XYZ의 비극 – 엘러리 퀸 – 검은숲 – 2017

로재나 – 마이 셰발 · 페르 발뢰 – 엘릭시르 – 2017

나를 보내지 마 – 가즈오 이시구로 – 민음사 – 2009

작가란 무엇인가 3 – 엘리스 먼로 외 – 다른 – 2015

연기처럼 사라진 남자 – 마이 셰발 · 페르 발뢰 – 엘릭시르 – 2017

문어의 영혼 – 사이 몽고메리 – 글항아리 – 2017

아픈 몸을 살다 – 아서 프랭크 – 봄날의책 – 2017

칼과 혀 – 권정현 – 다산책방 – 2017

엄마야 – 배낭 단디 메라 – 키만소리 – 첫눈 – 2017

녹턴 – 가즈오 이시구로 – 민음사 – 2010

엄마는 해녀입니다 – 고희영 – 에바 알머슨 – 난다 – 2017

그렇게 삶은 차곡차곡 – 사카베 히토미 – 웃는돌고래 – 2017

친절한 이방인 – 정한아 – 문학동네 – 2017

아무튼 시리즈 – 코난북스+위고+제철소 – 2017

음악 없는 말 – 필립 글래스 – 프란츠 – 2017

배반 – 폴 비티 – 열린책들 – 2010월

나는 나를 파괴할 권리가 있다 – 김영하 – 문학동네 – 2010

루시 골트 이야기 ― 윌리엄 트레버 ― 한겨레출판사 ― 2017

눈먼 암살자 ― 마거릿 애트우드 ― 민음사 ― 2017

그레이스 ― 마거릿 애트우드 ― 민음사 ― 2017

도구와 기계의 원리 ― 데이비드 맥컬레이 ― 크래들 ― 2017

대량살상 수학무기 ― 캐시 오닐 ― 흐름출판 ― 2017

허니 앤 밀크 ― 루피 카우르 ― 천문장 ― 2017

생산성 ― 이가 야스요 ― 쌤앤파커스 ― 2017

내가 훔친 기적 ― 강지혜 ― 민음사 ― 2017

잘못 기억된 남자 ― 크리스티나 매케나 ― 들녘 ― 2017

아무튼, 서재 ― 김윤관 ― 제철소 ― 2017

거미줄에 걸린 소녀 ― 다비드 라게르크란츠 ― 문학동네 ― 2017

딸에 대하여 ― 김혜진 ― 민음사 ― 2017

나를 닮은 사람 ― 누쿠이 도쿠로 ― 엘릭시르 ― 2017

내 이름은 루시 바턴 ― 엘리자베스 스트라우트 ― 문학동네 ― 2017

갱년기 소녀 ― 마리 유키코 ― 문학동네 ― 2017

북숍 스토리 ― 젠 캠벨 ― 글담 ― 2017

섬에 있는 서점 ― 개브리얼 제빈 ― 루페 ― 2017

그 개와 같은 말 ― 임현 ― 현대문학 ― 2017

주키퍼스 와이프 ― 다이앤 애커먼 ― 나무옆의자 ― 2017

인간 크로케 ― 케이트 앳킨슨 ― 현대문학 ― 2017

지구만큼 슬펐다고 한다 ― 신철규 ― 문학동네 ― 2017

자살의 전설 ― 데이비드 밴 ― 아르테 ― 2014

나를 보내지 마 ― 가즈오 이시구로 ― 민음사 ― 2009

위건 부두로 가는 길 ― 조지 오웰 ― 한겨레출판사 ― 2010

M트레인 ― 패티 스미스 ― 마음산책 ― 2016

미술의 피부 ― 이건수 ― 북노마드 ― 2017

베를리너 ― 용선미 ― 제철소 ― 2017

히트 메이커스 ― 데릭 톰슨 ― 21세기북스 ― 2017

오늘은 잘 모르겠어 ― 심보선 ― 문학과지성사 ― 2017

예감은 틀리지 않는다 ― 줄리언 반스 ― 다산책방 ― 2012

괜찮은 사람 ― 줄리언 반스 ― 다산책방 ― 2012

피프티 피플 ― 정세랑 ― 창비 ― 2016

남한산성 ― 김훈 ― 학고재 ― 2017

행복의 충격 ― 김화영 ― 문학동네 ― 2012

카오스 멍키 ― 안토니오 가르시아 마르티네즈 ― 비즈페이퍼 ― 2017

곰과 함께 ― 마거릿 애트우드 외 공저 ― 민음사 ― 2017

밤에 들린 목소리들 ― 스티븐 밀하우저 ― 현대문학 ― 2017

겨울의 눈빛 - 박솔뫼 - 문학과지성사 - 2017
백년의 고독 - 가브리엘 가르시아 마르케스 - 민음사 - 2000
그레이스 - 마거릿 애트우드 - 민음사 - 2017
마라나, 포르노 만화의 여주인공 - 박상순 - 문학과지성사 - 2017
멋진 신세계 - 올더스 헉슬리 - 문예출판사 - 1998
담배 가게 소년 - 로베르트 제탈러 - 그러나 - 2017
누구나 가슴에 문장이 있다 - 김언 - 서랍의날씨 - 2017
사춘기 - 김행숙 - 문학과지성사 - 2003
바닷바람을 맞으며 - 레이첼 카슨 - 에코리브르 - 2017
매거진 B 포틀랜드 - 2017
꽈배기의 멋 - 최민석 - 북스톤 - 2017
서른의 반격 - 손원평 - 은행나무 - 2017
당신의 신 - 김숨 - 문학동네 - 2017
나는 강아지로소이다 - 이노우에 하사시 - 현암사 - 2017
히끄네 집 - 이신아 - 야옹서가 - 2017
그림책에 마음을 묻다 - 최혜진 - 북라이프 - 2017
교열걸 - 마야기 아야코 - 아르테 - 2017
아마리 종활 사진관 - 북하우스 - 2017
밑줄 긋는 남자 - 열린책들 - 2017
해적판을 타고 - 윤고은 - 문학과지성사 - 2017
warp - 이승우 - 워크룸프레스 - 2017
흔들린다 - 함민복 - 한성옥 - 작가정신 - 2017
카타리나 블룸의 잃어버린 명예 - 민음사 - 2010
폭풍우 - 르 클레지오 - 서울셀렉션 - 2017
모모 - 미하엘 엔데 - 비룡소 - 2017
현남 오빠에게 - 조남주 외 - 다산책방 - 2017
지식의 표정 - 전병근 - 마음산책 - 2017
뱀과 물 - 배수아 - 문학동네 - 2017
노르웨이의 나무 - 라르스 뮈팅 - 열린책들 - 2017
웃는 경관 - 마이 셰발 - 페르 발뢰 - 엘릭시르 - 2017
달콤한 노래 - 레밀라 슬리마니 - 아르테 - 2017
버지스 형제 - 엘리자베스 스트라우트 - 문학동네 - 2017
내 마음의 낯섦 - 오르한 파묵 - 민음사 - 2017
포르투칼의 높은 산 - 얀 마텔 - 작가정신 - 2017
아버지의 유산 - 필립 로스 - 문학동네 - 2017

시를 어루만지다 ─ 김사인 ─ 도서출판b ─ 2013 ─

미움, 우정, 구애, 사랑, 결혼 ─ 앨리스 먼로 ─ 뿔 ─ 2008

서른의 반격 ─ 손원평 ─ 은행나무 ─ 2017

직업으로서의 소설가 ─ 무라카미 하루키 ─ 현대문학 ─ 2016

강한 리더라는 신화 ─ 아치 브라운 ─ 사계절 ─ 2017

한 가족의 드라마 ─ 위르겐 슈라이버 ─ 한울 ─ 2008

위험한 독서의 해 ─ 앤디 밀러 ─ 책세상 ─ 2015

이스탄불 ─ 오르한 파묵 ─ 민음사 ─ 2008

녹턴 ─ 가즈오 이시구로 ─ 민음사 ─ 2010

폭풍우 ─ J. M. G. 르 클레지오 ─ 서울셀렉션 ─ 2017

딥 씽킹 ─ 가리 카스파로프 ─ 어크로스 ─ 2017

옵션 B ─ 셰릴 샌드버그&애덤 그랜트 ─ 와이즈베리 ─ 2017

신경끄기의 기술 ─ 마크 맨슨 ─ 갤리온 ─ 2017

걷기, 철학자의 생각법 ─ 로제 폴 드루아 ─ 책세상 ─ 2017

전쟁터의 요리사들 ─ 후카미도리 노와키 ─ 아르테 ─ 2017

배반 ─ 폴 비티 ─ 열린책들 ─ 2017

나는 강아지로소이다 ─ 이노우에 히사시 ─ 현암사 ─ 2017

내 마음의 낯섦 ─ 오르한 파묵 ─ 민음사 ─ 2017

아홉번째 파도 ─ 최은미 ─ 문학동네 ─ 2017

설레는 일, 그런거 없습니다 ─ 쓰무라 기쿠코 ─ 알에이치코리아 ─ 2017

악몽을 파는 가게 ─ 스티븐 킹 ─ 황금가지 ─ 2017

버지스 형제 ─ 엘리자베스 스트라우트 ─ 문학동네 ─ 2017

박철수의 거주박물지 ─ 박철수 ─ 집 ─ 2017

달콤한 노래 ─ 레일라 슬리마니 ─ 아르테 ─ 2017

백성귀족 ─ 아라카와 히로무 ─ 세미콜론 ─ 2016

포루투갈의 높은 산 ─ 얀 마텔 ─ 작가정신 ─ 2017

진눈깨비 소년 ─ 쥬드 프라이데이 ─ 예담 ─ 2017

넌 동물이야 ─ 비스코비츠! ─ 알레산드로 보파 ─ 민음사 ─ 2010

아버지의 유산 ─ 필립 로스 ─ 문학동네 ─ 2017

취향을 설계하는 곳 ─ 츠타야 ─ 마스다 무네아키 ─ 위즈덤하우스 ─ 2017

뱀과 물 ─ 배수아 ─ 문학동네 ─ 2017

에필로그

"요즘 어떤 책이 재미있어요?"

기자인 남편을 만난 첫 자리. 어색하게 물었다. 출판 기자와 서점 직원이라면 당연히 주고받았을 화제, 책. 남편은 그때 여러 권의 문학책을 추천해주었다. 예의상 했던 나의 질문에 남편은 진심으로 답해주었다. 한 권은 이미 읽었고, 나머지 책들도 내 취향에 딱 맞았다. 그때, 이 사람과는 책 이야기를 진솔하게 나눌 수 있을 거란 예감이 들었다. 책으로 이렇게 취향을 맞출 수 있는 사람이라면. 참으로 오랜만이었다.

그런 사람과 26주 동안 나란히 앉아 책을 읽고, 마주보면서 글을 썼다. '책일기'는 정말이지 마라톤 코스 같았다. 더구나 읽었던 책의 앞장으로 다시 돌아가 뛰어야만 했으니. 지칠 만도 했지만, 좋은 페이스메이커가 있어 숨가쁜 구간도 무난하게 넘어갈 수 있었다. 고마웠다.

나는 하루에도 수십 권의 책을 만난다. 그러나 2017년에 만난 어느 책들은 참으로 특별했다. 그것들은 조금이나마 나를 움직이게 했다. 좌우, 혹은 위아래로. 그 책들을 이곳에서 발견한 누군가가 있길 소망해본다. 그리고 그들이 나에게 그랬듯 밀어주었으면. 그러던 어느 날, 우리가 어느 곳에서 마주할 수 있기를.

2017년 겨울
김유리

에필로그

6개월 동안이나 우리집 식탁에는 책이 쌓여 있었다. 책상도 있고, 거실에 탁자도 있었지만 식탁이 좋았다. 둘이서 마주앉기엔 딱이었다. 우리는 한국에서 둘째가라면 서러울 만큼 책을 많이 읽을 수밖에 없는 부부다. 그래서 처음에는 하루에 책 한 권쯤이야, 라고 쉽게 마음을 먹었더랬다.

특별히 고른 책이 아닌 우연히 만난 책, 다가오는 책들의 이야기를 쓸 수밖에 없었다. 간혹 버리는 책도, 읽지 못한 책 이야기도 해야 했다. 180일은 아득할 만큼 긴 시간이었다. 부끄러운 책도 있고, 오래전 읽었다가 다시 꺼내본 책도 있었다. 늘 책을 많이 읽어왔고 좋아한다고 자부해왔지만 강제로 책을 읽게 되자, 슬그머니 게을러지려는 본성을 억누르느라 힘이 들었다. 밀렸던 독서일기를 쓰느라, 주말이면 꼼짝없이 감금이라도 당한 듯 식탁에 앉아야 할 때도 많았다. 그럼에도 억지로 읽고, 숙제하는 마음으로 읽어나간 책들이 가슴 한편을 따뜻하게 만들 때가 많았다. 하여 우리에겐 다시 못 만날 뜨거운 시간이었다.

애지중지했던 첫째 고양이 하루는 올 상반기가 끝난 지 얼마 되지 않아 세상을 떠났다. 어찌나 뜨거운 눈물이 쏟아져나오던지, 가슴속이 텅 빈 것처럼 느껴지기도 했다. 다시 한번, 그 녀석의 마지막 시간을 떠올려본다. 하루는 식탁 위에 나란히 노트북 두 대가 놓여 있는 그 좁은 틈 사이에 앉아 엄마, 아빠를 기다리는 걸 좋아했다. 두어 시간 일을 하고 나면 일어나 자신과 놀아주는 걸 알았기 때문이리라. 그 시간을 함께하고, 더 놀아주지 못해서 미안했다. 그

래서 이 시간을 하찮게 여길 수 없다. 하루의 마지막 나날과 바꾼 시간들이니까. 그래서 이 시간 동안 읽은 책들은 앞으로도 더없이 소중하게 여길 것만 같다. 아니 어쩌면, 녀석에게는 엄마와 아빠의 시선이 교차하는 그 공간이 그냥 좋았을지도 모르겠다. 제발 그랬 으면 좋겠다.

2017년 겨울
김슬기

읽은 척하면 됩니다
© 김유리 김슬기 2017

초판 1쇄 인쇄 ─ 2017년 12월 20일
초판 1쇄 발행 ─ 2017년 12월 30일

지은이 ─ 김유리 김슬기
펴낸이 ─ 김민정
편집 ─ 김필균 도한나
표지 디자인 ─ 이기준
본문 디자인 ─ 이기준 신선아
독자 모니터 ─ 이희연
마케팅 ─ 정민호 나해진 김은지
홍보 ─ 김희숙 김상만 이천희
제작 ─ 강신은 김동욱 임현식
제작처 ─ 영신사

펴낸곳 ─ 난다
출판등록 ─ 2016년 8월 25일 제4062016000108호
주소 ─ 10881 경기도 파주시 회동길 210
전자우편 ─ blackinana@gmail.com / 트위터 ─ @blackinana
문의전화 ─ 0319552656(편집) / 0319558890(마케팅) / 0319558855(팩스)

ISBN 9791188862030 03810